U0917057

# 淮安诗征

第七册

《淮安诗征》编委会 编
荀德麟 主编

中州古籍出版社
·郑州·

# 第七册目录

## 卷十二 附编二·歌谣

### 淮安运河歌谣



### 洪泽湖歌谣

## 金湖秧歌

## 淮安南闸民歌

## 淮安近代歌谣

### 淮泗地区

## 淮安区



## 涟水县

# 卷十三　附编三·赋征

## 卷上　本土作家赋征

卷下　过往作家咏淮赋

# 卷十二 附编二·歌谣

## 淮安运河歌谣

## 船工纤夫号子

### 淮阴清口枢纽船工号子

隔河望见一座闸，就像隔着一座山。
有心闸上去苦钱，没匡一过要三天三。
勒紧裤带背着纤，一拽就是日西山。
听从老大摇令旗，不干就得把眼翻。
酷暑弄船撵日头，冰天雪地也不闲。
富人饮酒小高楼，穷富为啥不一般？
喂——嗬——喂——嗬
哼哼歪歪拉上来，衣衫湿透无人疼。
船是木龙离了号不行，人是饭壮离了粮不行。
小曲好唱口难开，樱桃好吃树难栽，
想吃樱桃栽下树，等着樱桃开花来。

按：匡，方言，匡算、想到之意。

### 淮阴惠济闸纤夫过闸号子

呀啦呵咳，大家用力一起拉，河神保佑过头闸。
呀啦呵咳，大家用力一把劲，平安无事过头闸。
呀啦呵咳，大家用力一齐心，“三牲”拜祭过头闸。
呀啦呵咳，大家再来一把劲，平安无事过闸头。
呀啦呵咳，大家再来一把劲，平安无事过闸头。

按：在拉船过程中，艄公不时对拉缆工叫喊“低点头”“高点头”。(意为用力、放松)

### 里运河纤夫号子

哎哩哎呀！哎呀哎哩！
淮阴到宝应呀，里程六十六啊，路经九道弯啊。
高邮到邵伯啊，露筋两头单，一头三十三。
姜堰到泰州，六十六里路，七十二道沟。
哎哩哎呀，弯弯拐拐，拐拐弯弯，
马上就要到江湾，哎哩哎呀！

顾春华口述　毛立发整理

### 淮安船工号子

尕尕一只舟，叽叽水上游，
哗啦一声响，霍托到扬州。
按：尕尕，淮安方言，很小的意思。霍托，淮安方言，形容速度极快。

## 淮安运河情歌

### 打条鱼儿三尺三

一网撒得摸摸旋，惊动野鸭扑翅扇。网里扑通扑通响，打条鱼儿三尺三。
打条鱼儿三尺三，兄妹齐心拖上船。舱里溅起水花花，情哥情妹笑开颜。

### 姐儿香来姐儿秀

姐儿香来姐儿秀，相思病害了小哥哥，
想姐三天不吃饭，见姐一面就快活。
姐儿香来姐儿秀，姐儿美貌又娇娥，
轻薄的人儿看不上眼，没有本事不想求。

金矿搜集整理

### 姐在河边洗衣裳

姐在河边洗衣裳，双脚踩在青石上，
手里拿着捶衣棒，媚眼瞄着少年郎。
姐在河边洗衣裳，螃蟹爬到脚面上，
嫩肉被不住你来夹，那边疼坏了少年郎。

按:被不住,淮安方言,即“禁不住”。

金矿搜集整理

## 十二只舟船

一只舟船到湖口,一船菱角一船藕,
还有一船真不丑,依得呀之幺,依得呀之幺,还有一船真不丑。
二只舟船到湖东,一船韭菜一船葱,
还有一船红彤彤,依得呀之幺,依得呀之幺,还有一船红彤彤。
三只舟船到江边,一船鸡头一船莲,
还有一船喜连连,依得呀之幺,依得呀之幺,还有一船喜连连。
四只舟船顺水下,一船鱼来一船虾,
还有一船玫瑰花,依得呀之幺,依得呀之幺,还有一船玫瑰花。
五只舟船到湖西,一船鸭子一船鸡,
还有一船好东西,依得呀之幺,依得呀之幺,还有一船好东西。
六只舟船过江来,一船萝卜一船菜,
还有一船人人爱,依得呀之幺,依得呀之幺,还有一船人人爱。

姜桂兰演唱　金矿记录

## 姐在房中无奈何(三十六码头调)

姐在房中无奈何,一把拖住有情人儿哥,
两眼不住泪滚滚,那天从你家门前过,
有人告诉我的公婆,半夜三更来打我小奴。
公公拖住青丝发,婆婆就把辫子拖,
触死痨的小叔子踢奴家屁股。
公公叫我去上吊,婆婆叫我去投河,
狠心的丈夫又把刀来磨。
多亏邻居来拉和,一劝公来二劝婆,
三劝丈夫不杀我小奴。
他家的日子不好过,雇一条小船在后河。
半夜三更来接我小奴,
没有席被我来带,没有盘缠也有我,顺带龙洋二百多。
有风就把蓬莱朗,无风插上篙和橹,
舍不得才郎哥哥把纤拖。
二人船上笑呵呵,

宝应、高邮一路过，
再到仙女庙过桥头……
按：下面歌词句为大运河一路码头名，从略。

### 郎跟姐姐隔条河

郎跟姐姐隔条河，姐在河边放小鹅。昨天走你面前过，你抬头望望不睬我。
小娇娥，难道结识了别的哥？
姐跟小郎隔条河，我在河边放小鹅。昨天有心来睬你，嫂子在旁会啰嗦。
小哥哥，情藏在心里头。

刘桂英演唱　金矿记录

### 约你滩上走一遭

小小芦苇七尺高，长在水边嫩娇娇。今年又到端阳节，打些芦叶把粽包。
情郎哥，约你滩上走一遭。

### 送郎送到菱角塘

送郎送到菱角塘，一塘菱角乌夯夯。
根在水底，叶在水上，开花一对，结菱一双。
早来三天吃菱角，迟来三天落下塘。
送郎送到荷花田，一田荷花朵朵鲜。
荷花尖尖，荷叶圆圆，荷花落瓣，结成藕莲。
早来三天吃嫩米，迟来三天吃老莲。
按：菱角塘，里运河地名。

### 私　奔

姐在房中无奈何，一把拉住情哥哥手，
两眼不住泪流流，日子没法过。
昨天你到我家坐，有人告诉我公婆，
公婆唆使我丈夫，夜晚拷打我。
公公叫我去上吊，婆婆逼我去投河，
狠心的丈夫把刀磨，要我见阎罗。
哪怕一天三顿打，哪怕拿我下油锅，
我心中只有情哥哥，宁死也不丢。
这种日子不能过，决心逃离虎狼窝，

你雇条小船到后河,半夜来接我。
悄悄溜出后门口,滑过西园柳树沟,
郎使篙子姐使舵,扯篷下长湖。
顺流直下到高邮,自由自在下扬州。
顺着长江四处游,今世不回头。

按:这首流行于金湖的民歌《私奔》,是用秧歌号子演唱的,与南闸民歌中用三十六码头调演唱的《姐在房中无奈何》歌词大同小异,在流传过程中有着相互的影响。

## 运河其他歌谣

### 河工打夯歌

不会喊号只会哼,哼哼呀呀打石磙,哪天哼到杨柳开,杨柳花开满树红。
正月采花无花采,二月采花花没开。三月桃花满树红,四月芒种把秧栽。
五月龙船漂过海,六月荷花满地开。七月里来七秋凉,织女又会牵牛郎。
八月初一雁门开,孤雁头上带霜来。九月菊花家家有,十冬腊月无花采。
要想采花慢慢等,等到明年春再来。

按:磙,方言音拱。

### 排斧号子

主家官船有财相,我为主家修船帮,一天一个金元宝,顺风顺水过大江。
主家官船有气候,我为主家修船头,船头尖尖破浪行,水怪远离就发抖。
主家官船样好标,我为主家修船梢,船梢掌舵要把稳,顺风朗棹任逍遥。
主家官船挂红绸,我为主家装船楼,前舱媳妇生贵子,后舱老二皆高寿。

### 清江浦小调

小曲一唱到如今,明月不动万年青,
走马看花如转蓬,铁打的江山流水的门……

### 清江浦儿歌

城门城门几丈高?三十六丈高。骑黄马,带把刀,走进城门操一操。

按:无锡童谣中有一首很相似:“城门城门鸡蛋糕,三十六块糕。骑花马,带把刀,走你家门前砍一刀。”

# 洪泽湖歌谣

## 屯田歌

手持镰，肩扛枪，两件事情一模样。吴米香，蜀禾甘，怎胜曹营米干饭！芝麻扁，豌豆圆，还是屯里粮食全。

按：正始四年(243)，曹魏大将邓艾受司马懿之命，在今洪泽湖以东地区白水村一带戍守屯田。开白水塘、筑石鳖城。士卒边戍边耕，为这里的农田水利建设做出了贡献。此歌至今还在人们口头传唱。

无名氏作

## 渔谣·渔谚十首

一条小船八尺长，祖孙三代住一舱。

渔民头上三把刀，渔霸、地主加风暴。

网到大鱼上街卖，网到小鱼熬咸菜。

鴜子站船梢，天天水上漂，不吃蒌蒿草，饿死小鱼鴜。

鱼死白白眼，苦钱不到晚，孩子打光腚，铺盖芦花毡。

一年苦到头，不穿裤子买猪头。

头戴通天帽，脚穿无底鞋；褂子不遮体，裤子三条筋。
风里走，雪里睡，住草墩，盖芦被，吃渣草，活受罪。
洪泽湖水浪滔滔，满湖鱼虾满湖宝。
日出斗金看不见，捕鱼人儿肚难饱。
不是爹娘无本领，都怪世道不公平。
渔民终年在船上，两腿圈得像箩筐。
渔民生来腿儿弯，平地走路像爬山。

船在湖心怕风浪，船泊码头怕流氓。
船靠山头怕山虎，船到滩头怕滩主。

毛刀跟风跑，银鱼水上漂。
季花唱大戏，黄枪不放屁。

八路来，“九路”走，到哪去，高嘴下边看水柳。
按：“九路”，是高铸九等土匪自己妄称的番号。

## 洪泽湖渔民谣（节选）

船儿飘，船儿摇，民主政府实在好，
家由渔民当，各种捐税没得了。
过去霸头在这里，船头捐，渔业捐，月捐趟捐交不清，
保险费，送船费，十三行半又来到，
有一行款子交迟了，放着枪，船上跳，
先把你弄去蹲水牢，再把你吊上大桅梢。
如果不交挂号费，码头不准你小船靠。
半夜里，充土匪，把你东西抢光了，
大头罪，受的不知有多少！

船儿飘，船儿摇，帮头、坛头、三番头，①
湖里之头最不好，拜把子，认老头，
装神做鬼老一套，欺骗讹诈是能手，压迫渔民算好佬。
“三头”去喝酒，穷人把钱交；
“三头”去吃肉，穷人站在一边瞧；
“三头”充人物，穷人不听他指挥就不照。②
喜欢打就打，喜欢骂就骂，穷人不敢来违拗，
苦闷气，再也不能忍受了。
今天是民主，不准压迫人，
大家团结起，快把三头来打倒，
抬起头，伸开腰，湖上渔民乐逍遥。

按：①帮头，指帮会头目；坛头，指封建道会门头子；三番头，指安清帮头子。因其堂主姓潘，潘字拆开来为“三”和“番”。②不照，是渔民口语“不行”的意思。

陈一石作

## 洪泽湖上鸭枪队(节选)

鸭枪队,组织好,力量大来本领高,
小溜子,水上漂,弹药箱,枪跟靠,
草滩里面钻,洪泽湖上绕,
人没见,他就到,平打展翅雁,高射过天鸟,
坏蛋一见魂吓掉,站不住脚就要跑。
鸭枪队,办法多,过去洪泽湖是土匪窝,现在变成安乐窝,
魏二安河扎大营,一下子打死他三百多,
长淮大队敲竹杠,三枪打得他划了沉二个,
就连他轮机船,也吓得飞跑回头躲,
洪泽湖上老百姓,个个都说鸭枪队救了我。

鸭枪队,威风大,坏蛋一进湖,鸭枪队就答话,
吓得土匪高铸九,认了鬼子做爸爸,
跑到敌伪区,再也不敢把湖下,
日本鬼子也害怕,打盱眙,红山下,
打坏他钢板划两只,打死七,打伤八,鬼子吓得只喊呀呀呀!
这场大功劳,人人都把鸭枪队来夸。

陈一石作

## 小孩妈妈你莫愁

小孩妈妈你莫愁,过了清江到码头。
成子湖鸡头打不败,溧河洼莲蓬头靠头。
菱角茭米可糊口,大米干饭配羊肉。

## 毛草葫

毛草葫,莫嫌毛,吃了再来刨。
你要嫌我毛,饿死你小狂痨。
按:1950年,湖上饥荒,湖民往往刨毛草葫充饥,故有此谣。

## 草民谣

万顷草滩百万金,哪有穷人草一根。一刀割下一捆草,光着屁股漏着席。
百里草滩百里刀,刺骨冷水齐至腰。整天陷在污泥里,烂了手脚折弯腰。

湖里没有三尺船，岸上没有一寸田。砍到草了衣也破，丢下镰刀就挨饿。

### 洪泽湖草民谣（节选）

放下锣，丢下鼓，听咱草民谈苦处，
自从草滩落下户，砍草为生把嘴糊，
每天早起迟迟睡，撑着船，虾着腰，
整天泡在水草地，手脚不断鲜血流。

进了苇草滩，柴尖戳人如刀山，
脚踩苇柴根，泥水齐腰深，上面太阳晒，下边水汽蒸，
腰痛头又昏，累得浑身汗淋淋。

到冬天，更可怜，身上没有一点棉，
缩着腰，划着船，战战兢兢漂到草滩边，
冰冻碴碴赛刀尖，可怜穷人受艰辛，
忍着痛，受熬煎，苦痛不住喊青天。

想从前，日子苦，草民生活没奔头，
大滩主，二滩主[①]，剥削咱们似狼虎，
倒三七，倒四六，卖草咱们不做主。
二滩主，点子孬，他同买户巴结好，
草钱他先用，刀户一文领不到。

封建恶霸高平轩，镇压咱们在滩边，
私养兵丁几十个，生活全靠草民捐，
灯油费，草鞋捐，每天还要保护钱，
如若刀户说不字，麻绳捆，皮鞭抽，吊过还要麻绳钱。

草民衣裳不遮体，肚里缺粮吃不饱，
拿起扁担拾乱刀[②]，顶头碰见打二梢[③]，
他说苇茬他们包，要拾就得买刀条[④]，
一家老小没有吃，急等拾草换粮街上挑。

卖钱只能度日月，哪来票子买刀条，

不买刀条不准走，苇茬全部被没收，
两手空空回家转，老婆一急去上吊，
家人生活怎么过，出头日子哪天到。

咱草民，实在苦，滩主剥削不算数，
还有坏蛋叫“九路”，下草滩，上门户，
张老三，李老五，问你家在哪里住，
不管穷和富，写上登记簿。
船头捐，落地税，地方捐，营业税，
晒场钱，印花税，符号钱，生活费，
香烟钱，保险费，没底捐税且不说，
还有各种小零碎。
打把事，靠面子，派东西，没人气，一个本，十个利，
白天明敲诈，夜里抢东西，
要问他是哪来的，他们说是土中央。
拿着树棍当钢枪，天地炮，怀里装，
冒充盒子和手枪，草民吓得心里慌，大家跑反净大光。
坏家伙，真正孬，抢去洋钱和钞票，
衣服被子大卷包，一切杂物他都要，锅碗瓢盆一担挑。

只说痛苦一辈子，哪晓得太阳门前过，来了救星共产党，
打跑“九路”湖上安，草民渔民全解放。
组织草民会，取消二滩主，
一起算旧账，滩主乖乖把草滩让。

按：①大滩主，是占有苇滩的地主，二滩主是狗腿子。②乱刀，就是乱柴和刀下的芦茬子。③打二梢，是地痞流氓敲竹杠吃闲饭的二流子。④刀条子，就是砍草的先交刀钱，未交刀钱的连乱刀也不给拾。

刘化楠、周象琰、陈学广作

# 金湖秧歌

### 打起鼓来把歌唱

打起鼓来把歌唱，不唱秧歌心发慌。若是我打鼓你不唱，男的不是真才子，女的不是巧红娘。

林后忠演唱　戴之尧搜集

### 你唱没得我唱多

你唱没得我唱多，我有三千八百箩。大船装去扬州卖，小船装了奔岔河。卖予相公和大姐，唱罢娇娥唱哥哥。

窦连珍演唱　戴之尧搜集

### 小唱如同大麦芒

小唱如同大麦芒，钻皮钻骨钻肚肠。一直钻到心坎里，五脏六腑都舒畅，

小唱如同绣花针，钻皮钻骨又钻心，瘸子听见撂拐棍，瞎子听见把眼睁。

崔连甲演唱　戴之尧搜集

### 开起头来就难收

秧歌好唱难起头，开起头来就难收。张嘴一段五句半，闭口一段四句头。还有一段串十字，顺住嘴巴朝外溜。

王桂兰演唱　戴之尧搜集

### 喉咙沙哑难出口

叫我唱唱我也有，只怪我记性实在丑，就算记得两三个，喉咙沙哑难出口。

叫我唱唱我也有，锅前灶后是好手，见了大佛我就拜(败)，见了师傅难开口。

张玉珍演唱　戴之尧搜集

### 肚里没货难开口

师傅出题把我难，犹如撑船上高山。力气再大不得用，全靠喉咙巧转弯。肚里没货难开口，葫芦里倒不出双黄蛋。

张忠祥演唱　戴之尧搜集

### 我跟师傅隔座山

我跟师傅隔座山，一条花蛇把路拦，有棍不敢拿棍打，有刀不敢拿刀斩，想跟你讨教难上难。

张锡财手抄本　戴之尧搜集

### 还望师傅多担待

拿起锣鼓抱在怀，顽童嘴笨少文才。打鼓不成套路，提锣三榜两筛。如若顽童唱错了，还望师傅多担待。

陈殿楼演唱　戴之尧搜集

### 顽童年幼力不圆

我来言，我来言，我替老师傅担一肩。老师傅一肩二三里，顽童一里两三肩。莫怪顽童我挑不远，顽童年幼力不圆。

周启甲演唱　张志东、戴之尧搜集

### 锣鼓一番接一番

锣鼓一番接一番，唱唱容易打鼓难，七十二套全学会，犹如撑船上高山，学到头白学不全。

张忠祥演唱　戴之尧搜集

### 打鼓要打鼓中央

打鼓要打鼓中央，唱唱要唱姐和郎，如若不唱郎和姐，栽秧的娘子没心畅。

打鼓要打鼓两头，唱唱要拿姐起头，玩耍要跟姐玩耍，风流要跟姐风流。

注：没心畅，方言记音。心里不舒畅、没兴趣、注意力不集中的意思。

张玉珍演唱　戴之尧搜集

### 前朝后汉唱《红娘》

五月里正逢五端阳，背起锣鼓下田庄，七十二套花香鼓，前朝后汉唱《红娘》。

注：《红娘》此处泛指情歌。

崔连甲演唱　戴之尧搜集

## 锣鼓打得咯咋咋

锣鼓打得咯咋咋，双脚下田踏水花，手要敲来嘴要唱，忙过东家到西家。

张忠祥演唱　戴之尧搜集

## 不唱秧歌瞌睡多

鸡叫头遍离被窝，黑咕隆咚去插禾，四爪抠泥生活苦，不唱秧歌瞌睡多。

陈广林演唱　戴之尧搜集

## 苦一生

甲子乙丑[①]年年混，为人帮工苦一生。住的茅草芦笆屋，吃的萝卜山芋藤。

当牛做马流血汗，一年只有二百文，还有一百个毛坠子[②]，东家刻薄亏待人。

注：①甲子乙丑：六十甲子歌头一句，这里是一年又一年的意思。②毛坠子：从前民间私铸的铜钱。

陈德楼演唱　戴之尧搜集

## 五匠歌

茅匠家里屋顶上漏，漆匠家柜子不刷油，木匠家没得好桌凳，铁匠家里刀生锈，瓦匠睡在破窑头。

闵长友演唱　戴之尧搜集

## 穷汉歌

富人不知穷人苦，饱汉不知饿汉饥，一天不做没得吃，一顿不吃饿肚皮。背朝天，头朝地，从早到晚卖力气，打下粮食驴驮去，苦到银钱别人的。做一天，穷一天，忙了一年穷四季，冬天一件破棉袄，一直穿到六月底。风不离，雨不离，早上奔东晚奔西，土地庙里去睡觉，垫块狗皮盖蓑衣。

陈殿楼演唱　戴之尧搜集

## 谁知粒粒皆辛苦

手拿锄头把草除，锄禾正逢日当午。锄得小苗抽抽长，锄得庄稼刷乌乌。一颗粮食一滴汗，谁知粒粒皆辛苦？

柏道传演唱　戴之尧搜集

### 放鸭歌

咿嘈嘈,咿嘈嘈,手拿一把放鸭锹,千军万马我号召。咿嘈嘈,咿嘈嘈,官不睬来民不扰,钱粮国课我不缴。咿嘈嘈,咿嘈嘈,独来独往水上漂,神仙没得我逍遥。

雷心成手抄本　戴之尧搜集

### 小麻雀

小小麻雀遛墙根,遛到外婆家度一春。外婆接住笑盈盈,舅舅接住抱外甥,舅妈接住不吱声。舅妈舅妈莫发愁,小麦开花我就走。哪个山上没石头?哪个水里没泥鳅?哪个伢子没舅舅?

崔俊苹演唱　戴之尧搜集

### 比上不足下有余

别人坐轿我走路,别人骑马我骑驴,回头看看推车汉,比上不足下有余。

徐哲卿手抄本　戴之尧搜集

### 酒色财气

美酒犹如穿肠药,女色好比刮骨刀,钱财其实是猛虎,怒气更是祸根苗。
遇酒不醉量为高,遇色不迷是英豪,遇财不爱真君子,遇气能忍祸自消。

戴曼尊手抄本　戴之尧搜集

### 和字歌

天上和,风雨顺。地上和,五谷丰。爹妈和,疼儿女。儿女和,孝双亲。
弟兄和,全家富。妯娌和,家不分。姑嫂和,如姐妹。夫妻和,赛宝珍。
老年和,多长寿。青年和,早成人。邻里和,有帮衬。社会和,万事成。

吉厚仁演唱　戴之尧搜集

### 黄金难买少年时

番瓜成熟藤子老,黄瓜上架起嫩时。西瓜老来光是水,刀豆老来两张皮。六月鲜鱼赶早卖,庄稼宜早不宜迟。早栽树木早有用,早栽黄秧发叉枝。光阴易过催人老,黄金难买少年时。

孙在安演唱　李雪松搜集

### 四月小麦伏垄黄

四月小麦伏垄黄,颗粒饱满穗儿长。镰刀飞舞割得快,呼呼啦啦像推云。又是一季好年景,精收细打堆满仓。

杨福兵演唱　戴之尧搜集

## 小麦生来面皮黄

小麦生来面皮黄,生在山东侉地方。秋上八月种下去,十冬腊月受苦霜。春上二月抽抽长,三月扬花四月黄。五月拿刀去割麦,女子割来男子扛。小麦上场连枷打,抖净麦秸上风扬。麦粒扬得干干净,簸簸结结下磨坊。磨成面粉白如雪,蒸出馒头予你尝。

王瑞干演唱　王奇搜集

## 小媳妇苦

小媳妇苦,苦难当,黑漆隆咚摸山墙。鸡叫头遍早饭好,鸡叫二遍忙梳妆。鸡叫三遍三担水,鸡叫四遍插黄秧。一天黄秧插到晚,晚上还要磨口粮。脚踏磕罗手捻线,身上还背个夜啼郎。

注:磕罗,又叫罗柜,从前一种筛面粉的工具。

周云演唱　戴之尧搜集

## 鹰来了

小小鸡蛋十五零三双,抱出小鸡来赛凤凰。大鹰叼把小鹰吃,小鸡在云肚里喊亲娘:叽呀,叽呀！惊动了厢房里女红娘。喂嘀,喂嘀,鹰来了,鹰来了！

丁广宇演唱　费家骖搜集

## 太阳下山黄又黄

太阳下山黄又黄,牵条老牛去打场,老牛恋住巴根草,老母猪恋住荸荠塘,八哥子恋住樱桃树,小大姐恋住少年郎。

王瑞干演唱　王奇搜集

## 笑嘻嘻

一趟凉船开往东,一船韭菜一船葱,还带一船一点红。下河的蛮子不识个葱,什么是韭菜什么是葱？甚细为个一点红？船上老板把言开:扁叶是韭菜圆叶是葱,小大姐头上一点红。一趟凉船开往西,一船鸭子一船鸡,还带一船笑嘻嘻。上游的侉子不识个鸡,什么是鸭子什么是鸡？甚细为个笑嘻嘻？船上老板把言开:扁嘴是鸭子尖嘴是鸡,小大姐脸上笑嘻嘻。

王桂兰演唱　戴之尧搜集

## 不如二人配成双

姐家屋后一棵桑,一对苦哇子谈家常:你可怜孤单无妻子,我可怜孤单无小郎,你也苦来我也苦,不如二人配成双。

注:苦哇子,一种鸟名。

雷心成手抄本　戴之尧搜集

## 实在爱煞人

正月里探妹正月正,我带小二妹子去看灯,看灯还是假呀,妹呀,看你才是真,实在爱煞人!

刘兴玲演唱　戴之尧搜集

## 赛如天仙来下凡

红娘子,女娇莲,乌黑的青丝雪白的脸,一双杏眼眯眯笑,两道柳眉弯又弯,赛如天仙来下凡。

李月华演唱　戴之尧搜集

## 八月十五嘴还甜

姐姐在塘里打藕莲,掰一颗莲米送到郎嘴边,七月十五尝一口,八月十五嘴还甜。

李昌邦演唱　戴之尧搜集

## 舍不得伢子套不住狼

舍不得繇子打不得雁,舍不得伢子套不住狼,舍不得工夫撩不到姐,舍不得调理花不香。

注:繇子,意为引诱同类鸟的鸟。

万连华演唱　戴之尧搜集

## 石磙子能挑好几条

想姐姐想得渴焦焦,四两灯草不能挑,五寸缺口不能跨,一日三餐吃不饱,哪个大姐允了我,石磙子能挑好几条。

蒋厚苹演唱　戴之尧搜集

## 试姐心

五月里来日头骄,哥打秧把把秧抛,泥水溅在姐身上,倒看姐姐恼不恼?试试姐心用一招。

柏爱平演唱　戴之尧搜集

## 姐在河边

姐在河边洗蒜苗，一双白手水上漂，顺带一个白米淘。三寸金莲站跳板，八幅罗裙顺风飘，车轴身子水蛇腰。南面来个撑船汉，撑住撑住掉了篙，船头忙到船后艄。又想抬头去望姐，又想低头去捞篙，捞住捞住淌远了。你是哪家裙钗女，你是哪家女娥娇？把我真魂勾去了。

江海兰演唱　王善荣、林后喜搜集

## 四季调情

春季里调情到清明，叮嘱叮嘱小郎君，上门来玩耍呀，脚下要留神。
夏季里调情热难当，叮嘱叮嘱我的郎，热身子下冷水呀，容易受寒凉。
秋季里调情桂花香，叮嘱叮嘱我的郎，多月你不来呀，想坏女红妆。
冬季里调情雪纷纷，叮嘱叮嘱小郎君，野食不长久呀，赶紧想章程！

张玉珍演唱　戴之尧搜集

## 十二月哥妹情

正月里来闹元宵，我看小妹子长得标，爱得不得了。
二月里来百花开，我看哥哥长得帅，心里乐开怀。
三月里来是清明，想你想的浑身疼，你说为谁人？
四月里来忙插禾，你到我家来坐坐，约你有话说。
五月里来是端阳，我也有话跟你讲，不敢上你庄。
六月里来大伏天，家里人多不好言，相会小河边。
七月里来天气凉，送你一点小银两，买件新衣裳。
八月里来过中秋，手拿花绷把花绣，鸳鸯头靠头。
九月里来是重阳，月下悄悄说私房，只有你我俩。
十月里来小阳春，我们相爱一条心，黄土变成金。
冬月里来天寒冷，再好的女子我不认，只爱你一个人。
腊月里来大雪天，情哥情妹心相连，相思又一年。

李月华演唱　戴之尧搜集

## 梦花轿

三更凉月月又高，姐在床上睡着了。忽听得，呜哩哇啦人吵闹，婆婆家抬来大花轿。轿子头上琉璃顶，四角灯笼挂得高。大红帘子，龙凤呈祥花样俏，五色彩绸二边飘。情郎哥哥你真好，到底把轿子抬来了。不用媒人催，不用哥哥抱，我自己爬进大花轿。轿子抬得摇呀摇，求求轿夫你快些跑。颠颠簸簸，猛然一晃闪了腰，把我的好梦惊醒了。

吴圣宝演唱　戴之尧搜集

## 望情郎

姐姐在门口缝衣裳，抬头望见小情郎，一针戳在手指上，只怨钢针不怨郎。

林义华演唱　戴之尧搜集

## 像冤家

水中月亮镜中花，他不想我我想他，墙壁上裂出个人影子，活脱脱像我的小冤家。

胡登香演唱　戴之尧搜集

## 难怪凡人情义多

一座古庙在山坡，土地公陪着个土地婆，泥菩萨尚且成双对，难怪凡人情义多。

刘士兰演唱　戴之尧搜集

## 做双鞋垫送情郎

千针绞，万针绗，做双鞋垫送情郎，前头绣的红荷花，后头绣的花鸳鸯，哥哥穿脚上呀，情义永不忘。

周启甲演唱　张志东、戴之尧搜集

## 绣荷包

姐在房中嘻嘻笑，拿起针线细细描，为郎绣荷包。
上绣蝴蝶双双舞，下绣牡丹朵朵娇，蜜蜂占花梢。
左绣莲花开双朵，右绣茨菇并头交，鸳鸯水上漂。
姐把荷包绣好了，偷偷送予小姑佬，谁也不给瞧。

王桂兰演唱　戴之尧搜集

## 叫我丢情难丢情

茅草叶长根又深，叫我丢情难丢情：除非月亮四角方，除非地上出星星，除非牯牛进针眼，除非蛤蟆能驾云。

张玉翠演唱　戴之尧搜集

## 姐姐生来胖墩墩

姐姐生来胖墩墩，莲花镜前照美人。郎问姐姐照甚细？我数数头发多少根。短的留住打辫子，长的拴住你脚后跟。姐姐生来胖墩墩，吃过晚饭遛墙根。郎问姐姐遛甚细？

我罗罗网上捉蜻蜓。蜻蜓落上罗罗网,要想脱身难脱身。

注:罗罗网,即蜘蛛网。 张锡财演唱 戴之尧搜集

## 画粉墙

小红娘,汨江汪,手拿银簪画粉墙,哥走一天画一道,哥走两天画一双。一片山墙画满了,情哥哥不来为哪桩?

窦连珍演唱 戴之尧搜集

## 想姐姐想得昏沉沉

想姐姐想得昏沉沉,塘灰地上画情人。先画眉毛共眼睛,又画鼻子共嘴唇。我想搂住你亲个嘴,害怕塘灰沾嘴唇。

蔡凤英演唱 费家骖搜集

## 我要天天看见你

姐在房中哭啼啼,一把拽住我郎的衣,有话问道你。以前你一天来两次,如今总是见不着你,为何脚步稀?有什么事儿你尽管说,千万不要憋在肚里,说出来不怪你。小郎一听苦叽叽,喊一声好姐姐呀,让我告诉你。我脚上的鞋子踢破了皮,身上没件像样的衣。不敢来见你。姐姐一听笑嘻嘻,喊一声情哥哥呀,听我告诉你。我做一双鞋子送给你,上等的布料任你选,为你缝新衣。再送你银钱做生意,在我门前屋后转,我要天天看见你!

戴荣芹演唱 戴之尧、李福华搜集

## 经常来跑跑

五月里来五端阳,我要给干妹子买布做衣裳。横罗共绡纺呀,两样要哪样?妹呀,快快对郎讲!妹子一听开言道,叫一声小才郎细听我根苗:两样都不要呀,只要你心肠好,哥呀,经常来跑跑!

张玉珍演唱 戴之尧搜集

## 怎么熬

一年过了年又到,出外的哥哥好心焦:我出门时杨柳刚发苞,如今已是雪花飘。哥想回家路途遥,写封书信无人能带到。想起家中心肝姐,初更哭到鸡子叫,这种日子叫我怎么熬?

张玉珍演唱 戴之尧搜集

### 四季想姐

春季想姐草发青，桃花红艳艳，柳树绿茵茵，花间蝴蝶齐飞舞，想我小钗裙。
夏季想姐大热天，蚊虫闹哄哄，芭蕉来扇扇，越烦越躁越难眠，想我小娇莲。
秋季想姐叶枯黄，无心度重阳，独坐好凄凉，肚里有话对谁讲，想我小红娘。
冬季想姐雪花飘，寒风如刀绞，两眼泪滔滔，一年不见实难熬，想我小娇娇。

张保佑演唱　戴之尧搜集

### 骂情郎

红娘姐姐哭啼啼，望见门外一对鸡：公鸡前头喔喔叫，母鸡后头叫叽叽。
公鸡啄了一颗米，回过头来喂母鸡。骂声小郎负心汉，不如畜生有情义！

张锡财演唱　戴之尧搜集

### 五更天

等郎等到一更天，双手打开门两扇，望望路上无人影，你说话不灵验。
等郎等到二更天，有人敲我窗门帘，赶紧接到厢房里，二人脸贴脸。
等郎等到三更天，怀抱小郎多喜欢，绫罗帐里耍鸳鸯，快活似神仙。
等郎等到四更天，香茶捧到郎面前，热水把子擦擦汗，搂住小郎眠。
等郎等到五更天，二人分手泪涟涟，为何闰年又闰月，不闰五更天？

张锡财演唱　戴之尧搜集

### 五更盼郎

一更亮月月出头，灯盏干烧懒添油，花鞋不脱连衣睡，弯起膀子做枕头，真心实意想情哥。

二更亮月照纱窗，坐在床边等小郎，花鞋脱下打一卦，一只阴来一只阳，我郎走在半路上。

三更亮月月正中，端张板凳望望风，站在凳上朝远望，一望望个倒栽葱，骂声小郎无信用。

四更亮月月儿歪，不知情哥在哪块，里锅煮的白米饭，外锅咸肉烧菜薹，只盼情郎早些来。

五更亮月月下山，我郎跑得浑身汗，拿个扇子郎扇风，打个把子郎擦汗，你来奴家心就安。

张忠祥演唱　金洁溪搜集

## 十想郎

一想情哥哥我的郎,打开青丝理红妆,青丝(情思)绵又长。
二想情哥哥我的郎,拿起针线绣花样,一对好鸳鸯。
三想情哥哥我的郎,姐拿剪刀裁衣裳,为郎做新装。
四想情哥哥我的郎,劝你少要种田庄,累坏我小郎。
五想情哥哥我的郎,端起酒杯尝一尝,无郎酒不香。
六想情哥哥我的郎,推开窗扇看月亮,小郎在何方?
七想情哥哥我的郎,北风呼呼雪茫茫,可曾在路上?
八想情哥哥我的郎,翻身打滚在牙床,鲜花无水养。
九想情哥哥我的郎,五更想到大天亮,你想我也想。
十想情哥哥我的郎,写封书信表心肠,两眼泪汪汪。

窦连珍演唱　戴之尧搜集

## 四季思念

春季到了百花齐开放,思念我的郎,一等好模样,见多少美男子没得我郎强。
夏季到了蚊虫闹嚷嚷,思念我的郎,二人同罗帐,恩恩爱爱要鸳鸯奴家好舒畅。
秋季到了梧桐叶子黄,思念我的郎,下河到长江,带着我五湖四海观看好风光。
冬季到了又把年货忙,思念我的郎,求求爹和娘,不要财不要礼只要配成双。

窦连珍演唱　戴之尧搜集

## 倒卷帘

一轮明月挂树梢,二眉紧锁心内焦。三更想郎实难熬,四面漆黑人未到。五行神课来祷告,六壬卦象现凶兆。七弦琴弹拨凄凉调,八行书写成无处交。九月重阳你失信了,十里长亭妄把誓言抛。十月朝你说一定到,九九已过未曾把面照。八幅罗裙换夹袄,七月又到看鹊桥。六角凉亭花已凋,五内俱焚哭号啕。四海漂泊何处找,三江水难洗心头恼。二八佳人去上吊,一命呜呼魂断了。

注:十月朝,指农历十月初一,是当地的一个节日。

戴曼尊手抄本　戴之尧搜集

## 姐姐生来像枝梅

姐姐生来像枝梅,小郎变成蝴蝶飞,飞去又飞回。
一直飞到花园里,脚脚攀枝手攒梅,哪怕大风吹。
哪怕刮风下大雨,哪怕咔嚓响炸雷,宁死也不回。

死也死在花丛里，葬也葬在梅花堆，甘做风流鬼。

江海兰演唱　王善荣、林后喜搜集

## 逃　婚

姐在房中梳油头，打问情哥哥上杭州，带我一同走。
(问)小妹呀，你娘老子晓得呗？
偷偷瞒住娘老子，打起个包袱往外溜，
滑过后门口。
(问)小妹呀，从哪里走呢？
走到屋后头上大路，赶个渡船到高邮，
兴化过泰州。
(问)小妹呀，哪里有钱用呢？
没得银钱不要紧，手抱琵琶上街头，
大门小户唱春秋。
肩上背个捎马子，各家门口把钱收，
你我二人莫害羞。
(问)小妹呀，晚上我们住哪块呢？
二百个铜钱买上两张席，三根竹子搭高楼，
你我二人住里头。
(问)小妹呀，有人盘问呢？
有人盘问不要紧，你是我丈夫我是你的妻，
怕他怎么的？
有福我们二人享，有罪也是我们受，
没得哪个怨哪个。

江海兰演唱　王善荣搜集

## 渔樵耕读

波浪层层雾蒙蒙，只见船头一渔翁，别说我十网九网空，抵你凿草一年工。
山连山来岭接岭，樵夫砍柴上山林，砍得柴草长街卖，逍遥自在度一生。
小小秧田四角圆，农夫牵牛下庄田，春种夏耘多流汗，但望秋季是丰年。
明窗净几亮铮铮，书房传来读书声，四书五经读通了，进京赶考跳龙门。

戴曼尊手抄本　戴之尧搜集

## 读书之人

读书之人苦用功，寒窗孤灯念诗文，念书念得喉咙哑，写字写得手腕疼。

起五更，睡半夜，不知到头成不成，只盼三榜得高中，脱去青衫换大红。

戴曼尊手抄本 戴之尧搜集

## 各行苦

瓦匠砌墙在露天，夏天挨晒冬天寒；木匠是个力气活，不是锯来就是砍。
种田之人靠天收，一年四季把心担；生意之人为赚钱，东街赶集西街贩。
医生行业有风险，半夜都要把病看；教书先生如坐牢，总为顽童把神烦。
卖唱杂耍像讨饭，行头道具挑一担。古人良言说得好，百样交易百样难。

黄必珍演唱 戴之尧搜集

## 四季苦

春天小媳妇苦难挨，田埂畈子挖野菜，没得小锹拿手抠，妈妈你送个小锹子来。
夏天小媳妇苦难挨，没得手巾敞头晒，晒得脸上起乌云，妈妈你送条头巾来。
秋天小媳妇苦难挨，赤脚下田穿蒲鞋，把我脚拐磨破了，妈妈你送双鞋子来。
冬天小媳妇苦难挨，寒冬腊月雪皑皑，身上无衣担寒冷，妈妈你送件棉袄来。

董姓兰演唱 戴之尧搜集

## 这种日子怎么挨

二八佳人站锅台，眼泪唰唰掉下来。问道大姐哭甚细？说是丈夫不胎胲。
整天赌钱看小牌，一行正事做不来。吃了上顿没下顿，这种日子怎么挨？
注：不胎胲，方言记音，无用或不务正业的意思。

董姓兰演唱 戴之尧搜集

## 无娘苦

倒了大树枯了桩，人一断气难还阳，劝你不要任性子，孩儿年小难离娘。
还未等你过百日，丈夫家中迎新娘，用你锅灶捧你碗，穿你衣裳睡你床。
你两眼一闭升天了，可怜苦了小儿郎，花朵无水蔫了叶，小秧无水叶枯黄。
孩儿无娘已经苦，遇到晚娘更遭殃：她的儿子赛珍宝，你的儿子哭汪汪。
她的儿子吃米饭，你的儿子喝粥汤；她的儿子去念书，你的儿子放猪羊。
她儿穿的新棉袄，你儿穿的破衣裳；她儿鞋子月月换，你儿鞋子塌了帮。
她的儿子不做事，不做事情理应当；你的儿子不做事，好吃懒做骂一场。
她的儿子做错了，妈妈护短又护长；你的儿子做错了，不是打来就是冈。
不看僧面看佛面，回头朝儿多望望，锅勺难免碰锅沿，何必赌气寻无常？

李月华演唱 戴之尧搜集

### 天上星多月不明

天上星多月不明，地上牛多草不生，塘里鱼多搅浑了水，小大姐郎多搅散了心。

周启甲演唱　戴之尧搜集

### 小光棍自叹

一叹我小光棍，实在是苦命的人，衣裳破了没人补，鞋子掉后跟。

二叹我小光棍，实在是苦命的人，忙了一天肚里饿，灶空锅又冷。

三叹我小光棍，实在是苦命的人，想跟老牛说说话，喊它不吱声。

四叹我小光棍，实在是苦命的人，睡到半夜抱枕头，摸摸不是人。

董姓兰演唱　戴之尧搜集

### 哭夫郎

清明时节上坟岗，家家坟前烧纸张，别人哭的亡父母，奴家哭的是夫郎。

当初夫君下扬州，劝你千万莫风流，结果你在花下死，万贯家财一担丢。

劝郎莫要采野花，采花要得绞肠痧。结果你在花下死，活活抛弃小奴家。

只怪夫君心肠狠，莫怪奴家太薄情，等到你坟头长青草，重找个情投意合的人。

戴曼尊手抄本　戴之尧搜集

### 与人共事

与人共事要真诚，不可欺负老实人，借人多少还多少，秤平斗满莫欺人。走路君子断盘缠，不帮三文帮二文，门前过来要饭的，不把一升把半升。人在难中拉一把，落井下石万不能。古来老人有句话，不修今世修来生。

吉厚仁演唱　戴之尧搜集

### 背后不要说别人

会结瓠子会牵藤，会做婆婆会摆文，人前莫要夸自己，背后不要说别人。

崔俊苹演唱　戴之尧、张志东搜集

### 养儿不教不成材

不下春雨花不开，不刮春风燕不来，好玉不雕不成器，养儿不教不成材。

董姓兰演唱　戴之尧搜集

## 桑树苗子从小曳

马驹不训它不乖，孩童不教不成材，桑树苗子从小曳，莫等长大了扳不过来。

刘桂英演唱　戴之尧搜集

注：曳，方言读yue，牵引、扶正的意思。

## 草鞋歌

少时青青老来黄，套在耙头打一双，送君千里终须别，弃旧换新丢路旁。

戴曼尊手抄本　戴之尧搜集

## 竹子歌

竹子生来不为强，荒山野岭都能长。篾匠师傅买了去，做成物件用途广。
做把竹椅放门堂，夏日炎炎好乘凉。起青削黄做凉席，铺在床上四四方。
劈成篾子做鱼篓，捞鱼捉虾数它强。做个篮子拎在手，买鱼打肉上街坊。
做张筛子千只眼，姐姐用它筛米糠。做成斗篷能挡雨，顶在头上插黄秧。
做成筷子人人用，吃饭搛菜美味尝。做支笔杆能写字，吟诗作对写文章。

杨福兵演唱　朱伟、戴之尧搜集

## 小小扁担

小小扁担软悠悠，挑一担白米上扬州，扬州人爱我好白米，我爱扬州的好丫头。

李玉玲演唱　戴之尧搜集

## 挑起来

挑起来，挑起来，小小扁担软歪歪，前头走的梁山伯，后头跟的祝英台。挑起来，挑起来，姜太公稳坐钓鱼台，鲤鱼为的吞钩死，梁山伯为的祝英台。

吴圣宝演唱　戴之尧搜集

## 姐姐挑担

姐姐挑担前面走，小郎紧跟在后头，步套步，脚套脚，两眼不住往前瞅。
春风吹得树头摇，姐姐挑担像柳飘，膀子划，身子扭，看得小郎心花了。

窦连珍演唱　戴之尧搜集

## 老牛自述

西望大路一条牛，嘴啃青草苦溜溜。日里打场团溜溜转，晚上耕田摸墒沟。彀头[①]驾在肩膀上，你不走来打你走。等到牛老无力气，剥我的皮来剐我的肉。有用的卖到三鲜馆，切成盘子好下酒。剥下牛皮蒙个鼓，一夜敲到五更头。还剩骨头无用处，送给人家做活猴[②]。掷到个六点心欢喜，掷到个老幺骂老牛。

注：①彀头，牛肩上拉犁用的弯木。②活猴，即骰子。

崔连甲演唱　费家骖、戴之尧搜集

## 颗颗撒在姐心田

小小秧池一块田，哥哥站在田中间，秧池田里撒稻种，颗颗撒在姐心田。

吉厚仁演唱　戴之尧搜集

## 哥哥挑秧

哥哥挑秧妹栽秧，劝哥打秧心莫慌，秧把密了碰我腿，秧把稀了不接趟。哥哥挑秧两头忙，嘴里小唱哼不停。打个秧把溅起水，丢个端子试姐心。

注：端子，秧把的俗称。　宗秀英演唱　戴之尧搜集

## 打起来，唱起来

打起来，唱起来，白鸽子飞到万花台。一来投师学锣鼓，二来探望女裙钗。打起来，唱起来，莫让锣鼓冷了台。冷了锣鼓还罢了，冷了宾朋永不来。打起来，唱起来，唱得春风杨柳开。杨柳年年换新叶，小大姐月月换新鞋。

张忠祥演唱　戴之尧搜集

## 好歌出在姐身上

好面出在三月黄[①]，好粉出在五月豇[②]，好米出在江西早[③]，好歌出在姐身上。

注：①三月黄：一种小麦品种。②五月豇：一种磨粉用的豆类品种。③江西早：一种早稻品种。

柏义传演唱　戴之尧搜集

## 小大姐锔住少年郎

小小秧田水汪汪，田里水深有蚂蟥。蚂蟥锔住花香腿，小大姐锔住少年郎。

宗秀英演唱　戴之尧搜集

## 撩姐姐

撩不到姐姐不要焦，老鼠打洞慢慢掏。白天帮她挑担水，晚上帮她劈柴烧。

耿家汇演唱 华文鉴搜集

## 干妹子生得俏

夸我干妹子生得俏，柳眉弯弯多风骚。樱桃小口微微笑，一双媚眼把郎瞄。夸我干妹子生得俏，不胖不瘦真苗条。粗粗的辫子细细的腰，你把小郎迷住了。

陈殿楼演唱 戴之尧搜集

## 洗大盆

远看姐姐洗大盆，半边漂来半边沉。你要沉就沉到底，漂漂沉沉想坏了人。

杨福英演唱 张志东、陈发元搜集

## 铁杵也能磨成针

要想钓鱼慢慢等，要想撩姐心要诚。只要下得真功夫，铁杵也能磨成针！

崔登梅演唱 戴之尧搜集

## 石榴开花

石榴开花红又红，找郎莫嫌郎家穷。只要二人情意合，哪怕他住个破窑洞。石榴开花红又红，找郎莫嫌郎家穷。只要哥哥人品好，哪怕他没裤子打灯笼。

周金荣演唱 王善荣、戴之尧搜集

## 茄子开花

茄子开花弯下个头，找姐姐莫嫌姐姐丑。只要姐姐人勤快，哪怕她黑得像泥鳅。

陈殿楼演唱 戴之尧搜集

## 栀子开花一把揪

栀子开花一把揪，姐想哥哥心内忧。犹如螺蛳吞在肚，要想张口难张口。

栀子开花一把揪，哥想姐姐心内忧。犹如鱼钩吞在肚，时时刻刻挂心头。

张锡财演唱 戴之尧搜集

## 心中单怕人想人

行路单怕雨纷纷，撑船单怕顶头风。耕田单怕黄阪土，心中单怕人想人。

宗秀英演唱　戴之尧搜集

## 想姐姐变个好物件

想姐姐想得如油煎，想姐姐变个好物件：想姐姐变个花香鼓，郎变槌子鼓上颠。想姐姐想得如油煎，想姐姐变个好物件：想姐姐变张八仙桌，郎变长凳靠在边。想姐姐想得如油煎，想姐姐变个好物件：想姐姐变个西湖浪，郎变小船浪上颠。想姐姐想得如油煎，想姐姐变个好物件：想姐姐变朵牡丹花，郎变绿叶生两边。

蔡凤英演唱　费家骙搜集

## 乌油伞

乌油伞，烁烁亮，我拢姐家去张张。一直找到姐家里，不见姐姐心发慌。小郎找到秧田里，个个低头插黄秧。人多不好喊姐姐，扇子敲在伞把上。还未敲到三五下，姐姐抬头看见郎。秧把一丢去洗手，十字路口会情郎。

崔玉怀演唱　金洁溪、戴之尧搜集

## 四季对歌

春季里来桃花开，桃树本是我俩栽，如今桃花红似火，小郎为何人不来？春季里来桃花开，我常把妹妹挂心怀，眼看行秧要泡种，有心相会走不开。夏季里来荷花香，荷叶青青芦叶长，妹打芦叶包粽子，粽子送予谁人尝？夏季里来荷花香，我常把妹妹挂心上，田要火晒秧要薅，妹把粽子泡水缸。秋季里来月儿圆，月儿圆圆挂天边，我和洋糖做月饼，不见哥哥饼不甜。秋季里来月儿圆，我常把妹妹挂心田，八月十五正割稻，有心看你误开镰。冬季里来雪茫茫，我织腰带送情郎，千丝万缕抽不断，根根牵动妹心肠。冬季里来雪茫茫，妹送的腰带情意长，一头系在我腰里，一头连在妹心上。

任在英演唱　张志东、戴之尧搜集

## 纸糊灯笼肚里明

芦柴管子两头通，你我有情莫露风，有情不能挂嘴上，纸糊的灯笼肚里明！

张玉珍演唱　戴之尧搜集

## 断手断脚不断情

太阳下山黑沉沉，我家丈夫不是人，铁棍皮条拷打我，问我偷情不偷情？打断骨头连住筋，打破皮肉还有心，断茶断饭不断路，断手断脚不断情！

雷心成手抄本 戴之尧搜集

## 情哥恩情永不忘

栀子开花白如霜，情哥恩情永不忘，倘若忘了情和义，横生倒养见阎王。栀子开花白如银，丁妹对我是真心，谁要忘你恩和义，行船跑马落江心。

邱初芳演唱 李雪松、戴之尧搜集

## 芝麻开花节节升

芝麻开花节节升，蚕豆开花像盏灯，扁豆开花墙头上，有心人恋住有心人。二人有心不说话，纸糊的灯笼肚里明，灯笼虽有千只眼，蜡烛只有一条心。

蔡凤英演唱 费家骖、戴之尧搜集

## 姐跟小郎隔座桥

姐跟小郎隔座桥，水又深来桥又高，姐似流水情不断，郎似桥桩不动摇。

宗秀英演唱 戴之尧搜集

## 一人做事一人当

夏布褂子不怕浆，菊花藤子不怕霜，我自愿跟你来相好，一人做事一人当。

纪春芳演唱 戴之尧搜集

## 不用王婆做红媒

青石磨刀不用水，黄土脱坯不用灰，你有情来我有意，不用王婆做红媒。

黄必珍演唱 戴之尧搜集

## 唱段收歌把工收

唱段收歌把工收，破船搁在烂滩头。要想张网难张网，要想收钩难收钩(歌)。前面布下破渔网，后面挂下铁锈钩。破渔网来铁锈钩，前头张来后头收。一收收个大混子[①]，二收收个大胖头[②]。三收收个大黄鳝，四收收个大泥鳅。耕田的哥哥吃混子，耙田的哥哥吃胖头。挑秧的哥哥吃黄鳝，栽秧的姐姐吃泥鳅。姐姐喜欢吃泥鳅，拿个围裙就来兜。围裙恰好有个洞，一滑滑进夹皮沟。

注：①混子：青鱼的俗称。②胖头：鲢鱼的俗称。

周启甲演唱 戴之尧搜集

### 小小扇子

小小扇子两面开，小郎随身不离怀。虽然不是无价宝，花多少心思弄得来。小小扇子圆又圆，姐姐拿在手里边。我为小郎扇扇汗，六月里玩要少要颠。小小扇子纸面单，秋风一到箱里关。你我情谊须永久，莫要像扇子半年闲。

周启甲演唱　戴之尧搜集

### 阴天下雨烂汪汪

阴天下雨烂汪汪，姐姐打水洗衣裳。一脚踩在砖缝上，泥水冒了一裤裆。泥水冒到花心上，姐姐心中冰冰凉。污泥浑水我不要，我要情哥哥露水浆。

李月华演唱　戴之尧搜集

### 红娘绣花

红娘绣花在香房，绣一朵牡丹在手帕上，牡丹富贵花中魁，缺少绿叶衬花王。红娘绣花在香房，绣一朵荷花正开放，荷花出水根底深，藕断丝连情义长。

李月华演唱　戴之尧搜集

### 大风刮得树头摇

大风刮得树头摇，河里无水妄搭桥，小大姐无郎空打扮，田里无水晒青苗。大风刮得树头歪，郎害相思姐吃斋，只要我郎病不好，姐吃长斋永不开。

宗秀英演唱　戴之尧搜集

### 早遮露水晚遮霜

树上喜鹊叫嚷嚷，买顶礼帽送情郎，礼帽戴在郎头上，早遮露水晚遮霜。天上云雀叫叽叽，买件罗裙送娇妻，罗裙穿在姐身上，日遮风雨夜遮皮。

张玉珍演唱　戴之尧、张志东搜集

### 买块花布送娇娇

买块花布送娇娇，娇娇的褂子做短了。是不是哥哥我少买布？是不是裁缝赚上了腰？一不是哥哥少买布，二不是裁缝赚上腰，是哥哥待我情意好，露出个肚脐子给郎瞧！

施传芳演唱　戴之尧搜集

### 勾魂鬼

树上喜鹊嘴对嘴,树下小郎抱姐姐。姐是小郎心肝肺,郎是姐姐勾魂鬼。

杨福英演唱　戴之尧搜集

### 口红掸在鼻尖上

猛听哥哥一声喊,小妹子房中忙打扮,口红掸在鼻尖上,错把个裤子当汗衫。

吴维勤演唱　戴之尧搜集

### 小小芦苇

小小芦苇绿油油,妹跟干哥哥到滩头。滩上多少男和女,有说有笑好风流。小小芦苇根连根,千棵竿子一根生,不怕风吹和浪打,连在一起不离分。小小芦苇尖又尖,芦苇长在湖滩边。要打芦叶下水去,试试湖水深与浅。小小芦苇青又青,层层芦叶包苇心,打下一片芦叶子,牵动当中一颗心。小小芦苇长又长,芦叶包粽子喷喷香。妹打芦叶包粽子,粽子出锅谁先尝?小小芦苇密层层,芦叶尖子似钢针。划破了干哥哥汗衫子,妹拿针线给你缝。

张忠祥演唱　戴之尧搜集

### 红娘得病

柳树逢春发青芽,红娘得病满床爬,又是肚疼作恶心,又是头痛眼发花。莫不是得了少年痨,莫不是得了绞肠痧?为娘一看着了急,忙把个郎中请到家。先敬郎中一袋烟,又去厨房打蛋茶。郎中说是莫费事,我先替小姐把脉抓。摸摸头来头不热,把把脉来脉不差,看看舌苔苔无滞,问问月经经有花。小姐浑身没得病,急得郎中把头抓。红娘一听微微笑,对住耳朵讲真话。打春上街去买线,遇见我心中小冤家,抱住奴腰亲个嘴,一路相思害到家。拜托拜托好先生,带个口信把给他,春分之前来下礼,过了清明我要出嫁。

注:打春,即立春。

张保佑演唱　戴之尧搜集

### 四季望郎

春季到来百花开,燕子双双绕梁来,进进出出成双对,奴家孤单望郎才。夏季到来石榴花开,端阳美酒桌上摆,多斟一杯放上席,奴家望穿小郎才。秋季到来桂花开,摘一支桂花头上戴,桂花美人香喷喷,奴家虽香缺郎才。冬季到来梅花开,大雪纷纷门难开,屋里烤火还是冷,望郎把奴抱在怀。

张保佑演唱　戴之尧搜集

### 晓星一出送情郎

鸡叫五更闹嚷嚷,惊醒梦中人一双,情哥哥翻身就要走,姐姐一把抱住郎。不要慌来不要忙,让我窗外看月亮,月牙挂在树梢上,晓星一出我送情郎。

宗秀英演唱　戴之尧搜集

### 送郎送到菜园东

送郎送到菜园东,一落停韭菜一落停葱,韭菜割了还能长,大葱割了心里空。送郎送到菜园西 一树桃子一树梨,吃了桃子酸了嘴,吃了梨子两分离。

注:落停,方言记音,即菜畦。

张保佑演唱　戴之尧搜集

### 十送郎

送郎送到一里塘,塘里鸳鸯闹嚷嚷,鸳鸯也知成双对,你我为何不成双?送郎送到二里墩,奴摘手帕送郎君,手帕虽小表心意,见到手帕如见人。送郎送到三里池,水边石榴花满枝,好花堪摘当须摘,莫待无花空折枝。送郎送到四里亭,毛毛细雨下不停,毛雨好似伤心泪,飘飘洒洒不断根。送郎送到五里桥,干哥干妹过小桥,你我二人好一比,牛郎织女渡鹊桥。送郎送到六里坡,小郎外出辛苦多,冷暖寒热自保重,我不能陪伴情哥哥。送郎送到七里塔,七里塔下野花杂,野花有刺不能采,窑姐无情不能搭。送郎送到八里涧,涧里水深过河难,只见艄公来摆渡,总有好人渡难关。送郎送到九里亭,千言万语细叮咛,望郎多多捎书信,情书一字值千金。送郎送到十里台,临别之时哭哀哀,最后问到一句话,不知情哥哥多晚来?

戴曼尊手抄本　戴之尧搜集

### 响五更

一更房中有响声,原是小郎敲窗棂。娘问女儿响甚细?狸猫抓门要进房。二更房中有响声,姐姐开门迎小郎。娘问女儿响甚细?大风刮得窗户响。三更房中有响声,小郎上了姐姐床。娘问女儿响甚细?我拿扇子赶蚊虫。四更房中有响声,鸳鸯枕上说私情。娘问女儿响甚细?屋顶上飞过喳喳郎。五更房中有响声,情哥哥起身出房门。娘问女儿响甚细?嫂嫂开门喂猪羊。

林后忠演唱　戴之尧搜集

### 五湖四海任漂泊

我家丈夫太狠毒,三天两头折磨我,绳子抽来棍子打,青一块来紫一窝。一心想在梁上死,凸眼暴睛舌头拖,死后变个吊死鬼,扛根木头做苦活。一心想在河里死,尸沉水底又难摸,死后变个阴寒鬼,浑身冰冷打哆嗦。一心想在刀上死,鲜血淋淋尸模糊,死后变个无头鬼,肩膀上顶个大铁锅。一心想在药上死,青头紫脸黑骨头,死后变个青面鬼,要与虎狼住一窝。活也难来死也怕,这种日子怎么过?不如与郎去私奔,五湖四海任漂泊。

陆长爱手抄本　戴之尧搜集

### 看花灯

一团和气娃娃灯,二仙和合夫妻灯,三阳开泰丰收灯,四季大顺平安灯。五子登科状元灯,六国封相苏秦灯,七子团圆福寿灯,八仙过海送宝灯。九九连环龙凤灯,十全十美宝莲灯。千盏灯,万盏灯,千盏万盏数不清。

陈殿楼演唱　戴之尧搜集

### 唱花灯

正月十五唱花灯,听我一一说分明:第一盏是走马灯,徐庶走马荐孔明。第二盏是状元灯,独占鳌头文曲星。第三盏是富贵灯,家财万贯有名声。第四盏是蛤蟆灯,夫妻和合好婚姻。第五盏是鲤鱼灯,金光闪闪跳龙门。第六盏是兔子灯,月宫捣药手不停。第七盏是老虎灯,武松打虎传美名。第八盏是八角灯,八锤大闹朱仙镇。第九盏是大圣灯,师徒四个去取经。第十盏是狮子灯,狮子背上驮麒麟。我把十盏唱完了,把点喜钱就动身。

孙国彩演唱　戴之尧搜集

### 访宾朋

喝酒要喝状元红,访友要访好宾朋。唐王访的薛仁贵,文王访的姜太公。貂蝉访的是吕布,山伯访的祝九红。刘备访的诸葛亮,周瑜访的老黄忠。萧何月下追韩信,施恩夺店靠武松。五湖四海皆朋友,人到何处不相逢?

雷心成演唱　费家骖、戴之尧搜集

### 万事空

天也空,地也空,争权夺利有何用?天地万古依旧在,人生一世终是空。日也空,月也空,日月如梭急匆匆,转眼百年过去了,回头望望两手空。金也空,银也空,死后何曾在手中?家财万贯不见了,一生劳碌万事空。生也空,死也空,生死犹如一场梦,千金难买生死路,最后白骨埋土中。

孙在安手抄本　戴之尧搜集

### 人生在世

人生在世苦唉唉,血咕淋落离娘胎,一出生时如猫狗,死活不知慢慢挨。到了一周两三岁，不是跌来就是摔，什么事情都不懂，嘴巴一张哭起来。好容易长到六七岁，又要上学念字块，经过十年寒窗苦，不晓得几个能成材。二十之后要娶亲，家庭重担挑起来，在外又要忙事业，在家又要管小孩。三十四十如牛马，五十六十吃不开，上有老人下有小，又为孙子来安排。七十之后像老狗，没人问来没人睬，一遭得病归了西，又要黄土把身埋。转眼百年就过去，何必争名为钱财？自唉自叹倒罢了，哪样跟你进棺材？

相友堂演唱　戴之尧、张志东搜集

## 生为人子要孝顺

父是天，母是地，天高地厚父母恩。一尺五寸生下你，端尿拉屎忙煞人。一岁两岁娘怀里，三岁四岁不离身，五岁六岁长大了，七岁上学读诗文。十八九岁娶妻子，娶了妻子另立门，老来还未得享福，又要劳碌哄小孙。父母恩情深似海，生为人子要孝顺。一段小唱说予你，千万牢牢记在心！

孙在安手抄本　戴之尧搜集

## 知冷知热是你妻

瓦房高来草房低，草房下面两只鸡，家鸡打得团团转，野鸡打得展双翅。吃米还是老陈米，穿衣还是老布衣，别人疼你总是假，知冷知热是你的妻。

窦连珍演唱　戴之尧搜集

## 嘱咐郎君

金鸡啼鸣叫五更，丈夫匆匆要出门，奴背包袱随后送，嘱咐嘱咐小郎君。无事莫要多喝酒，喝酒误事又伤身，酒后逞强会闯祸，不伤自己伤别人。无事莫进赌钱场，赌钱不是好事情，你把银钱输掉了，越想刨本坑越深。无事莫去大烟馆，鸦片好吃毒害人，一旦鸦片上了瘾，花去银钱尽家冲。无事莫进窑姐门，窑姐都是害人精，甜言蜜语勾引你，只认银钱不认人。劝郎在外自保重，为妻不能多照应，挣到银钱早回家，夫妻好好度营生。

窦连珍演唱　戴之尧搜集

## 扫　墓

清明时节来上坟，家家扫墓祭祖茔，祭礼摆在供桌上，石香炉内把香焚。烧纸烧得地皮黑，不知亡人得不得？得不得的随其你，烧钱化纸表人心。浇酒浇得地皮黄，不知亡人尝不尝？尝不尝的随其你，猪头三牲表心肠。夜间狐狸墓中眠，家中儿女笑灯前，人生有酒须当醉，一滴何曾到九泉？

戴曼尊手抄本　戴之尧搜集

## 节气歌

立春雨水暖洋洋，惊蛰春分渐渐忙，清明谷雨浸稻种，立夏小满二麦黄。芒种夏至插黄秧，小暑大暑热难当，立秋处暑是地火，白露秋分稻上场。寒露种麦到霜降，立冬小雪添衣裳，大雪过了到冬至，小寒大寒杀猪羊。

马在康演唱　戴之尧搜集

## 十二月农事歌

正月立春雨水勤，农活安排要抓紧。二月惊蛰接春分，家家户户忙春耕。三月清明谷雨连，育好小秧是关键。四月立夏小满到，田间管理最重要。五月芒种夏至天，夏收夏插紧相连。六月小暑大暑到，耘趟推耙除杂草。七月立秋处暑来，防旱防涝防虫灾。八月白露到秋分，秋收工作要认真。九月寒露霜降临，抢种三麦不能停。十月立冬小雪天，交售余粮做贡献。冬月大雪到冬至，集中劳力搞水利。腊月小寒大寒连，植树造林建家园。

杨善祥演唱　凌正祥、戴之尧搜集

## 劝善歌

行善之人有好处，作恶之人天自知，富靠贫，贫靠富，买田有个卖田时。恶人如同铁铲头，善人好比田中泥，耕来耕去泥还在，生铁铲头有坏时。富人莫把穷人欺，莫笑穷人穿破衣，叫花子也有时来到，爆灰也有发热时。山上竹子有稀稠，水中荷花有高低，十个指头有长短，两臂哪能一样齐？莫说世上蛇无足，也有成龙驾云时，正如古人说破了，十年河东转河西。

杨正达演唱　戴之尧、费家骖搜集

## 善恶到头终有报

为人莫道春光好，也有冰天雪地时，善恶到头终有报，只是来早与来迟。走时的黄犬猛如虎，背时的凤凰不如鸡，水牛自称力气大，也怕荒坂拉破犁。夫妻本是同林鸟，大难来时各分离，人生在世难预料，十年之后见高低。

杨正达演唱　戴之尧搜集

## 天怕乌云地怕荒

天怕乌云地怕荒，人怕衰老树怕伤，瞎子害怕盘盘路，瘸子害怕凹坑塘。鸡怕黄千子鼠怕猫，野兔怕狗狗怕枪，竹子害怕刀来砍，青草害怕夜头霜。

注：黄千子，黄鼠狼的俗称。

戴曼尊手抄本　戴之尧搜集

## 人心不足

人心总是不足齐,吃饱肚子想穿衣,绫罗绸缎穿上了,房中缺少美娇妻。有了娇妻并美妾,出入无轿少马骑,骡马成群田万顷,无官又怕受人欺。七品知县他嫌小,三品知府还嫌低,当朝一品为宰相,还想九五做皇帝。一朝被人扳倒了,午门斩首命归西,人生犹如一场梦,何必名利争高低?

注:不足齐,方言记音,不满足的意思。

戴曼尊手抄本　戴之尧搜集

## 颠倒歌

姐在房中头梳手,忽听门外人咬狗,姐拿狗子砸砖头,反被砖头咬了手。向来不说颠倒话,扛着个牛牵着个耙,老子没有儿子大,先结果子后开花。

注:本地流传的“颠倒歌”很多,这里选编一首备考。

张后兰演唱　戴之尧搜集

## 打发歌①

六月里来大伏天,是哪个闲人站路边?不是我黄秧缠住手,拽住你个小辫子撂上天!小小秧田四角奓(音zhà,开),田埂上跳来个大沼虾,你不会种田莫下水,你不会栽秧莫看花。我下得田来水又深,蚂蟥叮住脚后跟,三把两把抹不地,你这个东西太缠人!东风不刮刮西风,大雨不下下蒙蒙?珍珠门帘你不挂,拿我槁荐②挡什么风?

注:①在插秧劳动中,歌手们经常用一些言语来嘲弄、戏谑别人,本地称为“打发歌”。这些歌大多为即兴创作,没有固定歌词。这里收录聊见一斑。②槁荐:草编的门帘。

吴仁兰演唱　戴之尧搜集

## 相亲的女婿不是他

过门三天回娘家,带来个女婿像娃娃。女儿堂前泪哗哗,哭天俯地怨妈妈。他十岁,我十八,你说相差不相差?当初媒人来我家,相亲的女婿不是他!

窦连珍演唱　戴之尧搜集

## 十八岁大姐周岁郎

十八岁大姐周岁郎,把屎把尿抱上床,半夜喊妈要喝奶,抱住个老婆喊亲娘。十八岁大姐周岁郎,怀抱小郎泪汪汪,等到郎大姐已老,等到花开叶已黄。

周玉英演唱　戴之尧搜集

## 十字歌

一字一人出书房，二字二客赶路忙，三字三横行千里，四字有口嘴难张。五字金木水火土，六字高头八大王，七字一横勾住脚，八字蛾眉分两旁。九字一撇金钩挂，十字肩扛一杆枪，我把十字交代了，精打细算你在行。

马在康演唱　戴之尧搜集

## 朝代歌

自从盘古开天地，三皇五帝到如今，尧舜古远难稽考，禹王传位自家人。夏商千年到西周，东周接着是春秋，春秋战国七雄起，秦皇统一列国休。两汉之后乱糟糟，三国鼎立孙刘曹，晋分西东司马氏，战乱纷纷南北朝。隋唐五代动刀兵，北宋南宋抗辽金，成吉思汗帝国大，元朝过后是明清。

戴曼尊手抄本　戴之尧搜集

## 面朝黄土背朝天

东方发白下秧田，面朝黄土背朝天，脚踏污泥手抓水，黄秧插破水底天。小娇莲，后退其实是向前。

张忠祥演唱　戴之尧搜集

## 打蒌蒿

这滩低来那滩高，姐在滩上打蒌蒿。郎打蒌蒿驴驮去，姐打蒌蒿没人挑，小娇娇，你给我牵驴我给你挑。

陈广林演唱　戴之尧搜集

## 荷叶出水

荷叶出水尖又尖，荷花爱藕藕爱莲。荷花爱藕身子白，藕爱荷花色色鲜，好哥哥呀，爱你爱了十八年。

林义华演唱　戴之尧搜集

## 不花工夫不到手

姐与小郎隔条沟，姐栽红菱郎栽藕，要吃菱角下水摘，要吃河藕下水抠。小娇流，不花工夫不到手。

王桂兰演唱　戴之尧搜集

### 要等花开须耐心

栀子打朵骨朵儿青，要等花开须耐心。垈头田里跑成路，窗户底下站成坑，小干亲，看你答应不答应？

孙国彩演唱　戴之尧搜集

### 粗糠当饭心也甜

苦瓜接上苦黄连，你我都是苦命人。土坯当床我能过，瓤草当被我不嫌。情哥哥呀，粗糠当饭心也甜。

王桂兰演唱　戴之尧搜集

### 一片水田白茫茫

一片水田白茫茫，田里姐姐插秧忙，哥哥挑秧在田埂，红娘看人不看秧。小红娘，黄秧插在脚面子上。

张锡财手抄本　戴之尧搜集

### 栀子花开靠墙栽

栀子花开靠墙栽，墙头上冒出个花朵子来。东庄大姐要花戴，西庄大姐要花栽，小裙钗，人多花少我匀不开。

黄必珍演唱　戴之尧搜集

### 栀子花开大白袍

栀子花开大白袍，虚情莫跟姐相交，滚水锅里难下手，流水河里难下篙，好哥哥呀，石头上栽花难下锹。

陆水英演唱　费家骖搜集

### 不是嫌贫爱富人

栀子开花骨朵子青，叫声姐姐你是听：腰里无钱自戒赌，没得银钱送佳人。小钗裙，只因我小郎是穷人。栀子开花白如银，叫声小郎你是听：只要哥哥心肠好，有钱无钱我不问。小亲亲，我不是嫌贫爱富的人！

柏义传演唱　戴之尧搜集

### 露水夫妻不长久

喊声小郎听分晓，你千万不要找烦恼：露水夫妻不长久，别人的妻子不到老，好哥哥呀，胡子上饭米吃不饱。

万连华演唱　戴之尧搜集

## 荷叶深处捉迷藏

莲花满池叶满塘，妹在池边等情郎，有心试试郎心意，打张荷叶顶头上，小情郎，荷叶深处捉迷藏。

邱初芳演唱 戴之尧搜集

## 哪怕山高水又深

望见对面满山红，大河拦在路当中。山高总有人行路，水深也有过河的人。采花郎啊，哪怕山高水又深！

张忠祥演唱 戴之尧搜集

## 隔山隔水不隔心

郎有意来姐有情，哪怕山高水又深。山高也有人行路，水深也有过河的人。小娇人，隔山隔水不隔心！

张玉翠演唱 戴之尧搜集

## 约你晚上有话讲

小小秧田水汪汪，红娘一家插黄秧。妹妹赤脚下田去，花鞋脱在田埂上，小妹子，田里水冷莫着凉。六月里栽秧赶上趟，红娘低头插秧忙。人多不敢喊妹子，丢两个铜钱在鞋帮，小妹子，约你晚上有话讲。

李昌邦演唱 戴之尧搜集

## 蛋瘪子藏在碗底下

栀子打朵满树花，哥哥帮工到我家，早上一碗油炒饭，晚上一碗油疙瘩，小冤家，蛋瘪子藏在碗底下。

杨福英演唱 张志东、戴之尧搜集

## 锅铲子修脚疼死人

黄秧发杈靠的是根，撩姐姐要靠姐有心；黄秧无根水漂起，撩姐姐无心是虚情。小干亲，锅铲子修脚疼死人。

张玉珍演唱 戴之尧搜集

## 东边下雨西边晴

东边下雨西边晴，半边太阳半边云，有情的哥哥顺风过，无情的汉子落江心。小郎君，就看你专情不专情。

宗秀英演唱　戴之尧搜集

### 隔河望见桂花开

隔河望见桂花开，恨不能连根挖过来栽。隔河有位好姐姐，恨不能连衣抱在怀。小裙钗，人家的妻子我想不来。隔河闻见桂花香，有位好姐没好郎。好木匠打个斜角柜，孬木匠打个正牙床。小肝肠，菖蒲草占住了荷花缸。

宗秀英演唱　戴之尧搜集

### 一朵好花赛芙蓉

一朵好花赛芙蓉，可惜生在高之莲，如若长在我园里，早上浇水晚上松。小娇容，包你开得满园红。

张玉珍演唱　戴之尧搜集

### 半文钱

二八佳人女娇莲，床头摸到半文钱。我笑铜钱缺一半，铜钱笑我一人眠。小娇莲，你不成双我不圆。

张锡财演唱　戴之尧搜集

### 绣兜兜

姐在房中绣兜兜，绣个兜兜送情哥，上绣金龙盘玉柱，下绣狮子盘绣球，情哥哥，兜兜贴在郎心口。姐在房中绣兜兜，绣个兜兜送情哥，上绣喜鹊喳喳叫，下绣鸳鸯叫哥哥，情哥哥，兜兜虽小情深厚。

张玉珍演唱　戴之尧搜集

### 梦红娘

月亮爬上东山冈，小郎伏在书桌上。忽见一位好姐姐，嘻笑盈盈进书房。小咚仓，天上掉下个美娇娘。为郎磨墨写文章，为郎润喉沏茶汤。小郎抓住红娘手，香茶泼在郎身上。小咚仓，惊醒南柯梦一场。

戴曼尊手抄本　戴之尧搜集

### 结识个姐姐在南园

结识个姐姐在南园，二人相见默无言，花针钉钮子眼对眼，早朝饼一合脸对脸。小娇莲，茅草窠里去团圆。

注：早朝饼，米粉做成，宫廷食品，最初是大臣上朝时的早点，后传入民间。出锅时两

张一合,用以包夹其他食物。

戴曼尊手抄本 戴之尧搜集

## 结识个姐姐在河西

结识个姐姐在河西,我去看姐带只鸡,路远迢迢难寻找,小母鸡拎成了老母鸡。小娇妮,你家到底在哪里?

林后忠演唱 戴之尧搜集

## 郎姐行

郎跟姐姐一路来,背后闲话半截街。旁人说来由他说,郎装痴来姐装呆,小情哥,说得心里倒自在。姐在情郎后面跟,摔个泥堡子试郎心。情郎回头盈盈笑,姐送秋波来传情,小情哥,撩你不是撩外人。郎跟姐姐过小桥,干哥干妹一般高。有人说是两口子,要是两口子倒好了,小情哥,庙里定把高香烧。姐跟小郎一路行,迎面撞见姐父亲。小郎低头作个揖,姐站旁边不吱声,小情哥,谅你不敢喊丈人。

应启明手抄本 戴之尧搜集

## 我跟姐家隔条沟

我跟姐家隔条沟,一沟清水绿油油。姐姐天天来淘米,小郎天天来饮牛。小娇流,二人隔河抛绣球。

刘士兰演唱 戴之尧搜集

## 姐跟小郎隔条沟

姐跟小郎隔条沟,有人说我把情偷,从未说过玩笑话,偷情只在心里头,小情哥,难道你是死木头?姐跟小郎隔条沟,常把哥哥挂心头,有心把话来点破,又怕小郎不同口,小情哥,气得姐姐把心揉。姐跟小郎隔条沟,约郎月上柳梢头,双双坐在树底下,千言万语难开口,小情哥,话到嘴边又怕羞。姐跟小郎隔条沟,水上桥软姐犯愁。小郎一步走过来,紧紧抓住姐的手,小情哥,抓住千万莫再丢!

应启明手抄本 戴之尧搜集

## 采 菱

菱棵肥,菱角尖,小小木船水上颠,哥哥撑船姐姐摘,剥个菱米子郎尝鲜。小婵娟,菱米子没得姐嘴甜。

陈桂英演唱 戴之尧搜集

## 哪个死人才变心

丝瓜上架藤连藤，你我二人心连心，要好好到碗子烂，要好好到海结冰，小干亲，哪个死人才变心。

徐俊业演唱　戴之尧搜集

## 铁树开花把郎丢

瓜藤上架分杈头，狠心的姐姐把我丢。要丢我来早些说，让我别处打浪流，姐姐呀，省得日后结成仇。瓜藤上架头搭头，哪个死人把郎丢。要好好到碗子烂，好到海干裂石头，情哥哥，铁树开花把郎丢。

赵连城演唱　王善荣、戴之尧搜集

## 天长地久不离分

二八佳人女娇流，喊一声姐姐听根由：当初与你赌过咒，除非两个死一个，小娇柔，小郎永不把你丢。

二八佳人女钗裙，喊一声情哥哥你是听：当初相好说得明，生同罗帐死同坟，小情人，天长地久不离分！

蔡凤英演唱　费家骖搜集

## 月亮出来

月亮出来白沙沙，照见墙头扁豆花。一枝生在墙头上，一枝生在大树桠，小冤家，莫不是丢我爱上了她？月亮出来白沉沉，照见墙头扁豆藤。叶子搭在墙头上，藤子缠住树腰身，好姐姐，爱你绝不爱旁人！

徐之平演唱　戴之尧搜集

## 一对喜鹊

一对喜鹊站树梢，你我恩情渐渐好，若是要把恩情断，郎长胡子姐弯腰。好姐姐，永远不丢小奴娇。一对喜鹊落树根，你我恩情渐渐深，若是要把恩情断，鳌鱼眨眼地翻身。好哥哥，永远不丢小郎君。

徐俊业演唱　戴之尧搜集

## 望郎来

姐姐门前一棵槐，我手攀槐枝望郎来，娘问女儿望甚细，我看是家槐是野槐，小郎才，我真心实意望郎来。姐姐门前一棵桑，我手攀桑枝把郎张，娘问女儿望甚细，我看是花桑是果桑，小才郎，我真心实意把郎张。姐姐门前一棵柳，我手攀柳枝把郎瞅，娘问女儿望甚细，我看是杨柳是垂柳，小娇流，我真心实意把郎瞅。姐姐门前一棵桃，我手攀桃枝把郎瞟，娘问女儿望甚细，我看是毛桃是时桃，小娇娇，我真心实意把郎瞟。

林后忠演唱　戴之尧搜集

### 栀子花开心儿黄

栀子花开心儿黄，六月里撩姐热难当。姐姐好比井底水，搂在怀里冰冰凉。小咚仓，赛如西瓜拌洋糖。栀子花开心儿黄，腊月里撩姐冷难当。姐姐好比炉中火，搂在怀里暖洋洋。小咚仓，赛如烧酒加生姜。

刘士兰演唱　戴之尧搜集

### 天上下雨烂坯坯

天上下雨烂坯坯，姐叫情哥哥不要来。姐家没得砖天井，踩出个脚印子有人猜，小郎才，无影子说出有影子来。天上下雨烂坯坯，叫我不来偏要来。我把鞋子倒着走，只见出去不见来，小妹子，叫他神人也难猜。

注：坯，方言读pai。烂坯坯，形容路面泥泞。

江海兰演唱　王善荣、林后喜搜集

### 以后敲门叫小名

月亮下山黑沉沉，隐隐听见敲门声，要是情哥哥还罢了，要是野汉子我不开门。小情人，以后敲门叫小名。

赵可梅演唱　戴之尧搜集

### 姐在房中绣花鞋

姐在房中绣花鞋，小郎溜到房中来，双手捂住姐姐脸，把个难子你猜猜：小裙钗，倒看你猜出是哪个来？姐姐一听笑起来，叫声情哥哥听根排：我心中没有第二个，定是南庄小郎才，情哥哥，什么风把你刮的来？小郎一听笑哈哈，姐姐怀中摸一把：一年三百六十日，我多在外面少在家，好姐姐，今晚陪你说说话。姐姐一把抱住郎：绒线没得情谊长，我把针线收好了，吹灭油灯配情郎，好哥哥，一夜陪你到天光。

张玉珍演唱　戴之尧搜集

### 龙车下河

新造的龙车抬下河，两边挂的锣和鼓，车干了多少塘和坝，打破了多少鼓和锣。小哥哥呀，救活黄秧杀老鹅。

张保佑演唱　戴之尧搜集

### 小小踏枕

小小踏枕[1]尖又尖，一根车杠[2]搁两边，四个汉子来车水，十六只脚拐[3]颠倒颠。小娇莲，车轴踩的滚滚圆。小小踏枕黑黝黝，车槽支在姐门口，青年小伙来车水，十八岁大姐来膏油[4]。小娇流，车轴膏的滑溜溜。

注：①踏枕，两边搁车轴和横梁的支架。②车杠，即横梁趴。③脚拐，装在车轴上踩脚用的木件。④膏油，将油加在车轴上起润滑作用。

马在康演唱　戴之尧搜集

### 车水锣鼓打得喧

车水锣鼓打得喧，隔田踩车救秧田，田不上水加把劲，水头不猛力不圆。小哥哥呀，还要主家添工钱。

马在康演唱　戴之尧搜集

### 芦柴笆子芦柴墙

芦柴笆子芦柴墙，芦柴柱子芦柴梁。喝的湖中水，住的破草房，菱稞来充饥，蒌蒿当口粮。苦难日月何时了，穷人两眼泪汪汪。

张忠祥演唱　戴之尧搜集

### 逃　荒

日里讨饭转村庄，夜里睡觉在檐廊。一家老小，淹水逃荒，忍饥挨饿，苦闷惆怅。但愿水灾早早退，收拾收拾回家乡。

赵芳演唱　戴之尧搜集

### 空着两手到娘家

篱笆墙外开菊花，梳洗打扮回娘家。别个金丝夹，插朵大绒花，提篮大螃蟹，拎只大麻鸭。叫声亲娘我的妈，姑娘来看望你老人家。突然一阵狂风起，把我刮个仰八叉。跌断金丝夹，鼓掉大绒花，爬了大螃蟹，逃了大麻鸭。叫声亲娘我的妈，空着两手到娘家。

崔俊华演唱　戴之尧搜集

### 情哥爱姐姐爱郎

情哥姐家隔面塘，一塘荷叶乌夯夯。根在水底，叶在水上，开花一对，结莲一双。荷花爱莲莲爱藕，情哥爱姐姐爱郎。

孙永英演唱　金洁溪搜集

## 小小鲤鱼

小小鲤鱼粉红鳃,上江游到下江来。鲤鱼虽小,是碗好菜,红娘虽小,长得可爱。不为宾客不下网,不为冤家我决不来!

李月华演唱　戴之尧搜集

## 探　郎

情人哥哥在北荡,姐姐乘船去探望。提包蜜枣,拎包洋糖,脚下一滑,跌进船舱。皮跌破了不要紧,纸跌破了我心伤。

周启甲演唱　戴之尧搜集

## 我与妹妹隔条河

我与妹妹隔条河,妹妹养鸭我养鹅。我帮妹妹,妹妹帮我,鹅鸭合趟,哥唱妹和。专业户对专业户,哥妹二人情意合。我与妹妹隔条沟,妹妹养蚕我养牛。我帮她采桑,她帮我放牛,蚕肥牛壮,情深义长。志同道合感情好,相亲相爱到白头。

崔登梅演唱　鲜月林搜集

## 哪怕风吹浪来颠

正月里来是新年,哥哥陪我去逛店,背后闲人,指指点点,你说就说,我不搭言。老和尚独坐金山寺,哪怕风吹浪来颠!

柏义传演唱　戴之尧搜集

## 放风筝

郎放风筝飞上天,一飞飞到姐面前。丢下箩笾,放下针线,痴痴呆呆,想了半天,这个风筝来得巧,千里姻缘一线牵。

林义华演唱　戴之尧搜集

## 只因哥哥在心上

燕子双双绕高梁,姐在房中想情郎,嘴说不想,心中常想,想丢难丢,想忘难忘,不是红娘记挂你,只因哥哥在心上。

吴维勤演唱　戴之尧搜集

## 心中好比滚油煎

春季里来百花鲜,二八佳人进花园。蝴蝶双双,绕在眼前,蜜蜂阵阵,落在花尖。红娘不觉春情动,心中好比滚油煎。

陈桂英演唱　戴之尧搜集

### 送郎送到小木桥

送郎送到小木桥,一对鸭子水上漂,小小鸭子,水里淘淘,泥鳅打洞,洞里掏掏,掏出个泥鳅钻花心,淘出个姐姐大水瓢。

柏义传演唱　邓学伟、孙道银搜集

### 送郎送到荷花塘

送郎送到荷花塘,一片荷叶漂水上。池水碧绿,荷花粉红,藕干顶上,结下莲蓬。荷花上面结莲子,荷花下面藕成双。

蔡凤英演唱　费家骖搜集

### 送郎送到二里台

送郎送到二里台,姐陪小郎去歪歪。一阵暴雨,无遮无盖,姐把小郎,搂抱在怀。好比一对野鸭子,风吹浪打不散开。

张保佑演唱　戴之尧搜集

### 到死不丢小冤家

我在姐家吃袋烟,人家说我们谈半天。姐叫情哥,莫听闲言,二人情义,永不断弦,老和尚独坐金山寺,不怕风吹浪来颠。我在姐家喝盅茶,人家说我们多少话。姐叫情哥,不要害怕,二人恩爱,永不变卦,真金哪怕烈火炼,到死不丢小冤家。

杨占余演唱　金洁溪、戴之尧搜集

### 想郎想得无处想

想郎想得无处想,半夜三更上山岗。蹲下来瞧瞧,站起来望望,望见个树桩,当着个才郎。树桩也来欺骗我,气得我眼泪肚里淌。想郎想得无处想,半夜跑到圩埂上。蹲下来瞟瞟,站起来张张,望见个蓬蒿,当着个才郎。蓬蒿也来欺骗我,气得我两眼泪汪汪。

孙贵明演唱　戴之尧搜集

### 想姐姐

想姐姐变一个西天亮月,郎变得似星星围在边边。想姐姐变一个长湖大浪,郎变得似小船浪上颠颠。想姐姐变一个蓝花大碗,郎变得似牙筷碗上搛搛。想姐姐变一个梧桐大树,郎变得似萝藤树上缠缠。

徐丁香演唱　戴之尧搜集

## 红娘打扮

小红娘在房中打扮俊俏，脸搽的杭州粉雪白窈窕。耳朵根白答答鎏金双环，金丝来别乌云亮熠铮铮。上穿的大红袄鸳鸯扣子，紫罗裙褡披肩锦绣分明。红缎鞋满帮花俏俏正正，小金莲只三寸实在爱人。

王长琳演唱　戴之尧、于民生搜集

## 十爱姐

一爱姐青丝发赛如乌云，长辫子二边甩撩拨郎心。二爱姐脸俊俏五官清秀，鸭蛋脸粉红腮又白又嫩。三爱姐眉毛好弯弯细细，就好像柳叶子两边对分。四爱姐眼睛美生的可爱，似秋波水汪汪暗中传情。五爱姐鼻子巧好似宝玉，又不大又不小端端正正。六爱姐樱桃口红红润润，小嘴唇未说话嘻笑盈盈。七爱姐一双手生得好看，尖尖指多苗条细如竹笋。八爱姐两条腿如同玉柱，脚又白腿又嫩实在疼人。九爱姐身材好不胖不瘦，高高个细细腰一等人品。十爱姐打扮得十分漂亮，云披肩配罗裙赛似观音。

张保佑演唱　戴之尧搜集

## 看干哥

看干哥身材好不瘦不胖，又不高又不矮端端庄庄。看干哥品貌好五官端正，粗眉毛大眼睛鼻直口方。看干哥年岁好二十出头，与小妹来相配正正当当。看干哥心肠好为人忠厚，但愿得能与他结成鸳鸯。

张忠祥演唱　戴之尧搜集

## 问一声

问一声干哥哥爱我什么？我爱你人品好窈窕端正。
问一声干哥哥爱我什么？我爱你手灵巧引线穿针。
问一声干哥哥爱我什么？我爱你心肠好体贴温存。
问一声干哥哥爱我什么？我爱你不嫌贫恩重情深。

张忠祥演唱　戴之尧搜集

## 三槌锣七槌鼓

三槌锣七槌鼓格格震震，敲起锣打起鼓陡长精神。
敲锣鼓全唱的风流韵事，不由你小红娘不动春心。
我先唱祝英台爱上梁兄，我再唱莺莺女私会张生。
小牛郎与织女鹊桥相会，七仙女为董永私下凡尘。

小龙女爱上了书生柳毅，花魁女爱上了卖油郎君。
出家人做尼姑也偷和尚，白娘子是蛇精也爱凡人。
唐明皇为天子敢娶儿媳，武则天是女皇包养俊臣。

张忠祥演唱　戴之尧搜集

### 耍五更

在香房耍一更恩恩爱爱，你比那美潘安俊俏三分。
在香房耍二更甜言蜜语，你好比唐明皇爱惜佳人。
在香房耍三更龙腾虎跃，你好比长坂坡虎将赵云。
在香房耍四更人困马乏，你好比老黄忠有力难撑。
在香房耍五更鸡鸣狗叫，你好比杨六郎沙场收兵。

柏传华演唱　戴之尧搜集

### 趱工忙

蒙主家请一班好玩的朋友，敲锣鼓唱秧歌赶来帮忙。张邋遢李邋遢提锣挂鼓，刘癞子毛癞子一齐开腔。胖姐姐一听得主家锣响，走一步扭一扭摇摇晃晃。

瘦姐姐一听得主家锣响，巧梳头细打扮急急忙忙。高个子姐一听得主家锣响，卷裤腿下秧田活像个青桩。矮个子姐一听得主家锣响，脱花鞋下秧田水漫裤裆。挑秧哥万不要偷工挨懒，你多出力多攒钱供养爹娘。秧工姐加把劲快赶上趟，栽黄秧抢季节莫误时光。

注：青桩，一种长腿水鸟。　　张忠祥演唱　戴之尧搜集

### 十月怀胎

一个月怀了胎红娘不知情，一滴滴露水珠落在姐花心。
两个月怀了胎点点在娘身，恰好似浮萍菜飘游未扎根。
三个月怀了胎红娘像害病，茶不思饭不想哇哇作恶心。
四个月怀了胎红娘没精神，做事情身子懒拿线又掉针。
五个月怀了胎红娘病哼哼，坏心的小姑子说我是装病。
六个月怀了胎红娘怕翻身，晴转阴天气变浑身处处疼。
七个月怀了胎红娘须小心，怕只怕闪了腰伤动小娇身。
八个月怀了胎红娘腹如盆，小娇儿在腹中脚踢手又伸。
九个月怀了胎红娘要催生，外婆家来小轿接我去串门。
十个月怀了胎娇儿快临盆，腰又酸腹又痛如进地狱门。
我丈夫没主意急得乱纷纷，老婆婆烧高香磕头拜家神。

儿奔生娘奔死死死又还魂，天底下万般情难报是母恩。

雷心成演唱　费家骖、戴之尧搜集

## 人老了

人生在世界上都有父母，老养小小养老世代顺应。人老了体力弱行动缓慢，莫怪他做事情慢慢吞吞。人老了走不动腿脚不便，陪老人一路走走走停停。人老了听不见耳朵不灵，说话时要慢些大点声音。人老了眼睛花视力不好，最好是配一副老花眼镜。人老了缺牙齿咀嚼不便，饭和菜烂妥妥不要生硬。人老了记性差丢三落四，做事情毛草草来头失魂。人老了要儿孙经常陪伴，最不能单独过孤苦伶仃。人老了绝不能一人外出，在路途遇麻烦无人过问。人老了看小牌不要带晚，输和赢是小事熬夜伤人。人老了要带他经常洗澡，勤换衣勤晒被注意卫生。人老了会生病身体虚弱，切莫要受寒凉引病上身。人老了一旦是有了重病，及时的来治疗定要孝顺。人老了有时候会发脾气，做儿孙一定要忍气吞声。老养小小养老世间常理，转眼间你也会变成老人。你现在对老人是好是坏，其实是做样子教育后人。

沈亚洲手抄本　戴之尧、张志东搜集

## 十枝花

一枝花关云长独行千里，二枝花薛仁贵跨海东征。
三枝花李三娘磨坊受苦，四枝花杨四郎流落番邦。
五枝花伍子胥昭关闯过，六枝花杨六郎把守三关。
七枝花七仙女拦住董永，八枝花杨八姐私闯幽州。
九枝花魏九郎仙山送表，十枝花孙大圣搅乱乾坤。

张保佑演唱　戴之尧搜集

## 四大传说歌

春季里春风吹百草鲜嫩，祝英台改了装去学诗文。
夏季里大小暑热浪滚滚，白娘子漫金山水淹庙门。
秋季里天转凉秋风阵阵，小牛郎过鹊桥相会亲人。
冬季里雪花飘天气寒冷，孟姜女寻夫君哭倒长城。

杨正达演唱　戴之尧搜集

## 十二月道古人

正月里蜡烛花堂前闪闪，郑板桥画竹子孤孤单单。
二月里荠菜花开在野外，二郎神将妹子压在华山。

三月里小桃花满园开放，刘关张在桃园立下香案。
四月里牡丹花荣华富贵，解学士去赶考高中为官。
五月里栀子花满树白了，伍子胥白了头闯过昭关。
六月里番瓜花开在藤上，杨六郎与番兵沙场征战。
七月里菱角花星星点点，戚继光抗倭寇解民苦难。
八月里桂花开香气扑鼻，八贤王保寇准破了大案。
九月里野菊花有黄有白，魏九郎跳火坑送表游山。
十月里芦苇花飘飘落落，石达开大渡河全军遇难。
冬月里小雪花纷纷洒洒，小董永槐树下等妻回还。
腊月里水仙花桌上供放，诸葛亮借东风救了江南。

吴丕宗演唱　戴之尧搜集

## 倒十二月古人

十二月蜡烛花佛灯光明，观世音在佛堂念佛修行。
十一月小雪花漫天飞舞，小王祥卧寒冰救活母亲。
十月里百草花枯霜打死，孟姜女送寒衣哭倒长城。
九月里黄菊花满园开放，杜康王做米酒醉死刘伶。
八月里金桂花枝头闪闪，韩湘子背书箱转回家门。
七月里芝麻花独苗单根，胡敬德执钢鞭护卫朝廷。
六月里小荷花池塘妆粉，薛仁贵骑白马跨海东征。
五月里番瓜花满地牵藤，小刘全献金瓜死死还魂。
四月里小麦花张口白面，李三娘在磨坊哭到天明。
三月里小桃花满园粉红，刘关张焚高香结拜弟兄。
二月里荠菜花白白盈盈，祝英台与梁兄同下山林。
正月里打碗花金银共分，梁山泊众好汉一百零八人。

雷心成手抄本　戴之尧搜集

# 淮安南闸民歌

## 八仙过海闹嚷嚷(散板唱词)

汉钟离酒醉挺着大肚子,吕洞宾系着一条梅花道士巾。
曹国舅戴着王侯礼帽多文静,张果老拿着渔鼓唱道情。
铁拐李撑着葫芦拐杖一路跛,何仙姑多像艳丽佳人流风情。
韩湘子口吹笛子驾云鹤,蓝采和手提花篮笑盈盈。
八位仙君浩浩荡荡来东海,各显神通一路春风驾祥云。

金矿整理

## 拔根芦柴花

叫呀我这么你啊来啊我啊就来了,小哥哥自家人你可不见外。
拔根那芦柴花花,清香里那个玫瑰玉兰花儿开。
栀子花儿扑鼻香,有心要把花儿采。
小小的郎儿哎,快给我的小妹妹头上戴起来。

白米饭那个好吃秧啊难栽吆哎,小妹妹栽秧赶上趟来呀来比赛。
拔根那芦柴花花,清香里那个玫瑰玉兰花儿开。
千吭头来弯弯腰,汗珠子儿挂满腮。
小小的郎儿哎,挑秧的那个小哥哥你呀快来。

注:吭,方言,意为低头。

邵连英演唱　金矿整理

## 百家姓说古人(串十字)

赵钱孙李存孝独拳打虎,周吴郑王彦章铁篙撑船。
冯陈楮尉迟恭单鞭救主,蒋沈韩杨四郎失落番邦。
白龙驹走天边鲁韦昌马,小佳人在厢房苗凤花方。
园沟旁长几棵俞任袁柳,家后边有一个酆鲍史唐。

倪步华演唱　金矿整理

## 背龙口(劳动仪式歌)

我为主家背龙口,勤俭有路向上走,敬老爱子皆如意,吃不焦来穿不愁。

我为主家背龙口,五谷丰登龙抬头,瓦匠下爬吃晚饭,主家登高福禄寿。

我为主家背龙口,银钱元宝聚金斗,福星高照三元地,迎来凤凰三点头。

老板家里盖新楼,我为老板背龙口,百万钞票挣家来,小康人家福满楼。

王怀中原词　金矿整理

## 村姑十恨(十恨调)

一恨我的娘,我娘不应当,十七十八正当样,不替奴家办嫁妆。

二恨二公婆,公婆无奈何,蒿草心儿好喂鹅,你为何不早带小奴。

三恨做媒的,做媒的不应该,有门有户你去说,你为何不找我。

四恨我的妹,妹妹比我小两岁,早已男成双女成对,我越想越掉泪。

五恨我嫂子,嫂子也罢了,怀抱小儿直对我奴笑,我越想越懊糟。

六恨我哥哥,我哥哥无话说,手捧文章四处读,就是不帮我。

七恨七庙堂,早扫地晚烧香,我还像个女和尚,哪天才能配才郎。

八恨八朋友,朋友没到手,好像东海沉下玉石头,一次未到头。

九恨菊花黄,新枕铺牙床,各室收拾停停当,哪是我的小情郎。

十恨抬轿的,抬轿的狗养的,有门有户你去抬,你为何不来抬我的。

婆家跑来把信的,丈夫已是短命人,婆娘两家都上门,哭坏了小奴人。

按:此歌谣表现了旧时代村姑未过门就守寡的悲惨情景。

潘学红演唱　金矿整理

## 挑担白米下扬州(挑担号子)

小小扁担软抽抽,挑担白米下扬州,扬州夸我好白米,我卖白米换丝绸。

鸡叫头遍吃早饭,五更离开锅门口,一日高邮歇歇脚,两天带赶落日头。

肩上磨出鼓瘤子,一担白米两芭斗,三十子,褂子籼,舂碓磨担冒油油。

瓜叉白,精茶细,锅盖一揭香喷喷,乾隆皇帝伸舌头,琼花含羞把头低。

天下闻名多风流,美名千古数扬州,隋炀皇帝找妈妈,唱段扬州小开口。

二十四桥明月夜,琼花美女坐高楼,贪恋琼花不想走,万里江山一旦丢。

扬州扬州真扬州,里河名都靠江口,挨肩磨担三百里,回家坐船荡悠悠。

金兰英演唱　金矿记录

### 踩车唱起十枝花(车水号子)

打鼓要打鼓中央,唱唱要唱新河腔,踩车要踩下三拐,撩姐要撩大姑娘。
打起锣鼓唱起来,白鸽飞到万花台,万花台上多热闹,一来投师二学乖。
一来投师学锣鼓,二来投师学文才,我今没有别的唱,锣上换到鼓上来。
锣鼓打得咯咋咋,脚下踩的是水花,脚要踩来口要唱,听听我唱十枝花。
一枝花汉关公独行千里,二枝花薛仁贵跨海征东,三枝花李三娘磨坊受苦,
四枝花杨四郎失落番邦,五枝花伍子胥昭关闯过,六枝花杨六郎把守三关,
七枝花七仙女思念凡尘,八枝花杨八姐女扮男装,九枝花小九郎发书下表,
十枝花孙行者大闹天宫。

薛仁演唱　金矿搜集整理

### 百忍歌(张氏家祠民谣)

百忍歌、百忍歌,人生不忍将奈何?我今与汝歌百忍,汝当拍手笑呵呵!
朝也忍、暮也忍、耻也忍、辱也忍、苦也忍、痛也忍、饥也忍、寒也忍、
欺也忍、怒也忍、是也忍、非也忍,方寸之间当自省,
道人何处未归来,痴云隔断须弥顶。脚尖踢出一字关,万里西风吹月影。
天风泠泠山月白,分明照破无为镜。心花散,性地稳,得到此时梦初醒。
君不见,如来割身痛也忍,孔子绝粮饥也忍,韩信跨下辱也忍,
闵子单衣寒也忍,师德唾面羞也忍,刘宽污衣怒也忍,不疑诬金欺也忍,
张公九世百般忍,好也忍,歹也忍,都向心头自思忖!
囫囵吞却栗棘蓬,忍时方识真根本。

张玉波、张汝迁提供　金矿搜集整理

注:相传是白马湖边张氏宗祠“百忍堂”堂会歌,有些句子可能在世代相传后有讹误。

### 姐在房中闷沉沉(传统民歌)

姐在房中闷沉沉,耳听门外人敲门,小哥哥,不知门外是谁人?
双手推开门二扇,一对媒婆进了门,口口声声要带人。
白:小妹妹,你爸爸妈妈怎么说的?
爸爸堂前泼口允,妈妈房中不吱声,
没有十分有九分,没有十分有九分。
白:小妹妹,你哥哥嫂嫂怎么说的?
哥哥说我年纪小,嫂子是我对头人,
巴不得想我早点出门。

白:小妹妹,你出门看的什么日子?
　八月十六下大礼,九月重阳来带人,
　这个日子看多狠罗。
白:小妹妹,你家陪的是什么?
　大红棉袄做一件,洋缎鞋子做十双,
　各样弄得停停当。
白:小妹妹,你出门我怎么办呢?
　打发丈夫头里走,我在后面装脚疼,
　再守守我心腹上人,
　到人家二二年生个小娃娃
　和你认个干亲家,
　小哥哥,我们不是好上门,
　小哥哥适如我们两家并一家。

吴秀梅演唱　金矿整理

## 抗战送郎十里亭(民歌唱词)

送郎送到一里亭,要请情郎听由根,东洋鬼子起黑心,想灭中华人国民。
送郎送到二里亭,恼恨鬼子乱横行!抢劫财物犹且可,强奸妇女理不该。
送郎送到三里亭,要骂鬼子像强盗。杀人不怕血腥气,乱放野火把人烧。
送郎送到四里亭,头上敌机隆隆声,愧煞奴身非汉子,金戈铁马去当兵。
送郎送到五里亭,奴在郎前把言陈,男儿应为国家死,切莫留恋在奴身。
送郎送到六里亭,碰见大姐泪汪汪。不知为了什么事?敌机炸死小儿郎。
送郎送到七里亭,口催情郎把路奔!若不杀尽鬼子兵,奴家儿女命难存。
送郎送到八里亭,茶当甜酒碗当杯,敬郎三杯显神威,钢刀过来枪架开。
送郎送到九里亭,请郎牢牢记心头!家仇国恨千般苦,不灭鬼子誓不休。
送郎送到十里亭,十里亭子两分开!奴在房中等喜讯,祝郎长征得胜回。

孙正宽演唱　金矿搜集整理

## 郎放鸭子姐放鹅(民歌唱词)

郎与姐儿隔条河,郎放鸭子姐放鹅。郎放鸭子呱呱叫,夸口自称小标哥。
妹子有心跟上我,小日子过得真快活。姐放鹅儿叫情哥。
鹅儿吃食多调和,鸭子性急嘴上前,诚实把稳还数鹅。

张英演唱　金矿搜集整理

## 夸夸小八姐(民歌唱词)

尊声小八姐你听仔细,慢走三步小郎我问话,不问你东来不问你西,
只问你妈怎么把你生得这么俏刮刮。
不梳头,光溜溜的好看;不抹油,油漉漉的打滑;
不搽粉,白嫩嫩的引人;不抹胭脂,红彤彤的像花;
上身不穿红绫袄,淡静静;
下身不穿水罗裙,格正正;
不穿绣鞋,也走莲花步;天仙美女都不亚。
只想和你成婚配,相亲相爱成一家。
我情愿为八姐做骡马,发配鬼门关心里也不怕。

方秀英演唱　金矿搜集整理

## 蔷薇花儿靠墙栽(民歌唱词·四句头)

蔷薇花儿靠墙栽,墙外栽花墙内开。墙外开花等露水,墙内开花等郎来。
红娘子来一女流,毛竹搭桥软悠悠。好天好日多好走,阴天下雨滑下沟。
红娘子来女娇奴,白衣褂子带护袖。青布裤子滚脚子,绣花鞋子洋红缎。
娘骂丫头坏东西,无事打扮做什么。哪个姑娘不打扮,哪个要我丑丫头。

王桂兰演唱　金矿搜集整理

## 姐郎共饮十杯酒(民歌唱词)

一杯酒,迎郎来,把郎引上八仙台;八仙台上摆凷筷,姐郎对饮好痛快。
二杯酒,庆新春,问郎何月何日生;郎说正月十五日,姐说元宵闹花灯。
三杯酒,进花园,姐扳花枝叫郎看;花开花落年年是,人过三十无少年。
四杯酒,进绣房,油漆踏板镶牙床;镶牙床上红罗帐,红罗帐里戏鸳鸯。
五杯酒,是端阳,酒杯成对人成双;姐拿酒杯斟满酒,郎敬姐来姐敬郎。
六杯酒,竹叶青,两人玩耍汗淋淋;郎拿扇子姐扇风,姐用汗巾擦郎身。
七杯酒,七枝花,姐叫小郎莫采花;人人看花都有家,单怕山高出冤家。
八杯酒,正八方,瓜果糕点托盘装;印花盘里装五样,真心实意待情郎。
九杯酒,是重阳,菊花开的满山香;菊花做酒最香甜,好酒专门待情郎。
十杯酒,配到头,郎上马来姐上楼;郎在马上回头望,姐在绣楼泪双流。

徐珍玉演唱　金矿搜集整理

### 西凉月(南闸民歌)

我站在湖岸边、望啊,将我郎儿等。湖面风儿吹,小船浪里行。

我的哥哥,小妹妹红丝线,牵住郎的心。

月儿圆挂中天、望啊,我郎未回程,渔火像星星,哪是心上人。

我的哥哥,半夜里鱼打挺,撒网要小心。

月西沉鸡打鸣、望啊,远处见帆影,渔歌多好听,句句传真情。

我的哥哥,小船儿,悠悠行,妹妹放宽心。

小船儿离湖岸啊、望啊,将我妹子恋,湖面风儿吹,小船浪里行。

我的妹子,小妹妹千叮咛,哥哥记在心。

月儿圆挂中天、望啊。妹子一片情,窗口亮着灯,真是心上人。

我的妹子,半夜里鱼打挺,哥哥会小心。

月西沉鸡打鸣、望啊,鱼满该归程,爱恋水妹子,渔歌唱美景。

我的妹子,小船儿 悠悠行,兄妹真开心。

金矿填词　杨凤、范寿春演唱

### 四季游春(四季游春调)

春天到了,万物皆发青,我郎好狠心,一去那到如今。我想你早回来,二人谈谈心。我想你早回来,二人谈谈心。

前年子春天和你在一块,你我两个多恩爱,闲时看牙牌,早上去,晚上来,二人谈起来。早上去,晚上来,二人谈起来。

夏天到了,荷花扑鼻子香,蚊虫闹嚷嚷,二人去乘凉,脚翘在郎身上,你双手摸到我,奶子直发痒。你双手摸到我,奶子直发痒。

情哥哥对我实在好,见我总是眯眯笑,说话时多俊俏。叫我心儿飘,不管到哪一天子,都把他忘不掉。不管到哪天子,都把他忘不掉。

秋天到了,菊花黄又黄,思念我的郎,不瘦又不胖,手上戴着金戒指,好远就发光。手上戴着金戒指,好远就发光。

情哥哥临走时说的拖宕的话,叫我不要再想他。往日好时辰,抱起放不下。耳边听到这番话,身上肉发麻,耳边听到这番话,身上肉发麻。

冬天到了,大雪花儿飘,家家户户淌年糕,忙得个好热闹。想起了我的郎,心里格绕绕。想起我的郎,心里格绕绕。

白天想郎,饭也吃不饱,夜里想郎,觉又睡不好,头脑快要想坏了。哪一天子见到我的郎,白头过到老。哪一天子见到我的郎,白头过到老。

鲁正英演唱　金矿搜集整理

### 四季想郎(想郎调)

想郎一春又一春,朝思暮想情海深,一根灯草两头点,郎情妹意一条心。

想郎一夏又一夏,朝朝暮暮想情话,露水心田长饥渴,不想饭米不想茶。

想郎一秋又一秋,朝思暮想泪长流,生未与郎同绣枕,但愿死后共坟丘。

想郎一冬又一冬,朝朝暮暮恨难逢,虽然隔郎不多远,好似高山千万重。

孙素梅演唱　金矿搜集整理

### 四送小郎(送郎调)

一送小郎大门边,手扶大门望老天,难为老天下大雨,我留小郎住两天。

二送小郎大路边,大路边上叙苦甜,不叙苦甜事在小,一叙苦甜泪涟涟。

三送小郎城门东,东门外边来栽葱,小郎载葱有饭吃,小妹栽葱一场空。

四送小郎大桥头,手扶栏杆望水流,只见河水往前淌,不见小郎转回头。

邵莲英演唱　金矿搜集整理

### 五更相思情

一更子里亮月刚起床,是哥淡淡的光照进妹子的房。

我想爬上云头望上一望,哥哥是出门人你在什么地方。

二更子里亮月明又亮,是妹多情的光照进哥的房。

我在面对青天问道月光,离乡的人儿何时才能回到妹身旁。

三更子里亮月懒洋洋,哥哥不开腔月光挂树上。

树叶儿迎风把曲唱,我的哥哥啊你可知道妹的愁肠。

四更子里亮月偏西方,是妹明媚的光照在哥路上。

白天里想夜晚也想,哥哥就是看不见妹妹的俊模样。

五更子里亮月水汪汪,妹妹柔情的光照在哥归来的路上。

耳听得鸡叫天要亮,好心伤啊惊走了我好梦一场。

许璋瑛演唱　金矿、许璋瑛创作整理

### 相思债

郎欠姐来姐欠郎,钥匙欠锁锁欠箱。鹅毛笔尖欠砚台,十八娇姐欠情郎。冲破封建铁枷锁,痛痛快快爱一场。

昨晚上,约你来,约你来,你没来。扫帚撑门风吹开,风吹开,贼进来。床上没有小棉袄,踏板上丢了小花鞋,你欠我的相思债,罚你夜夜把我陪。

短命鬼,猪八戒,烂你的嘴巴烂舌苔。你要结亲请媒婆,你要送礼打金钗。头年先来看父母，二年再来谈情爱。冷水泡茶慢慢浓，热豆腐烫嘴图不得快。

小妹妹心有点把数，要想过河就撑船来。大红冠公鸡能打种，谢园之花蜂不采。老牛专想啃嫩草，小牛只想喝娘奶。我急病碰到慢郎中，心跳怦怦等不来。

郎呀郎，快快来，我三炷清香拜神台。老姜参汤救口气，红枣煨蛋补身怀。你若有情我有意，麻绳捆绑不分开。生同铺盖死同埋，来世都要在一块。

姜桂兰演唱　金矿搜集整理

### 乡土对猜丢嚎头

什么上天双脚红，什么上天带灯笼，什么上天织丝网，什么落在网当中，

白鸽子上天双脚红，火幪虫上天带灯笼，喜喜蛛上天织丝网，仙仙子落在网当中。

鲁正英演唱　金矿搜集整理

### 小对花

什么花开吹军号？什么花开舞大刀？什么花开红似火？什么花开节节高？

牵牛花开吹军号，扁豆花开舞大刀，石榴花开红似火，芝麻花开节节高。

邵莲英演唱　金矿搜集整理

### 打连枷

啪啦啦，啪啦啦，我们一起打连枷。扬得高来打得重，排起点子连续打。快打连枷要巧劲，双手捏紧会打架。豆棵子晒得蹦而脆，豆角子炸得咯咋咋。豆子打后打芝麻，两场芝麻一场打。连枷槟榔滑溜溜，竹片拼的刹手把。竹笋煨肉多好吃，竹片无用派挨打。

刘秀华演唱　金矿记录

### 白马湖水打花花(渔歌)

白马湖水打花花，一趟鲤鱼一趟虾，先看鲤鱼来戏水，又见水中虾斗虾。

白马湖水打花花，一趟鲤鱼一趟虾，鲤鱼戏水跳龙门，莫忘青虾小冤家。

邵连英演唱　金矿整理

### 白马湖水白茫茫

白马湖水白茫茫，湖水滚滚向南淌。鱼游水里，鸟飞天上，芦柴长在水中央。同胞们，农友们，多好的家乡水，怎容日本鬼子来扫荡。

白马湖水白茫茫，怎容鬼子太猖狂。穿上军装，拿起钢枪，组织民兵反扫荡。同胞们，农友们，保护好家乡水，打败日本鬼子狗豺狼。

赵光桥演唱　金矿整理

## 姐在房中望窗外

阳春三月桃杏花儿开，姐在房中望窗外，莫叫妹子干瞪眼，只盼情哥日日来。人说鸡子抱窝不空肚，替你生个小乖乖。活脱脱是你的种，日后也是脾气坏。千万不做薄情郎，莫要辜负女裙钗，情哥哥你心中可有数，桃杏花开蜜蜂采。

孙永芳演唱　金矿搜集整理

## 哥是湖水我是鱼

小船儿飘飘下湖荡，我的哥哥去撒网，我要变成一条鱼，水鲜鱼跃跳进舱，取鱼的人儿识鱼性，打桶湖水将鱼养，哥是湖水我是鱼，鱼水不分好时光……

晓晨、林顺英演唱　金矿记录

## 回娘家

张家媳妇回娘家，既带韭菜又带瓜，婆家东西送娘家，到底还是不当家。

李家媳妇回娘家，把娘家东西拿婆家，样样东西是好的，婆婆直夸好当家。

王家媳妇回娘家，手里抱个胖娃娃，疼在心尖娘家妈，又做鞋子又做袜。

赵家媳妇回娘家，哭声呼号叫妈妈，公婆骂来丈夫打，心里不想回婆家。

金矿收集整理

## 姐大郎小不周全(传统民谣)

风吹荷叶沾半边，露水珠子滚多远。人说残花不值钱，水灵鲜花也凋谢。红颜也会遭霜打，姐大郎小不周全。白天搀郎去玩耍，晚上抱郎在怀里。夜里来尿床养鱼，早上穿衣催半天。等郎几年花要谢，活人睡在死人边。

徐珍玉演唱　金矿整理

## 十二月说唱小菜园

正月里青蒜绿茵茵，二月里韭菜刚发青。三月里荠菜满圩埂，四月里竹笋初出林。五月里黄瓜红苋菜，六月里冬瓜上市卖。七月里茄子西红柿，八月里芋苗莲藕来。九月里菠菜挑上街，十月里萝卜压满城。冬月里白菜家家腌，腊月里黑菜迎新春。

刘世昌提供　金矿记录

## 十二月雇贫农要翻身

正月里雇贫农要翻身，世界上受苦的是我们，

没吃没穿没田耕，睡半夜，起五更，

替人忙,如畜生 ,依呀呀的喂——
苦了一世不如人。

二月里雇贫农要翻身,地主恶霸心肠狠,
依官仗势欺压人,要租粮,赛凶神,
高利贷,把人坑,依呀呀的喂——
终日盘算我们种田人。

三月里雇贫农要翻身,恨只恨老蒋活畜生,
勾引美国打内战,帮地主,杀我们,
派坏蛋,乱害人,依呀呀的喂——
黎民百姓遭了瘟。

四月里雇贫农要翻身,共产党是我们大恩人,
领导我们来斗争,斗地主,打恶霸,
救我们,出火坑,依呀呀的喂——
穷大农总是有升腾。

五月里雇贫农要翻身,参加农会做主人,
联合中农去斗争,吐苦水,挖穷根,
团结起,一条声,依呀呀的喂——
彻底刨尽封建根。

六月里雇贫农要翻身,三查会上要认真,
男女老少个个查,查历史,查根本,
查表现,查成分,依呀呀的喂——
不让坏蛋往里混。

七月里雇贫农要翻身,平分土地好章程,
人人都把土地分,高搭洼,洼搭高,
丑和好,要公平,依呀呀的喂——
肥瘦多少搭均匀。

八月里雇聘农要翻身,管理封建要认真,

几个贫雇农管一个，不让他，乱出门，
上哪去，要批准，依呀呀的喂——
叫大小坏蛋活动不成。

九月里雇贫农要翻身，地主浮财大家分，
各样东西我们都有份，有农具，有田耕，
有粮食，有资本，依呀呀的喂——
种起田来有力生。

十月里雇贫农要翻身，参加民兵打敌人，
拿起钢枪和土炮，保家乡，得安宁，
保国家，永翻身，依呀呀的喂——
不让蒋匪来害人。

冬月里雇贫农要翻身，补种晚麦加劲耕，
得了田地没荒芜，多施肥，勤拾粪，
有春田，勿少耕，依呀呀的喂——
明年保证好收成。

腊月里雇贫农要翻身，决心立功做功臣，
立功的人多得很，上部队，杀敌人，
打垮蒋匪永翻身，依呀呀的喂——
打垮蒋匪永翻身。

方秀英演唱　金矿记录

## 十唱家乡好总理

一唱家乡好总理，从小生在淮安城，镇淮楼上放风筝，驸马巷里读诗文。
二唱家乡好总理，童年恩来最聪明，不忘仁义礼智信，心怀天下受苦人。
三唱家乡好总理，壮志凌云为革命，大鸾腾飞展翅膀，十二岁时去天津。
四唱家乡好总理，终生清廉第一人，一条浴巾补又补，日常生活像平民。
五唱家乡好总理，高风亮节大伟人，不准修缮自家屋，自己花钱平祖坟。
六唱家乡好总理，日理万机烦国神，飞机途经运河线，绕城三圈又起程。
七唱家乡好总理，面对爱情最忠贞，终生只恋邓颖超，嫡亲子女无一人。
八唱家乡好总理，侄儿进京他不准，仍如常人周尔辉，教书育人在淮城。
九唱家乡好总理，心里牵挂家乡人，县长进京开大会，满口问好众乡亲。

十唱家乡好总理，在世未回淮安城，百万儿女怀念您，伟人风范永长存。

金矿填词　邵连英演唱

## 土改小唱（孟姜女调）

正月里来正月正，劳动人民翻了身，从前做活养地主，现在当家做主人。

二月里来杏花开，劳动人民来土改，消灭封建和剥削，就把土地拿回来。

三月里来桃花红，感谢领袖毛泽东，地主阶级消灭掉，不受剥削自耕种。

四月里来养蚕忙，男男女女去采桑，翻身副业搞得好，努力发展乐无边。

五月里来最光荣，劳动节日同庆祝，消灭封建剥削制，劳动人民最光荣。

六月里来荷花香，生产支前打匪帮，消灭残余反动派，解放台湾和西藏。

七月里来天气好，阶级仇恨要记牢，以前一年白辛苦，挨饿受冻为哪条。

八月里来桂花香，粮满囤来稻满仓，精耕细作多收割，翻身之年多打粮。

九月里来菊花黄，家家户户晒公粮，后方物资准备好，支援前方打胜仗。

十月里来天气凉，家家户户交公粮，合理负担政策好，家家饱暖喜洋洋。

冬月里来是冬闲，村上办起冬学堂，劝我识字又明理，教我怎样把家当。

腊月里来雪花飘，家家户户多热闹，以前过年无柴米，今年过年淌年糕。

方秀英演唱　金矿整理

## 我家有个巧老婆

紧打鼓，慢敲锣，我家有个巧老婆。七月半生的尖虫鬼，一双巧手会切萝卜。菜刀一转花一朵，菜刀一削花一棵。盘里堆起宝塔花，人人看见口水拖。

巧手名声传得远，都想尝尝她手艺活。围起她来团团转，人碰人像滚萝卜。这个夸，那个说，都说吃得好快活。吃上一口想上一个月，吃一次要想一年多。

好话听了好几箩，我丈夫一旁笑呵呵：莫看我老婆手艺巧，还是我当家的面光多。空空案板不讲话，没有萝卜做什么活。还要看我会种萝卜，还要看我会种萝卜。

方秀英演唱　金矿记录

## 五更梳妆台

一更里梳妆台，
月儿弯弯思想女裙衩。
金钗银钗系在妹妹梳妆台，
忽听得门外边才郎哥哥走进厢房来。
叫一声小丫环忙把酒席摆，
奴小妹手提银壶忙把酒来斟。

干哥哥吃小妹三杯人情酒，
切不可在外边谈边说妹妹女裙钗。

二更里梳妆台，
叫　声干妹妹我劝你把空头心事早丢开。
自己身体自己要保重，
切不可把我小标脸时常挂胸怀。
我到上海去　顶多一礼拜，
有洋钱和钞票寄到你家来。
朋友场上不说真情话，
二百五的男人盘问你千万不要说出来。

三更里梳妆台，
我郎脸皮黄，皮黄骨瘦如柴为哪一桩。
干哥哥毛病十分重，
我小妹请先生待你打个好药方。
千不该万不该，
你从上海过上毛病来。
干哥哥毛病十分重，
奴小妹服侍你理当又应该。

四更里梳妆台，
说出真情来，我与你手拉手一同跪下来。
祝告天官过往神，
保佑我们夫妻无病又无灾。
公婆要孝顺夫妻要恩爱，
我与你露水夫妻永远不分开。
生在阳间同睡红罗帐，
死在阴曹地府二人合棺材。

五更里梳妆台，
天已刚明亮，叫一声干哥哥快快要起床。
手拿红纱巾忙把眼睛揩，
我问你才郎哥哥几时才能回来。

叫一声干妹妹，
我劝你眼泪不必淌下来。
我到上海去顶多一礼拜，
三五日还不能转回你家来。

方秀英演唱　金矿记录

### 洗龙眼

钢錾子，凿半天，我为官家洗龙眼，真龙天子做高官。
洗龙眼，摆洋钱，富贵荣华万万年。
洗龙眼，点银灯，自家请来护门神。五路财神带财来，紫气升上南天门。
南海观音送子孙，太白金星指仙路，玉皇大帝赐龙恩。
注：这是旧时石匠为主家刻洗门窝唱的喜唱。

方秀英演唱　金矿记录

### 小姐花园数花名

一进花园把头抬，满园花草爱胸怀。
长一朵高花高出墙，长一朵矮花就地眠。
开大花来碟子大，开一朵小花赛金钱。
开红花来红似火，开一朵白花粉庄园。
开蓝花来蓝如黛，开一朵黑花一阵烟。
东墙头围的是吉祥草，西墙头围的是千万莲。
吉祥草，千万莲，为什么不开并头莲？
恨的是丫环常浇水，活扎扎浇死我家并头莲。

正月里开花无花果，要想鲜花二月里来。
三月桃花红似火，四月里蔷薇靠墙开。
五月里石榴赛玛瑙，六月里荷花满池来。
七月里菱角花想藕，八月里桂花上长街。
九月里菊花家家有，十月里芦花一齐开。
冬腊月里见腊梅，雪地里拔出个腊梅花儿来。

碍眼的男子把花园进，藕池塘照在眼面前。
藕池塘来藕池边，荷花爱藕藕爱莲。
荷花爱藕三分白，藕爱莲子出水鲜。

三分白来出水鲜,去年想来到今年。
抬起二目认真看,凉亭早在眼面前。
不免凉亭歇一刻,再去转转门那边——

胡正洲演唱 金矿整理

## 小两口抬水

说了个大姐一十七,四年不见二十一。
嫁了个丈夫才十岁,整整比他大十一。
小两口河边一同去抬水,一头高来一头低。
歪歪戗戗搭上埃,系子系好上了肩。
小大姐后面一支劲,啪嚓,把她丈夫弄个嘴啃泥。
水桶落地滚三滚,一桶清水戽满地。
小男人躺在地上哇哇哭:“你欺侮我,我叫妈妈来揍你!”
小大姐一看不得了,若是公婆知道了,不死也得塌层皮。
她走上前去把丈夫劝:“你起来,我给你买糖又买梨。
一会我上街去买布,代你扯块带花的。”
小男人睡在地上耍无赖:“我不起来就是不起来!”
说着就往水桶上倚,小大姐这边一撒手,把她男人一头碰在水桶里。
小男人又是哭来又是闹,跳将起来发脾气,
他拿起扁担就要打,也不管三七二十一。
小大姐这边忙招架,脸上划破了一层皮。
小大姐这一想,我一不做二不休,再也不受这个窝囊气。
她走上前去一伸手,把她丈夫拦在水坑里。
上面就用拳头打,下头就用脚来踢。
小大姐正把丈夫打,来了个老头拾粪的,
老头说:“大嫂咋,你打孩子怎么不在家里打,干吗在路上立规矩?”
小大姐一见生人停下了手,站在一旁哭啼啼。
小男人一听发了火:“你别要看她比我大我比她小,
我是她的男人她是我的妻。”
老头儿摆摆手说:“你不要把我笑死了,
我不信,要么你就不是她养的,她是你的后娘呗……”

戴维芳提供 金矿整理

## 秧歌唱到云头上

口唱秧歌手插秧，你追我赶抢头趟。
往年栽秧要弯腰，腰酸背疼苦难当。
去年实现机械化，机器插秧行对行。
如今实行全抛秧，不用栽插长势旺。
科学种田大发展，秧歌唱到云头上。

金矿填词　邵连英、高宝华演唱

## 虞美人

虞美佳人哎，得病睡在牙床上，叫一声我的亲哥哥，快快进我的房，妹妹有话与你来商量，我的亲哥哥，妹妹有话与你来商量。

先前妹妹得病还望好的，如今毛病成了真，叫一声我的亲哥哥，怕的是小妹妹此回难活命，我的亲哥哥，怕的是小妹妹此回难活命。

我有私房银钱二百两，送给我的亲哥哥一个人，叫一声我的亲哥哥，娶上一门好亲事，传下一个香烟后代根，我的亲哥哥，传下一个香烟后代根。

娶亲要娶良民人家的女，莫娶人家二婚人，叫一声我的亲哥哥，坏了我亲哥哥的好名声，我的亲哥哥，坏了我亲哥哥的好名声。

倘若娶妻比我容貌好，切莫把我抛到九云霄，叫一声我的亲哥哥，念念我们曾是旧相交，我的亲哥哥，念念我们曾是旧相交。

倘若娶妻比我容貌丑，莫将我小妹妹时常挂心头，叫一声我的亲哥哥，怕的日后会得相思病啊，我的亲哥哥，怕的是日后会得相思病。

倘若娶妻生下儿和女，带你的亲生儿女上上我的坟，叫一声我的亲哥哥，念念小妹妹是一个外乡人，我的亲哥哥，念念小妹妹是一个外乡人。

(男)小妹妹倘若身亡故，小哥哥削发去修行，叫一声我的小妹妹，念念上天弥陀佛，拜拜南海观世音，我的小妹妹，拜拜南海观世音。

方秀英演唱　金矿整理

## 章氏百代歌

景直明昌茂，隆高厚裕能；泰运旋添仲，曾元复秀升；
显玉敬俊瑞，恭亮锦贤成；华表真仪杰，齐安启顺臣；
壮丽熙详固，嘉宁定会春；爱宜臻庆萃，盛益致新寅；
昭继生荣美，超乘赐合伸；永延征吉士，喜见喻旧登；
季赏恢英烈，宏苞具玫文；才遒咸济出，应识寿良昆。

章丽芝提供　金矿整理

## 花鼓一打格排排

花鼓一打格排排，主家今年发大财，日见斗大金元宝，财源滚滚淌家来。
花鼓一打格排排，主家财门二面开，开门大吉喜事多，门里门外多光彩。
花鼓一打格排排，高官厚禄传万代，一代更比一代强，吉星高照福如海。

邵开山演唱　金矿记录

## 梨膏糖

一包冰屑吊梨膏，二用药味重香料，三(山)楂麦芽能消食，四君子打小儿痨，五和肉桂都用到，六用人参三七草，七星炉内生炭火，八卦炉中吊梨膏，九制玫瑰均成品，十全大补共煎熬。

夏春兴陈述　金矿搜集整理

## 情哥哥劝起情妹妹

打鼓要打鼓中央，唱唱要唱下河腔，踩车要踩下三拐，撩姐要撩大姑娘。
二八佳人是粉妆，手提竹篮去采桑，一脚跨在桑枝上，桑枝挂破姐裤裆。
人前不敢跷脚看，晚到牙床再商量，桑枝也有风流事，难怪情哥少年郎。
二八佳人是粉妆，姐姐打水洗衣裳，一脚踩在砖缝上，泥水冒了一裤裆。
无巧不巧刚凑巧，正好冒在花心上，别人看了还犹可，丈夫看了要冈丧。
情哥未开言，双眼泪滔滔，叫一声心肝姐细听根苗。
正宫娘在宫中也曾养汉，张四姐天仙女私下凡尘。
梁山伯害相思把英台想，魏郎宝掉下桥为的玉珍。
崔莺莺在西厢张生引动，刘一姐偷一个家中长工。
这一班众古人不过如此，何在乎你我们种田之人。
注：冈丧，方言，吵架。

薛仁演唱　金矿搜集整理

## 太阳下山黄又黄

太阳下山黄又黄，牵条老牛去打场，老牛恋住巴根草，老母猪恋住荸荠塘。好姐姐，小大娘恋住个少年郎。

太阳下山黄又黄，情哥拖姐上牙床，你家也有好妻子，为何缠着我不放。好姐姐，家花不得野花香。

吴庭贵演唱　金矿搜集整理

## 掼蛋十劝歌

一劝先走单张牌，错过机遇不再来，大牌接手好控制，小牌最后是祸害。

二劝脑筋活起来，合理组合不忘怀，善于编排讲统战，杂要能带几张牌。
三劝掼蛋不保守，该出手时就出手，保存实力会误事，张军气死李仙州。
四劝极少压对家，一致对外一枝花，打起内战仇者快，后院起火会落马。
五劝配合攻强势，两人认准一个打，山穷水尽前无路，最后无牌成输家。
六劝有牌夺上游，夜长梦多也后怕，等牌容易等下水，对方转机反称霸。
七劝尽量配同花，小炸容易遭挨打，报数之时好掌握，顶天对方更害怕。
八劝巧用逢人配，将军不能当小鬼，饿死在手不值得，合理安排好后卫。
九劝战术要精到，全神贯注每一招，坚持抗战打到底，败不气馁胜不骄。
十劝每人风格高，牌局不是杀人刀，文明娱乐是根本，和谐健康乐陶陶。

金矿整理

## 掼蛋家庭乐趣多

推行生产责任制，科学种田少做事，两季大忙忙完了，开心娱乐不误时。
晚上点着煤油灯，围坐大桌几口人，掼蛋阵势摆下来，一个不让眼顶针。
爷爷甩下四个炸，媳妇跟着出同花，儿子眼看要上游，孙子出牌一大把。
后起之秀真厉害，一代更赢一代牌，夫妻对门光下游，爷孙二五八钩A。
奶奶跑来看稀奇，也来学学新牌技，点头称道笑眯眼，丢手鬼牌不儿戏。
轰轰炸炸真红火，奶奶吃后怕刷锅，孙子让位做作业，掼蛋家庭乐趣多。

金矿作

# 淮安近代歌谣

## 淮泗地区

### 比上不足比下有余

他骑马,我骑驴,向他一看我不如,转望后面推车汉,比上不足,比下有余。

### 亲　戚

门前摆了讨饭棍,骨肉亲戚不上门。门前(牵)[拴]了高头马,不是亲来也认亲。

### 外婆与舅妈

秋风落叶雨沙沙,骑匹白马回娘家。外婆看见心欢喜,舅妈看见苦坏她。

### 倒下来

上梁不正底梁歪,根子不问倒下来。

### 子不孝

锅不热,饼不靠,父不疼,子不孝。

### 青　皮

头齐,脚不齐,必定是青皮。

### 双双媒人到我家

小黄狗,你看家,我上南边采黄花。
一朵黄花未采了,双双媒人到我家。
里锅烧茶,外锅炸芝麻。
芝麻芝麻,你莫炸,厅堂屋里说什么话?
说大小姐会切面,一切一条线。
公两碗,婆两碗,两个小姑两半碗。
小姑小姑你莫哭,锅里还有大米粥!
小姑小姑你莫喊,锅里还有大牛眼!

## 爸爸替我抱上轿

大蚕豆，咯咋咋，妈妈叫我上婆家。
爸爸替我抱上轿，妈妈哭到海神庙。
支红伞，放大炮，你看热闹不热闹？

## 姐买花篮不要钱

小花篮，丝线边，一挑挑到姐面前。
“人买花篮二十五，姐买花篮不要钱。”
“咝！说什么糊话讨其嫌？买了花篮把你钱。”

## 掀开门帘看见她

小红船，装红土，一装装到清江浦。
买茶叶，送丈人，丈人丈母不在家，掀开门帘看见她。
穿红的，小姨子；穿绿的，就是她。
梳油头，插桂花，两个小脚没一楂。
按：一楂，用手叉开量距离。

## 哪天熬到媳妇来

小花鸡，跳锅台，哪天熬到媳妇来。多吃多少及时饭，多穿多少可脚鞋。

## 永远不走丈人家

小学生，俊巴巴，一心要走丈人家。
买粉盒，买对花，买对螃蟹买对瓜。
一起走到桥头上，
一滑一塌，拉污了粉，又跌坏了花，
爬了螃蟹又滚了瓜，永远不走丈人家。

## 娶上媳妇忘记娘

小喜鹊，尾巴长，娶上媳妇忘记娘。

## 婆会骂

小板凳，驮衣裳。驮不动，喊干娘。
干娘在家盖瓦房，瓦房里一碗水，泼在大姐裤脚上。

大姐大姐不要哭，婆婆拉车来带你。
什么车？金板银板车。什么牛？秃尾老水牛。
先来的吃块肉，后来的啃骨头。
骨头骨头放那里，放在大姐花园里。
拾草的，割菜的，剜家去包饼吃。
包的大，婆会骂；包的小，婆婆吃才正好。

## 小孩求雨天欢喜

青龙马，白龙头，小孩求雨天欢喜。大雨下在麦地里，小雨下在菜园里。
收清麦，打清场，蒸个龙馒敬龙王。一敬天，二敬地，三敬龙王受口气。

## 小花猫

小花猫，走板桥，半升米，不会淘，吃饭拣大碗，做事会吵闹。

## 衔着奶子滴滴亲

衔着奶子滴滴亲，丢下奶子冷如冰。年纪小小还罢了，娶了女人就变心。丈母奶奶西天佛，房中妻子活观音。

## 山歌（一）

我唱山歌瞎说多，杨柳树上甲鱼窠，窠中有个蛇壳蛋，孵出一只小鹁鸪，鹁鸪跳出甲鱼窠，唱起歌来笑呵呵。

## 山歌（二）

跳到山上捉田螺，捉到田螺斗样大，拿去送给我外婆，外婆睡在摇篮里，娘舅拍手抱外婆。

## 怀抱娃娃到你家

姐在房中淘白纱，抬头看见婆婆家。看见公公不要喊，看见婆婆叫一声妈。问道他在家不在家，再过三年不来娶，怀抱娃娃到你家。

## 年幼媳妇靠公婆

鼓靠鼓，锣靠锣，三岁小孩跟娘长，年幼媳妇靠公婆，老龙取水靠天河。

### 怪他哥哥不买粉

小麻雀，就地滚，二八佳人真好蠢，怪他哥哥不买粉。买了粉，不会搽，怪他哥哥不买麻。买了麻，不会打，怪他哥哥不买马。买了马，不会配，怪他哥哥不买被。买了被，不会盖，怪他哥哥不买柴。买了柴，不会烧，怪他哥哥打折腰！

### 大娘喝的醺醺醉

小板凳歪歪，菊花开开。小梅香，端酒来，大娘喝的薰薰醉，二娘喝倒在牙床睡，大板凳磕了嘴，小板凳磕了腿。

### 舅爷舅母看见不作声

小麻雀，溜墙根，溜到舅奶奶家里吃花生，舅爹舅奶看见心欢喜，舅爷舅母看见不作声。舅爷舅母你不要气，不吃你的饭，不喝你的酒，歇了一宿我就走。

### 打铁还要磨豆腐

王小五，命真苦，打铁还要磨豆腐。衣服破，自己补；糙米饭，自己煮。一下不留心，老板还要打他二百五。

### 小心火烛

年终岁底，小心火烛，水缸挑满，锅门口张张，回头望望，不要大脚片儿烧火。

### 贼来偷缸

月亮光光，贼来偷缸，哑子喊人，瘸爪打火，歪嘴上灯，瞎子开门，跛子追跟。

### 照见河南有一家

月儿亮沙沙，照见河南有一家。房子没有猪窠大，草堆没有一大抓。出来老头撑拐棍，出来老妈撑铁叉。出来黄狗三条腿，出来狸猫秃尾巴。

### 买鱼买肉买螃蟹

月爹爹月奶奶，把几个银钱，小孩子做买卖。空船去，重船来，买鱼买肉买螃蟹。

### 一团和气

一团和气，二日无光，三餐不吃，四肢无力，五官齐整，六肉丰富，七窍不通，八面威风，九坐不动，十在无用。

### 招个女婿不成材

小板凳,夺夺捱,招个女婿不成材,喜吃烟酒好看牌,又爱外面女裙钗,这样牢口了,怎么过得来!

## 淮安区

### 翠刮姐儿又来了

小麻雀,站树梢,长烟袋,短荷包,翠刮姐儿又来了。

### 好阵风

这阵风,好阵风:磨子刮得翻烧饼,磙子刮得倒栽葱,大树刮得连根跑,小树刮得影无踪。

### 先生先生

先生先生,好吃没根,有油炒饭,没油点灯。

### 大姐嫁到安丰

木果东东,大姐嫁到安丰。麻雀子来做媒,燕子挑盒担,鳖打鼓,蟹歌唱,一对虾子弄刀枪。

### 娶个老婆不发财

小板凳,夺夺挨,娶个老婆不发财,又会吃酒,又会看牌,这种牢子日哪天过得起来!

### 又卖烧酒又卖烟

小大姐,靠河边,又卖烧酒又卖烟,下了三天濛濛□雨,烂了烧酒,霉了烟。

### 家内母亲是他眼中钉

男子完了姻,变了心,他的岳母是他西天佛,他的妻子是他活观音,家内母亲是他眼中钉。

### 不及拾粪跟牛草

东里跑,西里跑,不及拾粪跟牛草。

### 打铁还要磨豆腐

王小五,命真苦,打铁还要磨豆腐,每日磨到二更鼓。他妈妈终日把钱赌,天天输掉二千五。有一日,王小五对他妈妈说:输下屁漏来拿什么去弥补?

他妈妈一听气楚楚,骂一声:大胆王小五!你爸爸在,对于我只四不敢五,

你今尽管我,不问三七二十一,弄你一个二千五。

王小五被打后,只好忍气吞声还来磨豆腐。

只听那磨子里头的水咕噜咕噜,好像替王小五诉苦。

### 三不服

世间有三不服:泥塑木雕住瓦屋,睁眼送钱瞎子用,活人抱着死人哭。

### 穷人冻得把腰躬

没得太阳又有风,穷人冻得把腰躬。

### 盖稻草

铺着褥子盖着被,刺刺闹闹不好睡。铺稻草,盖稻草,一觉睡到早饭好。

### 正月里玩龙灯

正月里玩龙灯,二月里卖花生,三月里蒲荸齐,四月里黄香梨,五月里菖蒲艾,六月里西瓜卖,七月里香佛手,八月里菱角藕,九月里菊花黄,十月里小才郎,十一月里腌咸菜,十二月里送灶粮。

### 盗风淫风相比较

南涧跑,北涧数里多,南涧素称婊子院,北涧素称强盗窝,盗风淫风相比较,二下差不多。

### 我替新人铺喜床

一进新房亮堂堂,我替新人铺喜床,铺到东头生贵子,铺到西头生个状元郎,铺到当中是个子孙塘。

### 摸摸头上没有几根毛

秃小二,常常抱着桃树摇,一心要把桃花戴,摸摸头上没有几根毛。

## 端午儿歌

五月五，是端阳，家家户户备农忙。贴神符，祛五毒，门插艾蒲香满堂。
吃粽子，沾白糖，腕扣花线饮雄黄。避邪气，保健康，大人伢了喜洋洋。

## 乞巧歌

七月七，会鹊桥。牛郎哥，织女嫂。双双来，送我巧。
巧姐妹，绣花忙。绣蜻蜓，来点水；绣蜜蜂，闹海棠；
绣双燕，穿檐过；绣鸳鸯，戏池塘；绣喜鹊，登枝叫；
绣鸿雁，传信忙；绣梁祝，楼台会；绣莺莺，伴红娘；
绣观音，来送子；绣七妹，遇董郎。
绣姑再乞织女嫂，教奴找个如意郎。

## 拆字唱古人

一笔写下一横长，一丈青叫扈三娘。一字下面加一横，景阳岗打虎武二郎。
二字下面加一横，口念真经唐三藏。三字中间加一竖，韩信自封三齐王。
王字下面去一横，蒋干盗书瞒周郎。干字上面去一横，十面埋伏楚霸王。
十字头上加一撇，千里寻夫赵五娘。千字下面加口字，舌战群儒诸葛亮。
舌字上面去一撇，古城聚会刘关张。古字右边加月字，胡大海屯兵在山旁。
胡字左边去古字，月下萧何追韩郎。月字左边添日字，明朝开国朱元璋。
明字右边去月字，日行千里关云长。日字里面拖一竖，时迁盗甲上屋梁。
甲字去竖上加撇，林冲误闯白虎堂。白字左加三点水，梁山泊首领尊宋江。

## 唱唱三国诸葛亮

一部《三国》几名相？当数武侯诸葛亮。三顾茅庐请卧龙，出山帮助刘关张。
“隆中对”里谋鼎足，三国策略胸中藏。计降黄忠收马超，羽扇能服五虎将。
舌战群儒保联盟，孙刘携手战曹相。巧观天象借东风，草船借箭有胆量。
三气周瑜芦花荡，东吴吊孝哭断肠。六出祁山空城计，七擒孟获治蛮王。
两朝两表留千古，忠心报主史无双。一代贤相人称颂，世世代代美名扬。

## 十二月调情

正月调情正月正，我带妹妹去看灯，看灯都是假，心里想你才是真。
二月调情龙抬头，我看妹妹在门口，家里没别人，紧紧拉住你的手。
三月调情桃花运，我和妹妹把情定，情深意又浓，下次见面听你信。

四月调情四月四，我和妹妹挽膀子，膀子挽上手，哥哥我一世不想走。
五月调情划龙舟，妹妹给我当助手，声声喊加油，我浑身是劲赶浪头。
六月调情热难当，我陪妹妹去乘凉，话儿说不完，心知肚明真舒畅。
七月调情乞巧忙，又见织女会牛郎，喜鹊喳喳叫，妹妹配上知心郎。
八月调情是中秋，我陪妹妹野外溜，圆月当空照，嫦娥奔月会吴哥。
九月调情菊花香，我陪妹妹过重阳，吃着重阳糕，妹妹心甜嘴又香。
十月调情小阳春，妹妹深情叫一声，我的情郎哥，何时娶妹进新门？
冬月调情雪花飘，一把搂住妹的腰，琵琶配小调，和妹同奏乐逍遥。
腊月调情梅花见，妹吃腊八粥香甜，红枣加桂圆，早生贵子当状元。

### 十二月采花

正月里来无花采，二月迎春笑颜开。三月桃花红似火，四月蔷薇靠墙栽。
五月石榴满树绿，六月荷花满池开。七月菱角浮水面，八月桂花满树开。
九月菊花家家有，十月芙蓉大放开。冬腊月也有花采，雪地里头梅花开。

### 叹五更

一更尽儿哩，月儿出东方，想起了旧社会，眼泪往下淌。
辛辛苦苦，种了几亩田，到秋后交完租家中没口粮噢！
二更尽儿哩，月儿照柴门，借着月光打草鞋，准备去逃荒。
打罢草鞋，再忙打蒲鞋，穿草鞋好赶路蒲鞋防雨霜噢！
三更尽儿哩，月儿正当头，小油灯下补破衣，一针又一针。
儿女寒衣，针针缝补好，烂棉絮破布包大人难怨恨噢！
四更尽儿哩，月儿已西斜，锅碗瓢盆收拾好，忙着堵柴门。
搬起土墼，块块往上垒，到来年何时候才能住进人噢！
五更尽儿哩，月儿暗无光，告别邻居拖儿女，一步一回望。
穷家难舍，外出奔何方？鸡狗叫才出庄步步寸断肠噢！

## 涟水县

### 临时抱佛脚

平时不烧香，临时抱佛脚，赶你来烧香，菩萨掉屁股。

## 说 媒

龙长脸,杨柳腰,蒜瓣脚,棍调调,站着没得坐着高。说话嘘噪噪,客来她先叫。为人响快不得了,做个媳妇刮刮叫!请问郎君要不要?

## 老鼠养儿

龙生龙,凤生凤,老鼠养儿打窟洞。

## 晚饭到鸡叫

大家的门前一棵松,早饭到天中;松儿拉成板,中饭到天晚;板儿破成料,晚饭到鸡叫。

## 爸爸带你抱上轿

开开箱,开开柜,大红褥子大红被。轰轰放大炮,姑娘吓一跳,妈妈哭的怀中抱,爸爸带你抱上轿。

## 好死公婆不抵娘

南风暖,北风凉,好死公婆不抵娘。

## 娶个女婿不成材

小花鸡,跳磨台,娶个女婿不成才。东里去吃酒,西里去打牌,夜夜不回来。

## 娶个媳妇不长财

小板凳,夯夯挨,娶个媳妇不长财。东里去吃酒,西里去打牌。

## 嫂嫂说我不下田

桠桠葫芦桠桠腰,我是妈妈小娇娇,我是爸爸小宝贝,我是哥哥小妹妹,

我是嫂嫂小姑娘。嫂嫂说我不舂碓,在家还能过几岁;

嫂嫂说我不下田,在家还能过几年。我是浪头浮萍草,大风一刮就走了。

## 一头进房不出来

三月天,百花开,穿起衣服娘家来。妈妈听得女儿来,欢欢喜喜走出来;

爸爸听得女儿来,三步两步迎出来;哥哥望见妹妹来,拿条凳子接下来;

嫂嫂望见小姑来,一头进房不出来。哥哥拿钱去打酒,嫂子说钱没有;

哥哥拿钱去买肉，嫂子说钱不够。
不吃你饭，不吃你酒，打起骡马就要走。
妈妈送到大场边，坐下哭一天；爸爸送到杨柳行，坐下哭一场；
哥哥送到小河涯，问道妹妹几时来？有爷有娘多来趟，无爷无娘永不来。

### 没有老婆怎么好

小狗咬，张鬼老，没有老婆怎么好；
衣破了，肚饿了，眼泪塞在肚里流过了。

### 没娘儿

小花鸡，跳草窝；没娘儿，也难过。

### 无娘孩儿泪泡汤

有娘孩儿娘前站，无娘孩儿□前站；有娘孩儿汤泡饭，无娘孩儿泪泡汤。

### 溜到外婆家里过一春

小麻雀，溜墙根，溜到外婆家里过一春；大米饭，硬蒸蒸；豆芽菜，格崩崩。

### 孝顺女儿哭哀哀

孝顺女儿哭哀哀，忤逆儿子买棺材。

### 枉为世间男子汉

东家有酒东家醉，西庄有赌西庄登；家里没有三顿饭，枉为世间男子汉。

### 大烟吃上瘾

大烟吃上瘾，小辫结成饼；睡觉不晓醒，吃饭要人请。

### 小刀会

小刀会，活受罪，钢枪扎，圩沟睡，盒子响，流眼泪。

### 二刀毛

二刀毛，笑嘻嘻，三言两语成夫妻。

### 秃子生瘟

秃子秃，盖瓦屋；瓦屋漏，点茶豆；
茶豆生根，秃子生瘟；茶豆开花，秃子要分家；茶豆结果，秃子要拆伙。

### 大秃生了病

大秃生了病，二秃去把信，三秃说不要紧，四秃说没得命，
五秃买板，六秃钻眼，七秃抬，八秃埋，九秃十秃唤乖乖。

### 秃大秃大

秃大秃大，拖犁打耙；秃二秃二，挑葱卖菜；
秃三秃三，一天睡到晚；秃四秃四，吃鱼吃翅；
秃五秃五，剥皮蒙鼓；秃六秃六，人吃干饭，他吃稀粥！
秃七秃七，东集赶到西集；秃八秃八，穿木屐，爬宝塔；
秃九秃九，人喝茶他喝酒；秃十秃十，人吃肉他吃骨。

### 大姐大姐你莫吵

大姐大姐你莫吵，家里还有大元宝；
大姐大姐你莫闹，家里还有桂片糕；
大姐大姐你莫哭，家里还有大米粥。

### 涟水要饭上学校

沭阳财主，宿迁庙，泗阳讼师刮刮叫。涟水要饭上学校。

## 淮宝运河沿岸

### 这种日子何用哭

大小姐，戴红花，坐轿子，哭妈妈。
妈妈说："女儿女儿你别哭！嫁到人家就享福：
外锅里饭，里锅里粥，中锅又煮大肥肉；
园里青菜嫩馥馥，塘里鱼儿肥碌碌。
娃娃、娃娃，这种日子何用哭！"

## 亲自煮饭和扫地

姓周大姐会做事，太阳未出翻身起，
亲自煮饭和扫地，等到妈妈回家转，
拿件新衣给她披，□她自己能做事。

## 烧饼馒头仅怀揣

呵呵乖，呵呵乖，带上街，烧饼、馒头仅怀揣。

## 石榴皮翻过来

筛天牌，铜炉盖，雨洒尘埃；雪地走钉鞋，后花园虫吃苔；
石榴皮翻过来，烂羊肚子平剖切开。
满天星斗无云来遮盖，两腿烂泥疮，疮好疤还在。

## 四角四棵摇钱树

锣鼓一打响吭吭，送春送到你府上。
送春送到你堂屋里，满堂锡器亮汤汤。
四角四棵摇钱树，聚宝盆儿搁中央。
聚宝盆儿摸一摸，东西南北置田庄。
奶奶喜欢莲子藕，瓦沟溪里买一筐。
送春不是长来往，一年到头把回光。

## 月月不回来

初一到十五，十五月儿高，春风摆动杨柳梢，
年年常在外，月月不回来，未出门闺女常把书信带。

## 早烧清明晚烧冬

早烧清明晚烧冬，七月半的亡人等不到中。

## 不是亲来也是亲

门口扣的高骡马，不是亲来也是亲；门口长的是青草，亲戚朋友不上门。

## 家家田头闹洋洋

四月里，麦脚黄，家家田头闹洋洋。三岁孩童寻牛草，八十岁公公送茶汤。

## 邻庄有个好人家

太阳一出盘磨大,邻庄有个好人家。公公卖酒婆卖纱,媳妇在家纺棉花。

## 隔壁大娘做人家

隔壁大娘做人家,吃苦吃到三十夜;
梳梳头,戴戴花,胭脂点点粉搽搽;
豆腐吃吃肉叉叉,米屑团子糖做沙;
白馒头,满把抓,叫声婶婶和妈妈,明朝请到我家来耍耍。

## 姓张的大姐好看牌

姓张的大姐好看牌,八仙桌子朝南摆。不男不女(做)[坐]下来,等到爹爹回来转,拿条棍子打她跪下来,永远不许她看牌。

## 叫你闺娘拿拿米

叫你闺娘拿拿米,两个奶子拖到坛子底;叫你闺娘去扫地,拿起笤帚舞把戏;叫你闺娘去剥葱,跑到园里哭公公。

## 我要我婆婆大花轿

先开箱,后开柜,大红鞋子十八只,小红鞋子十八对。
“新娘子,起来吧! 婆婆送对花来了。”
“我不要,要我婆婆大花轿,
要我哥哥抱上轿,爹爹放大炮,妈妈哭到刘家堡。”

按:《端午儿歌》至《叹五更》,收录于《沧海桑田陆桥村》;其余主要见于1935年成书的《淮阴区乡土史地》。

# 卷十三　附编三·赋征

## 卷上　本土作家赋征

### 枚　乘

枚乘(?～前140),字叔。西汉辞赋家。淮阴(今属江苏)人。初为吴王刘濞郎中,因劝阻吴王谋反不成,投奔梁孝王刘武。景帝时,拜为弘农都尉,因非其所好,以病去官。武帝即位后,以"安车蒲轮"征之,因年老死于途中。有《七发》等名篇,开创七体形式,另存《梁王菟园赋》《忘忧馆柳赋》。近人辑有《枚叔集》。《汉书》有传。

### 七　发

楚太子有疾,而吴客往问之,曰:"伏闻太子玉体不安,亦少间乎?"太子曰:"惫!谨谢客。"客因称曰:"今时天下安宁,四宇和平,太子方富于年。意者久耽安乐,日夜无极,邪气袭逆,中若结轖。纷屯澹淡,嘘唏烦酲,惕惕怵怵,卧不得瞑。虚中重听,恶闻人声,精神越渫,百病咸生。聪明眩曜,悦怒不平。久执不废,大命乃倾。太子岂有是乎?"太子曰:"谨谢客。赖君之力,时时有之,然未至于是也。"

客曰:"今夫贵人之子,必宫居而闺处,内有保母,外有傅父,欲交无所。饮食则温淳甘膬,脭醲肥厚;衣裳则杂沓曼暖,燂烁热暑。虽有金石之坚,犹将销铄而挺解也,况其在筋骨之间乎哉?故曰:纵耳目之欲,恣支体之安者,伤血脉之和。且夫出舆入辇,命曰蹶痿之机;洞房清宫,命曰寒热之媒;皓齿娥眉,命曰伐性之斧;甘脆肥脓,命曰腐肠之药。今太子肤色靡曼,四支委随,筋骨挺解,血脉淫濯,手足堕窳;越女侍前,齐姬奉后;往来游醼,纵恣于曲房隐间之中。此甘餐毒药,戏猛兽之爪牙也。所从来者至深远,淹滞永久而不废,虽令扁鹊治内,巫咸治外,尚何及哉?今如太子之病者,独宜世之君子,博见强识,承间语事,变度易意,常无离侧,以为羽翼。淹沉之乐,浩唐之心,遁佚之志,其奚由至哉!"太子曰:"诺。病已,请事此言。"

客曰："今太子之病，可无药石针刺灸疗而已，可以要言妙道说而去也。不欲闻之乎？"太子曰："仆愿闻之。"

客曰："龙门之桐，高百尺而无枝，中郁结之轮囷，根扶疏以分离。上有千仞之峰，下临百丈之溪。湍流溯波，又澹淡之。其根半死半生，冬则烈风漂霰、飞雪之所激也，夏则雷霆、霹雳之所感也。朝则鹂黄、鳱鴠鸣焉，暮则羁雌、迷鸟宿焉。独鹄晨号乎其上，鹍鸡哀鸣翔乎其下。于是背秋涉冬，使琴挚斫斩以为琴，野茧之丝以为弦，孤子之钩以为隐，九寡之珥以为约。使师堂操《畅》，伯子牙为之歌。歌曰：'麦秀蔪兮雉朝飞，向虚壑兮背槁槐，依绝区兮临回溪。'飞鸟闻之，翕翼而不能去；野兽闻之，垂耳而不能行；蚑、蟜、蝼、蚁闻之，拄喙而不能前。此亦天下之至悲也。太子能强起听之乎？"太子曰："仆病，未能也。"

客曰："犓牛之腴，菜以笋蒲；肥狗之和，冒以山肤。楚苗之食，安胡之饭，抟之不解，一啜而散。于是使伊尹煎熬，易牙调和。熊蹯之胹，芍药之酱，薄耆之炙，鲜鲤之鲙，秋黄之苏，白露之茹。兰英之酒，酌以涤口。山梁之餐，豢豹之胎。小饭大歠，如汤沃雪。此亦天下之至美也，太子能强起尝之乎？"太子曰："仆病，未能也。"

客曰："钟、岱之牡，齿至之车，前似飞鸟，后类距虚。穱麦服处，躁中烦外。羁坚辔，附易路。于是伯乐相其前后，王良、造父为之御，秦缺、楼季为之右。此两人者，马佚能止之，车覆能起之。于是使射千镒之重，争千里之逐。此亦天下之至骏也，太子能强起乘之乎？"太子曰："仆病，未能也。"

客曰："既登景夷之台，南望荆山，北望汝海，左江右湖，其乐无有。于是使博辩之士，原本山川，极命草木，比物属事，离辞连类。浮游览观，乃下置酒于虞怀之宫。连廊四注，台城层构，纷纭玄绿。辇道邪交，黄池纡曲。溷章、白鹭，孔鸟、鹎鹄，鹓雏、鵁鶄，翠鬣紫缨。螭龙德牧，邕邕群鸣。阳鱼腾跃，奋翼振鳞。漃漻薵蓼，蔓草芳苓。女桑、河柳，素叶紫茎。苗松豫章，条上造天。梧桐并闾，极望成林。众芳芬郁，乱于五风。从容猗靡，消息阳阴。列坐纵酒，荡乐娱心。景春佐酒，杜连理音。滋味杂陈，肴糅错该。练色娱目，流声悦耳。于是乃发《激楚》之结风，扬郑、卫之皓乐。使先施、徵舒、阳文、段干、吴娃、闾娵、傅予之徒，杂裾垂髾，目窕心与。揄流波，杂杜若，蒙清尘，被兰泽，嬿服而御。此亦天下之靡丽、皓侈、广博之乐也，太子能强起游乎？"太子曰："仆病，未能也。"

客曰："将为太子驯骐骥之马，驾飞軨之舆，乘牡骏之乘。右夏服之劲箭，左乌号之彫弓。游涉乎云林，周驰乎兰泽，弭节乎江浔。掩青苹，游清风。陶阳气，荡春心。逐狡兽，集轻禽。于是极犬马之才，困野兽之足，穷相御之智巧。恐虎豹，慑鸷鸟。逐马鸣镳，鱼跨麋角。履游麕兔，蹈践麖鹿，汗流沫坠，冤伏陵窘。无创而死者，固足充后乘矣。此校猎之至壮也，太子能强起游乎？"太子曰："仆病，未能也。"然阳气见于眉宇之间，侵淫而上，几满大宅。

客见太子有悦色，遂推而进之曰："冥火薄天，兵车雷运，旌旗偃蹇，羽毛肃纷。驰骋角逐,慕味争先。徼墨广博,观望之有圻。纯粹全牺,献之公门。”太子曰:“善!愿复闻之。”

客曰:“未既。于是榛林深泽,烟云闇莫,兕虎并作。毅武孔猛,袒裼身薄。白刃硙硙,矛戟交错。收获掌功,赏赐金帛。掩蘋肆若,为牧人席。旨酒嘉肴,羞炰脍炙,以御宾客。涌触并起,动心惊耳。诚必不悔,决绝以诺。贞信之色,形于金石。高歌陈唱,万岁无斁。此真太子之所喜也,能强起而游乎?”太子曰:“仆甚愿从,直恐为诸大夫累耳。”然而有起色矣。

客曰:“将以八月之望,与诸侯远方交游兄弟,并往观涛乎广陵之曲江。至则未见涛之形也,徒观水力之所到,则恤然足以骇矣。观其所驾轶者,所擢拔者,所扬汩者,所温汾者,所涤汔者,虽有心略辞给,固未能缕形其所由然也。怳兮忽兮,聊兮栗兮,混汩汩兮,忽兮慌兮,俶兮傥兮,浩瀇瀁兮,超旷旷兮。秉意乎南山,通望乎东海。虹洞兮苍天,极虑乎崖涘。流揽无穷,归神日母。汩乘流而下降兮,或不知其所止。或纷纭其流折兮,忽缪往而不来。临朱汜而远逝兮,中虚烦而益怠。莫离散而发曙兮,内存心而自持。于是澡概胸中,洒练五藏,淡澉手足,颒濯发齿。揄弃恬怠,输写淟浊,分决狐疑,发皇耳目。当是之时,虽有淹病滞疾,犹将伸伛起躄,发瞽披聋而观望之也。况直眇小烦懑、酲醲病酒之徒哉?故曰:发蒙解惑,不足以言也。”太子曰:“善,然则涛何气哉?”

客曰:“不记也。然闻于师曰,似神而非者三:疾雷闻百里;江水逆流,海水上潮;山出内云,日夜不止。衍溢漂疾,波涌而涛起。其始起也,洪淋淋焉,若白鹭之下翔。其少进也,浩浩溰溰,如素车白马帷盖之张。其波涌而云乱,扰扰焉如三军之腾装。其旁作而奔起也,飘飘焉如轻车之勒兵。六驾蛟龙,附从太白。纯驰皓蜺,前后络绎。颙颙卬卬,椐椐强强,莘莘将将。壁垒重坚,沓杂似军行。訇隐匈礚,轧盘涌裔,原不可当。观其两旁,则滂渤怫郁,闇漠感突,上击下律,有似勇壮之卒,突怒而无畏。蹈壁冲津,穷曲随隈,逾岸出追。遇者死,当者坏。初发乎或围之津涯,荄轸谷分。回翔青篾,衔枚檀桓。弭节伍子之山,通厉骨母之场。凌赤岸,篲扶桑,横奔似雷行。诚奋厥武,如振如怒。沌沌浑浑,状如奔马。混混庉庉,声如雷鼓。发怒庢沓,清升逾跇,侯波奋振,合战于藉藉之口。鸟不及飞,鱼不及回,兽不及走。纷纷翼翼,波涌云乱,荡取南山,背击北岸。覆亏丘陵,平夷西畔。险险戏戏,崩坏陂池,决胜乃罢。瀄汩潺湲,披扬流洒。横暴之极,鱼鳖失势,颠倒偃侧,沋沋湲湲,蒲伏连延。神物怪疑,不可胜言。直使人踣焉,洄闇凄怆焉。此天下怪异诡观也,太子能强起观之乎?”太子曰:“仆病,未能也。”

客曰:“将为太子奏方术之士有资略者,若庄周、魏牟、杨朱、墨翟、便蜎、詹何之伦,使之论天下之精微,理万物之是非。孔、老览观,孟子筹之,万不失一。此亦天下要言妙道也,太子岂欲闻之乎?”于是太子据几而起曰:“涣乎若一听圣人辩士之言。”涊然汗出,霍然病已。

## 梁王菟园赋

修竹檀栾，夹池水，旋菟园，并驰道，临广衍。故行于昆仑之垦芴兮，有似乎西山。西山隑隑，激扬尘埃。蛇龙奏，林木薄。游风踊焉，虚谷应焉。纷纷纭纭，腾踊乱云。枝叶翚散，柯条纠纷。溪谷沙石，涸波沸日。车騣騣兮，连连辚辚；音发绪兮，菲菲暗暗。扰兽鹍鸡，蝭蛙鸧鹈。密切别鸟，相继哀鸣。

若乃附巢比翼之传于列树也，欐欐若飞雪之重弗丽也。西望西山，山鹊野鸠。白鹭霜鹘，鹯鹗鹞雕，守狗戴胜，翡翠鸲鹆。枝巢穴藏，被塘临谷。声音相闻，啄尾离属。翱翔群熙，交颈接翼，阘而未至。徐飞翋㳯，往来霞水，散漫没合。疾疾纷纷，若尘埃之间白云。穷之乎莫殚，究之乎无端。

于是晚春早夏，邯郸襄国易涿之丽人，及燕汾之游子，相与杂沓而往款焉。车接轸而驰逐，轮错毂而接服。腾跃之意未发，嬉游之欢方洽。心相扶夺，气怒不竭。羽盖繇起，被以红抹，蒙蒙然若雨委雪。高冠扁焉，长剑闲焉。左挟弹，右执鞭。日移乐衰，游观西园。复其所次，顾赐从者。从容安步，斗鸡走马，俯仰钓射，烹熬炮炙。极欢到暮，乐而不舍。逮及春郊采桑之妇，袿裼错纡，连袖方路。芳温往来，便娟盼顾。

已而歌曰："春阳生兮萋萋，不才子兮心哀。见佳容兮不能归，桑萎蚕饥，怅望奈何。"

## 忘忧馆柳赋

忘忧之馆，垂条之木。枝逶迟而含紫，叶萋萋而吐绿。出入风云，去来羽族。既上下而好音，亦黄衣而绛足。蜩螗厉响，蜘蛛吐丝。阶草漠漠，白日迟迟。于嗟细柳，流乱轻丝。君王渊穆其度，御群英而玩之。小臣瞽聩，与此陈词，于嗟乐兮。于是罇盈缥玉之酒，爵献金浆之醪。庶羞千族，盈满六庖。弱丝清管，与风霜而共凋。枪锽啾唧，萧条寂寥。隽乂英髦，列襟联袍。小臣莫效于鸿毛，空衔鲜而嗽醪。虽复河清海竭，终无增景于边撩。

## 陈　琳

陈琳（？～217），字孔璋。广陵射阳（今淮安市淮安区）人。汉魏间文学家，"建安七子"之一。生年约与孔融相当。曾任大将军何进主簿，后避难至冀州，入袁绍幕。擅诗、文、赋，军中文书多出其手。《为袁绍檄豫州文》最著名。官渡之战后为曹军俘获。曹操爱其才而不咎，使与阮瑀同掌记室，徙门下督。有文集10卷。

## 止欲赋

媛哉逸女，在余东滨。色曜春华，艳过硕人。乃遂古其寡俦，固当世之无邻。允宜国而宁家，实君子之攸嫔。伊余情之是说，志荒溢而倾移。宵炯炯以不寐，昼舍食而忘饥。叹北风之好我，美携手之同归。忽日月之徐迈，庶枯杨之生稊。欲语言于玄鸟，玄鸟逝以差池。道攸长而路阻，河广漾而无梁。虽企予而欲往，非一苇之可航。展余辔以言归，含憯悴而就床。忽假瞑其若寐，梦所欢之来征。魂翩翩以遥怀，若交好而通灵。

## 神武赋(并序)

建安十有二年，大司空、武平侯曹公东征乌丸。六军被介，云辎万乘，治兵易水，次于北平，可谓神武奕奕，有征无战者已。夫窥巢穴者，未可与论六合之广，游潢污者，又焉知沧海之深。大人之量，固非说者之所可识也。

伫盘桓以淹次，乃申命而后征。觐狄民之故土，追大晋之遐踪。恶先縠之惩寇，善魏绛之和戎。受金石而弗伐，盖礼乐而思终。陵九城而上济，起齐轨乎玉绳。车轩辚于雷室，骑浮厉乎云宫。晖曜连乎白日，旂旐继于电光。旆既轶乎白狼，殿未出乎卢龙。威凌天地，势括十冲，单鼓未伐，虏已溃崩。克俊馘首，枭其魁雄。尔乃总辑瑰珍，茵毡幕幄。攘璎带佩，不饰雕琢。华盖玉瑶，金麟牙琢，文贝紫瑛，缥碧玄绿。黼锦缋组，罽氈皮服。

## 武军赋(并序)

回天军于易水之阳，以讨瓒焉。鸿沟参周，鹿菰十里，荐之以棘。乃建修橹，干青霄，窾深隧，下三泉。飞云梯，冲神钩之具。不在《孙》《吴》之篇，《三略》《六韬》之术者，凡数十事，秘莫得闻也。乃作《武军赋》，曰：

赫赫哉，烈烈矣！于此武军。当天符之佐运，承斗刚而曜震。汉季世之不辟，青龙纪乎大荒。熊狼竞以拏攫，神宝播乎镐京。

于是武臣赫然，飏炎天之隆怒，叫诸夏而号八荒。尔乃拟北落而树表，睎垒壁以结营。百校罗峙，千部列陈，弥方城，掩平原，耿目耶眇，不同乎一边也。

于是启明戒旦，长庚告昏。火烈具举，鼓角并震。整行按律，决敌中原。八部方置，山布星陈。干戈森其若林，牙旗翻以如绘。千徒从唱，亿夫求和。声訇隐而动山，光赫奕以烛夜。

其刃也，则楚金越冶，棠溪名工，清坚皓锷，修刺锐锋，陆陷蕊犀，水截轻鸿。铠则东胡阙巩，百炼精刚；函师振椎，韦人制缝，玄羽缥甲，灼爚流光。弩则幽都筋骨，恒山檿干，通肌畅骨，崇绲曲烟。大黄沉紫，朱绣别缘；客机庭臂，直矢轻弦；当锋摧决，贯遐洞坚。其弓则乌号越棘，繁弱角端，象弭绣质，哲拊文身。矢则申息肃慎，箘簵空疏，焦铜毒铁，簳镞鸣镔，丽毂挞辀。马则飞云绝景，直髻骎驰，驳龙紫鹿，文的踊鱼。走骏惊飙，步象云浮。敛鞚则止，受衔斯游。钩车镠辖，九牛转牵。雷响电激，折橹倒垣。

其攻也，则飞梯临云，行阁虚沟，上通紫霓，下过三垆。蕴隆既备，越有神钩。排雷冲则高炉略，掣炬然则顿名楼。冲钩竞进，熊虎争先。堕垣百叠，敝楼数千。崇京魁而独处，表完壑而殒颠。炎燧四举，元戎齐登。探封蛇于穷穴，枭鲸杰而取巨。

若乃清道整列，按节徐行，龙姿凤峙，灼有遗英。南辕反旆，爰振其旅。胡马骈足，戎车齐轨。百队方置，天行地止。

按：陈琳《武军赋》，唐以来亲无完璧全文传世，断简残篇散见于早期几种类书中，后来的文献整理专家、文学史专家，均根据自己对几种残篇内容的理解，进行整合、复原，从而形成各种不同的版本。现对照几种版本，将残篇复原成如上面目。

## 神女赋

汉三七之建安，荆野蠢而作仇。赞皇师以南假，济汉川之清流。感诗人之攸叹，想神女之来游。仪营魄于仿佛，托嘉梦以通精。望阳侯而瀼滃，睹玄丽之轶灵。文绛虬之奕奕，鸣玉鸾之嘤嘤。答玉质于苕华，拟艳姿于蕣荣。感仲春之和节，叹鸣雁之嘤嘤。申握椒以贻予，请同宴乎奥房。苟好乐之嘉合，永绝世而独昌。既叹尔以艳采，又悦我之长期。顺乾坤以成性，夫何若而有辞。

# 鲍　照

鲍照(414～466)，字明远，北东海郡人(治涟口，今涟水)，南朝刘宋杰出的文学家、诗人。宋元嘉中，临川王刘义庆"招聚文学之士，近远必至"，鲍照以辞章之美而被看重，遂引为"佐史国臣"。元嘉十六年(439)因献诗而被宋文帝用为中书令、秣陵令。大明五年(461)出任前军参军，故世称"鲍参军"。泰始二年(466)刘子顼起兵反明帝失败，鲍照死于乱军中。鲍照与颜延之、谢灵运同为宋元嘉时代的著名诗人，合称"元嘉三大家"。鲍照的诗歌注意描写山水，讲究对仗和辞藻。他长于乐府诗，其七言诗对唐代诗歌的发展起了重要作用。现有《鲍参军集》传世。鲍照和庾信合称"南照北信"。

## 芜城赋

沵迆平原，南驰苍梧涨海，北走紫塞雁门。柂以漕渠，轴以昆冈。重江复关之隩，四会五达之庄。当昔全盛之时，车挂轊，人驾肩，廛闬扑地，歌吹沸天。孳货盐田，铲利铜山。才力雄富，士马精妍。故能奓秦法，佚周令，划崇墉，刳浚洫，图修世以休命。是以板筑雉堞之殷，井干烽橹之勤，格高五岳，袤广三坟，崒若断岸，矗似长云。制磁石以御冲，糊赪壤以飞文。观基扃之固护，将万祀而一君。出入三代，五百余载，竟瓜剖而豆分。

泽葵依井，荒葛罥涂。坛罗虺蜮，阶斗麏鼯。木魅山鬼，野鼠城狐，风嗥雨啸，昏见晨趋。饥鹰厉吻，寒鸱吓雏。伏虣藏虎，乳血餐肤。

崩榛塞路，峥嵘古馗。白杨早落，塞草前衰。棱棱霜气，蔌蔌风威。孤蓬自振，惊砂坐飞。灌莽杳而无际，丛薄纷其相依。通池既已夷，峻隅又已颓。直视千里外，唯见起黄埃。凝思寂听，心伤已摧。

若夫藻扃黼帐，歌堂舞阁之基，璇渊碧树，弋林钓渚之馆。吴蔡齐秦之声，鱼龙爵马之玩，皆薰歇烬灭，光沉响绝。东都妙姬，南国丽人，蕙心纨质，玉貌绛唇，莫不埋魂幽石，委骨穷尘。岂忆同舆之愉乐、离宫之苦辛哉？

天道如何，吞恨者多。抽琴命操，为芜城之歌。歌曰：“边风急兮城上寒，井径灭兮丘陇残。千龄兮万代，共尽兮何言！”

## 舞鹤赋

散幽经以验物，伟胎化之仙禽。钟浮旷之藻质，抱清迥之明心。指蓬壶而翻翰，望昆阆而扬音。匝日域以回骛，穷天步而高寻。践神区其既远，积灵祀而方多。精含丹而星曜，顶凝紫而烟华。引员吭之纤婉，顿修趾之洪姱。叠霜毛而弄影，振玉羽而临霞。朝戏于芝田，夕饮乎瑶池。厌江海而游泽，掩云罗而见羁。去帝乡之岑寂，归人寰之喧卑。岁峥嵘而愁莫，心惆怅而哀离。

于是穷阴杀节，急景凋年。骫沙振野，箕风动天。严严苦雾，皎皎悲泉。冰塞长河，雪满群山。既而氛昏夜歇，景物澄廓。星翻汉回，晓月将落。感寒鸡之早晨，怜霜雁之违漠。临惊风之萧条，对流光之照灼。唳清响于丹墀，舞飞容于金阁。始连轩以凤跄，终宛转而龙跃。踯躅徘徊，振迅腾摧。惊身蓬集，矫翅雪飞。离纲别赴，合绪相依。将兴中止，若往而归。飒沓矜顾，迁延迟莫。逸翮后尘，翱翥先路。指会规翔，临歧矩步。态有遗妍，貌无停趣。奔机逗节，角睐分形。长扬缓骛，并翼连声。轻迹凌乱，浮影交横。众变繁姿，参差洊密。烟交雾凝，若无毛质。风去雨还，不可谈悉。

既散魂而荡目，迷不知其所之。忽星离而云罢，整神容而自持。仰天居之崇绝，更惆怅以惊思。

当是时也,燕姬色沮,巴童心耻。巾拂两停,丸剑双止。虽邯郸其敢伦,岂阳阿之能拟。入卫国而乘轩,出吴都而倾市。守驯养于千龄,结长悲于万里。

## 伤逝赋

晨登南山,望美中阿。露团秋槿,风卷寒萝。凄怆伤心,悲如之何！尽若穷烟,离若翦弦。如影灭地,犹星殒天。弃华宇于明世,闭金扃于下泉。永山河以自毕,眇千龄而弗旋。思一言于向时,邈众代于古年。

逝稍远而变体,浸幽明而改时。览篇迹之如旦,婉遗意而在兹。忽若谓其不然,自惆怅而惊疑。循堂庑而下降,历帏户而升基。服委淋而褫带,器蒙管而韬丝。志存业而遗绩,身先物而长辞。岂重欢而可覯,追前感之无期。

寒往暑来而不穷,哀极乐反而有终。燧已迁而礼革,月既逾而庆通。心微微而就远,迹离离而绝容。白日蔼而回阴,闺馆寂而深重。冀凭灵于前物,伫美目乎房栊。徒望思于永久,邈归来其何从？结单心于暮条,掩行泪于晨风。念沉悼而谁剧？独婴哀于逝躬。

草忌霜而逼秋,人恶老而逼衰。诚衰耄之可忌,或甘愿而志违。彼一息之短景,乃累恨之长晖。寻平生之好丑,成黄尘之是非。将灭耶而尚在,何有去而无归？

惟桃李之零落,生有促而非夭。观龟鹤之千祀,年能富而情少。反灵质于二途,乱感悦于双抱。日月飘而不留,命倏忽而谁保？譬明隙之在梁,如风露之停草。发迎忧而送华,貌先悴而收藻。共甘苦其几人？曾无得而偕老。拂埃琴而抽思,启陈书而遐讨。自古来而有之,夫何怨乎天道。

按:此赋系鲍照悼亡妹鲍令晖之作。

## 游思赋

云径兮海冲,上潮兮送风。秋水兮驾浦,凉烟兮冒虹。暮气起兮远岸黑,阳精灭兮天际红。波茫茫兮无底,山森森兮万重。平隰兮互岸,通川兮泻壑。仰尽兮天经,俯穷兮地络。望波际兮昙昙,眺云间兮灼灼。乃江南之断山,信海上之飞鹤。指烟霞而问乡,窥林屿而访泊。抚身事而识苦,念亲爱而知乐。

苦与乐其何言,悼人生之长役。舍堂宇之密亲,坐江潭而为客。对蒹葭之遂黄,视零露之方白。鸿晨惊以响湍,泉夜下而鸣石。结中洲之云萝,托绵思于遥夕。瞻荆吴之远山,望邯郸之长陌。塞风驰兮边草飞,胡沙起兮雁扬翮。虽燕越之异心,在禽鸟而同戚。怅收情而拭泪,遣繁悲而自抑。

此日中其几时,彼月满而将蚀。生无患于不老,奚引忧而自逼？物因节以卷舒,道与运而升息。贱卖卜以当垆，隐我耕而子织。诚爱秦王之奇勇，不愿绝筋而称力。已矣哉！使豫章生而可知，夫何异乎丛棘。

## 观漏赋(并序)

客有观于漏者，退而叹曰："夫及远者箭也，而定远非箭之功；为生者我也，而制生非我之情。故自箭而为心，不可凭者弦；因生以观我，不可恃者年。凭其不可恃，故以悲哉！况乎沉华密远，轻波潜耗，而感神婴虑者，又自外而伤寿，以是思生，生亦勤矣！"乃为赋云：

佩流叹于驰年，缨华思于奔月。结兰茗以望楚，弄参差以歌越。抚凝肌于迁滞，鉴雕容于仿佛。景有坠而易昏，忧无方而难歇。历玫阶而升陾，访金壶之盈阙。观腾波之吞写，视惊箭之登没。箭既没而复登，波长泻而弗归。注沉穴而海漏，射悬途而电飞。墐户牖而知天，掩云雾而测晖。创百龄于纤隐，积千里于空微。彼峥峥而行溢，此冉冉而愈衰。抚寸心而未改，指分光而永违。

昔伤矢之奔禽，闻虚弦之颠仆。徒婴刃而知惧，岂潜机之能觉。惟生经之靃靡，亦悲长而欢促。恒证古而秉心，抱空意其如玉。波沉沉而东注，日滔滔而西属。落繁馨于纤草，殒丰华于乔木。对昃离而后歌，据穷蹊而方哭。虽接薪之更传，宁绝明之还续。贯古今而并念，信寡易而多难。时不留乎激矢，生乃急于走丸。既河源之莫壅，又吹波而助澜。神怵迥而多虑，心辖辕而鲜欢。望天涯而伫念，擢雄剑而长叹。

嗟生民之永迷，躬与后而皆恤。死零落而无二，生差池之非一。理幽分于化前，算冥定于天秩。与艾骨而招病，犹刳肠而兴疾。情殊用而俱尽，事离方而同失。聊弭志以高歌，顺烟雨而沉逸。

于是随秋鸿而泛渚，逐春燕而登梁。进赋诗而展念，退陈酒以排伤。物不可以两大，时无得而双昌。熏晚华而后落，槿早秀而前亡。姑屏忧以愉思，乐兹情于寸光。从江河之纡直，委天地之圆方。漏盈兮漏虚，长无绝兮芬芳。

## 园葵赋

风暖凌开，土昌泉动。游尘曝日，鸣雉依陇。主人拂黄冠，拭藜杖，布蔬种，平圻壤。通畔修直，膏亩夷敞。白茎紫蒂，豚耳鸭掌。沟东陌西，行三畦两。既区既钼，乃露乃映。勾萌欲伸，丛芽将放。

尔乃晨露夕阴，霏云四委。沉雷远震，飞雨轻洒。徐未及晞，疾而不靡。柔莩爰秀，刚甲以解。稚叶萍布，弱阴竞抽。萋萋翼翼，沃沃油油。下葳蕤而被径，上参差而覆畴。承朝阳之丽景，得倾柯之所投。仕非鲁相，有不拔之利；宾惟二仲，无逸马之忧。顾堇荼而莫偶，岂蘋藻之荐羞。

若乃邻老谈稼，女姬归桑。拂此苇席，炊彼穄粱。甃壶援醢，曲瓢卷浆。乃羹乃瀹，堆鼎盈筐。甘旨茜脆，柔滑芬芳。消淋逐水，润胃调肠。

于是既饫，彻盘投箸，回小人之腹，为君子之虑。近观物运，远访师圣，声数后彰，律理前定。乌非黔黑，鹤岂浴净？彼圆行而方止，固得之于天性。伊冬箑而夏裘，无双功于并盛。荡然任心，乐道安命。春风夕来，秋月晨映。独酌南轩，拥琴孤听。篇章间作，以歌以咏。鱼深沉而鸟高飞，孰知美色之为正？

## 野鹅赋(并序)

有献野鹅于临川王，世子愍其樊絷，命为之赋。其辞曰：

集陈之隼，以自远而称神；栖汉之雀，乃出幽而见珍。此琐禽其何取？亦刚景而承仁。舍水泽之欢逸，对钟鼓之悲辛。岂徇利而轻命？将感爱而投身。入长罗之逼胁，恨高缴之樊萦。邈辞朋而别偶，超烟雾而风行。跨日月以遥逝，忽瞻国而望城。践菲迹于瑶途，升弱羽于丹庭。瞰东西之绣户，眺左右之金扃。貌纤杀而含悴，心翻越而惭惊。若坠渊而堕谷，恍不知其所宁。

惟君囿之珍丽，实妙物之所殷。翔海泽之轻鸥，巢天宿之鸣鹑。鹖程材于枭猛，翚荐体之雕文。既敷容以照景，亦避翮而排云。虽居物以成偶，终在我以非群。望征云而延悼，顾委翼而自伤。无青雀之衔命，乏赤雁之嘉祥。空秽君之园池，徒惭君之稻粱。愿引身而翦迹，抱末志而幽藏。

于是流岁遂远，惨节方崇。云缠海岱，风拂峤潼。飞雰驰霰，飘沙舞蓬。视清池之初涸，望绿林之始空。立菰蒲之寒渚，托只影而为双。宛拔喙而掩眦，悲结怅而满胸。处朝昼而惟念，假外见而迁排。涉修夜之长寂，信专思而知哀。风梢梢而过树，月苍苍而照台。冰依岸而早结，霜托草而先摧。敛双翮于水裔，翘孤趾于林限。情无方而雨集，事有限而星乖。在俄顷而犹悼，矧穷生之所怀。

闻宿世之高贤，泽无微而不均。育草木而明义，爱禽鸟而昭仁。全殒卵而来凤，放乳麑而感麟。虽陋生于万物，若沙漠之一尘。苟全躯而毕命，庶魂报以自申。

## 尺蠖赋

智哉尺蠖，观机而作。伸非向厚，屈非向薄。当静泉渟，遇躁风惊。起轩躯以旷跨，伏累气而并形。冰炭弗触，锋刃靡迕。逢险蹙蹐，值夷舒步。忌好退之见猜，哀必进而为蠹。每骧首以瞰途，常仁景而翻露。

故身不豫托，地无前期。动静必观于物，消息各随乎时。从方而应，何虑何思？

是以军算慕其权，国容拟其变。高贤图之以隐沦，智士以之而藏见。笑灵蛇之久蛰，羞龙德之方战。理害道而为尤，事伤生而感贱。苟见义而守勇，岂专取于弦箭？

## 芙蓉赋

感衣裳于楚赋，咏幽思于陈诗。访群英之艳绝，标高明于泽芝。会春帔乎夕张，搴芙蓉而水嬉。抽我衿之桂兰，点子吻之瑜辞。选群芳之徽号，□□□□□□。抱兹性之清芬，禀若华之惊绝。单岖阳之妙手，测滤池之光洁。烁彤辉之明媚，粲雕霞之繁悦。顾椒丘而非偶，岂园桃而能埒？

彪炳以茜藻，翠景而红波。青房兮规接，紫的兮圆罗。树妖媱之弱干，散菡萏之轻荷。上星光而倒景，下龙鳞而隐波。戏锦鳞而夕映，曜绣羽以晨过。结游童之湘吹，起榜妾之江歌。备日月之温丽，非盛明而谓何？

若乃当融风之暄荡，承暑雨之平渥。被瑶塘之周流，绕金渠之屈曲。排积雾而扬芬，镜洞泉而含绿。叶折水以为珠，条集露而成玉。润蓬山之琼膏，辉葱河之银烛。冠五华于仙草，超四照于灵木。

杂众姿于开卷，阅群貌于昏明。无长袖之容止，信不笑之空城。森紫叶以上擢，纷湘蕊而不倾。根虽割而琯彻，柯既解而丝萦。感盛衰之可怀，质始终而常清。

故其为芳也绸缪，其为媚也奔发。对粉则色殊，比兰则香越。泛明彩于宵波，飞澄华于晓月。陋荆姬之朱颜，笑夏女之光发。恨狎世而贻贱，徒爱存而赏没。虽凌群以擅奇，终从岁而零歇。

## 飞蛾赋

仙鼠伺暗，飞蛾候明。均灵舛化，诡欲齐生。观齐生而欲诡，各会住以凭方。凌燋烟之浮景，赴熙焰之明光。拔身幽草下，毕命在此堂。本轻死以邀得，虽糜烂其何伤。岂学山南之文豹，避云雾而岩藏。

# 张　耒

张耒（1054～1114），字文潜，号柯山，宋楚州淮阴人，苏门四学士之一。20岁中进士，历主簿、县尉、起居舍人。历知润、兖、颍、汝等州。晚监南岳庙，主管崇福宫。著有《柯山集》等。《宋史》有传。有赋32篇，是“苏门四学士”中作赋最多的一位。

## 大礼庆成赋

惟宋六世皇帝践祚之七年，所以和同天人，绥静中外，垂鸿袭裕，增高累厚，以对神祇祖考者。固以蒙被充塞，光融翕赫，六合一意，四海一口，无得而言矣。粤以壬申之仲冬，将有事于南郊，乃诏列位，恪职赋事。而有司建言："惟我国家，因时施礼。郊丘之位，天地咸在，牲币并荐，礼乐合举。而古者，乃以阴阳之至，即南北之郊，别位殊时，荐献异数。有司其何从？"于是，天子惕然深思，祇畏敬戒，曰："兹大事，我其敢专？群公卿士，典礼之官，竭思和会，以订不易。"于是议者曰："先生斋明以享帝，而帝之享否，虽圣人末由知之，惟受福者其享之占也。恭惟国家，合祭天地，于兹六世矣。惟我太祖恭膺骏命，以遏乱略，堂皇二仪，拓落八极，以定万世之业。太宗威定宁内，震荡大肉，以一九有，定天下于一尊。真宗熙洽富盛，符端委积，南牧之猘，不战请命，威加北荒，奏功岱宗。仁宗席安据厚，不动稽顾，孽獠猾羌，含毒内向，吏士未顿，藏窜屈伏，终始太平，垂五十年。英宗入纂，百姓与能。神考有为，六服之德，此可谓受天地之福矣。然则神祇之安，吾享也其久哉！"

于是天子乃翳青云之屋，乘雕玉之舆，应龙受辔，招摇翼轫。建虹霓之修竿兮，飏彗星之飞游；太一执节以先驱兮，二十八星拱手布武，经营而周流。貔貅六师，雷霆万乘。初海沸而云涌，忽山峙而川静。盖天子粹然玉温，健然天运。望宫门而动色，顾执策而命进。惟煊赫之灵源兮，实鼻祖于神明。览光德而来降兮，馆玉宇之严清。张咸英之广乐，备干籥之盛舞。景光交彻，鸾鹤来下。神嬉灵豫，醉爵饱俎。翼翼清庙，观德之宫。七圣在天，时降于宗。世有哲孙，恺弟无疆。惠我文人，□□□□。瞻祖祏而念功兮，顾祢室而感亲。圣孝油然发中兮，在位望而含辛。霁旸告旦，祥飙掠尘。从我髦士，来祗精禋。御史肃吏，司马饬兵。既逶逶迟迟云流而日行兮，又汹汹业业海运而天声。灵旗洪颐翕赫欻霍兮，攫拿龙虎而乱鹍鹏。雄骜怛威而震伏兮，柔良化礼而肃清。弛天威戢天戈兮，固已熄灭蚩尤而折欃枪。执飞廉圉商羊属之有司兮，羲和磨刮披拂尽献其光明。盖倾都空闾，翘首跂足，俯窥履綦，傍觇佩玉者，忽焉不知手之加额、口之成祝也。于是，背都城，望帷宫。郊垌坦其迤逦兮，场圃既寒而毕功。颓青云以连属，粲虹霓之经纬。紫微下属于两观，句陈错施于万雉。扶倾之神，仰立而拱；翔德之龙，下视而曳。疑神变之欻成兮，涌九地而出峙。连庑千柱，广殿万栿；飞甍斗桷，洞牖空壁。酸股之隅，眩目之极。唐洛执算而莫计，班倕操斤而自惑者，类非资材于斫墁，而皆机杼之纺绩也。一室之用，足以温一家；一宫之费，何啻衣一国？

惊霆之跸既震，汹壑之声咸寂。敞斋寝之静深兮，何清虚而邃密。天子方端俨而虚一。多仪未举，精意已塞。甲夜始晦，严鼓载作。飞敛走伏，神耸鬼愕。望舒腾精以烛霄兮，玄冥收威而布德。灵鼍五震，轸车将中。天子乃被衮执玉兮，斋明庄肃之诚。动于进趋，表于形容。千燎具扬，万炬毕融。上掩荧惑，旁烁烛龙。近为朝阳，远为融风。赫赫曦曦，煌煌辉辉。列次之士，野屯之师，岿如酌醇醪而御兼衣。黄流汪洋，碧玉照彻。祥祲衡步，协气下洽。音为乐和，形为人悦。白质之兽，箫声之鸟，纷披杂沓，应奏而舞节。陟降既周，燎烟始升。奔星走虹，奉璧荐牲。丰隆奔驰而仰鹜兮，祝融焜煌而上征。开阊阖兮辟清都，后帝燕兮百神愉。圆锡盖兮方献舆，岳输固兮溟效濡。

于是礼备乐成，銮车而旋。万类环极，端门辟天。赏出千庾，恩流百川。北包大壤，南尽岛蛮。西越流沙，东穷海堧。令未脱口，雷运风传。野无穷人，狱无宿愆。破械解缧，负帛囊钱。车反其舍，士复其伍；效技呈才，千饶万鼓。天子举酒以属群公，咸曰："休哉，天子之功。"

《系》曰：于穆圣主，建皇极兮；严恭精禋，帝来格兮。柔祇并位，俨牲璧兮；文祖右坐，临有赫兮。于惟祖宗，有常则兮；讳兵畏刑，后货食兮。政有损益，兹不易兮；帝则鉴之，戬谷锡兮。兢兢业业，日一日兮；三载一祀，年万亿兮。

按：《大礼庆成赋》是作者作为文学侍臣所作应制之赋。

## 雨望赋

谈海天之苍茫，观骤雨之滂霈。飘风击而云奔，旷万里而一蔽。卒然如百万之卒，赴敌骤战兮，车旗崩腾而矢石乱至也。已而余飘既定，盛怒已泄。云逐逐而散归，纵横委乎天末。又如战胜之兵，整旗就队，徐驱而回归兮，杳然惟见夫川平而野阔。夫云霞风月之容，雷雨电雹之变，非巧力之能为，盖人间之绝观。必也登雄楼杰阁之峥嵘，凭高山巨海之空旷，彻除耳目之障蔽，而后能穷极变化之奇状。嗟我居之卑湫兮，束视听于寻丈。顾所欲之莫得兮，徒临风而惆怅。

## 涉淮赋

涉清淮之浩荡兮，聊以豁吾之幽忧。转峡石而下泛兮，观波涛之复流。何佛庙之巍峨兮，隐于两山之幽。眺东崖之飞阁兮，纳万里之清秋。

昔淮人之倔强兮，恃江左而不宾。方中原之多故兮，遂窃帝而称邻。遭世宗之勃兴兮，乘累圣之威神。尽疾驰而奉命兮，戈一挥而遂臣。始盘桓于寿春兮，盖尝挫而益振。驱貔虎于顺流兮，临长江之广津。驰千里之玉帛兮，拥百万之精军。计其一时之气兮，固叱咤而风云。

嗟百年之几时兮，山川俨其如新。忽人事之几变兮，抚墟庙而湮沦。访遗事于野人樵夫之谈说，指余迹于荒城故垒之荆榛。徒见夫云悠悠而朝出，水漠漠而东流。飞沙鸥于晴渚，听夜橹于行舟。彼时豪盛此日废，昔人功业今人愁。

嗟夫！旦之心，暮不可求；前之迹，后不可再。胡为寂寂之前古，乃以兴亡而感慨。

虽物至盛者，其存也宜久；势极大者，其亡也可惊。方登临而远想，岂独予兮忘情。

## 涉淮后赋（有序）

甲寅之秋，自正阳涉淮，作《涉淮赋》。既至泗之临淮，邑之东南皆淮也。朝游夕济，凡淮之惊畏风涛之变，无不历之矣。今秋又以事之东海，至涟水，入涟河。舟人告余曰：淮水至是入海矣。予生二十有二年，吴楚秦蜀之国，来往殆遍。窃悲其迹之不常，作《后涉淮赋》以自广云。

浩淮流之汤汤兮，荡余舟以沿洄。嗟我居之不常兮，未期岁而再来。始进棹于正阳兮，睨下蔡之旁城。界陈、许之北壤兮，望荆、涂之两山。缅川原之回复兮，思禹功而慨然。爰系舟于徐邑兮，浸淮隅之两堧。驾长帆于朝风兮，凌星河于夜湍。岂所览之未周兮，恨未穷其本源。忽行役而南去兮，税吾楫于清涟。指溟渤于西北兮，曰此淮流之所还。彼百川之归海兮，吾固知其必然。惟循源而极末兮，哀予迹之未安。

当天时之晚秋兮，风露惨其既至。山峭峭而瘦出兮，水绀洁而无滓。曳孤轮而忽惊兮，出游鲈于短苇。白鹭飞而下来兮，翩如避世之君子。酒芳香而盈碗兮，吾陶陶而日醉。方颓然而遗形兮，孰卑高而贱贵？彼贵者乐其府兮，富者怀其资。无二者之累予兮，何羁游之足悲？穷天下之奇观兮，极覆载之所藏。膏吾车而勿反兮，毕吾世而徜徉。

## 问双棠赋（有序）

双棠者，予寓陈僧舍，堂下手植两海棠也。始余以丙子秋，寓居宛丘南门灵通禅刹之西堂。是岁季冬，手植两海棠于堂下。至丁丑之春，时泽屡至，棠茂悦也。仲春，且华矣。余约常所与饮者，且致美酒，将一醉于树间。是月六日，予被谪书，治行之黄州。俗事纷然，余亦迁居，因不复省花。到黄且周岁矣，寺僧书来，言花自如也。余因思兹棠之所植，去余寝无十步，欲与邻里亲戚一饮而乐之，宜可必得无难也，然垂至而失之。事之不可知如此。今去棠且千里，又身在罪籍，其行止未能自期，其于棠未遽得见也。然均于不可知，则亦安知此花不忽然在吾目前乎？因赋《问棠》以自广云。

寓舍之壤，既膏且腴。手植两棠，于堂之隅。风来自东，冰雪融液。兴视吾棠，既葩而泽。乃沽我酒，又命我人。期一醉于树间，聊快酬于芳春。夹钟之初，谪书在门。陆走千里，止于江滨。天星一周，穆然旧春。想见吾棠，粲然含姿。俯睨旧堂，今居者谁？婉如怨而有待，淡无言其若思。

嗟乎！始种自我，其享将获。盈我旨酒，会我宾客。一酌未举，俯仰而失。事至而惊，其初孰测？惟得与失，相寻无极，则亦安知夫此棠不忽然一日复在余侧也？且夫棠得其居，愈久愈敷，无有斧斤斫伤之虞。我行世间，浮云飞蓬。惟所使之，何有南东？夫以不移,俟彼靡常。久近衡从,其志必偿。歌以讯之,用著不忘。

## 暑雨赋

揭九山于空虚,忽并击而俱裂。缠百川于河汉,乃防陨而一决。哀下土之微生,何足供夫摧折。方朱鸟之宵中,岁仲夏兮大热。虽惔炎之一快,俄郁蒸之莫泄。丛百指于环堵,顾杖屦之安设。委熏风于九旬,淫疾苦于百节。付六凿于浑沌,独天游而神悦。忽儵然而轻举,固已窥寒门而蹈冰雪。揽北斗而酌天酒,觐上帝于玄阙。聊逍遥兮穷年,俯故居兮蚁垤。

## 芦藩赋

张子被谪,客居齐安。陋屋数椽,织芦为藩。疏弱陋拙,不能苟完。昼风雨之不御,夜穿窬之易干。上鸡栖之萧瑟,下狗窦之空宽。先生家贫,一裘度寒。曾胠箧之不恤,何藩篱之足言?鼓钟于宫,声出于垣。中空然而无有,徒望意而辄还。故吾守此败庐,其固比夫河山。若夫朝旸不出,微霰既零,声如跳珠,淅淅可听。及夫衡门暮掩,乌雀就栖,挂荒山之落景,络衰蔓之离离。其下榛草,樵苏往来,蝼蚓出入,羊牛觇窥。先生跫然杖藜过之,瞻顾四隅,悯然歌之曰:

公宫侯第,兼瓦连甍。紫垣玉府,十仞涂青。何尝知淮夷之陋俗,穷年卒岁乎柴荆也哉!

## 柯山赋

入东门而右回兮,原迤靡以相属。拔磅礴以隆起兮,是为柯山之麓。其上萧森而晻霭兮,冠万竿之修竹。下硗确而坚密兮,拱高林与乔木。散鸡犬于危厄兮,杂茅茨与夏屋。通樵牧之蹊径兮,路纵横而断续。撮土石列,暗窦谷虚。鸣鸟上下,伏兽号呼。俯江流之荡潏,招列山之蟠纡。林峦作态而蔽亏兮,风云效技而卷舒 。固可以开阖阴阳于一气,寅饯日月于天衢。

爰有穷人,癯然无归。旷四海无所投其足兮,后帝命我于山之隈。庇茅蓬之数椽兮,抚枵腹而常饥。时醉饱而自得兮,亦杖履而遨嬉。逾山而东,席门草藩。爰有君子,于兹考槃。自种自食,邻里莫干。图书满家,儿稚饥寒。相见辄喜,有时不冠。寄万事于一笑兮,不知食粝而衣单。吾不加物以一毫兮,亦莫受人之燠寒。悟纷华之多虞兮,幸寂寞之至安。饮我薄酒欢有余,啜我豆羹甘而腴,隐几而休读我书。乃曳杖歌曰:

升柯之巅,明远眺兮。筑柯之庵,可以老兮。终古不忒,天之道兮。于于而行,无丧吾宝兮。

## 燔薪赋

岁暮苦寒，烈风不休。先生家贫，衣无重裘。读书夜阑，炉炭已灰。先生瑟缩，凄然不怡。顾谓童子，与薪偕来。童子抱薪而来曰："是薪也，陈之壁间，自春徂冬，风日所熯，埃尘所蒙，固沈液之干竭，乃外槁而中空。惟利簇燔，无所献功。与火相得，赫然大烘。坚柟劲节，久而后燃。既群枯而效技，又荧荧而不烟。"于是先生欣然，环坐皆喜，或裸股赤足，或引手张臂。穷谷萧条，薪炭如土。蓋取之而不竭，顾此乐之甚富。又何必琴材修直，兽材攫搏，汉壁之椒效暖，魏宫之金辟寒。谁知空山寒夜之叟，敢傲温于狐貉之前？

原注：今供上月炭，帝斫成琴材，胡桃文、鸲鹆色。

## 杞菊赋（有序）

予到官之明年，以事之东海，道涟水，涟水令盛侨以苏子瞻先生《后杞菊赋》示予。予不达世事，自初得官即不欲仕，而亲老矣，家苦贫，冀斗升之粟以纾其朝夕之急。然到官岁余，困于往来奔走之费，而家之窘迫益甚。向日悲愁叹嗟，自以为无聊，既读《后杞菊赋》而后洞然。如先生者犹如是，则予而后可以无叹也。

有蓬四垣，张子居官。童子晨谒，有驹在门。张子迎客，平生故人。予致其勤，馈客以飧。撷露菊之清英，剪霜杞之芳根。芬敷满前，无有馨膻。客愠而作，谓余曷然？张子始叹，终笑以言："陋虽尔弃，分则余安。子闻之乎？胶西先生，为世达者，文章行义，遍满天下，出守胶西，曾是不饱。先生不愠，赋以自笑。先生哲人，太守尊官，食若不厌，况于余焉！不称是惧，敢谋其他？请卒予说，子无我嗟。冥冥之中，实有神物。主司下人，不间毫发。夫德不称，享者殃；劳不称，费者罚。予身甚微，余事甚贱，聊逍遥于枯槁，庶自远于人患。"客谢而食，如膏如饴。兹山林之所乐，予与尔其安之。

## 暮秋赋

嗟予志之莫就兮，哀天时之不予谋。岁冉冉以将暮兮，无以荡吾之幽忧。昔吾之既有知兮，独信道而不顾。鞭吾驹之不戒兮，眇一世而独骛。俨章甫以自好兮，安知越人之异容？恃所持之不欺兮，谓彼此之情同。夫何事物之多故兮，因少愚而老智。彼善恶岂有常兮，固系夫一世之贱贵。或指砾以为玉兮，人皆知其不然。众既讹而莫返兮，事随信而名迁。伪言实于众舌兮，至宝贱于独知。正无助者必危兮，恶乘朋而或济。

决大河而东奔兮，挽予舟而上溯。嗟尔楫之几何兮，蛟龙郁其方怒。外既揆而内度兮，考旧好之同异。韬九袭以深藏兮，固可死而不可试。卷杜蘅之幽佩兮，苞芳兰之翠衣。畏久畜之不扬兮,时窃陈以为戏。怨所资之不售兮,非达人之宏规。彼废兴之有命兮,何忧乐之足系?奏吾琴之愤怨兮,酌吾酒之洌清。揽芳桂与秋菊兮,聊以驻吾之颓龄。

吾又将之夫深山兮,遂绝世而远去。身九浴而后衣兮,齿三涤而后咀。纳冰霜于胸中兮,荡焦膈之宿污。求仙人之奇术兮,与彭咸乎为伍。彼君子之蹈常兮,曷急世之有知?聊逍遥以卒岁兮,乐天命而不疑。

## 超然台赋(有序)

或有疑于超然,曰:"古之所谓至乐者,安能自名其所以然耶?今夫鸟之能飞,兽之能驰,与夫人之耳目手足,视听动作,自外而观之者,岂不以为大乐乎?然鸟兽与人未尝自以为乐也。古之有道者,其乐亦然,又安能自名其所以然耶?彼方自以为超然而乐之,则是其心未免夫有累也。"客应之曰:"吾岂以子之言非耶?吾方有所较,而后知超然者之贤也。予视世之贱丈夫方奔走劳役,守尘壤,握垢秽,嗜之而不知厌。而超然者方远引绝去,芥视万物,视世之所乐,不动其心,则可不谓贤耶?今夫世之富人,日玩其金玉而乐之,是未能富也;忘其所有而安之,是真能富矣。夫惟有之,是以贵其能忘之,使其无有,则将何所忘耶!子以为将忘超然为真超然,则其初必有乐乎超然而后忘可能也。子以为乐夫世之乐者乎?然则子亦安知夫名超然者果非能至乐者也?"赋曰:

登高台之岌峨兮,旷四顾而无穷。环群山于左右兮,瞰大海于其东。弃尘壤之喧卑兮,揖天半之清风。身飘飘而欲举兮,招飞鹄与翔鸿。莽丘原之茫茫兮,吊韩侯之武功。提千乘之富强兮,凭百胜而称雄。忽千年而何有兮,哀墟庙之榛蓬。

有物必归于尽兮,吾知此台之何恃?惟废举之相召兮,要以必毁而后止。彼变化之无穷兮,嗟其偶存之几何?聊徼乐于吾世兮,又安知夫其他?

或有疑夫超然者兮,岂其知道而未纯。曰:"彼天下之至乐兮,又安能自名其所以然?惟乐而不知所以乐兮,此其所以为乐之全。彼超然而独得兮,是犹存物我于其间。"

客有复之者,曰:"子知至乐之无名兮,是未知世之所可恶。世方奔走于物外兮,盖或至死而不顾。眇如醯鸡之舞瓮兮,又似乎青蝇之集污。众皆旁视而笑兮,彼独守而不能去。较此乐于超然兮,谓孰贤而孰愚?何善恶之足较兮,固天渊之异区。道不可以直至兮,终冥合乎自然。子又安知夫名超然兮,果不能造至乐之渊乎?"

原注:苏子瞻守密,作台于囿,名以超然,命诸公赋之。予在东海,子瞻令贡父来命。

## 南山赋

南山岩岩兮,其下有人佩玉而握珠。刻意鲁叟之古经,不习世儒之臆书。我顷见之于宛丘,貌秀皙而眉疏。别去忽兮几时,面苍瘠而垂须。爱德器之老成,资巧琢于璠玙。

问所与之为谁?亦黄槁之仙癯。禁八马之超骜,同刍豆于群驽。时慷慨而长鸣,耻贱工之附舆。我行世之多艰,三年困兮江湖。幸天恩之放还,过都梁兮踌躇。奉两月之周旋,越长江之驰驱。屡饮我于山间,出翩跹之两姝。舟师告予以当行,具樯楫于斯须。岁方春而寒骄,犯冰雪于野墟。云漫漫兮垂天,风飘飘兮切肤。稚粦翳于宿莽,妍柳秀于群枯。泛羽觞之清泠,聊览物以为娱。思佳人兮天末,望莫见兮愁予。

原注:寄张嘉甫。

## 鸣蛙赋(有序)

予寓山阳学舍。夏,大雨,屋四隅成塘,聚蛙以千计,鸣声不绝,夜为不能寐。客有献予以杀蛙之术,曰:"投予药一丸,蛙九遁尖允。"童子将用之,予曰:"不可。"复为赋示之。

夏雨初止,积潦过尺。有蛙百千,更跳互出。幸此新霁,夜月清溢。我劳甚休,归偃于室。于时蛙鸣,若啸若啼,若诉若歌,若惧而悲,若喜而语,若怒而诟,若哕而呕,若咽而嗽;瘖者之呼,吃者之斗;或急或缓,或清或浊。若羌丝野鼓,杂乱无节兮,又似夫蛮歌獠语,诡怪之迭作也。尔其困于泥潦,失其所处而悲,又若夫旱暵既久,得其所处而乐也。爰有童子持烛来谒,曰:"蛙群夜鸣,君寝其聒。考之《周官》:'洒灰驱蛤。'君其教之,予得尽杀。"予语童子:"尔无是酷。尔乐而歌,而哀则哭。哭则悲嗟,乐有声曲。聚语群争,引吭而呼,一日之间,不宁须臾。蛙不汝嫌,汝奚蛙诛?万物一府,谁好谁恶?尔奚自私,己厚蛙薄。参通彼己,乐我自然。弥尔怒心,置烛而眠。"

夜半,张子援枕而吁,顾谓童子:"记吾言欤? 前言未究,请卒吾说。物各有时,夫谁敢遏?尔观夫春露初霭,朝华始敷,文羽清喙,飞鸣自如。若奏琴筝,而和笙竽,清耳悦心,听者为娱。及夫阳春既徂,炎火将极,恶草蕃遮,淫潦潴积。蛙于此时,生养蕃息,跳梁号呼,意气横逸。子如之何?时不可逆。时乎,时乎! 美恶皆然。当其盛时,谁得而迁?及其雪霜既降,木实草衰,飞蝇聚蚊,孽无所施。于是此蛙,敛吻收足,尪然土中,一声不出。党散巢披,不可终日。盛不可常,兴衰迭乘。子姑忍之,奚以杀为哉?"

## 吴故城赋

乱吾舟兮大江,夕余济兮樊口。登武昌之故墟,吊西门之衰柳。出东郊而南眺,访遗城之培塿。嗟颓墙之迤靡,半已平乎耕耨。杂溪涧而沮洳,稻冉冉而将秀。曰是吴王之故宫兮,昔孙仲谋之所有。

当弊汉之委地,群凶聚而啄剖。伟紫髯之永图,独穴据乎江右。岂无意于雍洛,易虚夸为善守。观其作都于武昌,夫何险陋而即安。是为大江之上流兮,于备敌焉不繁。顾诸将之凡才,岂袁、曹之敢班?欲身当中原之一面兮,事便时利一苇济乎涛澜。当是之时,两观万雉，缥阙应门。内拥燕赵之美，外屯貔貅之军。笙磬钟鼓之喧阗，旗旆车马之缤纷。固已包蒙川泽，震耀山原，安知夫千载之后，陵谷易位。

夫何遗珠与弃玉，顾此遗墟之将圮。于是与客休于祠宫，披樵苏之微路。嗟牛羊之入室，固牲酒之不具，与客愀然三叹而去。

自注：予近读曹植诸小赋，虽不能缜密工緻，悦可人意，而文气疏俊，风致高远，有汉赋余韵。是可矜尚也，因拟之云。

## 朱元璋

朱元璋（1328～1398），字国瑞，明朝开国皇帝，即明太祖，卓越的军事家、战略家、政治家。祖籍盱眙，盱眙有其高祖、曾祖与祖父母陵墓，故盱眙也被称为“帝里”“帝乡”。

### 莺啭皇州赋

惟淑鸟之神气，正三月以应期。乘造化以娇吟，畅流金于柳堤。饮花露以香吻，食飞絮以精奇。栖碧梧兮侣凤凰，翅翱翔兮与雕齐。浮林梢而色炫日，弄翩翻而罕稀。乐钟山之柱霄汉，美岩谷以神怡。

尔乃笙簧嫩舌，同律吕以谐宜。百花丛里，任意芳菲。有时假天风而流翅，俄又敛翼以林枝。效织梭而自在，亦仿佛以星移。若抖擞以抟风，疑大火之西驰。

今也节近清和，熏风将施。养羞于森林深处，玩绿阴而高低。感大化之循环，快灵禽之足意。

### 画眉赋（并序）

岁在庚申春二月二十有八日，督政务于奉天门下。是日也，春阴方霁，日色暄和，淑气熏蒸，万汇咸亨。朕务少暇分刻，略盘桓于左右，见内臣将所豢画眉置于栏下。斯鸟感淑气之浮游，呼群之意，啭声泠然而美听。故为之词：

阅俊禽之在野，苍身而彩眉。感初气鸿蒙之时，呀晴啭语，为音和而无倚。久求侣而不获，乐人听而为奇。入珠笼之翠琐，美易食以朝期。羽日鲜鲜而耀采，爽雕楹之悬宜。金足舒而称首蜡，吻烂然而无移。舌微调而声韵，翅轻举以宜枝。昔在野之佳音，入牢笼而愈弥。

夫何时也，华烂熳似锦帷，正鹰燕之高低。比雄长之翱翔兮，运拔摇之天倪。假雕之旷翅，四际荒涯；虽息于六月，志同雕而相知。观彼苍之遥兮，适莽苍之陲。且间而无遐，的论而无私。必迩遐之可鉴，通升降者有之。今也声和羽彩，为人爱猗。若声调如旧，整翼鲜齐。求近雕栏而富后，千载而名啼。

## 四渎潦水赋（有序）

朕尝俯仰二仪，深思其所以，必阴阳之所以著。今也概观，二仪阴阳也，阴阳二仪也，此其所以未知也。失二仪，本二气之所著。若否于二气，则上下隔矣。若或上下姤，则万物咸亨。所以亘古至今，必盛暑之时，则密云浮游于两间，霖雨大降，斯太和之至矣，潦水之兴矣。若果如斯，则生民福臻，君民者仁治，今当其时。墨云叆叇，风不鸣条，雨不破块，宜于其时。故为之辞曰：

惟二气之姤和，无不及而否过。运氤氲于两间，沘三江而九河。清淮济而盈海，无洪涛而巨波。倏瀚漫而连野，蓦江洋而浸多。俄微风之拂面，树倒影而沉柯。

昔襄陵而怀山，神禹凿而民歌。已而滔滔东注，非朝海而他何。三门峻急，吕梁旋涡。巫山莫止，来源沙陀。溉荆楚，被菉荷。瘳久疾，起沉疴。均沾万物，特盛时禾。尔乃荡荡漾漾，婆婆娑娑。浮轻舟之兰棹，利渔夫之棕蓑。湍于崖壁，绿挂女萝。泛于农圃，茂于蓼莪。五岳示态，精英嵯峨。泽施博爱，奚分巨苛。便商舟之络绎，善官站之走舸。会百川之淼渺，冲撞林麓之岩阿。或巨鱼之跳跃，翩翻嫩绿之浮荷。布浮萍之满面，浴洁白之游鹅。泽北寒之翠草，犊胡民之紫驼。

功既滂沛，溢堤盈波。海上瀛洲稽颡称臣，拜首夷倭。夫何德备天地，雨旸时若而不磨！

## 江流赋

长江荡荡，绿水悠悠。举目遥观，共长天而斗色；低头近觑，同融日以争光。岸边绿苇，滴溜溜风摆旌旗；堤下青蒲，孤耸耸露依剑刃。白蘋渡上，有一攒一簇白沙鸥；红蓼滩前，有一往一来红甲雁。其中富贵，飘摇摇荷叶弄青钱；内里繁华，招展展莲花倾玉盏。霁雪丛中，响沸沸金睛金色化龙鲤；晴波影里，骨刺刺绿甲绿毛通圣龟。

此江遥纳千流，总兼三台之职；远尊大海，位有宰相之权。东南形胜，实为吴越之藩篱；西北胸襟，雄据楚淮之保障。晋残东渡，能随五马一为龙；汉末南争，善使三雄决二虎。

此江，到春来，暖融融鸥浴鱼翻；到夏来，碧森森芰生荷放。到秋来，纷纷红叶逐波流；到冬来，片片寒冰随浪走。

江中之景，清兮是水，绿兮是波，白兮是浪，碧兮是蒲，红兮是莲，青兮是荷，飞兮是鸥，落兮是雁，跃兮是鱼，行兮是舰。

东去西来万里长，滔滔不尽古今忙。流水水流流入海，浪翻翻浪浪翻江。碧荷荷碧碧烟罩，紫花花紫紫云盘。白鸥鸥白白鸥波，红蓼蓼红红蓼滩。采莲莲采采莲去，行棹棹行行棹还。烟树生烟烟绕树，渡船来渡渡人船。汩汩无边浴寒日，明明四际映青山。几番铁骑腾长浪，数次金戈昭急澜。

嗟哉！跨江欲会猎。危乎！浮水要投鞭。炎炎纵火称公瑾，浩浩驱兵赞谢玄。英雄挥泪伤时往，豪侠持戈惜日前。王浚乘威焚锁铁，祖生慷慨扣船舷。

## 顾　达

顾达，字存道，号贯初子，南直隶大河卫(今淮安市淮安区)人。成化十四年(1478)进士。历知宜阳县、兵部主事、员外郎、陕西行太仆寺少卿。正德中参与修《淮安府志》。有《锦屏山二十咏》等。

### 河淮合注安东赋

览河淮之交注兮，何溱溯以邈绵。溯昆仑与桐柏兮，涌湁潗以稽天。撼地骨之嶙峋兮，驭冯夷而上穿。斗螭龙而击风霆兮，声蹷百里如邮传。尔乃湍驶潏荡，沛乎莫御兮，若鲁缟之应弦。复混漾其四溢兮，见怀襄之淼漫。嗟民其鱼兮，泪下土以昏垫。

彼呱呱之弗子兮，崇伯子之干蛊。元圭锡而告成兮，馨明德于千古。羌蜿蜒其驯轨兮，仍分骛于地中。经万折而必东兮，汇二渎以朝宗。惟沧溟之浩浩兮，固一六之所同。系楚川百川之都会兮，郁灵气之攸钟。

仰前修之懿躅兮，涉大浸而无楫。沐皇仁之沾溉兮，觉丹衷之犹热。愿老淮之滨涯兮，把任钓于春风。乐河清与海晏兮，时观化以从容。

## 吴承恩

吴承恩(1506～1580)，字汝忠，号射阳居士，明淮安府山阳县人。小说家，名著《西游记》作者。自幼敏慧，又好学习，博览群书，以文名著于乡里。嘉靖中补贡生。曾任浙江长兴县丞、荆府纪善，晚年专心著述。尚著有《禹鼎志》(已佚)、《射阳先生存稿》4卷。兼擅词赋。

### 明堂赋

我皇上凝道合天，建明堂以临万国，今年某月之吉，三殿告成。夫历代之营构多矣，亦岂若今日体玄极，通神功，迈古定规，镇坤维而宣乾化，亿万祀无疆之鸿业，于此肇焉。

歌颂德业，儒臣事也。臣斋心述赋，以模写天地万一。其词曰：

圣天子嘉靖万年，今方第四十载，如日旦而未中，犹天覆而无外，妙契九玄，光昭四海。仰皇居之建造，符缔构于真宰。方其始也，顺人望，承天心，敷神算，酌古今，几实有待，时当一新。际中兴之嘉运，协大壮之鸿文。前则奉天高峙，次则华盖、谨身，上参玄象，帝座宏深。总一气之开阖，炳三光之照临。观夫鳌奠隆基，龟从练日，良工大匠，呈奇奉役。谷挺瑰异之才，山剖文章之石。五用天储，百需地给。感灵祇之守护，为盛世而初出。民庶子来，官师雨集。禹贡金于九牧，舜辑瑞于群辟。上焉允合玄衷，下则无烦民力。尔其为状也，丽瑞旭，凌祥虹，翼鸾凤，腾蛟龙。规模盛而不过，制度高而得中：纲领儿有，交和万灵。辰居所而星拱，岳当天而泽通。于是出经纶，布象魏，控八埏，抚四裔。纳黎元于化日，合上下于和气。络绎殊祥，骈蕃上瑞。灿瑶编于青简，积宝箓于金匮。但见东洋靖乎波涛，北徼息乎烽燧，南金萃于内府，四熙允于工会。盛泽洪流，氤氲滂沛。冰区日域，霜露所队。莫不因明堂之建，而益幸圣人之在天位也。大业爰成，皇心载宁，永符元吉，长享太平。万方喜气，沸为歌声，臣庸采择，谨拜献于明廷。歌曰：

维此明堂，帝始构兮。维帝之衷，天所授兮。维帝维天，一德咸姤兮。崇功伟烈，天子万寿兮。

按：该赋作于嘉靖四十年(1561)。应是代某王公大臣所作的贺颂之作，为典型青词。

## 述寿赋

粤我淮川，丁由邈绵。开汉室之勋阀，典周邦之将权。经授虎观，丹飞鹤仙。衍余庆于遥胄，启华朠于世传。乃有双桥主人，五湖名杰，襟披海霞，识洞霜月。畅庆德于方将，览岁名之始浃。于时建丑标年，极阳纪月，天称小春，节俯大雪。席绣错而云敷，客车连而履接。觥筹纠纷，祝颂阗噎。有起于座者，执盏而称曰：乐哉斯辰，日月嘉祇，于美夫君，必多受祉。吾方有怀，何以献子？吾若望子以万箱，益之乎千驷，门户鼎钟，冠裳朱紫，是赠山家松桂，而报猎人以鹿豕也。今当采石上之九华，撷云中之三秀；剥方壶之大枣，雪太华之灵藕；啖之葛氏之桃，荐以务光之韭；炊玉田之稻以为饭，屑背明之麦以酿酒。一饮再尝，千龄亿寿。君子有取于走乎？主人退然，愧客所宣，北向拜手，正襟而言曰：吾闻神仙不可以强为，大化不容于自私，怪奇不可以昭训，荒唐不宜于致思。吾幸履后皇之熙运，际仁寿之康时，览前哲之明范，藉先人之余资。岁序弥晋，偷安四支。嗟饱食而无补，真有愧于耘耔。子言远矣，谢此一卮。吾方当植仁为仙谷，树德为琼枝，清心为玉醴，和气为灵芝。奉公之义不敢后，周穷之惠不敢辞，拂己之言不敢报，违人之愿不敢施。调燮五事，宣通四时。愿去薄而居厚，窃知雄而守雌。则夫“忍”之一字，乃吾传世之宝，延年之药，而治心之师也。而又何期乎？客喜雍雍，昭然发蒙，歌以进酒，载流嘉声。歌曰：

双桥之水溶溶兮，夫子之德融融兮。维淮海之流通兮，沛庆泽之方增兮。贺寿考之同兮，献旨酒之盈兮。

歌者甫毕，欢沸尊席，象饮鲸吸，盖月白而后出也。

按：该赋系为淮安富商丁佩（字可山，号双桥）六十寿而作。

## 陌上佳人赋

友人夸其所见，以赋见邀，率尔为之成篇，亦《闲情》之比也。

客有告余曰：我不怡于客也，散都门之闲睇，蹇独立乎逵中。忽言逢乎绝艳，引雅步之盈盈。我异而叹焉：世乃有斯人邪？信余目之未曾经也。吾闻在昔，西子妍姿擅称，使生于今，与斯人未知伯仲？而生于今者，吾虽不能尽阅，断之以理，敢云俱出其下风。纵复有一焉，必非凡品，或幻怪而仙灵。余尝博缣缃之纪述，览赋咏于词宗。见其标榜极色，侈乎形容，每疑信之相半，谓华文之过情。以今准昔，始悔余见之未广，而翻病前言之未工。使今兹之未觌，几虚负乎平生。吾今不暇悉其颜状意态，风标仪形。但吾之始遇也，若见夫月华初吐，海市乍呈，魄动神夺，皤然独惊。其少住也，则又似乎齅芳兰于瑶砌，味甘露于金茎。忘言遗虑，心迷思凝。余欲去而之它，则又踟蹰濡滞，百懒千慵，身植木而难拔，足粘胶而惮行。迨彼逝而余归也，则又似乎钧天之梦初寤，霓裳之观忽终，摇摇罔罔，盖弥久而莫之宁也。余非不知其为水底之月，镜中之灯，风外飞絮，波间泛萍。怅光景之难驻，咎柔情之浪钟。盖退而思，欲索其瑕，以抑吾想。而苛求弗获，翻更益乎憧憧。吾载感乎姬、姜华族，韩、虢峻封，深贮金屋，高飞紫宫。饰轩盖之霞丽，翼嫔嫱而景从。亦独何人哉？乃今彼姝者子，淡妆时服，孑风袭而尘蒙。念谁为之侍从，尾怪妪而拧僮。徒以饫六街之饕眼，沸夹道之哗声。知彼同余伉俪，孰氏奚名？必非金、张之贵，而董、贾之英也亦明矣。乖忤若此，理焉足凭。叹息回惑，气填余膺。本祈娱于暇豫，顾交结乎烦衷。莽巫咸兮安在？为我叩乎玄穹。

余复之曰：子亦何介于兹乎？夫泰否来往，系遭逢也；才命厚薄，属除乘也。故左完而右阙，或后啬而前丰。随气机之轇轕，讵能测乎冥冥？在圣贤亦难逃乎橐籥，而矧此庸庸者乎？况夫至美必恶，色哲德凶，深山大泽，实生蛇龙。纷生民之众欲，唯此蔽之难攻。念项籍之于刘季，夯振世之奇雄。抚虞姬兮戚氏，何涕泪之沾缨；陋幺么之虫豸，宜身业之齐倾。子无爱佳人之难得，须知尤物之当惩。余方禅味如蜜，心灰欲冰，水莹霜涧，云晴雪峰。肯晚途之转谬，起狂念于孱躬。

客悟请退，余扉自扃。篝灯旅壁，戏书幽悰。繁绮语之多寓，比《梅花》于广平；笑投毫而即枕，闻长乐之初钟。

# 嵇 襄

嵇襄,字季雯,号玉山,宗孟子,安东籍(今涟水),世居山阳,清康熙间人。工诗善书画,一生为布衣,不愿为五斗米折腰。

## 黄河赋

大哉!黄河沆漭莫止,沮洳百泓,蜿蜒万里。或曰火敦,或曰西鄙。穆天子搜阳纡之山,薛元鼎辨异色之水。两源之说肇自张骞,大渊之名载诸佛史。虽丛议之莫宗,实殊名而一旨。

若夫巨灵开擘,神禹奏功,下撼地轴,上揭洪濛。西向昆仑,灿列星之浮九度;东回葱岭,分碧浪之喷双虹。崚嶒湍击而石腐,埤坻涛触而泥穷。囊清流而洑走,洞溪雷震;裹黄沙以借色,丹灶霞烘。

由是跨龙门而东跃,抱积石以西来。首阳障其北道,太华蔽其南陔。渺沵澶漫,湟漾溯洄。风排雪涧,月涌琼台。荡乾坤之龌龊,涤古今之尘埃。

至于破沙漠,界洪荒,鼓洮水,枕庄浪。迤逦秦晋,纡曲豫梁。左崩乎徐鲁,右折乎睢枋。拥汭济而并逐,抵淮泗而运茫。洸洸灏灏,浤浤瀼瀼,旷兮杳兮,偕百川而朝宗于大壑;浩兮迈兮,统万汇而瀜贯乎巨洋。会归海国,水德灵长。俯联地脉,仰澈天潢。此黄河亘古今之大略也,敢抒蠡测,漫纪一章。

歌曰:黄河直上兮与天通,逼银汉兮浮太空。淼冥万里兮下淮东,敷泽流膏兮伊谁之功。

乱曰:圣人出兮黄河清,五百年兮今复生。波不扬兮巩金城,岁亿万兮乐升平。

# 李德耀

李德耀,字羽昭,号润公,辽东籍,盱眙人。明歧阳王李文忠公十四世孙。清康熙四年至十一年(1667~1672)任四川大邑县知县,康熙十一年至十四年任泗州知州。

## 登陴赋

粤从巴蜀,来牧徐方。渐裳濡轊,洪水汤汤。乘陴四眺,睫慑神怆。畴咨其乂,溯怀孔长。维胎簪之沉澻,历桐柏而淼渺。亘千里以萦纡,汇泗、沂与众小;纳淝、涡及漴、沱,为群趋之巨沼。当其天吴静,象罔宁,输灌溉,黍稷馨,颂水德,贞珉铭。

迨夫河流肆其震滹，怀襄失其崇高。湍激轶其故武，冲突遍夫神皋。岂狂澜之终不可遏，而望洋之任其滔滔？怅涂山而既迂，维四载以乘劳。集群策于谘諏，藉清波为浊淘。于是鼛鼓填填，版筑聿兴，澄泓双涧，转盼丘陵。涛愁浪怒，骐骥奔腾，何以瀹之？三闸之能。悲天降割，崩淤相仍。积弛莫举，援溺弗胜。

尔其为状也，冲融浴日以连山，缪葛浮天而泊岸。雉堞之版余三，鸥尾之羽淹半。驾长虹兮波底，偃苍龙兮续断。牵荇藻兮桧松，听鸣蛙兮踞爨。鲛人绡织于阛阓，穆满鼍行于里闬。荆飞不敢挟剑于桑柘之区，琴高且得扬馨乎簿书之案。鄙三江之澎湃，傲五湖之汗漫。若乃复岫危峰，俨蟠泳螺浮之散涣；杰阁崇台，诧海市蜃楼之奇玩。携锄尽向夫山巅，卜筑欲跻乎霄汉。嗟彼冈峦之有几，安得岩阿而同窜。

不稼不穑，饔飧奈何？鸠形鹄面，寄命烟波。如宝筏之匪遥，仰稻粱于网罗。渔人于是乎鼓楫，妇子于是乎棹歌。驶若翔风之孤鹜，止如贴水之新荷。释叹詈而弹铗，乐雨笠与风蓑。

噫嘻乎！托涟漪以余年，眷泛泛而哽咽。抚绂绶以摩挲，力不陈而就列。矧莫急于征徭，岂江湖而为枕穴？伫君子之洒淡，出斯民于鱼鳖。

## 张鸿烈

张鸿烈，字毅文，号岸斋。张新标子。清淮安府山阳县(今江苏淮安)人。康熙十八年(1679)召试博学鸿词，授翰林院检讨。著有《曲江楼集》《山阳县志》《淮人咏淮诗》《渡江草》。《山阳县志·文苑》有传。

## 三河赋(并序)

三河者，黄河、淮河、中河也。黄、淮自上古已然，中河则人力所辟。皆关运道，有切民生。数十年来，赖庙堂之筹算；三千里内，保泽国之安澜。岁久防疏，川不循轨；雨多水溢，工未告完。仰烦圣虑畴咨，乘舆巡视。规模预定，指示周详。千官云集而趋跄，万姓欢呼而效命。从此河清有颂，昭帝德之光辉；海晏无波，乐皇图之广大。平成再见，饥渴奚忧？盖上河既获成功，下河自然易理。臣生长淮湄，念切桑梓，备员侍从，曾献刍荛。今值圣驾亲临，授群工以方略；河防重建，登广陆于康衢。永免昏垫之灾，长享安居之庆。所当咏歌盛事，播述殊恩。臣报国有心，摛词乏学，谨效唐人律赋，叙述河道源流。每篇限以八韵，三赋合为一章。系以颂辞，倾其葵献云尔。

## 黄河赋

### 以“怀柔百神及河乔岳”为韵

登崇高而望远，览浩荡以纾怀。溯黄河以西眺，自星宿而东来。下龙门而莫御，包砥柱而靡涯。过孟津而澎湃，至大陆而潆洄。经千折而归海，历五省而隔淮。锡元圭而奏绩，铸九鼎而淡灾。

势盘旋而多曲，性猛悍而不柔。商自亳都屡徙，汉以瓠子为忧。唐乘土德而水患独少，宋决澶渊而河道南流。暨元明而淮黄始合，越豫兖而利害兼收。吕梁多石而迅险，淮浦无山而横浮。虽变迁之扰攘，赖智力之绸缪。

我国家卜年万亿，统国千百。山奠攸居，水归其宅。爰自昆仑，遥临碣石。川后贡珍，鲛人献织。讵意荆隆叠溃其堤防，东省几沦为薮泽。徐邳漫衍而难睹，淮泗受冲而尤剧。

皇帝正位，哲谋若神。念兹大渎，屡遣重臣。事随时而补救，工积岁而烦频。下淇园之竹楗，伐海滩之苇薪。龙窝筑而义渡塞，云梯辟而海若遵。堤长如虹而蜒蜿，岸高似堞而嶙峋。

何职守之或疏，致堵御之弗及。童营决而田多沉，清口淤而河倒入。积沙垫而底增高，旧堤颓而土陷蛰。飓风挟浪而击撞，霪雨兼旬而厌浥。马港通湖而横流，淮民望洋而嗟泣。

于是圣主宵衣，极拯灾而恤患；皇躬夙驾，爰问俗而巡河。丝粟不扰民间，如纶涣汗，乘舆将发畿内，被泽宏多。自天津而泛仙舫，浮会通而漾清波。即风景而却贡献，因土俗而询黍禾。幸长堤而量积水，临古坝而视回涡。驻河干而申巽命，沐春雨而布阳和。

时则鸾锵原野，莺啭林乔。虑竹箭之长流，强悍莫制；恐桃花之将涨，激射难消。重瞳周顾，睿虑宏超。命挑引河于对岸，待挽猛溜于崇朝。千夫趋走而操畚锸，群心鼓舞而掘塘坳。拦河坝毁而宣畅，汰黄堤筑而迢遥。

从此汪洋千派之水，直泻归墟；巇巢百重之防，屹如方岳。龙负图而来呈，鱼入舟而犹跃。三日变而愈清，百川纳而允若。轶宣房之筑宫，迈青云之浮洛。人舞巷而歌衢，水行地而赴壑。永百世以咸恬，与万民而偕乐。

## 淮河赋

### 以“九泽既陂四海会同”为韵

稽淮水以分州，列《禹贡》而为九。盼桐柏之泉源，历石门之冈阜；初轮涌而珠翻，继伏行而潜走。经鹿原而长骛，抵龟山而清浏。贡蠙珠而磬浮，锁支祁而神守。乃财赋之奥区，亦兵车之渊薮。

尔其滔滔喷涌，势欲襄陵；淼淼澄澜，汇成巨泽。西连汝、颍，翕纳千溪；北接睢、漷，渟泫一碧。绝九河之辽远，阻中土之阡陌。合沂泗之连漪，通沧溟之潮汐。映垂钓之王孙，溅倚楼之词客。润物则变斥卤为桑田，入海则指岛屿为积石。

曾日月之几何，历汉唐而云既。宋代转运而通漕，明季设防而烦费。迨交会以多年，淆泾渭于一气。山阳湾之险急，浊浪来争；洪泽县之胥沉，巨浸可畏。合富陵、泥墩而不分，连塔影、仓基而无际。自累朝筑堰而加高，恐黄水倒灌而涌沸。

岂料异涨连天，冲残堤岸；洪流震地，溢入湖陂。周桥、蓼涧之间，溃六坝而臭遏；甓社、氾光之下，溺七邑而堪悲。淮日退而黄进，沙日积而淤随。清口浅而湮塞，运渠垫而行迟。既刷黄之无力，虽有堰之奚为？惟上流之未治，致下河之难期。

天子以德参才之三，念淮居渎之四。溉田则万顷栉比，济漕则千艘鳞次；用武则甲仗轻浮，入贡则梯航熙致；贸迁则百货居奇，行旅则殊方遥企。乃东南之襟喉，为西北之指臂。非乘舆之亲临，曷疏瀹之克遂。

伏遇眷顾东南，幸临淮海。悯兹群黎，濒居畏垒。波涛滈荡乎海天，风雨迷离乎烟霭。湖连白马，骇碧浪之东趋；墩号金牛，讶浊流之南改。因泛滥之难防，故补苴之多载。必疏导之有方，庶宣泄之无悔。

尔乃圣心独断，洞彻机宜。川泽长流，仍使交会。辟引河以纳清波，掘淤沙而成甽浍。武墩高峙而植表，唐埂萦回而如带。必狂澜不溢于下流，庶黎民克免于灾害。无饥无溺，感舜泽之汪涵；乘楫乘樏，识禹绩之宏大。

由是天心允洽，川后来同。水行地中，三洲之势浩渺；漕转天外，长淮之利冲瀜。以河会河，保封疆于完固；以水制水，归大海于朝宗。献瑞何异琳琅，珠光媚汉；作人无殊棫朴，芑草生丰。愿师唐介之忠信，敢追王粲之雕虫。聊藉草茅之笔札，上纪庙算之神功。

## 中河赋

### 以“周视原野道达沟渎”为韵

川途绵邈，陂障环周。地灵从欲，人事协谋。中河新凿，运道经由。舳舻衔尾而南至，舸艑联樯而北游。御舫安乘而时迈，漕粟飞挽而持筹。问斯川之缘起，仰圣泽之旁流。

盖黄河逆行而最险，浊浪排空而雄视。昔逾彭城而过洪，后改运口而通泗。狂飙振厉而喧豗，水伯骄横而阻滞。三百里内，计通运之非遥；六十年来，憾决堤之多次。东南粳稻之漂沉，筐篚纤缟之浥弃。蔡楼茅壁之突冲，崔镇烟墩之溃肆。

矧夫多建滚坝，直射平原。以田为壑，如海有门。载胥及溺，既垫且昏。惟时臣以修史余暇，越职陈言。荷圣慈之宽宥，纳虚公之众论（康熙二十三年十二月，烈条陈河事，原疏行河臣查覆，又经部议，允河臣所覆，发帑金八十万开挑中河)。爰请帑而集事，遂开河而罢屯。

询谋于众，诹度于野。羡荡漾之沂流，咸委输于骆马。厥土曼衍而坦平，小山逶迤而丹赭。凿数里之坡陀，绕千村之庐舍。辟黄河而永安，逾清江而直下。过涟河而会同，入潮河而倾泻。

尔其免涉风涛，别成运道。工属创举，绩观后效。特遣大臣，勘视扼要。佥云便于输挽，未闻艰于利导。群工息喙而无言，斯河安流而有造。上逾马陵而中分，下出仲庄而轻俏。

于是淮东之邑咸安，山左之泉尽达。惟虑黄水之忽侵，致令支河之被夺。上渡口之泛滥堪虞，刘老涧之旁冲尤阔。要视重运之早迟，以定筑坝之遮阏。倚遥堤以为屏藩，引澄湖而成潋滟。倘能守口而保堤，自足扬舲而击汰。

尔其岸如玉垒，河类金沟。逍遥容与，自在安流。帝念民间疾苦，特驾天上扁舟。从官鼓枻而扈跸，行幄联帆而载浮。九里冈前，扬轻舠于迟日；五花桥畔，狎柔橹于浮鸥。开河已逾十年，竟成利涉；越地止经五县(宿迁、桃源、清河、山阳、安东)，惟觉优游。

盖通则为新渠，堙则为枯渎。疏引有法，川不在长；防护有方，运则能速。转玉粒于万方，充天庾之百禄。时其挑浚，省水衡之泉刀；便其往来，稳舟人之蓬屋。并河、淮而成三川，连汶、济而通上国。小臣作赋而酬恩，斯民饮和而食福。颂曰：

天横云汉，地绕河淮。灌输络绎，长流湝湝。皇帝御宇，万方孔怀。抚兹二渎，道在疏排。川路纡迟，圣心恺恻。浮卫逾济，咨诹郡国。潴泽其乂，洚洞其抑。天步攸临，百工凛职。维兹下土，莫非烝民。洪涛肆溢，蔀屋沉沦。銮舆莅止，陂障维新。咸登衽席，皇帝之仁。粒食维艰，播种孰艺。筑塞有方，祓禊可济。既佃且渔，长逢乐岁。多黍多稌，皇帝之惠。万艘转运，九赋惟供。宽征薄敛，绥邦屡丰。云帆摇曳，庾粟益充。永利邦国，皇帝之功。河渠有书，沟洫有志。陈言无稽，新谟不易。百世钦承，行所无事。天成地平，皇帝之赐。

丁晏点评：毅文太史所言河道情形，与今日迥殊。然黄河今虽北徙，而淮水不通运河。则先生所言先浚清口，挑浚淤沙以通淮河，最为急务。

王琛点评：洞悉源流，胪陈利弊，不作纸上空言。先生在史馆日，疏请开中河转漕，以避黄险。今百余年，河道迁徙，间值清水不畅，当事者堵闭双金闸，引中河水入运河两岸农田，藉资灌溉。虽权宜之计，而先生遗泽孔长矣。

题解：附张鸿烈太史《河道疏略》：康熙三十八年三月，率同绅士耆民拟进：今日河道之害，病在上河不治。虽欲治下河，不可得也。而上河之患，病在淮水不治。虽欲治黄河，亦不能也。

夫所谓下河者，关系淮扬七邑民田，似乎治之宜急。殊不知自高加堰起至翟家坝止，所开闸坝诸口并冲溃，缺口不下数十处。滔滔淮流日夜东趋，虽欲浚射阳湖、开海口，而地被水占，难以施工。即曾经兴工开挑，而源头之水滚滚不断，是以自康熙二十三年圣驾南巡后，历遣大臣督治，迄今竟未底绩，其故可知矣。

至于上河之水，最强莫如黄河。今不曰急治黄河，而先治淮水，何哉？盖自前人欲保高加堰以塞责，又恐堰决赔累，于是开唐埂六坝，开周桥闸，淮水大势尽从坝闸，并小残缺口处，日夜东趋，则其出清口之力弱则黄强，淮退则黄进。其清口一带，所谓裴家场、烂泥浅等处，平时滔天浴日之势，尽皆淤成陆地。以致洪泽湖所潴蓄之淮水益泛滥，而东泻入高邮、邵伯等湖。湖不能容，必溃运河两岸，尽从高邮、邵伯之减水闸坝，淹没下河，而淮扬七州县受害非止一日。且清口既淤，淮水不出，以致黄河浊流倒灌入运河，河底日见淤垫，加堤几与城平，岌岌乎有尽为鱼鳖之忧。

又，数年前，司事者误听宵小之言，筑拦黄大坝，另辟马家港引水河，河虽成而太狭，以致河流壅滞。三十五年，童家营、九里冈等处大决，遂成异常水患矣。今议河者纷纷不一，臣等以为，人人所见亦大略相同，惟当审其缓急先后之序，以次第兴工而已。

今最急当先者，莫如挑浚清口。虽现有河员挑挖引河，窃恐淤滩辽阔，必非一二道沟渠所能引导。何幸圣驾亲临，千载难遇。伏望圣慈驻跸数日，特降纶音，大悬赏格，有能挑浚淤沙使淮水畅流出口者，作何优擢。群心鼓舞，必多方尽力开挖。不日桃花汛至，引淮水之全力复出清口，以敌黄流，然后可以渐次堵塞高堰之坝闸并残缺各口，使淮水不得旁趋。然后速毁去拦黄坝，使河流仍从故道入海，则两河合力，海口可以不浚自辟。

于是议加筑各处之缕堤、遥堤、格堤，以防异常泛涨。议挑浚淮安府以下之运河，以免粮艘浅阻。议保守清河县以上之中河，以便粮艘利涉。议开浚运河一带泄水之涧河、泾河、黄铺溪河、子婴沟等河，以分运河泛涨。

如是，则上河渐有头绪，然后议挑浚下河之射阳湖、西塘河、夏胥二沟等处，以泄山阳及各县之水；挑浚下河之白驹场、草堰、丁溪、小海诸口，并各场闸坝上下引河，以泄兴化、高邮等处之水。务相其高下，因其形势，使水有所容即有所泄，以免民田沉废。

其尤为切要者，则修筑高加堰，从新整顿，加坚加厚，倍于昔时；开浚金湾闸人字河，引高、邵之水下芒稻河入江；更需大挑盐运河，极其深广，使泄水与运盐两无妨碍，庶淮扬亿万生灵永免漂荡之灾，其于国赋、运道均有赖矣。

按：《志》载，太史疏请开支河转漕，以避河险。时方兴殿工，采木远省，又疏请宽期减数，事悉施行。吏部以不应密封镌级，以忧归。圣祖南巡，特复原职，正献赋时也。至《河道疏略》则拟而未上。志书《艺文》不载。

## 张　榖

张榖，字剡度，清初清江浦人。张弨弟。

## 东海大松赋

维自混漭初分，清宁既奠。高山耸峙，洪流灏衍。天浮日浴，风腾雾卷。洵称百谷之王，而朝东之势弥远。

于是含灵蕴精，珍奇百出；孕珊瑚于铁网，现明珠于月窟。胡秀气之所钟，忽高松之特立。忘种植之柯从，俨商周之法物。枝亭亭而日上，影或疏而或密。饮沆瀣以为浆，滋遍体之膏液。因托根之既深，听洪涛之出没。

尔乃夕汐朝潮，澎溘滉漾。孤干凌空，耻依羞傍。即八千岁以为春，犹不足以少形其状。

若夫春日融融，烟笼树杪；遥接扶桑，朝暾映绕。色青青而欲流，问红霞而飘渺。何百卉之敷荣，而此株更鲜妍于云表。

抑或涨势连天，风雷怒赫。众草披靡，万象敛色。独百丈之奇姿，保孤贞而自得。

无何金风淅沥，水落潭寒。委黄塞径，惟羡枫丹。且也霜雪霏微，白满群山。宇宙既已无华，尽摇落而凋残。胡此松之不改柯易叶，而毕苍苍翠翠，露异质于浩淼之间。

至于涛声上下，若鸣若吼，鱼龙激浪，乾坤失守。鼓万石之洪钟，翳山颓而石剖。听者既骇愕而莫前，望者复惊惶而欲走。

是皆秉资独厚，负质攸奇。不趋时艳，突兀陆离。五石之瓠对之，而自形其小；千载之柏遇之，而亦愧其微。

因而傲性独立，孤芳自妍。惟青鸾与白鹤兮，时翱翔于其巅。惟蓬莱与方丈兮，时拱护于其前。何岁月之日迁兮，常见龙干之蜿蜒。何寒暑之不计兮，弥见虬枝之蹁跹。诚为深山隐士，诚为幽岛神仙。诚贞士乐与之为友，诚烈士欲与之忘年。故辞大夫之封，而甘与惊涛怒沫蛟穴鼋潭，傲造物而自全其天。

乱曰：海水茫茫兮，东望云山。乔松偃盖兮，骨节珊珊。苍秀欲滴兮，宁逊烟鬟？龙鳞遍体兮，驳驳斑斑。始自何年兮，日月已阑。乃大莫与京兮，蟠亘回环。后人惊其神异兮，徒色沮于观澜。致凭吊者，对海若而咨嗟兮，仅可望而不可攀。

王琛点评：借题寓意，格老气苍。刿度茂才为力臣先生难弟应试之作，已卓卓可传。

题解：王时扬《游云台山序》：云台山本名郁洲山，载《山海经》。形似苍梧，故又名苍梧，在东海中，称最大。先是为古德道场，近有淮人谢淳创三官庙其上。三官者，世所传陈子春三子，而子春者，名姓见干宝《搜神记》，为东海人。出州门十里许，至恬风渡入海。抵岸，过南城，宿大村，由九龙口而茶庵，而接佛院，而三官庙，上为清风顶。其山巅可望日出，有宋孝子徐积所咏古松，纷拏如虬。

徐积《东海大松歌》：东海有物天下雄，万灵勠力生奇松。天精地粹根其下，沧溟百道来相通。一根直去穿九泉，一根斜插鲸鱼渊。远者压折鳌鱼背，近者倒缠山根偏。小枝可就千钧弓，大枝可挂万斛钟。惟有老干苦难状，吕光营外堆元龙。身披北帝雄犀甲，虎贲连臂围石匝。无计都将大地遮，有心尽把浮云刷。樛枝入地旋复上，怪怪奇奇非一状。陵谷相变任古今，土木两行惠旺相。列帜空遗渭川垒，犒师留得隋炀帐。元驹来撼亭亭盖，绿鱼飞入苍苍浪。最是半宵风雨声，山妖走尽川魅惊。十万争挥钦巢骑，白十齐阚黑旗兵。有时海而波涛小，一部神韶下蓬岛。残声逐水散鸣禽，遗响穿云聚群鸟。混沌死来凡几朝，清风浊气浑未消。独叶耸来新盖凤，双柯合处旧藏蛟。其本既异其事殊，德若有容材有余。大鹏斥鷃皆可居，相忘有似江湖鱼。美哉此本真不凡，能以智免斧斤间。过尽工师无所用，庄周应作不材看。大松大松如此奇，方舆圆盖不可知。阴阴山海气合离，不然神物杈护持。

## 阮葵生

阮葵生（1727～1789），字宝诚，山阳县人。乾隆十七年（1752）举人，二十六年（1761）进士，官至刑部右侍郎。有《七录斋诗文集》《茶余客话》。

### 月波楼赋

楚州旧郭，长淮左偏。市廛翼其鳞次，巷陌簇以蝉联。五都绣错，百物罗骈。翳郡署之西掖，锁层楼之岿然。映波流而演漾，含皓月以沦涟。嘉名用锡，胜景斯传。

夫其度势裁基，依崖构屋；藏仄径于苔溪，耸修椽于灌木。泉绕座而龙吟，石支轩而虬蹙。衔冰轮于浩森，萝幌初开；浮璧彩之玲珑，绮窗骤沐。银华皎皎，摇槛外之轻漪；桂魄娟娟，飞檐端之片玉。

则有名葩怪石，覆砌连畴。柳丝濯濯，竹径修修。松渐苍而韵远，槐既老而阴稠。浓岫穿棂，隔芳堤而缭垣渐隐；淡云栖牖，萦碧落而匹练恒留。泛泛圆辉，磴将攀而欲绝；茫茫素艳，路既折而增幽。

当夫春水拖蓝，春花艳紫，黄昏之料峭犹寒，渌水之清光未起。朱栏近绕，宜画舸之朝维；绣栱平临，待兰桡之夜舣。悬朗鉴于中天，便公余之徙倚。

迨乎南风转候，炎气蒸宵。倐微飔之徐拂，快溽暑之全消。荡琼华于屋角，露蟾魄于林梢。夹岸之芰荷映霭，沿溪之蒲苇周遭。

至于爽籁旋吹，严飙继作。三秋之树萧萧，六出之花漠漠。满现圆灵之相，桐叶霜阶；潜涵虚白之精，梅花水阁。莫不雾馥烟横，汀回树错。仰玉槛之澄鲜，耸高楼而岩崿。

是则抱景非一，涉趣偏多。抚星移而物换，喜政通兮人和。望金堤之横亘，眺银瓮之嵯峨。远岫当窗，隔重帘兮似嶂，飞泉绕涧，答晓骑之鸣珂。每登楼而延望，信水月之相磨。

其或选良辰，征名彦，潘陆抽毫，应刘列谦。波光暗袭衣裾，月地都安笔砚。玉绳低亚，影留珠箔帘栊；碧浪横铺，人立水晶宫殿。浸月之长廊互接，月到天心；凌波之危榭交通，波生水面。极文采之相宣，溯风流而独擅。

又或龚黄懋绩，召杜腾声。垂绅绾绶，弭节停旌。都人咸集，宾佐逢迎。访穷檐之疾苦，筹下里之丰盈。叶吐望舒，赏余波之绮丽；花沉虚治，挹朗月之空明。想习池其未远，等濠濮之余情。黍谷春荣，事以渺而悉彻；莎厅漏永，度以静而弥贞。布天朝之渥泽，合庶府之均平。岂志耽夫偃息，实虑切夫民生。

他若王子遗踪，枚生旧宅，韩侯之故里尘埃，赵尉之晴轩荆棘。池名万柳，弱柳萧条；亭号千金，空廊阒寂。问升仙之鹤井，岁月难稽；寻覆水之龙潭，烟波已隔。爰遐想乎斯楼，结遥情于胸臆。期丹雘于来兹，庶鸿规之永式。

王琛点评：气体高华，吐属名隽名手，异于时流者，雅俗之辨耳。

段朝端点评：思清绪密，骨古词鲜，徽徽溢目，泠泠入耳。是作先大父善亭公手录检出。时玉航先生所刊《玭珠赋》适成，因商榷增入补遗。

题解：《淮安府志》：月波楼在府治旧通判厅。

## 阮芝生

阮芝生，字秀储，号紫坪。进士阮学浩次子、侍郎阮葵生弟。清乾隆二十二年(1757)进士，历官浙江德清县、直隶武清县知县，升永定河北岸同知。著有《听潮集》。

### 淮阴侯钓台赋

**以“国士无双一饭千金”为韵**

绕郡郭以周游，循寒堤之平直。维扁舟以停桡，憩荒滨而止息。云漠漠以孤征，水汤汤而东适。郁怀古之幽情，想西京之旧国。叹王孙之不游，思屏营而无极。

言有高台，在水中志。遥带钵山，近依淮市。俯城堞以嵯峨，临长河之清涘。磐石磴之萦纡，挺一矶之崔巍。雁鹜集于远汀，葭苇乱而风起。寻垂纶之遗基，爰缅怀乎国士。

夫其虎啸未试，豹隐兹隅；戢鹏翼于荒野，销虹气于尘涂。嗟寄食兮何所，感一饭兮穷途。登高丘而远望，日运游于八区。顷刘项兮未遇，渺广胜兮若无。慨逐鹿之方急，志渐鸿其犹纡。时带刀于城市，亦垂钓于菰芦。

洎夫萧公力荐，汉帝心降。才原不世，遇亦无双。运幄中之筹策，扬大将之旌幢。扫群雄于河北兮，势同拉朽；围霸王于垓下兮，身自击撞。王青齐之新定，移昼锦于旧邦。都南昌之屹屹，听淮水之淙淙。抚故乡以延伫，忆畴昔以增憽。或亦拂珊瑚之旧树，发喟息于鱼缸。

惟百战之摧锋，佐兴王之混一。饵乃吞于伪游，钩且避乎众嫉。气怏怏而未平，将多多而误述。通再说兮徒劳，何为德兮不卒。畴挈手于空庭，竟无辞于钟室。慨亭长之猜深，伤汉庭之网密。

遂使寒渚流悲，空台积恨，委石径于风烟，卧荒碑于萝蔓。王孙去兮春草长，陵谷移兮秋鹤怨。感往事之消尘，悲无人以存饭。行子过而增凄，居客停而肠断。

于是事征一二，恨满万千。感鱼水之终弃，惜走狗之莫全。溯钓游之往迹，想盛烈于当年。游鱼戏兮泼泼，流水急兮溅溅。惟林树之鸣籁，若响答乎哀弦。

乃为之歌曰：风萧萧兮淮水深，天黯黯兮愁云阴。荒台寂寞依寒林，持竿人去空古今。区区一饭犹千金，解衣推食恩难任。千秋此事伤我心。

阮葆村点评：先叙钓台，后详本事，悲壮苍凉，感慨无限，最似潘安仁《西征赋》。

题解：《淮安府志》：韩侯钓台，旧迹在故淮阴县城下。《史记正义》云：淮阴城北临淮水，信钓于此。今郡城朝宗门外漂母祠旁钓台，乃明万历间太守刘公所建，以表遗迹，非果当日淮阴侯钓处也。

# 邱　谨

邱谨，字庸谨，号浩亭。清淮安府山阳县人，曙戒先生孙，邱迩求子，与边寿民友善。雍正中拔贡生，六合县教谕。著有《浩观堂诗集》。

## 苇间书屋赋(并序)

夫龙游沼沚，终有慕于江湖；鹤驭轮轩，故怀情于山薮，何者？豢养不敌拘挛之酷，尊荣不如旷荡之安。浮生有涯，得性为贵也。

然而习苦之子，莫以为非；逐臭之夫，终焉不悟，余甚惑焉。夫鸣钟列鼎，譬鼹鼠之饮河；连闼洞房，同鹪鹩之止棘。顾乃贱淡薄，贵纷华，舍现在之欢，驰无穷之愿。殴心火宅，役体榛途。素志未谐，白驹已过，可不哀哉！

是以披裘带索之侣，抱瓮凿环之士，去华朊其如遗，甘幽遐而不悔。荜门圭窦，瓮牖绳枢，安步以当车，耕收以代禄。啸歌山泽，弋钓泉皋。道风与霄汉同高，逸兴共秋泉比洁。岂与大龊龊者同日语乎？

吾友颐公，识蕴通明，性耽闲旷，因旧居于水际，架新构于苇间。学巢父之一枝，同蒋生之三径。文沦日焕，则壁上流光；翠葆风舒，则窗间漾绿。

至夫晨烟暮霭，春煦秋阴，四序之赏无穷，六时之景不定。可以娱耳目，可以畅心神。嵇贵养生，仲称乐志，非其伦者欤。余忝迹羊求，抗怀禽尚，过从之暇，感赋斯文。虽体物有殊，庶无乖雅志云尔。

若夫七松隐岩，五柳垂宅。张仲蔚满径蓬蒿，庾子山罗窗枝格。所谓伊人，于焉嘉客。

况乃值蒹葭兮苍苍，秋水兮茫茫。嗟溯洄而不见，叹宛在乎中央。尔乃依林拓宇，薙草疏基。分楹列栋，布桷施楣。墙无丹雘，盖有茅茨。修廊夏适，奥室冬宜。辟西轩而纳爽，穴北牖以来飔。面斯干之秩秩，抱丛绿之猗猗。

乃寝乃兴，爰居爰处。听鼓吹于蛙声，聆笙歌于鸟语。藻牵蔓以萦堤，柳垂阴而覆渚。步广隰以盘桓，俯清流而容与。

白板常扃，红尘不到。坐有藜床，眠无锻灶。盼绿树以怡颜，仰青云而寄傲。味庄老之元微，穷羲轩之秘奥。酒无事于消忧，琴何烦于静躁。

愔愔广宇，哕哕虚楹。庭闲昼永，门静风清。意翛翛而自远，心落落以何营。还山林之浑朴，得丘壑之安贞。睠风流于彼美，感结契于余情。

驾一叶之扁舟，怀良辰而溯游。沿湾环之曲浦，逗迤逦之长洲。白蘋靡靡，清葓飕飕。遥遥灌木，隐隐崇丘。倚篷窗而引领，睇衡宇而凝眸。乍停桡而般楫，婄款广而来游。

乃慰乃止，既欣既接。憩树脱巾，循阶步屧。言赋新诗，言披往牒。觞酌维欢，笑言孔洽。

已而日栖榆柳，霞照沦涟。水空烂焕，紫翠澄鲜。长丛尚霭，广岸浮烟。沉鳞竞跃，倦羽群还。纳轻阴于虚馆，积曛晦于长川。停驾言其将迈，怅徙倚而流连。

咨余生之夙禀，溯前修而式仰。矧羸疾之在躬，堪靰羁于世网。期卜筑于丘中，将濯缨于汉广。聆山水之清音，恣禽鱼之闲赏。感明哲之我先，抗高风而独往。洵濠濮之在兹，喟振衣而长想。

王琛点评：写景写人，亭亭物表，皎皎霞外。李北海《云麾将军李思训碑》，无一言称其善画。辞尚体要，兹赋亦然。

题解：张庚《画征录》：边寿民字颐公，淮安人，善泼墨写芦雁，江淮间颇有声誉。尝语其友人王孟亭曰：我以画为活，今年六十，老将至矣。为置一箧，外圆内方，虚其腹，封而窍之，及吾手能为时，得佳者入窍而实诸，以备我老，名弆箧。孟亭为文记之。其论画云：画不可舍前人，而要得前人意，名言也。案：苇间居士初名维祺，以字行，有苇间书屋图画册，题咏甚众。今尚存《山阳县志》录卫哲治诗二首。

## 汪　枚

汪枚（1693～1752），字卜三，号梅峰，以所居近钵池山侧，又自号钵山，清淮安府清河县人。生而醇谨，虽质仅中人，而耽学嗜古，读书昼夜不少懈。与边寿民、程嗣立相交甚厚。年十九，补弟子员。旋食饩于庠。尝下帷扬、通间。既而屡应乡举不售，终艰一第，赍志以殁。著有《钵山存稿》10卷，家刻本。

## 河清赋

圣天子大化沦浃，至德湛汪。暨东渐与西被，集山梯而海航。恺泽旁流，如川方至；恩波浩荡，应地无疆。激浊扬清，四海入冰壶之鉴；道河周岳，八纮瞻荣烛之光。兴江汉之讴吟，而惧同蠡测；拟渊云以载笔，而陋说宣房。

维时景星出，庆云见，璧合辉凝，珠联彩炫。醴泉甘露，酿氤氲以如醇；九穗两歧，著英华其若绚。鹣鲽驰贡于要荒，凤麟翔游于郊甸。叶上林之宝萼，毓秀苞琼；献沧海之奇珍，腾光掣电。巍巍乎旷世难名，垒垒乎嘉祥已遍。顾且浪静桃花，流平竹箭。寸胶不借，而千层之碧涨如银；九曲澄涛，而万派之长川若练。

尔乃道流积石，溯源昆仑，横分钜鹿，直达龙门。阳侯趋而远遁，冯夷静而不喧。天吴息其浩浩，巨灵劈此浑浑。影彻金堤，拥珠光而辉腾夕孛；波澄云液，显扶桑而朗射朝暾。盖其为状也，洋洋活活，淼淼沵沵。轻风荡拂，漩锦縠于回澜；滑笏平莹，似长虹之迤逦。流而不混，依然清济。所通濯者为缨，仿佛沧浪之水，凌万顷于茫然，直渟泓而千里。其为色也，洁比寒潭，光如玉泽，一望晶明，浑同凝碧。纤尘不染，恍金镜以宏开；叔霭初融，俨春冰其未释。诵《伐檀》之咏，而涟漪可风；溯桂棹之光，而空明若积。

至若上昭银汉，远接苍冥，可以澄斗柄，列云屏，影飞鸟，渡流星。散余霞以成绮，现蜃市而浮青。又若俯临贝阙，下测珠宫，可以控赤鲤，探游龙。乘槎而远泛，洗耳而达聪。窥鲛人之潜伏，若犀照之能通。他如堤草茂密，岸柳阴浓。影与波光而上下，泽还沾溉而青葱。晴川掩映，极目玲珑。同入照临之内，悉归藻鉴之中。

溯自祥符百代，瑞历千秋。或卦呈于龙马，或极锡于龟畴。或腾翠妫之川，而鳞攀王国；或献皇图之兆，而柱砥中流。孰若彩焕青霄，琼沙日丽；辉澄夜气，玉浪烟收。鳌足长撑，鄙龙渊之乍现；地雷不吼，笑马璧之空投。润非仅于九里，光直遍于十洲。是惟一人之广渊齐圣，致四国之震叠怀柔。阅千年而罕见，偕五老以来游。于是群工庶尹，洁虑洗心，白叟黄童，登高望远。睹星桥与月坡，而游子颜开；荷霜笠与烟蓑，而渔郎梦稳。熙熙乎乐惠泽之舒长，洋洋乎俯清波而缱绻。莫不击壤而颂高深，临渊而思务本。

歌曰：河之水清且涟兮，河之流清且妍兮，愿随孤槎至斗侧兮，澄清千里曾不可极兮，净洗尘埃浇胸臆兮。

## 淮水赋

粤自洪波既奠，淮水流长，控御南北，襟带徐扬。次四渎而弥漫，宗百谷而漭泱。滥觞于桐柏胎簪之下，决出于南阳平氏之乡。初潜流而经大复，绕原鹿而过庐江。西来同醴水之道，东注分涡浦之疆。问义乃齐均乎河济之势，释名则围绕乎江汉之旁。极泓瀚之寥廓，眺瀑濡之渺茫。瀺灂漫淢，泯涢潏湟。碧沙濃滟而来往，蒸雾滃浡以杳洸。诚天之奥府，亦地之灵藏。非夏王之三至，将曷克靖乎怀襄。

其在古也，荆山之左，当涂之右，共六水而支分，夹二山而奔骤。冲马丘以迅激，经下邳而放溜。合蕲、涧以并驱，会泗、沂而不斗。导淮入海，其乂既奏。命庚辰而大智如神，锁支祁而水妖若兽。

其在今也，会大河之苍漭，接长湖之惊涛。潸溓而澎湃，滃沦而淡滃。訇訇兮其浩浩，盘盂兮其滔滔。商榷涓浍，包络隍壕。津梁要渡，漕运连艘。杂沓兮千帆之所经泊，熙攘兮百族之所游遨。

尔乃旭日初融，和风乍扇。看滑笏以回纹，生涟猗而似练。淮阴城下，水涨半篙；洪泽湖边，春流一片。韩侯台畔，芳草萋萋；帝子山前，清泉滟滟。争睹桃浪之留红，坐觉岸苔之可荐。

若其恢台歊歊，隆炽氤氲。浪汹涌其蹙突，飓鼓怒而纷纭。雨合天浮，烘烟云以泼墨；雷鸣地动，奏鼍鼓于倾盆。发泄山泐兮如蓦坡涧，喷喧水泛兮渐没堤垠。将乘槎而访淮南王于泽国，抑制币而祀长源王于水滨。

至如遥村依渚，远浦栖鸥。迷一泓之水色，静万籁于新秋。漠漠寒烟，隔篱田舍；萧萧疏柳，傍岸渔舟。月照鱼梁兮正满，霜生蟹簖兮初浮。荻叶斓斑，遍公路之浦；雁声嘹呖，过赵嘏之楼。

迨乎水静天寒，岸枯草朽；余波暗咽，狂澜不吼。向中流而斧冰兮，龟坼成衅；步长堤而踏玉兮，雪大于手。舳舻冻而难移，蛟龙蟠而不走。三洲水涸，周王之钟鼓无闻；五夜渡师，蔡城之鹅鸭何有？思浇望溉之鲋鱼，安得如淮之浊酒？

若夫异物珍材，无所不育。雀入大水而为蜃兮，化文雉而变微族。橘与枳其竟分兮，昔贡蠙珠于上国。叔鲔王鳣，鹎鹍鹄鹈，振羽扬鬐，飞浪喷瀑。鼋鼍鼍鼋之伦，蟹螓虾蛤之属，鳞甲璀璨兮，不一而足。洵材用之渊薮，任虞衡之课箓。

若乃鼓长枻，驾短槎，率淮浦，寻盘涡。忆仲宣南征之咏，访黄初沉璧之坡。将撷芳而采杜若，还溯洄而荡轻波。对澄清而思揽辔，聊乐饥而啸轴荳。当斯时也，心怡目旷，意惬神和。于是句吐珠玑，怀舒磊落，文成潮海，笔舞婆娑。绩杜台卿长淮之赋，吟徐节孝淮水之歌。歌曰：

潋滟兮淮水青，青于蓝兮波不惊。安澜永奏兮地平天成，淮渎其可封兮与淮清而并赓。

未已也，又重为之乱。乱曰：

帝德广渊兮百川效灵，循良奏绩兮饮水淮滨。世际雍熙兮荡荡平平，淮无遗珠兮野无遗英。愿化鹍鹏兮将徙南溟。

高紫峰点评：原原本本，殚见洽闻。江、海二赋后，得此真堪鼎足。

题解：《初学记·释名》云：淮，围也，围绕扬州北界，东至海也。《周官·青州》：其川淮泗。案:《水经注》及《山海经》云:淮水出南阳平氏县桐柏山。其源初则涌出,复潜流三十里。然后长骛东北,经大复山,从义阳郡北,东过江夏平春县北,又东过新息县南期思县北,至原鹿县南与汝水合。又东过庐江安丰县,与决水合。东北至九江寿春县东,与颍水合;寿春县北与淝水合。又东至当涂县北,与涡水合。东北至下邳淮阴县,与泗水合,东至广陵淮浦县而入海也。近海数百里通朝夕潮。《尚书》称,导淮自桐柏,东会于泗、沂,入于海是也。

## 淮堤霜月赋

### 以"晚秋淮水新月人家"为韵

繄白露之既凝,维丹林其未偃。山容净而烟气浮,云影苍而天光远。洞庭叶脱,舞青女之蹁跹;江上风清,降素娥而婉娩。当兹霜月之既浓,更眺淮堤于既晚。

观夫长川带薄,一曲清流。广覆绿杨之岸,旁通芦荻之洲。萧萧苇舍,落落渔舟。在水一方,客据垂纶之渚;残星数点,人倚长笛之楼。孤飞汀鹭,间集沙鸥。地迥而长天不夜,物寂而满目皆秋。

尔乃琼英正积,宝镜如揩;无声湿地,有影投怀。一片清光,堪疑贝阙;如许夜色,绝胜天街。楚户砧鸣,沆瀣宵飞于碧落;小山桂茂,金波夜涌于清淮。

于是策杖行吟,呼朋莅止;将挟仙以遨游,问青天其未已。赋悲秋于一时,共辉光于万里。抚伯奇之操而韵发清商,诵窈窕之章而怀兴彼美。飞盖应骋乎西园,妍词直抽乎东鄙。盼雁阵兮冲寒,望楼台兮浸水。

当是时也,驰寥廓,历通津,翔云路,接海垠。朗如行玉,丽若铺银。疏林疑积雪,广陌绝飞尘。野寺寒钟,惊闻午夜;隔篱厖犬,稳卧花茵。岂风景之依稀似旧,觉辋川之图画如新。

至若草验荣枯,蟾窥盈缺。叹华发之星星,嗟兔走与乌越。孰若驰情高朗,雾拨云披;览胜清幽,珠光玉孛。羡造物之无尽藏,任取携而用不竭。板桥人迹,地无在而非花;沙岸澄清,霜亦疑而是月。

吾因思夫少陵巫峡,白傅江滨,元晖庭牖,张翰鲈莼。或临风而悲悼,或感物以逡巡。以是斗柄宵澄,心同冰洁;秋容易老,调寄阳春。倚啸长干,或听数声之欸乃;狂呼水畔,时烹二寸之游鳞。寻枚皋之故宅,吊漂母于荒堙。伴鱼虾而作侣,结樵牧以成邻。羡中央之宛在,惟溯洄于伊人。

噫嘻!苍苍兮蒹葭,泠泠兮霜华,皎皎兮月白,历历兮晴沙。悬冰壶以高映,照璧玉以无瑕。时徘徊于斗牛之侧,或浮乘于河汉之槎。干青云以直上,赋白雪于天家。

高紫峰点评:意到笔随,极俯仰自得之趣。

题解:参看《月映清淮流赋》题解。

## 刘希宽

刘希宽，字文度，号栗堂，清淮安府山阳县人。乾隆二十年(1755)诸生，岁贡生。刘希敞兄弟。

### 灵钟赋

惟郡城之巃嵸，矗高阁于重闉。悬灵钟而示异，信法物之通神。大容千斛，重夸万钧。饰以旋中，独声舒而闻远；负之猛虡，亦弇口而厚唇。异客过于寒山，闻来古寺；类磬浮于泗水，得自湖滨。

想夫湖光淡沱，草色芊绵。渺渺澄潭，遍集渔人之网；纷纷翠藻，时索估客之船。忽风声兮入夜，觉雨势兮垂天。听两钟兮响发，惊十里兮音传。雪浪排空，并鞺鞳噌吰而互应；金声震地，与奔腾澎湃而相连。岂水伯之扬灵，等鲸呿于碧海。或蒲牢之凭怒，似龙斗于淯渊。

于是听其铿锵，瞻彼泱漭。或逐浪而回，或乘风而上。乍离乍合，俨金戈铁马以争趋；欻往欻来，类錞于丁宁之竞响。当此声喧水宅，六平难辨于州鸠；顿令人思武臣，万户愿封于李广。

尔乃屡著神奇，终离泥浊，驱九牛于陂陀，挽一钟于瀺灂。苔斑铜藓，倏惊献瑞于蛟宫；九乳两栾，曾忆和鸣于象箾。

试想光含翠浪，弗鼓弗考，而谁定中声；逮兹响扣白云，大鸣小鸣，而群推雅乐。观夫女墙日映，杰阁云披，轩悬壮丽，设业参差。应晓霜而铿尔，和秋风之凄其。鼓于宫中，感林鹤梁鹭而竞舞；惊乎海上，与新妆袨服而争奇。依稀长乐声清，随花香而袅袅；仿佛景阳韵远，偕昼漏以迟迟。

是其洪无纤响，钜不细鸣。非干将之所拂，岂寸莛之可惊。碧色含萏，犹挟奔涛之气；奇文隐藻，克谐贲鼓之声。彼景王传无射之号，叔虞纪姑洗之名。犹未若此之调乎夏武，而协乎韶䕶也。

若乃考氛祲之禳除，识灵威所震动，铸铁人而钟角斜安，指金堰而淮流默控。川平如掌，桃花之细浪胥恬；堤偃如虹，竹箭之清波自送。从知铿立号、横立武，光协奏于九成；更见金在县、水归壑，溥奠安于万众。

圣天子德车乐御，振玉声金。百神受职，四海献琛。依永和声，暇日考八能之士；阜财解愠，薰风挥五弦之琴。因西江之献瑞，定镈钟而成音。则列金奏于彤廷，既已审焉知政；倘登灵钟于玉陛，亦堪听以平心。

阮蕴村点评：黄钟大吕之音，不作铮铮细响。

题解：乾隆初《淮安府志》古迹有灵钟，云在旧城北门楼上。相传西湖未涸时，每风雨夜，舟人辄闻湖心钟声。土人因伺焉，见二巨钟浮水面。告于官，获其一，悬于北门城楼，击之声闻数十里。丁晏《金天德钟考》案：钟刻金天德辛未邳州阳山普照寺。金海陵天德三年（1141）辛未，宋高宗绍兴十一年也。

# 刘希敞

刘希敞，字绮江，清淮安府山阳县人，刘希宽之弟。约与江廷珍同时代。

## 重摹娑罗树碑赋
### 以“文章太守赏奇好古”为韵

稽淮阴之遗迹，访楚泽之旧闻。溯娑罗之嘉树，得碑碣之鸿文。千年为志灵芬，几经风雨；一石仍摹墨妙，不散烟云。

原夫婆娑垂荫，枝干远扬。涓涓滴翠，密密含章。语燕春风栖息，啼乌夜月飞翔。十亩之青葱吐秀，千人之庇荫呈祥。客棹经之而瞻拜，行人过此而徜徉。

当条干之常新，实留传之未艾。名惟北海之高，书以仲温为最。文夸艾蒳，与倒薤而纷披；颂及思惟，共簪花而映带。琳琅乍拂，潜含云雾以氤氲；波折横飞，恍带山川之翠霭。观灵征之有赫，共羡其奇；念降福之孔多，谁云已太？

代远年湮，石倾碑覆。苔痕斑驳以成纹，藓色陆离而似绣。行间之珠玉无存，石上之龙蛇难觏。若连若断，如遇古钗屋漏之形；或正或斜，莫睹削柳虬松之秀。采词则尘土既封，寻踪则荆榛独茂。物犹如此，叹剥蚀之将残；爱斯传焉，嗟神物之谁守？

乃有贤侯，忽邀清赏。命巧匠以重摹，遂镌镵而可仿。文累累而清新，字疏疏而俊爽。依然彩耀千重，翻觉光腾万丈。行行飞动，拟仙人乘雾之姿；字字高骞，比神女凌波之象。

名流共识，传诵一时。握管临描，轻研雀瓦；当窗摸写，细染松脂。拓以硬黄，偕扫兔飞鱼而并曜；悬之珉碧，驾吹林扇树而何奇。倘令并列褚、欧，谁分伯仲；即令上追羲、献，莫见参差。

至若铜柱因郡庭而传，古鼎以高丽为号。钓台寂寞，唯看槛外云飞；钵岭荒凉，时有林端鹊噪。掩鹤之井长埋，覆龙之潭谁到？池名万柳，门虽设而常关；亭号千金，径已荒而未扫。孰若兹碑之重摹，得以永垂夫嗜好也哉！

乃为之歌曰：寅宾馆，淮之浦，中有丰碑字纯古。宣和以后旧迹湮，幸有使君炼石补。娑罗之香永千春，挹芬还诵甘棠树。

阮蕴村点评：叙次安详，摛词庄雅，足与泰和书并传。

题解：沔阳陈文烛跋：李公邕，在唐有词翰名，其所书《娑罗树碑》尤奇。余浮淮问之，无有也。岂遭兵燹耶？吴子承恩，偶得旧刻一纸，出以示余。余读而爱之。夫泰和书法，品者等河岳，固虔礼、清臣之匹。乃比兹树于甘棠，中多名言云。吴子以道，善书法，以为此北海真笔，中脱十余字。今所传者，多赝本耳。余刻诸石。李书不见海内，即蒲城《云麾碑》久断，刘公远夫用铁束完之，而杨用修以为有神物护持，安知《娑罗》之存，顾不有神乎！且徐公子兴书来言：二吴高士，咄咄仲举，设榻待之可也。余怀日苦水旱，深愧其言。今碑成于二仲之手，亦郡斋奇事也。明隆庆壬子秋日。

《淮安府志》：初在旧淮阴县南，今移府治宾馆内。

## 常　循

常循，字箴传，号怡庭。清淮安府山阳县人。乾隆三十年(1765)拔贡，三十三年举人，三十七年会试中正榜，任国子监助教。《淮安府志》有传。

### 云梯关望海口赋
#### 以“奔流到海不复回”为韵

望天东之苍莽兮，见众派之齐奔。峙云梯以若栈兮，束海口以为门。乍飞涛而海立兮，欻惊浪以云昏。嘘吸兮浮光无岸，浩淼兮向若无垠。乾端坤倪，会万流以成壑；沐日浴月，指二渎以为源。

原夫河属昆仑之派，淮为桐柏之流。始分条于南北之域，今合流于徐豫之州。浊浪排空，挟清澜而并驶；碧波隐雾，汇黄水以争浮。驰万里而或溢平川，岂逢砥柱；漾千顷而倏趋危磴，错认三洲。惟云梯之设险，实尾闾之所收。

尔其关之为状也，磊落嵚崎，攒竦兀奡。旷若云屯，奇由天造。岂秦皇鞭石而成，非谢公屐齿所到。俨天门之孤耸，别有神奇；疑地肺之钩盘，潜通神奥。喷云歙雨，恍陶铸乎阴阳；礐石彯沙，自昭宣乎光曜。

于是巨浸争趋，支流益汇。肆厥奔腾，经兹崔嵬。惊涛磅礴，似金戈铁马之声喧；骇浪轰豗，较疾雷奔霆而怒倍。飞雌霓以扬辉，涌雄虹而吐采。迨出险于云门，乃回澜于大海。

若夫夕汐初兴，朝潮未讫，二渎砰訇，涨流郁勃。谁为就下，惊海若之扬灵；并是盈科，讶流水之为物。历飞梯而矢激，广陵之涛气依稀；会石栈而龙争，钱塘之潮声仿佛。盖障川而东之，叹扬波于海不。

观夫浩荡层澜，汪洋碧溜；注壑从兹，回流不复。访鲲鱼于北溟，搏风之运堪征；诵秋水于南华，望若之惊非谬。山移鳌背，岹峣兮灏气凌空；日照鲸波，璀璨兮晴波耀昼。盼蜃楼之缥缈,风雨合离;识海市之氤氲,云霞结构。惟其迅激波涛,是以嘘噏宇宙者也。

圣天子德洋六合,泽遍九垓。清晏扬休,喜波平而浪帖;平成奏绩,久洒沉而淡灾。犹复期海道之益畅,使海口之深开。春雨桃花,渺渺清流自送;秋风瓠子,依依碧浪初回。瑶馆玉城,随碧雾红云而现;奇珍异宝,看梯山航海而来。

汪廷珍点评:疏宕有奇气,其原盖得之汉人。

题解:《淮安府志》:庙湾旧镇,阜宁新邑,湖海设险于东南,淮泗环带于西北。烽墩棋布,村堡星罗。烟火万家,民安乐土。湾北有大套,传为黄河淤山,叠若云梯,乃设云梯关,遥控海口,亦一方之胜概也。

## 张忠毅公血战团湖赋(并序)

张公,前志载忠义传。其十五世孙宜人,字希夏,庠生,风谊古朴,贫而有守,肫然笃孝。惧先烈之久而就湮,遍请名人歌咏,以发其盛迹。兹文其一也。

湖坪氛恶,江介风高。云何黯黯,树何萧萧。听悲笳兮数动,惨壮士兮不骄。况义旅之新集,值群寇之方嚣。信单锋之必挫,岂百战之能鏖。

乃有挺特孤忠,崚嶒劲节。气吐长虹,腔盈热血。峨雄冠兮发上冲,垂缦胡兮眦欲裂。突骑前驱,偏师横截。倏往兮倏来,十荡兮十决。志期必死,扶一线社稷之灵;誓不俱生,摧万众虎狼之穴。

风急长湖浪坌涌,三军大呼天地动。战袍殷兮血淋漓,电激雷奔气森竦。摧中坚则士尽披靡,观壁上则人皆震恐。虽矢竭弦绝,重围益困。其孤身而冒镝冲锋,三百犹矜其曲踊。

俄而阴霾惨淡,苦雾盘回。将军已矣,白马归来。义士悲歌,赴沙场而并命;元戎痛哭,望敌垒而衔哀。风摇人树,鹰去高台。亮臣节之如山,平吞万骑;矢臣心之如石,空余一坏。

尔乃虏马云驰,幕乌声乱。酾酒腾歌,椎牛高宴。俄城头之鼓角星光,共铁骑飞腾;望天上之将军月色,并金戈焕烂。彼蚁聚而蜂屯,欲狼奔而鼠窜。盖公之精诚,贯金石,炳日星,故毅魄常存,而忠魂不散也。

所以时运已谢,明神来徂。庙食时荐,永康厥居。灵之来兮如云,纷窈窕兮愁予。国殇兮参乘,山鬼兮属车。策驷马兮恍惚,闪金支兮有无。拂渚蘋兮骋望,涉锦江兮踟蹰。感昔时之战地,忽矫首而长吁。壮节诚孤秉,丹心尚未舒。血晕千年浪花碧,至今遗恨满团湖。

王琛点评:英姿飒爽,毛发皆动。纸上犹懔懔有生气。

题解:张氏名孝忠,字正纲,楚州人。性忠勇,长于武略。度宗朝仕,为管屯千军大使,隶五郡镇抚使吕文福部。后为承信郎、都提点。与元军于饶州安仁县团湖坪相持。

与众敌连大战。将军矢尽,尚挥刀击杀百余人。终以敌众我寡,中流矢而阵亡。方将军未死时,谢枋得坐敌楼观战,忽将军马逸归,惊曰:孝忠败矣!遂奔,信州不守。死后数著灵异,饶人为立祠。

又,曹镳《信今录》:张公祠在童王桥南,祀宋死事之臣张公孝忠。乾隆十三年,邑武举张鹏飞输出屋一区,遣人走饶州,摹绘其容,立像奉祀。即延其后人,畀之世守祠宇。今祠犹在。

## 郡庭铜柱赋

缅旧制于有明,溯成模于嘉靖。郡庭荡荡以开基,铜柱森森而植影。四隅特立,势偕楹桷俱安;数尺高标,寿与山河并永。抚奇光之特立,静彼波涛;玩古质之嶙峋,奠兹闾井。惟桐柏之洪流,实胎簪之所浚。当东会而通香海,泽国多虞;迨南徙而纳浊河,波臣益震。秋风超兮浪蹙,如惊瓠子之波;春雨涨兮涛飞,忽报桃花之汛。自蛟凭水宅,三洲之旧迹都湮;倘蚁穴金堤,千里之奔流益迅。洎定画于名臣,遂铸铜而作镇。

爰召桃筑,爰作模楷。火炽洪炉,紫气遥辉乎东海;金镕大冶,红光遍映乎清淮。写形模而独伟,按方位以分排。碧影参差,映扶桑而并峙;青柯岌嶪,拟古柏而偏佳。

尔乃质和金锡,色混琳璆。拭之而光隐隐,叩之而韵悠悠。势欲擎天,矗孤圆之碧玉;形疑拔地,起夭矫之青虬。异作栋于华堂,岂云础润;比为峰于天柱,疑有云流。

原夫水实金生,从火铸。以母伏子,应弭河伯之威;用阳抑阴,可息冯夷之怒。亭亭劲质,百族藉以阜成;历历铭词,百神因之拥护。位四角于东西南北,闾井生辉;靖千波于春夏秋冬,镜流隐雾。

是以凌波渺渺,映旭迟迟。不待射春潮之弩,何须竭绿竹于淇。乍沉乍浮,璸珠念胎而媚泽;若隐若现,明月敛魄而映规。堰若长虹,平宁自昔;川如静练,永奠于兹。

若夫旁考禳除,广求镇压,铁人峙于堤下,阳侯循藏;金牛伏于堤前,支祁镇慑。并永靖乎名川,亦常流于奕叶。千重浪息,何忧风号鲤鱼;万顷波平,不畏雨名榆荚。

歌曰:升高望层波,沿流俯石磴。湖山四面收,云霞百里凝。况复盛世奏安澜,好为名区志形胜。东南郁郁彩虹浮,从此遗文留史乘。

## 汪廷珍

汪廷珍(1757~1827),字玉粲,号瑟庵,清淮安府山阳县河下人。乾隆五十四年(1789)第二名进士,授编修,历官礼部侍郎、翰林院掌院学士,协办大学士兼礼部尚书,赠太子太师,卒谥文端,入乡贤祠。著有《实事求是斋诗文集》。《清史稿》有传。

## 三亭赋

### 以“淮阴古郡韩枚步亭”为韵

维三亭之鼎峙，著遗迹于长淮。表韩、步兮未泯，兼乘、皋兮堪偕。隔千秋兮落落，临一水兮湝湝。往事依然，将相显当时之迹；昔人安在，苍凉感游客之怀。

若夫嬴秦失鹿，刘、项从擒。待时国士，跧伏淮阴。志岂在鱼，寄壮怀于一钓；贫难自给，感进食兮千金。俄而风云忽遇，臣主同心。井陉出而赵灭，垓下会而项擒。相背之再说徒劳，壮矣英雄之气；执手之数言谁见，伤哉弓鸟之吟。大风歌兮悔已晚，芳草绿兮怨何深。

至若枚叔者，壮事吴王，少生淮土。东南故国，悲咈谏之召亡；西北高楼，俟知音兮终古。蒲轮降而老夫耄矣，臣不如人；平乐赋而天子嘉之，子承其父。幕庭持节，较曼倩而功高；马上挥毫，笑相如之才鲁。早年得幸，承明金马之门；晚岁归来，野筑桃花之坞。

若乃考人才于三国，尤数江东。溯步相之故乡，实由淮郡。武亚周、鲁而功亦高，文似顾、虞而筹独运。代陆逊而秉国钧，封临湘而垂令闻。患难拯而士民安，屈滞达而贤才奋。貔貅阵里，百万能军；皋比坛前，一编亲训。

之数人者，当其困也，或赋梁园之雪，或投楚水之竿；或偕卫旌而避难，或望亭长以授餐。其继也，或联吴宫之戚，或登汉将之坛。或八月涛生，著鸿篇而独绝；或千言草就，洒露布以无难。宦楚无成，仕郎中兮等困；献瓜受辱，出胯下以同叹。发忠义于辞章，赋戒终则皋堪继叔；保勋名以谦让，居成功则步更超韩。斯所为建斯亭以表烈，留遗徽于不刊者也。

然而事有隆替，时有去来。伤女子之多诈，悲王孙兮不回。枚再世而未显，步五侯而后衰。徒使千顷夕阳，空说骚人之里；一竿秋水，犹传侯氏之台。数亩纵横，何处瓜田是步；几椽摇落，谁家旧宅为枚。睹斯亭也，能不悲哉！

迄于今城郭已更，人民非故。循古道以闲行，吊遗踪而独步。霏暮烟兮欲迷，渺孤亭兮何处。芰荷香老，荒洲一片蒹葭；杨柳风多，碧水数群鸥鹭。赵家轩畔，断续猿啼；漂母祠边，苍茫红树。出入数代，千有余载，漠然惟见，乔木荒城、斜阳古渡。谁复谈故将之风流，忆文人之词赋哉！

歌曰：淮之水汤汤兮，岸草生兮青青。诵晁氏之遗编兮，有巍然之三亭。今何遗址之不可考兮，盖沧桑之屡经。翳功名之常垂兮，曾何系乎故迹之凋零。作短歌以怀古兮，独慨想乎先型。

高士魁点评：前路胪陈事迹，各提其要。中间合写，钩心斗角，事以类从，是谓毫发无遗憾，波澜独老成。

题解：《淮安府志》：韩亭在淮阴故县南；枚亭在淮阴故县北；步亭在淮阴故县西桥

南。以韩信、枚皋、步骘得名。枚皋为中郎将,步骘为吴丞相。宋晁端彦诗云:韩枚步骘建三亭,故显当时将相名。

## 杨景山

杨景山,名登高,号钝研,清淮安府山阳县人。廪生。少从伯父哲夫读,哲夫字存愚,工古文词。登高濡染家学,有时誉。与陈师濂、汪廷珍友善,以气节相砥砺。肄业丽正书院,院长李道南去,继者非其人,登高偕陈、汪同日出院。

### 步子山种瓜赋
#### 以"昼勤四体夜诵经传"为韵

步子山淮郡英才,江东名宿。文学优长,武功卓茂。极后日之显荣,叹当时之侧陋。披尽西园之籍,雒诵中宵;种来东野之瓜,作劳永昼。

想其偕卫旌避难也,结巢、由之侣,同沮、溺之群。谋生计寡,糊口情殷。疆场有瓜,聊博三农之利;桑阴学种,敢宽四体之勤。

徒观其五亩云腴,双塍露翠。始布种兮离离,继抽条兮毵毵。身侪于樵牧之俦,品厕于佣奴之类。固已襶褦甘心,桔槔降志。方且食防罐父,仓箱难望夫万千;只堪术效狙公,朝暮聊分乎三四。

何况豪宦欺凌,庸流呵诋。仅图稽郡之佃营,遂向征羌而陈启。维兹不腆,略同黎栗之输忱;岂曰多仪,敢望琼琚之报礼。而乃我茹菜羹,彼持芳醴。一则重裀坐于堂前,一则席地依于檐底。相对何堪,斯羞难洗。伤哉贫士,遇此骄容;贱矣场师,养其小体。

维卫旌则愠怒不甘,而子山则神情愈下。谓卫青犹遭民子之笞,公主尚辱淮阴之胯。矧吾与尔困顿寄篱,劬劳躬稼。瓜期莫问,烟霞荷锸之晨;瓜苦谁怜,风雨守田之夜。

于是辟荒屯,疏积拥,蔓引繁滋,绪牵错综。方俟实而护持,戒芸根而郑重。非怀清割席,锄看管氏之挥;非韬晦闭门,菜效宜城之种。笑我辈系匏度日,受地耘菑;任他人沉李招凉,开轩吟诵。

厥后分符割地,上疏彤廷。功调鼎鼐,令肃雷霆。盖由历险阻艰难而备尝者久,故其居官师将相而喜怒不形。回忆瓜壶岁月,种植畦町。越故乡而羁异地,昼抱瓮而夜横经。

要其素具壮怀,非安苟贱。故能罢省细微,荐达英彦。不然随时有宋就之遗,到处思东陵之羡。非文章足以经邦,韬钤足以济变。又何能同张昭、顾雍诸人而列传也。

高紫峰点评:指事切情,处处不脱题面;藻思绮合,缛旨星稠。

题解:《吴志·步骘传》:步骘,字子山,临淮淮阴人也。世乱避难江东,单身穷困。与广陵卫旌同年相善,俱以种瓜自给,昼勤四体,夜诵经传。会稽焦征羌郡之豪族,人客放纵。鹭与旌求食其地,惧为所侵,乃共修刺奉瓜献征羌。征羌方在内卧,驻之移时,旌欲委去,鹭止之。良久,征羌开牖见之。身隐几,坐帐中,设席致地,坐鹭、旌于牖外。旌愈耻之,鹭辞色自若。征羌作食,身享大案,肴膳重沓,以小盘饭与鹭、旌,惟菜茹而已。旌不能食,鹭极饭致饱,乃辞出。

# 高焯

高焯,字颖章,号竹溆,清淮安府山阳县人。乾隆二十六年(1761)诸生,岁贡生。署训导。

## 月映清淮流赋

何流光之杳冥,入澄波之沆漭。滉宿雾兮徐收,随春潮兮欲上。白环银浦,参色相而本空;蓝蔚丹霄,接水天而俱朗。景入夜以清泓,明随流以泛漾。仰素影于千潭,腾寒辉于万象。

夫其清淮莹彻,围绕扬州。关下云梯,岂受浊河而改色;山原桐柏,还同泗泽以安流。只看空水之澄鲜,难穷渺森;况被月华而掩映,益著洪浏。皓皓烟浔,洵是支祁氛靖;溶溶秋汉,恍同周鼎光浮。

尔其夜耿天垣,气涵地轴;星彩韬霞,浪光溅縠。碧空无际,冰轮上透于三山;苍莽有声,桂魄遥趁于四渎。灼若异贝之泛芳洲,皎兮凉波之曜连轴。泻琉璃而缥碧,绝胜晓霁之江湖;悬奁镜而虚无,不羡胜游于濠濮。

月东西兮浮动,流上下兮回邅。荡漾枚皋宅畔,霏微公路浦前。兰桨分开,似半规之两两;鲛宫涌出,真全璧之田田。蜃市依稀,文蛤共瑶蟾比艳;蠙珠秀媚,璇源与玉镜同圆。

至于鸥鹭眠而依群,乌鹊惊而暗起。英云散露于乡村,芳霭飞霞于涯涘。韩侯罢钓惊鱼,应误成钩;漂母浣丝在手,相看掬水。睹连宵之穆穆,蚌尽含胎;瞻别渚之盈盈,溪方化雉。去真到海,光添瓜蔓涛中;高岂胜寒,形度鲤鱼风里。固远出夫埃尘,洵不留其泥滓。

是宜携野艇,荷轻蓑,扬清曲,发棹歌。思癸甲于禹功,砥平吴楚;读庚辰之灵笈,梁驾鼋鼍。发骚人之吟弄,忆词客之咿哦。愿乘槎于月路,常鼓枻于淮涡。

阮葆村点评:体素储洁,乘月返真。

题解:何逊《与胡兴安夜别》:居人行转轼,客子暂维舟。念此一筵笑,分为两地愁。露湿寒塘草,月映清淮流。方抱新离恨,独守故园秋。

## 高 煐

高煐，字午阶，清淮安府山阳县人。高焯兄弟，约生活于乾隆年间。

### 龚开画马赋

#### 以"用志不纷技进于道"为韵

惟志士之嵚崎，似名马之豪纵。空群当一顾之余，市骨受千金之重。谁抱节于沉冥，乃无心于世用。常游戏于丹青，终栖迟于菰葑。高材自负，追清望于两龚；巨幅犹传，识遗民于有宋。

当其家国低徊，江淮即次。在垧比其殊姿，伏枥存其壮志。无金勒𬭁鞯之饰，吊异花骢；有笯云腾雾之能，终推老骥。骊黄色炫，思伯乐于风尘；骐异名标，陋秦风之伐驷。

林居每掩虚关，壁立已无长物。案夸青玉，空怀平子之投；几设乌皮，哪得台郎之乞。未识支颐之叟，铺纸何从；岂呼历齿之儿，肯堂乃不。

爰同负剑而背任，亦似荷薪而躬诎。权奇写态，髀骬成文，双耳批尖而峻耸，三鬃弄影而缤纷。恍振神骓，远腾沙碛；恰惊龙种，只在绫纹。出潇洒之胜情，貌来麟臆；诉淋漓之真宰，乃称兰筋。

独擅清声，孰窥绝技？恐短骅骝之气，画骨忍画皮毛；必传騕褭之真，工意岂工形似？杜少陵爱吟瘦马，忼慷实有遥情；赵文敏诏写天闲，荣瘁却非同轨。

当绢素之横飞，念骁腾之孰讯。纵画师之妙手，擅作奔宵；嗟季女之斯饥，何人相骏。鸡斯青海，原跅弛而不羁；恋栈服车，岂驽骀之并进！

则有画不描人，懒瓒后先而为偶；兰不著土，所南臭味之相于。岂徒支道林之风流，养从涧壑；不亚曹将军之挥洒，屹向庭除。

幸盛世之怀贤，锡深宫之宸翰。驹流汗血，真闻太乙之歌；头络青丝，不出横门之道。则遗绘之喷沙，不与庾人之教駣。同苑牧之鸣驺，豢苜蓿之香草。荣分蹋雪之光，宠入飞黄之皂也哉！

阮薀村点评：全为翠岩写照，不泛作画马语。归结御制，尤为千古逸民生色。

题解：吴莱《桑海遗录》：龚开者，字圣予。少尝与陆秀夫同居广陵幕府。及世已改，多往来故京。家益贫，故人宾客候问日至。立则沮洳，坐无几席。一子名浚，每俯伏榻上，就背按纸，作《唐马图》，风鬃雾鬣，豪骭兰筋，备尽诸态。一持出，人辄以数十金易得之，藉是故不饥。然竟以无所求而死。志节既峻，仪观甚伟，文章议论愈高古。

## 许汝衡

许汝衡，字莘农，许超子，汝官弟。清淮安府山阳县人。少有隽才，时与兄有"二许"之称。嘉庆十一年(1806)诸生，道光五年(1825)拔贡，廷试授知县，改教职，选金匮训导，未任卒，年三十余。名见道光七年《禁霸田抗租碑》。著有《素位堂诗存》。

### 禹命庚辰锁无支祁赋 以题为韵

稽岳渎之遗经，缅随刊于神禹。悼白马兮汩陈，泣黄熊而干蛊。慑奸则鼎铸荆山，镇险则碑藏岣嵝。疏属僵贰负之师，常羊惨刑天之舞。何桀骜之水神，竟猖狂于淮浦。羌抗命而浪虐三洲，爰牢锁而铁沉万古。

尔其踧浪风号，穴山力劲，状类猕猱，犷逾枭獍。高卑穷原隰之形，深浅辨江淮之性。河伯供其驱，阳侯听其令。禺虢不能降，天吴不敢竞。巨岳为之撼摇，洪流因之暴横。遂乃据淮渎以肆威，阻成功于文命。

禹于是赫然震怒，格以精诚。谓予自辛壬荒度，癸甲巡行。步穷竖亥，道迺由庚。冰夷效顺，烛阴吐明。危危之臣就戮，狪狪之怪毋惊。凶水则子婴授首，畴华则凿齿吞声。黄龙避予单舸，苍水导予双旌。藐淮涡之怪族，而何敢与帝臣相争衡。

咨汝庚辰，智勇如神。驱丁火部，遁甲金身。射虎牙而乙乙，舒猿臂兮申申。其为予殄鲸鲵之族，奠淮泗之滨。如全力兮攫兔，如赤手兮搏麟。如有熊获夔于流波之岭，如巨蛇击象于巴水之津。汝往哉！以降兹异族，以乂予小民。

何物幺么，彼敢当我。横我琱戈，挟我霜笴。舞蹈而拜命心倾，叱咤而闻风胆堕。刳犀兕于泽中，截狻猊于道左。逃渊则倾海掀腾，遁谷则鞭山砐硪。形若驱羊，势同压卵。唾手成擒，献馘致果。禹曰：汝嘉宥之不可，其幽于百尺之潭，而绁以千寻之锁。

铁索长驱龟山之隅，威收狚虎，猛服貔貙。窟宅空迷夫海若，潮汐莫问夫肩吾。洞府之玉虬幽闭，连环之金兽模糊。顾海童而爪牙尽失，驾飓母而羽翼全无。满眼则山魈木魅，潜踪而社鼠城狐。千载长此伏矣，百姓岂其鱼乎！

淮水沵沵，清且涟漪。波恬鲸鳄，浪息蛟螭。赑屃古碣，鳌奠坤维。鸿蒙氏束手无策，乌木田袖手何为？巨浸归墟于海岛，狂澜罢舞于渝夷。用以封泰岱，西距析支。河伯偃旗而北逝，江妻敛辔而南驰。何神不格，何患不治！故观于《水经》之所志，咸叹其怪怪而奇奇。

客有访龟山之足，钓淮水之湄，搜神浩渺，索怪崄巇。探沉沉之铁锁，抽绎绎之冰澌。忽见奇形踔跃，怒目眦睢。青躯雪爪，白首庞眉。怪殊蜩象，族异蚿夔。呼吸则波涛汨潫，攫拏则瘴雾迷离。莫不相顾连遻，且骇且疑。俄而投蛟窟，匿鸥陴。如狂章为之逐，如童律为之追。于以叹庚辰之不朽，而颂明德于勿衰。此李阳之博物所为，征怪异于支祁也。

迄今淮泗迁流，山河巩固。水伯无灾，波臣悉赴。蜩螨遁而钟骇鼍鸣，蛟龙伏而柱惊铜铸。珊网撑拄于穷岩，铁链沉埋于古渡。七十二山之支水胥恬，千八百里之洪渠毕注。而谓庆安澜者，能不遐想夫山檋泥辐之勋，而侈陈夫陆海潘江之赋。

高紫峰点评：文气雄厚，古服劲装，有水斩蛟龙、陆刬犀象之概。

杨庆之点评：思深力厚，敷佐详赡，通身用诰敕体于题中，命字不负，是为心细。

题解：《太平广记》引《戎幕闲谈》：唐贞元丁丑，陇西李公佐泛潇湘、苍梧，遇征南从事、弘农杨衡泊舟佛寺。公佐云：永泰中，李汤任楚州刺史，有渔人夜钓龟山下，其钩因物所制，不复出。渔者健水，疾沉于下，见大铁锁环绕山足，遂告汤。汤命渔人及能水者数十，加牛五十余，锁乃震动。时无风涛，惊浪翻涌，锁末见一兽，状如青猿，白首长鬐，雪牙金爪，高五丈许，两目不开，旁水流如泉，涎沫腥秽。久乃引颈伸欠，双目忽开，光彩若电，曳牛入水去。元和九年春，公佐泛洞庭，登包山，宿道者周焦君庐，入灵洞，得《古岳渎经》第八卷：禹治水，三至桐柏山，惊风迅雷，石号木鸣，五伯拥川，天老肃兵，不能兴作。禹怒，召集百灵搜命，夔龙、桐柏千君长稽首请命。禹因囚鸿蒙氏、商章氏、兜氏、卢氏、犁娄氏，乃获淮涡水神，名无支祁。善应对言语，辨江淮之深浅、原隰之远近。形若猿猴，缩鼻高额，青躯白首，金目雪牙，颈伸百尺，力逾九象，搏击腾踔，疾奔轻利，倏忽间视不可久。禹授之童律，不能制；授之乌木田，不能制；授之庚辰，庚辰能制。鸱脾、桓胡、木魅、水灵、山妖、石怪奔号聚绕以千数，庚辰持戟逐去，颈锁大索，鼻穿金铃，徙之淮阴龟山足下，俾淮水永安，流注海也。李肇《国史补》所载略同。

## 竹轩赋

### 以“竹轩晴与楚陂连”为韵

宦海浮沉，名山踯躅。归梦乡关，幽情岩谷。怀故宅于楚州，记芳邻于枚叔。十亩五亩之园，千竿万竿之竹。竹外起楼，竹中结屋。曾此留宾，于焉聚族。有露皆清，无花自馥。羌胜地之久抛，枉他乡而奔逐。陡兴林下之思，盼断天涯之目。

方赵承祐之家居也，一丘一壑，半郭半村。啸歌茅舍，风雨柴门。依轩种竹，以竹名轩。延青书幌，浮绿吟尊。混入帘之草色，荫铺砌之苔痕。爱此君兮潇洒，伴名士于黄昏。

每当寒鸦扑雪，春鸟弄晴；新秋凉早，午夏阴清。招词客，驻文旌，结欢情于红友，题好句于绿卿。俗尘不到，天籁自鸣。翠抱[illegible]几，香流管城。延清风于四壁，韵长笛之一声。

无何衣佩紫薇，志干青吕。任竹径之荒凉，掇桂枝而容与。辞风月之名轩，献文章于当宁。空登杜老之坛，仅博陶公之糈。薄宦飘萍，他乡羁旅。如燕雀兮离巢，如鸾凰兮失所。岂无数仞之华堂，曷若吾庐之托处？岂无千亩之新篁，曷若名园之故侣？回首苍茫，中怀栖楚。盼我松轩，孤我竹屿。零落我风篁，萧条我云墅。玉版禅兮谁与参，金屋娇兮谁与贮？问主人兮谁与看，讯平安兮谁与语？满轩之月色依然，弄影之竹声如许。一别家山，几经寒暑。处处离踪，年年愁绪。

徒观夫猿啼钵岭，花落楚陂。夕阳缥缈，烟岛迷离。芰荷之香袖绕，杨柳之岸船移。刚怜好节，又误归期。竹围轩而半老，轩倚竹而半攲。梁燕空语，林莺自悲。栖择有凤，支床无龟。瓦空鸳合，锄兀鸦持。嗟渭南之宦冷，悔研北之名驰。

迄今骚坛谁顾，旧宅空传。诵倚楼之名句，仿咏史之佳篇。访诗家而寂寞，过枚里而流连。踏断十洲之路，盼残千顷之川。非无修篁绕径，杰阁含烟；三间笋接，万个檐穿。而欲询赵嘏之居址，指枚皋之宅边。莫不攀竹枝而怅尔，寻斗室而茫然。卜幽居于何处，惹别恨于当年。

汪黎献点评：抚今追昔，情致缠绵。

题解：赵嘏《忆山阳》诗："家在枚皋旧宅边，竹轩晴与楚陂连。芰荷香绕垂鞭袖，杨柳风横弄笛船。门碍十洲烟岛路，寺临千顷夕阳川。可怜时节堪归去，花落猿啼又一年。"赵嘏，字承祐，楚州山阳县人，会昌三年进士。宣宗索嘏诗，首卷题秦皇云云。由是功名不显，终于渭南尉。有《渭南集》3卷行世。

# 李宗昉

李宗昉（1779～1846），字芝龄，号靖远，清淮安府山阳县人。嘉庆七年（1802）进士第二名，官至礼部尚书。著有《闻妙香室诗文集》24卷、词1卷，《黔记》4卷，《致用丛书》17卷。

## 三脊茅赋

### 以"茅形三脊产在江淮"为韵

原夫封国隆乎立社，缩酒重乎用匏。维江淮之涂土，产贡献之菁茅。绿野茸抽，茹兮可拔；芳郊茎茂，匭也兼包。节节棱生，爱形奇于三脊；霏霏香远，占藉用于初爻。

夫以茅之为物也，芳塍郁郁，远陌青青。芊眠淮浦，掩映江汀。茹蕙堪歌，乍萌生而有类；菁莪其茁，旋颖脱于无形。昼自可于，不类采菅之弃；勤如欲索，岂徒用卜之灵？

尔其如丝雨过，拂面风含。炙背之晴暄和蔼，流膏之瑞露清涵。茎不为方，棱偏一一；叶无可对，数别三三。汇或同征，异溪毛之披拂；措之于地，连石发之髟鬖。

若夫灵异无心，形模有脊。附非连理之枝，形异侧生之柏。芳茎化处，殊箬引乎丛青；食葛并来，讵色疑乎纯白。不是三阳托质，发秀植于方舆；非关三数得天，兆神占于灵策。

于是步芳皋，取灵产，拟狼尾之蒙茸，类兔丝之结绾。翻讶柳肢新斗，余馥初流；非同卷耳盈筐，清芬无限。奉而进也，馨香宛称乎萧光；絜以升之，谧馞常凝乎醴酰。

则见其纯束初登，倾筐共载。与纳锡而偕升，合元纁而可配。挺棱棱之圭角，分胙侯封；霏郁郁之芳馨，流甘玉敦。用以合土中五色，而知藉社之攸隆，并鄗上嘉禾，而致享神之如在。

盖其产从三楚，献自九江。菹馆聿隆乎上国，珍函远致乎南邦。锡命公侯，宛似刻桐之见角；陈禋寝庙，珍如秀麦以成双。俨同圭削三棱，升从内府；讵拟菱生四角，载出轻舠。

今者圣泽沾乎众卉，方物贡自长淮。即中林之有遫，亦登进于尧阶。小草敷荣，映江浔而靡靡；轻茎挺秀，依淮水之湝湝。方期古应阳爻，义协泰交之吉；常冀恩沾弱植，时殷享献之怀。

高士魁点评：律切典雅，足式浮靡。

题解：《史记·封禅书》曰：管仲说桓公云：古之封禅江淮间，一茅三脊，所以为藉也。杜预注云：江淮间一茅三脊，此灵物也。梁简文帝《香茅》诗："岂若江淮间，发叶超众美。"

## 祝　蟠

祝蟠，字云仙，号西池。清淮安府山阳县人。嘉庆三年(1798)举人。

### 横水驿遇姬赋

#### 以"阳台去作不归云"为韵

风萧萧兮古渡，水渺渺兮横塘。策征马而不顾，见行尘之飞扬。烟长暮霭，驿递斜阳。问前途之旌旆，遇情姬于河梁。

昔赵渭南之得情姬也，罗浮弱质，姑射灵胎。冰心誓洁，慧舌呈才。缓缓情深绮陌，朝朝欢胜春台。毋为比翼之折，毋为并蒂之摧。岂谓君有鹏飞之志，而妾生鸩毒之媒。

嗟世事兮何常，惟一心之可据。悲莫悲兮别离长，怨莫怨兮关山去。辞公子之歌楼，入将军之粉署。欢非素心，愁无著处。身似云鸟栖笼，思则灞桥飞絮。

曲度求凰，歌成别鹤。恸大帅之钟情，想美人之如削。暮雨虹邀，朝云风约。寂寞春闺，萧条秋阁。花无主以徒芳，人倚楼而不乐。遂乃旅雁书传，邮亭诗作。

浙帅乃重声名，备仪物，人扈从，车簟茀。系婉娈以及第之花，佩少艾以登云之黻。输我青娥，归君红拂。送南浦以言奚，饯长亭而曷不。

十里五里，朝晖夕晖。妾车辚辚，郎马骓骓。载驰载逐，疑是疑非。启朱幌，展绣帏，信君身之可托，庶妾愿之无违。诉衷肠于浦溆，陨红粉之芳菲。怅矣永诀，呜呼曷归！

良由三生已负，一死奚云。情深则陇头流水，命薄则天上浮云。知己重己，愧君死君。杳杳九泉之路，青青三尺之坟。谁为吊多情之粉黛，而奠寒食于钗裙。

王琛点评：夕阳一片桃花影，知是亭亭倩女魂。二语可以移赠。

题解：《唐摭言》：赵渭南嘏尝有诗曰："早晚麓䴙身世了，水边归去一闲人。"果渭南一剧耳。嘏尝家于浙西，有美姬，嘏甚惑溺。洎计偕，以其母所阻，遂不携去。会昌元为鹤林之游。浙帅窥之，遂为其人掩有。明年，赵嘏及第，因以一绝赠之，曰："寂寞堂前日又曛，阳台去作不归云。当时闻说沙吒利，今日青娥属使君。"浙帅不自安，遣一介归之于嘏。嘏时方出关，途次横水驿，见兜舁人马甚盛，偶讯其左右。对曰：浙西尚书差送新及第赵先辈娘子入都。姬在舁中，亦认嘏。嘏下马，揭帘视之，姬抱嘏恸哭而卒。遂葬于横水之阳。

# 邱广业

邱广业，字勤耔，号琴沚，清淮安府山阳县人。嘉庆十三年(1808)举人，安徽凤阳府临淮训导。刻有《卧云居诗钞》。

## 唐马图赋

### 以"工于画马购者兼金"为韵

龚圣予淮阴故老，天水孤忠。怡情神骏，作绘灵通。技也进道，穷而后工。百里徒羁，幕府何堪骥展；九方莫遇，吴门谁识群空？仰高情之不滓，惊下笔之如风。画马有神，牝牡骊黄以外；按图而索，经营惨淡之中。

大其故京来往，陋室起居，一筹莫展，四壁徒虚。愧渤海之家声，风传买犊；拟清凉之居士，兴托骑驴。慨沧桑兮莫问，亲翰墨兮相于。忆神马而欷嘘，江南渡后；写新图而惆怅，砚北临初。

原夫马图之有于唐也，传杜工部之歌，衍曹将军之派。照夜白貌其权奇，真乘黄摹其光怪。高蹄促腕，真龙突出以呈材；逸态雄姿，元气淋漓而称快。怅干戈兮飘泊，孰试腾骧？擅文采兮风流，独传豪迈。古来无此盛名，后世谁师妙画？乃有翠岳，游思渊雅。托素业于丹青，挥采毫兮潇洒。谱出开元以后，旧有成图；法传魏武之孙，全空凡马。风鬃雾鬣，染一幅于鹅溪；豪骭兰筋，状千金于骥野。生光辉于屏障，着鞭之壮志久虚；开缟素兮风沙，伏枥之雄心试写。

况复惊半壁之烟尘，览中原之烽堠。野多铁骑之奔，朝乏金台之购。鞭长莫及，只益心悲；辔揽谁堪，群思手袖。伊昔开边致衅，轻血汗于平沙；即今蹈海徒嗟，息驰驱于内厩。此又感开张之骨，未遂超腾；写委弃之形，空怜消瘦者也。

盖其穷而志坚，高而和寡。节参文、陆之间，才压马、班以下。高风自厉，旁及绪余；小技能工，难分真假。身看云满，居然尘欲飞红；蹄入风轻，宛尔沫将流赭。溯清门之世胄，庶几抗首斯人；寓隐士之襟怀，谁是苦心爱者？

收名既远，索价何廉。余徽竞仰，介节同觇。拟右军之书，五字争传桥扇，类君平之卜，百钱即下肆帘。于世无求，何劳赠策；遭时不遇，空惜负盐。按儿背兮初成，亦可驹名千里；糊余口兮已足，应同字值一缣。允清操之独著，亦艺事之能兼。

迄今览云烟于尺幅，识韬晦之寸心。历迍邅而志郁，托毫素而情深。游戏生涯，群珍白璧；消磨岁月，虚掷黄金。鬼怪摹而兼呈幻想，山水绘而亦爱清音。醉墨濡来，略见骅骝之志；唾壶击碎，如闻老骥之吟。

高紫峰点评：切定唐马，语几近讽。其借马写人处，则俯仰时世，感慨伤怀，尤极不即不离之致。

段朝端点评：即境生情，绘声绘影。

题解：见《龚开画马赋》。

# 曹根

曹根，字信所，号蝶庄，清淮安府山阳县人。嘉庆中岁贡生。

## 新建文津书院赋

怡庵夫子新构文津书院，先以记属诸生根，辱承奖励。落成，又自为序与诗属和于某等。根拟五言一章，乃公不厌观于俚词，更给笔札，命之以赋。其辞曰：

若夫道无迩源，教有深泽。汪洋洙泗之坛，涎淹伊洛之席。既逮津以通梁，亦障波而疏脉。今者渎宗，乃在文津。幸宗工之驻节，特振起夫斯文。循名责实，以创为因。文津，名于前榷使厚庵阿公，而书院未及专建。缔峨峨之崇构，芘龂龂之诸生。当夫土木载勤，栋宇未启。唐公之学舍就荒，翁公之讲堂欲圮。

向者文津会讲，即在翁公旧址。遂乃输运踌躇，倕吁徙倚，背春涉秋，图终经始。瘁公余之财簝，授全楼于匠梓。及乎畚锸鸠，斧斤并，径路平，垣墉整。斋舍翼临，堂筵中回；栾栌叠施，枌橑交引。重葩倒披于华莲，悬蒂列疏于藻井。纷题署于公卿，制帅铁公、漕帅吉公、河帅徐公，俱题联额，势低昂而彪炳。耸仰止于尼悦，壮睇瞻于遐景。尔其左则晴湖浩漾，丹台崔嵬；渔歌晨起，樵唱宵回。右则淮流汤汤，虹堤亘梁。估客至而舸篓，漕艘渡而帆张。闾阎阛阓带其后，文昌奎阁冠其前。徐孝、陆忠所钟毓，韩侯、步相所流连。傍离明而气爽，值巽秀以形端。信钻研之胜地，槐柳匝以葱芊。

于是诹吉三秋，落成八月。荐苹蘩而捧先师，叩钟鼓而陈众说。阐书味于幽遐，励儒修于黾夕。衷铅椠以衡文，糊惆蹄而射策。亦有玉轴窗堆，缥瞟儿列，三坟五典之奇，《七略》《四部》之核，紫台绿字之珍，青简红蟫之洁。邺架乍蒸云，程门行立雪。山长为石梁程禹山先生，乃与冠者童子，攻经胪史，不厌不倦，仰止行止。辨疏诂之是非，窥圣贤之涯涘。涣冰释于心目，沛泉流于唇齿。解挈瓶之趑趄，传滥觞于尺咫。举异波与同澜，尽穷原而及委。盖惟帝治光乎天宅，能星耀乎海隅。通文章于政事，资砥砺于诗书。是以惠厥生徒，宏兹户牖，事踵乎前，基成于后。翊文教于淮南，绍先型于江右。(公自序云：太老夫子中丞公，官江西时，建立友教书院)拭芸臬以怀芬，樾堂阴而积厚。丰碑勒以长垂，里乘书而不朽。(时公方修淮关志书)猗欤哉！草堂因伯起而传，石室以文翁而寿。

歌曰：文渊浩荡真难量，几人向若兮惊望洋。邹鲁巨儒兮通沟渎(公诗有“原是鲁诸生”句)，宝筏尽渡兮千舟航。溯洄淮阴兮达山阳，担书负笈兮趋门墙(院中肄业为山、清两邑士)。通经报国兮储才良，白鹿石鼓兮追翱翔。公之遗爱兮留此乡，钵岭岧峣兮淮水长。

## 邵建昌

邵建昌，字农薮，号立三，清淮安府山阳县人。嘉庆十一年(1806)诸生，廪贡生。

### 以诗投水赋

#### 以“以诗投水风涛顿息”为韵

米襄阳涟水知军，节明素履，溯赤岸以泳游，遇洪涛之逦迤。非逆水之逞奇，羌投诗而有以。金声乍掷，龙梭织字之余；玉点谁排，鱼网铺笺之里。

当夫千层浪蹙，一叶舟移，狂澜泱渫，奔溜漫沵。声澎砯而雾杳，气滃渤而云垂。巨石磋砑以磙硪，盘涡潲濎而淋漓。看此日涌浪奔鲸，笔难分水；问谁似渡河香象，才实能诗。

乃见其爬罗雅韵，激发清讴。写奇情而扼险，寓正性于探幽。墨沈初濡，万顷之风波滈汗；松烟乍透，半天之雪浪湍流。定教语必惊人，溯源而下；直觉词堪泣鬼，如石斯投。

高咏雄奇，飞湍谲诡；蜩蛎腾渊，蛟螭落纸。泣东海之波臣，舞南湘之帝子。进洛神以呵灵，催冯夷而唤起。楼开海岳，气吞梦泽之云；书染御屏，口吸黄河之水。输驾天之浪影，逝者如斯；倾倒峡之词源，臣心若此。

云笺披拂，玉管玲珑。鼓渍沦于输委，冲匒匌于溟蒙。擘海骇鲛人之室，翻澜静泉客之宫。蜃楼烛其幽幻，贝阙象其穹隆。波斯之宝光跃跃，延平之剑势熊熊。掷处珠抛，力挽飞泉之瀑；流时玉溅，响回深谷之风。

顿觉霞明日丽，云影天高。帆扬春水，楫破秋涛。荡明湖之一碧，妥新涨于三篙。楚水吴山，好觅锦囊之句；潘江陆海，间抽棐几之毫。从兹研石精良，应拟江山得助；待共墨池掩映，何处风水相遭？

是盖身著名流，迹超尘混，矢孤直以存心，渺澄清而结愿。故能遏怒浪于奔流，出新词于委顿。调异兰陵之唱，秦望抒情；句非枫冷之吟，吴江遗恨。一函泻去，鲸铿压水势之奇；片幅倾来，鲲运状诗才之健。

迄今泛览诗家，徘徊水国，感旧址之苍凉，溯先贤之挺特。白香山渡淮之作，未足矜夸；谢太傅泛海之游，岂难臆测。舌如翻水，笑麾天外之涛；诗类悬河，醉洒胸中之墨。又岂徒斋名宝晋，搜古帖以临摹；楼起稻孙，托清闲之栖息也哉！

高紫峰点评：清新俊逸，兼擅其长。

题解：《宋史》本传：米芾字元章，吴人也。以母侍宣仁后，藩邸旧恩，补洽光尉。历知雍丘县、涟水军、太常博士，知无为州，召为书画学博士，赐对便殿。芾为文奇险，不蹈袭前人轨辙。特妙于翰墨，沉着飞翥，得王献之笔意。画山水人物，自名一家。尤工临移，至乱真不可辨。精于鉴裁，遇有器物书画，则极力求取，必得乃已。《淮安府志》：芾知涟水军，又以太常博士移守山阳。博雅好古，工诗文，兼善书画。在山阳，用文雅为治，尚礼教，去淫祠。任满之日，归橐萧然，图籍之外无他物。偶值风浪，作诗矢神即止。

## 潘德舆

潘德舆（1785～1839），字彦辅，号四农，别号艮庭居士、三录居士、念重学人、念石人，清淮安府山阳县车桥人。道光八年（1828）解元，为嘉、道间著名学者、诗文家。著有《养一斋全集》传世，包括诗10卷、文14卷，《念石子》1卷、《丧礼正俗》1卷、《诗话》13卷、《词集》3卷、《札记》9卷、《示儿长语》1卷、《金壶浪墨》1卷。《清史稿》有传。

### 幽惕赋

粤二仪之旁魄兮，化烟煴以育人。养幽微以定命兮，曷迭荡以丧真？昔幼承乎家诰兮，钻先哲之遗文。循理道若符契兮，岂折柳以为樊？非徒条畅于义命兮，良惕惕于一身。

奉遗体以驰骛兮，又终鲜乎兄弟。执和氏而佩县黎兮，忍取戾于失队。未历邛崃之厓隒兮，何平地而颠踬？岂夙训之灌灭兮，殆狂疾之为累。屡蹷竦于招尤兮，奚今时之不怨艾？

我昔横扁舟于大江兮，逊淫裔而不还。薄潜龙之窟宅兮，探岩碕而盘桓。浪如山而泷漫兮，变生死于目前。贪游佚而蹈险兮，古哲人之所患。曾受责于友生兮，誓肝肾之永镌。弗心结而仪一兮，终贻刺于风人。

抑吾岂获已兮，蒙姗讥于大雅。惟胸次之垒块兮，莽峭嵘而岡砢。计生命其匪蹇连兮，讵奋飞其不可？驾六驳以行远兮，耻倭迟于道左。威凤高跱于云扉兮，吾何为乎旷野？招列缺以弭节兮，策房驷之驶骧。俯蓬瀛之泐迭兮，渺县圃而在下。讶阊阖之不为通兮，虎与豹其诮我。持狂言而问天兮，溯长风而心写。固豪情之激宕兮，乃希美于达者。当局促之时态兮，实转乐而为祸。

亲者闵我之颠越兮，申金石之美辞。结中情之蟉曲兮，遂擎涕而满怀。古欢之不多觏兮，岂私惠相妩媚？念微躯之贱陋兮，鲜交契之清徽。匠石病其痈肿兮，量栌桀而弃之。余又濩濩于物欲兮，若大川之无堤。狎蝮蛇而亲蝄蛃兮，身枕蛟而掖螭。畴亹亹以苦言兮，药耽槃以肃祇。何斯人之缠绵兮，魂怅惘而憯哀。远含唏而绩愁兮，心悇憛而泗洟。余梼昧而不灵兮，亦深切而铭肌。矢终身之懵栗兮，敢屡陷于非彝？

大道之亶亶兮，允哲人之所宅。守至教以束身兮，险摧萎而不易。余非金璧之皜曜兮，讵自贱如瓦砾？理潭潭而深邃兮，在栖神于淡寂。凡躁进以求合兮，虞中途之屯蹶。况乱德于逸荡兮，覆先民之鸿则。自诊其殊下愚兮，奚黜非之不力？尚降心而孱守兮，集遐龄以淑德。

彼松乔之养命兮，穴岩崦而为家。驻颜色于丹溯兮，导离坎于中和。妄驰想于天路兮，非吾人之所嘉。吾节欲为养生兮，饰幽独于寤歌。憎放达为酖毒兮，慎几席于干戈。谧匡敕以葆幽兮，瀹奥苑之菁华。异桑门之寂灭兮，标真谛于无遮。彼强屏而弗纳兮，实污垢之骈罗。惟汶汶干降衷兮，宜嗜好之殊科。吾畏吾天兮，涤众秽之萌芽。全端倪于无朕兮，降嘉福而孔多。

重曰：吾遘弱质，殊魁雄兮。攒罗百患，灾邈穷兮。惩往省来，神忡忡兮。狃狃发悖，戒厥终兮。需穴出血，壮趾凶兮。柔刚交协，守恪恭兮。郁律崴魁，无撄锋兮。颓觐睽睢，无变容兮。清宁悦悇，德㘡洪兮。懋迪斯训，无不聪兮。

## 砺志赋

立佳人于并世兮，怀清扬之素辉。旷睠藐而一顾兮，乍通辞而裴回。指白日以照心兮，赠明珰以要之。愿眷言其慎修兮，志靡间乎合离。

蒙虽不蹈乎古训兮，幼考业于艺林。奉诗礼以植身兮，日忧心兮钦钦。惆陨越于层渊兮，畏世路之钦崟。仰化工之虚霏兮，或黯黮于愁吟。恃之子为合志兮，誓磨砺于良金。苟束修以饰事兮，孰疲茶而不任？陟阊阖其匪高兮，测瀛海其匪深。驾双鹄以翱翔兮，毋鸩媒之乱我心。

畴不知匪几之扣性兮，每怍惑于浮言。枳棘错而造天兮，蓬无麻而蔓延。临回风而怆恍兮，咸矢贞而勿谖。饮食餍餍其不慊兮，悔昔訾而汗颜。思遵轨而得路兮，求荆璞之皎然。璞歉歉而易缺兮，厉符采以图全。余旼旼以自艾兮，终蹈非于前辕。

讵憎规而敦矩兮？立易方之故也。寒昨盟而不省兮，憾用缁而染素也。亲戚进以良诲兮，面饰非而勿悟也。

世态总总其累心兮，志踧踖而未宁。思子而不见兮，联敂愉乎郊坰。步古道而莽莽兮，日又晦乎柴荆。御金尊而不欢兮，视华灯而不明。

天烧阒而阔远兮，怨咫尺兮阻且长。归阖门而独寐兮，梦出入而徨徨。

念尔我之索居兮，茹烦菀于素怀。世方吹毛而索瘢兮，弥吊景而增哀。虽孅疵之未克兮，亦有待乎风雷。

天之不可褎兮，孰易具此昭质？终自投于浊水兮，恐赤珠之难索。占兑泽而不讲兮，内怀怍于简毕。往信不可谏兮，交砥错乎异日。

水瀜瀜循除兮，春华覆阶；山林邃古兮，抗言轩羲。穿木榻而勤恁兮，启瑶编于素帷。纵飞沉之靡定兮，同向道而知归。

乱曰：子之明兮，其谁昧之？吾之过兮，胡自盖之？江汉滮滮，其源大兮；圣哲巍巍，其德沛兮。昭昭上帝，慎自爱兮；劳劳日月，逝将迈兮。褊衷慊慊，自保艾兮；良时泄泄，祸之最兮。

此乙丑岁(1805)初交郭景蘧时作，今十有九年矣。景蘧安贫守介，终不遇以死。已矣，无规过人矣。覆检此文，心折骨惊。癸未(1823)仲冬自记。

## 驱梦赋

主人晨起，意动色沮。瞠眙噩梦，数避无所。因召趾离，面赤发语。呼曰尔来！尔胡余苦？

我昼荡佚，万物洞开。尔之天地，迫狭阴霾。荆棘荒蕨，刺人胸怀。窫窳凿齿，牙角倭傀。窜身入莽，当道一豺。赞麡吮血，蠍蝎蜂虺。百毒在右，嗜肤近灾。

我昼宴佚，出入安安。尔督余战，酋矛长铤。敌有十手，叫突我前。甫脱斫额，伏弩齐关。回首疾睒，耳无全轮。流盂黏腓，足不得旋。奋刃一剧，哮呷电奔。喘逆未定，纠缠满身。缚入暗狱，如絷孤豚。

我昼舒舒，咏歌揖让。尔招群魑，驱沓跳荡。峨冠怪服，山经无状。来抱我颈，豔脑擢脏。巨首突云，修胫踏浪。毷氉朱发，出目觖望。么么嘻嘻，努唇肆谤。舌舚指掐，我如败酱。神魄憯畏，数日凋丧。

我昼轩轩，曲室广庭。尔拉仄径，污秽缠萦。溲勃没屦，春泥踉蹡。十步蹉跌，胜臭盈裳。轻身铤走，险逼井陉。仰绝弱萝，俯堕沟坑。略彴蜿蜒，独木斜横。广不及尺，旁无携擎。吞舟出暴，目光射睛。欲上不上，雷涛震惊。

我昼枯寂，志屏荣曜。尔俑宠利，污我镜照。仕宦骈凑，万足霖潦。置我其侧，蝇集蜂闹。

我昼宁谧，万磨受降。尔幻邪态，欺我愚公。嫮色蔽视，奸声塞聪。蠑首曼睩，一曲千缸。纵恣妖蛊，神荡情蠢。使我太璞，击剥挣摐。使我心田，非种耕稷。

我昼读书，圣经彬彬。尔引浮屠，称说澜翻。阎浮六道，恫吓谩谰。前生后身，怪僻颠眴。

我昼静居，名理凝醒。尔呼游魂，尊曰仙伯。招手太清，谓倏拔宅。与我素书，瑶函丹册。百谂不根，陋似巫觋。蔽芾灵明，茅长榛塞。

我昼缄口，三问不答。尔携辩客，纵横谫诸。锋摧颖钝，亿万伪杂。令我摇舌，如讐出纳。

我昼闲闲，谢绝余事。尔建愁城，署我为史。百务惝荒，谬辄抵罪。心口有语，如被刵劓。袖手仰屋，但闻嘘嚱。

凡我昼无，尔夜必有。冲踏麇至，不记妍丑。袭我不备，荡析纷糅。和氏之颣，穜稑之莠。尔罪如发，律宜击掊。念尔狎熟，典从宽厚。元州一咒，非我所取。东方善骂，亦恐失口。命尔疾去，鼯窜兔走。依违反顾，惟尔执咎。

趾离欠伸，游目不膺。良久拂衣，向我而嗔。曰子不德，翳吾是憎。昏蒙昼夜，舍己绳人。

子心豁朗，何物螫噬？凡诸蛇虎，乘暗斗智。子心恬愉，干戈不生。几席慎毖，龙战清宁。子心盈满，鬼群来瞰。子心虚无，百阴冲淡。子心不洗，起秽在己。子鉴澄澄，群垢如水。

子日所践，不轨中道。自化蚕丛，形子慓佼。宦途屏营，子实不贞。昼伪遏蔽，夜吐其情。声色淫冶，萌枿几微。子刃不斩，疾发如机。

仙佛悠谬，中人阴曲。衾影牵擢，子养不熟。子早迨暮，放论竭虑。宵清籁灭，亦此横骛。

凡子有身，此梦如影。不蹈梦区，不烛心境。人急富贵，粱粟云房。人希清净，华胥徜徉。厥思艰深，洗胃凿心。厥虑研练，饮爻吞篆。吐凤怀蛟，神物心超。蝴蝶鹳鹆，尘圿心浴。贪荣者狂，槐南有王。交物者蛊，高唐有女。心往梦往，东声西向。子诩晓人，神凝志爽。乃是不蕿，抑直为枉。

我昼何居，即子之家。非伺昏暮，蹂躏子庐。尔我合体，子毋呿呿。迸我四裔，实揽我袪。凡我进退，绰绰有余。

主人闻言，愕然神悟。无思无为，制节谨度。灵台天春，宙合海曙。是夜趾离，不知何处。

## 南窗赋

大江之北，淮河之东。一士结屋，端居其中。大开南窗，以招远风。天高啸长，人闲虑空。

其为地也，广但三丈，深逾十尺。手翳白茅，足滑赤埴。阶无石嵌，疏不绮饰。日出东隅，倒箧摊书。造化亭毒，溟滓机枢。千古伟人，下交于余。

有子有子，跄跄来往。长者既冠，次者舞象。幼垂十龄，蒙其可养。说经窗下，奉我几杖。柴门张罗，父子啸歌。士不通方，执友无多。望云相思，杖策来过。睎古谈艺，狂澜不波。室藏尊酒，独饮亦快。钓者得鱼，叩门而卖。翛然一杯，餐气饮瀣。矫首抗吟，天地赏音。手招太古，口斥凡今。当我雄剑，代我清琴。雨散林薄，纵目寮霩。东迎月生，西送霞落。桐露欲响，荷鱼半跃。葛帐垂垂，藤花桁衣。山炉香尽，蝙蝠细飞。素月西流，松阴入扉。窗虚梦清，何成与亏？煌煌京邑，千九百里。方春北行，霜犯骨髓。维夏南归，汗滴鞭棰。何似南窗，风日清美？峨峨金台，朱门旦开。车若流水，朝辞暮来。势落命蹇，弃如死灰。何似南窗，了无惊猜？维此南窗，背涧依皋。身安传舍，心翳蓬蒿。有庐则爱，岂翳慕陶？

重曰：窗受明光，南协阳德。阳赞以阴，明守以黑。养晦随时，味道无极。

## 淮阴侯钓台赋

### 以“王孙未遇淮上投竿”为韵 其一

眺淮流兮不尽，有高台之未荒。想伟人于汉代，著武略之腾骧。当时草泽，异日侯王。一竿风雨，千载苍茫。

谁具只眼，哀此王孙。心存白水，眼小中原。聊羁栖于涸辙，无监河之乞恩。

寂寞长淮，萧骚豪气。国士闲居，真人起未。鹿想逐秦，人疑钓渭。

剑具横腰，竹竿倚树。未逢雷雨之时，早激鱼龙之怒。具钓鳌之襟期，待斩蛇之知遇。渔者笑之，侯也勿顾。

悠悠楚国，渺渺清淮。本非意钓，亦遣壮怀。萧张不出，谁与侯偕？

忽而符玺真王，旌旗大将。鼓舞长风，蹙腾激浪。讶后车兮泽中，遂藏弓于殿上。后世哀思，筑台怆望。

依旧青枫绕岸，白荻生洲。破罾谁挂，轻纶自投。梦中钟室，天外渔讴。

我来凭吊，细把渔竿。坛空筑汉，台尚称韩。侯兮一去，楚水生寒。

作者自记：简而劲，全在曲，折得力，不著色泽，最合单行小题，结胎甚远。此种近为之者鲜矣。

王琛点评：先生一题，九艺无法不备，无美不臻，天事人工，两造其极。学者当铸金事之。

## 淮阴侯钓台赋

### 以"王孙未遇淮上投竿"为韵 其二

层台四面楚灵荒,半影凉波半夕阳。晒网渔儿秋色里,垂纶闲话故侯王。

小乃烟波公子,芳草王孙。残羹泪落,宝剑声吞。一竿草泽,只手乾坤。眼前鱼泣,足底龙奔。

蜎子精心,任公壮气。珠欲腾淮,璜先出渭。烧尾云雷,扬鬐富贵。鲸铿而劲楚澜翻,鲲击而全秦鼎沸。何其盛哉,得曾有未!

若乃钲鼓威声,旌幢宠遇。囊盛海上风沙,帜卓天边火树。人嗤黄石之奇,马叱乌江之渡。终使鸟喙伤心,鸱皮余怒。雨蚀将坛,风寒母墓。少日钓游,不堪回顾。

钓者歌曰:折戟沉沙古恨埋,将军碧血照清淮。芦花深处沽村酒,一酹千秋国士怀。

极浦无情,疏烟弥望。风疑笳吹奔腾,水学军声激壮。年年人钓淮边,夜夜月来台上。

钓者又和曰:袅袅一竿投,前朝水乱流。得鱼能换酒,不卖与王侯。

钓船何处,歌声未残。第见山因怨锁,水比心寒。蒲犹剩绿,枫不能丹。时世合思猛士,功名换尔渔竿。不见行人台下过,凄凉客泪每偷弹。

作者自记:字字齐梁。

## 淮阴侯钓台赋

### 以"王孙未遇淮上投竿"为韵 其三

云归钓渚,月上渔梁。吊韩侯兮千古,留高台兮一方。且怡情于沉寂,待展足而腾骧。走狗兴歌,百战魂消风雨;枯鱼欲泣,一竿意钓侯王。

当其纶垂孤影,饵动芳痕。一时国士,几叶王孙。牵灵鳌于溟渤,蟠尺蠖于乾坤。七国灰飞,公等勿夸鹿逐;三秦棋布,此君专许龙蹲。

钓者纶收,真王印贵。推食极其欢情,传餐写其壮气。将军开壁,燕路书传。壮士奉罂,鸿沟鼎沸。下严城之七十,夹水谋成;歼劲卒之八千,拔山服未?

四海功名,几年恩遇。钜鹿来挈手之疑,飞鸟赋伤心之句。网不结于清流,弓可藏于宝库。臣多且益善耳,风云壮此南图;公持是安归乎,烟水不堪东顾。

柔纶不御,香饵谁排。依依草树,渺渺风霾。徒筑台于后世,溯把钓之奇怀。莫疑好梦龙鬣,齐名清渭;错使故乡鱼鸟,惹恨长淮。

剑剩蒲痕,囊余沙涨。野隼旗翻,池蛙鼓壮。不闻将士长歌,但有渔人短唱。借问一竿楚水,人月淮边;何如七里严江,客星台上。

台空人去，台古波流，浪吹花而冷晕，帆卷叶而轻投。往事悲嘶战马，幽情管领闲鸥。富贵三齐，合付渔樵问答；山河四塞，焉知楚汉春秋。

诗曰：钓丝一掷快登坛，尚有层台枕水干。貔虎功成秦地尽，鱼龙泪落楚云寒。飞腾将略从军乐，反覆君恩行路难。人世生涯渔笛里，半湾秋水绿于竿。

作者自记：清风穆若，律赋中之谨者。

## 淮阴侯钓台赋

### 以“王孙未遇淮上投竿”为韵 其四

淮波激荡，台势苍凉。天分楚汉，人钓侯王。想风雷于犊饵，余云水于临塘。一将功成，楚歌半夜；千年水冷，渔唱斜阳。

汉真帝子，楚有王孙。坛高未筑，饭冷无恩。此鲂赪而且钓，彼龙亦而犹蹲。半竿渚静，万里台昏。

公非观鱼于濠，帝不猎熊于渭。漂母嗟之，市人识未。剑动奇光，纶垂霸气。披裘大泽，方赤手以钓游；伐鼓中原，竟黑头而富贵。

海击长鲸，井舒涸鲋。一军皆惊，十年乃遇。孤赵大将之兵，三齐王者之怒。囊入寒沙，罂浮夜渡。亦且令龙伯亡精，蜎环失步者矣。

然而蹑足衅起，相背功乖。心丹鞭弭，血碧鞞鞍。野鸡饮啄，功狗压柴。淮水东边相思烟雨，未央前殿半是风霾。徒使山非栈道，水恨清淮。鹿忘如梦，鸟尽伤怀。

追思结饵神清，藏弓调壮。万帜都空，一台无恙。棹打渔梁，灯明沙涨。一方宛在鸥边，三尺莫夸马上。

台今台古，天秋水秋，明星孤留，冷月残钩。此中淮水，何处鸿沟。但见小艇夜发，轻帆暮投。汉宫人去，楚国波流。

歌以吊之曰：韩侯台下望，日射海云寒。世上鱼龙斗，此间波浪宽。三秦看鲲运，全楚作蛟蟠。今日临渊客，秋风老一竿。

作者自记：酷摹齐梁，尚不失初唐风格。

## 淮阴侯钓台赋

### 以“王孙未遇淮上投竿”为韵 其五

瞻高台之崒嵂，枕淮水之苍茫。询父老以遗事，知韩侯之故乡。三楚风尘，人犹草莽；半竿烟水，钓亦侯王。

当夫垂纶陂泽，结饵丘园。贤哉漂母，乞者王孙。向若而嗟，且学巨鳌之钓；监河不许，谁施涸鲋之恩。

既而仗剑从军，筑坛暴贵。天若授之，人其知未。擒勍敌之且荣，下严城于赵魏。丝纶一弃，聊凭只手之挥；旗鼓三军，早夺重瞳之气。

而乃将略全功，国恩中路。君斩灵蛇，臣歌狡兔。失钓者之萧闲，误真王之宠遇。倘负心于垓下，焉辨鱼龙；待回首于淮干，不如鸥鹭。

才因遇显，命为功乖。忘情竿饵，饮恨鞴鞁。溯将军之骏烈，伤国士之壮怀。谁怜百战寒云，功归炎汉；只有千年冷月，影照清淮。

渺渺波光，沉沉沙涨。昔日兵声，此时渔唱。嗟汉宫之遗址，瓦碎烟中；只淮土之故侯，台留水上。

徒见枫林掩暮，芦叶摇秋。估人帆泊，渔子竿投。客且羡乎临渊，何须虎竹；侯若知夫异日，也著羊裘。

故老声咽，行人泪弹。台空余恨，水不胜寒。应知万叠秋心，并归客棹；莫为半生事业，放下渔竿。

作者自记：步武唐贤，全在规矩。秩然中以简朴得深隽，此颇异乎嚣且尘上者。

## 淮阴侯钓台赋

### 以“王孙未遇淮上投竿”为韵 其六

淮阴侯恩艰一饭，志卓三良。当潜踪于淮渚，曾寄业于渔梁。约鸿才兮蠖屈，韬骏业于龙骧。奉宝锷以干霄，全秦地赤；下珊钩以测海，故国烟苍。此地高台，指点三齐富贵；斯人意钓，眼空七国侯王。

想其萧条草莽，忼忾乾坤。风尘落魄，烟水销魂。身同鲋涸，志郁鲸吞。傍孤城以凭眺；伴香饵于晨昏。推毂不来，潦倒大风猛士；垂纶且住，飘零芳草王孙。何时貔虎登坛，旗翻鸟道；此日鱼龙聚窟，剑斗鸿门。

桑下奇穷，芦中豪气。结罾罟以同缘，叹盘飧之莫慰。公为德不卒也，蓐食何悭；君一寒至此乎，杯羹亦贵。竹竿竟日，一水依之；草屦终身，千金报未？

正是秦廷失鹿，刀刚卯而兴刘；竟看周室占熊，璜冬丁而出渭。

国士奇谋，君王大度。设场腾三蜀之欢，供帐鄙九江之遇。敌闻屡北，二千帜背水先登；吾亦欲东，万余囊含沙径渡。蛇分大泽，指挥仗一臂之功；骓去长江，叱咤压重瞳之怒。抛风竿于鳌背，水激灵鲲；奏露布于龙颜，穴空狡兔。

然而龙光宠极，虎拜时乖。奋苍头而绩茂，溅碧血而忧埋。矢不二之忠，先生勿谈相背；妒无双之士，乃公何事伤怀。可怜长乐清钟，魂啼钔砌；莫问井陉战鼓，恨绕金鞁。四塞山河，天下全归炎汉；三洲烟雨，梦中何处清淮。

结饵萧闲，藏弓悲怆。原出处之同心，何恩冤之异状。丈夫定诸侯为真王，沛公以小儿遇大将。笑同侪之鹿鹿，冷蜮吹沙；嗟盛业之麟麟，长蛟失浪。徒使折戟余哀，层台在望。地中鸣角，不闻刁斗军声；壁后扬旗，但有风帆鱼唱。早识隙投晨牝，跌足宫中；应教兴结秋鲈，掉头海上。

台遮冷雾，台绕清流。上殿已烹功狗，长城自唱符鸠。惟淮壖之台古，想钓客之竿投。万众瓶罂，腾芦舟兮戛暮；十年符印，付蒲剑之摇秋。方知中夏驰驱，尘沙马革；不及富春啸傲，风雨羊裘。

迄今楚山黯黯，楚水漫漫。亭犹配步，台亦称韩。将军短气，行客长叹。生计权归破网，功名焉用雕鞍。一般戏马，彭城伤心旧迹；千古观鱼，濠濮冷眼偷看。莫问青天，百战终随鹰绁；且耽白水，几人不负鱼竿。

作者自记：声情壮阔，极拟时趋。须知清绝滔滔，靡而有骨耳。

## 淮阴侯钓台赋

### 以“王孙未遇淮上投竿”为韵 其七

淮水之南，高台在望。父老言之，为故楚王。贬侯淮阴，实其故乡。当其微贱之日，竟无驱饥之方。渔竿永日，聊复襄羊。筑此台者，以识不忘。

夫天不祚乎大汉，必不生此王孙。何穷约其衣食，乃寂寞于丘园。丝纶非其所寄意，盘飧又感谁之恩。恶少之剑亦可以挫辱，漂母之食不可以晨昏。不得已而垂钓，以啸傲乎乾坤。凡英雄之贱日，此常事而不足论。

既而于楚执戟，于汉都尉。郁郁不乐，负其奇气。忽而将军之坛，王者之贵 。旗鼓阗噎，风云叆叇。已而鸟尽弓藏，身入罗罻。吴怨子胥，燕疑乐毅。钟室烦冤，隆准知未。凡侯所历，发人喟忾。

或谓侯如韬其长才，安其贫素，一竿之下，是吾敷布。双鱼之得，是吾知遇。且以白水盟心，焉知赤帝熛怒。刘项存亡，固所未卜。萧张之俦，益不足顾。岂不托业清峻，高名永固。何为贪符玺之娱，忘纶缗之趣。知衣食之惠，就拘挛之务也哉。

不知侯之志趣，不可以遏抑；侯之武略，不可以淹埋。钓者之业，非侯壮怀。隐遁之侣，岂侯所谐。高冠大剑，指日堂阶。木罂赤帜，功谁与侪？当侯身之少贱，虽寄迹于长淮。夫固已料其才之必有措，遇之不终乖。而何能潜身于渔钓，适意于巅崖。或以此而拟侯，非持论之佳者也。

顾当功既成，猷既壮，驰驱貔貅，挥霍甲仗。固已日月铭其高勋，雷霆写其奇状。而况武涉、蒯通之所以进其疑，卖缯、屠狗之所以不敢抗。则尤功高者身危，才雄者得谤。不待伪游之一举，乃知臣主之异量。何不屏弃爵秩，归老淮上。寻少日之钓游，置余生于清旷。横舟白陂，倚筇青嶂。或具钓纶，时闻渔唱。人主不疑，同列所谅。虽范少伯之故智，夫固保终身之无恙也。

然而时遇不一，贵贱异谋。虽侯见之未远，亦天命之可尤。岂无幸功成于麟阁，方终始之蒙休。亦岂无托知己而不出,披大泽之羊裘。万事飘瞥,同水之沤。功名轸结,闲不如鸥。但看兹台也,韩侯旧迹,杳杳波流。而渔夫之伴侣,犹竿饵之轻投。倚台前而朝夕,自寄傲于千秋。

游人过此,怆恻悲酸。想三齐之富贵,但一指之轻弹。彼垓下之壮烈,付淮浦之波澜。人生事业,只有渔竿。勿当风而怊怅,且临水以盘桓。问混茫兮今古,何足寄夫永叹。

作者自记:此为真单行汉魏,遗制如是。宋人以奔放破碎其体,非也,然议论纯乎宋人矣。

## 淮阴侯钓台赋

### 以"王孙未遇淮上投竿"为韵 其八

客有求淮阴侯旧迹者,曰:尚有台在淮水之旁焉。此淮之人所以思侯之功,而想其少日之徜徉者也。观侯异日,固倏化为侯王。溯侯之微贱,亦与樵夫牧竖混迹于林莽陂塘也。侯兮有灵,其千载魂魄,犹应恋此故乡。

而不见夫漻漻楚水,汗汗清源,非侯之聊与思存者乎。一竿之竹,独茧之纶。固将以秦为鱼、刘为钩、项为饵,相与瀰灭而吐吞。而供其挥霍乾极,展拓坤元者也。异哉此王孙也。

王孙既受辱于市人,无以喷歙其奇气。又望中华之埢垣,鱼龙之鼎沸。自知其才之必大用于世,而犹未也。乃具丝缗而徘徊,隐草泽之蒙蔚。或疑之为濯缨,或戏之以钓渭。王孙腹腹,视天长啸不答,咸不得其所谓。

而乃仗剑而起,叱咤嬰布。出蜀而东,走风集雾。当是时也,豹儋荣歇之余孽,三齐楚国之众庶,莫不仰侯呫嗫,以舒其涸鲋。而侯建大将之旗帜,受王者之礼数。而天下密如也,可谓荷天衢以元亨,幻蛇龙之知遇者矣。

噫吁嚱!危乎悲哉!霄霭霭而幽邃,日沉沉而霿霾。王孙归乎不归,而碧血溅乎钟室,筑坛变而藁街矣。与其悔不听齐辨士之言,曷如自奥秘于山之趾水之厓也。与其以千金酬知我者,曷不思畴昔之穷隐,而归听乎淮水之湝湝也。徒使屈之沙、胥之涛,漻泪淢汨于长淮。淮之人为侯怅惘烦怨,辨其先后工拙,而不可以为怀也。

其思侯而不得者,乃筑台于淮之上。非徒以登岹嵽、骋游望也。木罂之军,此渍溶之沙涨也。囊沙之流,此滇洒之巨浪也。军声何处,楚歌不闻。犹有存者,昔年崇山远水之中,渔夫榜人朝夕之歌唱而已矣。

嗟乎!台上之人,渺哉千秋。台下之水,拍天长流。夫不有大泽衣羊裘者乎。王孙欲为帝师,而遂无意于竿之投也。钓者相语曰:此人之钓,钓于侯也,吾羞之。

因鼓枻而歌曰:淮之水兮清寒,王孙一去兮草满淮干;知浮名兮无益,且勿负兮渔竿。

作者自记:以《甘泉》《长杨》为蓝本,而纬之以《阿房》《黄楼》等赋之情调,盘郁生动,余音绕梁。

## 淮阴侯钓台赋

### 以"王孙未遇淮上投竿"为韵 其九

瞰淮流之滂濞兮,仰高台之嶈嶈。若有人兮时不遌,岩居草食兮晦志渔梁。访父老以前事兮,汉通侯之故乡。日月薄于极浦兮,风云黮黮兮古战场。苟丝缗之适意兮,羌顑颔其何伤。既垂犗饵于东海兮,奚结轸乎侯王。

侯王之不可要兮,曾不见乞食之王孙。虽负奇于骐驎兮,欲蹴踏乎轮辕。恐伯乐之既遇兮,终仰天而烦冤。披羊裘而钓泽兮,良哲士所思存。何不守此故都兮,枕胡绳与兰荪。朝黏徽于鰋鲤兮,夕乃仗剑而叩天阍。

天阍之阆阆兮,虎豹实啖䑛其可畏。望滈沦之淮水兮,袭灵修之芳气。玩鼓枻而回轮兮,山川隐此荟蔚。眺崟崟之母冢兮,余终悔此钜费。能潜踪于鬳人兮,屠狗之何足贵。彼刀笔之鹿鹿兮,亦拔茅而连汇。实始卒其误君兮,君慌忽而知未。

君以纶绳为细务兮,欲终回此天步。栈道之甗锜兮,遂叱驭而径度。建旗鼓而出井陉兮,屯潍水而又渡。揽四海以屏营兮,曷不倭迟而觅乡树。怆烟汀之蒲苇兮,集鸿鸨与鸥鹭。胥郁陶而思君兮,归兮归兮岁暮。君方剡剡其扬辉兮,傲渭滨以知遇。

苟中情其信姱兮,何衣食之好乖也。功之不可高兮,适蜷曲而伤怀也。皇不佑国士兮,纵信修其无与偕也。隆准之为鸟喙兮,君昔以为尧阶也。纷投君以浊河兮,孰濯之于清淮也。两雄之必有一歼兮,问如君其谁侪也。岂烟水之非所好兮,亦瑆玉之自埋也。

既鸠鷃之摧鸾凤兮,固贤达之怊怅。彼台基之累累兮,况陇嵸于淮之上。虽弃兹而勿业兮,览淹留而神王。公季之厄于塞库兮,固伐戎而克壮。阖闾之长驱而入郢兮,员执弭而得谤。恨渔父之不谏汝兮,岂力敞而不谅。水光泌滞可游佚兮,何名节之高尚。

台之存兮中洲,客思君兮夷犹。烟云阁莫兮荻之渚,瞻灵旗兮风飕飗。心懰懰兮叹息,念斯人兮九州。蕙草芳兮化为艾,夜光之璧兮昏见投。彼他人兮见几,从赤松兮遨游。遗紫堂兮蕙帷,望公子兮烦忧。渔收罟兮课获,聊搴芼兮奠羞。

系曰:侯兮归来,水漫漫只。芦花短竹,青枫丹只。华鲂素鲔,登翠盘只。和酸若辛,劝加餐只。簁簁之鱼,嫋嫋竿只。阳阿朱薠,发奇欢只。人实迋女,行路难只。垂绥建旐,貂蝉冠只。摐金伐鼓,大将坛只。猖猖失足,摧心肝只。高台嶪嶪,楚水干只。侯不归来,烟波寒只。

作者自记:情味、音节、藻采,色色哀艳,不徒摹骚之形似者。

按:四农先生同题为赋九篇,展示历代风格,实为学之典范,为师之楷模,师者之师也。

## 铜柱赋

### 以"范金勒铭淮流永奠"为韵

繄楚州之雄奇，枕清淮之滔滟。妙制伏而得用，权融冶而立范。于五胜衡其生克，即一物制其盈减。挺金质之崋嵬，洗水气之黤黮。高临末口之流，卑倚郡庭之槛。抚双茎而摩挲，庆澄澜之渊湛。

乃有铜柱，厥镇淮阴。记托始于明代，仿汉制之郁森；不剥蚀于旧雨，讵萧椴于愁岑。肆贻范于亿载，常逴铄其百寻。凭闲庭之赫旷，凝岑楼以嵚崟。(以下缺四句)是前哲之妙用，亦国工之匠心。

其为制也，㮚氏量剂，欧冶禀式。凭阴阳以为炭，度坎离以立极。不偭错其方圆，敢觇觚其平直。此青英之藏精，辨磁石而可识。求之若耶之溪，采之首山之侧。非大则钟，而小则铃；岂水之凝，而石之泐。拟峻橘之窅撤，同重楹之挺特。诸葛之铜鼓何奇，汉帝之铜盘减色。节比士行，用能经国。倚曼宇而弗敧，同贞珉之是勒。

其为状也，郁郁峢峢，岧岧亭亭。远宜切汉，高直瞰星。盘云雾以上出，欲日月以鉴形。合之四而四渎顺其位，分之两而两仪屹其灵。良遐挹乎虹洞，更旁出夫杳冥。非骇骇以积势，实巃刺以呈型。突兀兮在冶而受范，呀豁兮深刻以为铭。龙门砥柱之石，衡山天柱之庭。萼楼绣柱以尽饰，明堂蒿柱以攸宁。逊斯柱之工巧，运神物于发硎。

其为用也，睥视射水，摧抑长淮。树伟干之岌岌，平奇响于湝湝。彼胎簪之导脉，受沂泗而允偕。兹扬徐之分壤，承桐柏之津涯(以下缺二句)。非铜驼摩洛宫之外，非铜雀立漳水之厓。巫支祁以詟慄，夔罔两以柔怀。赫决排兮至峻，睇溷沦兮罔乖。刻石以纪者，略摹乎神禹；杀龙以治者，奚事乎女娲。

其为地也，不依林谷，不挺山丘。当太守之廨宇，扼淮水之清流。左分平城，右揖危楼。势凌窗竹，荫覆庭楸。列其侧者，釜同五熟之古；衔其中者，台列三槐之幽。拱丰宇而岌嶪，峙层基而瓯窭。内讼庭兮阒寂，外梐枑兮交句。等金马之立式，过金堤之防秋。是以厌天吴，慑阳侯，妥蛟螭，伏龙虬。赫赫四柱，悠悠三洲。既森爽以有象，自泌沸之无忧也。

彼夫铁柱耸立于盐渎之川，铁牛跧伏于黄河之境。护城者冈以坚，捍海者堰以整。酌物态以克肖，防先时之告警。孰若此取材名山，伐质古矿；烁之有光，表之有影。俨作室四阿之经制，殊赋铁一鼓之妄逞。金镇水而不怒，子遇母而获静。迄今流连古治，拂试光景。剔旧藓而字体苍坚，扫微埸而文辞彪炳。识五行之储精，欣百川之顺靖。观之者畴不叠戢杂沓，俯仰眙愕，而叹赏于万年之永。

敢续其铭曰：霞标光烟，风磨质炼。峨哉巍巍，厥制惟善。金刚不渝，水柔善变。以静御动，功缉郡县。圣朝秩祀，百神咸遍。凡百斯民，嬉嬉游宴。猗欤盛哉，大川永奠。

高紫峰点评：字青石赤，形模奇序，事赅洽弥，复滔滔清绝。

题解：《淮安府志》：郡署铜柱在大堂后三槐台，前后有双铜柱。后双柱间有一铁釜。柱高一丈五寸许，围三尺许。各柱上有铭词，明代铸以镇淮流者。前东柱云："神枢既立，妖魅遁藏。六龙骧首，以迎太阳。日鉴在兹，赫然灵光。驾驭鲸波，挂景扶桑。"前西柱云："阴阳之灵，金精之英。立于西方，自天保定。与淮俱安，为淮作镇。神明卫之，上帝有令。"后东柱云："肃将明威，建兹严城。爰立标准，以树风声。狂涛既息，海水永清。百灵来朝，视兹国桢。"后西柱云："桓桓铜柱，植于金城。如南山之寿，不骞不崩。四海永赖，地平天成。皇明嘉靖庚申秋八月。"

## 高丽古鼎赋 以题为韵

日落古寺，霜皴平皋。逢逢一鼎，豁闳萧骚。耳割蚕虫，足树灵鳌。云蜺宛衍以黝纠，雷兽缕会以周遭。垂曼胡之龙须，流蜜溢之雉膏。东海神茅山不敢瘗，赤松子金丹不敢淘。第叹浅绀绣被，断红锦韬。山骨力斫，水痕细溞。蟠夔夜动，怪魑昼逃。苔蚀春雨，纹雕秋毫。土色嵌乳，铜华生毛。貌凹凸而岌岭，神坚韧而孤高。游人噤慕，目瞠手搔。有一海客见之曰：此高骊物也，迄今几千百年。沂鄂削泽，蹲踱射阳之区始固，飞渡于鸭绿江千里之洪涛者也。

当其始铸之日，丰隆棱溜，列缺横驰。蛟鼍视火而蛩蟺，虎豹参炉而愕眙。火光烛于扶海涉貊之属国，金精腾于玄菟乐浪之边陲。于是按阴阳以定四五，鼓炉炭以参雄雌。其采矿也，不越消奴、绝奴、顺奴、灌奴、桂娄五部之疆域。其监工也，则有对卢、沛者、古邹、大加主簿百属之分司。用以祭灵星之秩祀，配大穴之荒祠。供东盟之禨神，灿法物之赫戏。日精上照，云气下垂，缤缤菌蠢，兀兀棽丽。名鄙五熟，制陋三犧。樊山匿豹，瓜步逃龟。大臣优台，附庸句骊，莫不曳脚拜跪，赞扬神奇。

厥后唐文皇帝之伐高丽也，辽水拜将，东洋耀武。百万旌旄，千重楼橹。戈铤所指，疾如风雨。待蛟涎以试剑，索鼍皮以蒙鼓。指白鼋，架桥梁，期赤虬，承殿柱。意欲纪刻钟彝，凌轹三五。仿荆山之轩辕，绍采金之姒禹。而又取其重器，用当俘虏。横槊而歌，执干而舞。军中乃有扛百斛之乌获，举千钧之项羽。巍巍此鼎，归我中土，则见其穿桉如刻，虬蟉如缕。镕禀天匠，剬敕鬼斧。龙篆瞋困，蜺旌撑拄。高不矗侧，深不苦窳。朱云仡以褰皱，螭魍杌其吞吐。将归以慑褒鄂、诧房杜。臣妾鬲钍，奴隶锜釜。虽张仪克蜀之所创造，陆逊破备之所扬诩，皆不得挈度雄威，评量今古。

伐山凿石兮，歆金景而秀挺；物换星移兮，混沧桑于溟涬。吊辽海之奇珍，落绀宫之清迥。则有鬻鱼击而登堂，茶板敲而啜茗。法鼓响兮僧梵高，灵钟导兮佛灯炯。陪昙钵之矜严，侍巾瓶之兹謦。过淮阴者，犹复见斑斓状异，兀娄光颎。曲篆回回，直纹侹侹。露华被身，苔痕没胫。耳轮倾仄，足印泥泞。缦缦莲丝，团团松顶。古则坏墙，破不漏艇。然尚不至变成大铎,齐物态如楹莛。亦不至跃入泗水,不可得而窥诇。彼张道陵之仙境绝尘,王右军之书法超等。以逮日本之刀,荷兰之剑,交趾之铜鼓,虽镕冶精朴,夫亦难较古质于斯鼎。

至于罽宾之质,三代宝鼎,沉沦驰骛。吴明之国,常然一鼎,腾云蜚雾。而皆纷载传纪,不可猝遇。若夫汾阳之斧,九江之渡,告神求仙,镂刻舛互。饕餮奇形,虾鱼异趣。费上料金,贱如瓦钍。即斯鼎也,虽遭大吏之惜,复触工师之怒,僧舍百年,冤抑萍寓。于寒不能焬温而自热,于饥不能充盈而可饫。久亦濩落,鬼不呵护。顾溯其始,则万军东征,千里遣戍。鼎入中华,兵销武库。得失不偿,轻重非度。抗古昔而裴徊,叹黩武之不悟。所以圣人宝球图,慎冕辂。弗贵异物,口懔当阼。金不谈九牧之贡,铁不侈一鼓之赋。而海外企踵,日出内附。用是想神化之卢牟,钦元功之鼓铸。铭勋勒德,久久垂裕。彼外夷之供具参蒲勺,较夔鼎,而自知其失措也。

高紫峰评:元元本本,殚见洽闻。谠言宏说,玉润金声。

杨庆之评:如披《山海经》之图,如读《博古图》之识,不过《唐书句丽传》之字眼,《两京赋》之笔法,用来极其高古。

题解:明旧志云:高丽古鼎,得自唐帝征高丽时。经宋世赐本寺,镇压地灵。其制玲珑虚廓,花枝鸟羽,丝缕精工。永乐洪宣赐敕三道并藏经,为盗窃其盖,折其耳。先是嘉靖十年(1531),抚院奇之,欲舁去,寺僧出敕质之,乃止。于是募工依式冶铸,数次不同。工苦其苛责,乃窃毁之。故存其身,终无盖。

## 黄以炳

黄以炳,字少霞,号退坪。清淮安府山阳县人。嘉庆十三年(1808)举人,大挑河工知县,改授金匮县训导。钦旌孝子,建坊。著有《茗香亭诗钞》。

### 淮阴侯钓台赋

#### 以"王孙未遇淮上投竿"为韵

泗水龙兴之地,中原鹿逐之场。大将兴而礼具,高鸟尽而弓藏。览空台之旧迹,想垂钓于真王。半黍炊残,盖世之功名安在;一竿秋老,夕阳之烟水同荒。

当淮阴侯之未遇也,星明上将,草绿空原。羌行营之有地,乃壮士之无言。嗟蓐食于晨炊,肯受南昌之辱;拟辘羹于邱嫂,莫传泜水之飧。尔乃篙平波激,浪阔鱼吞。方彭越之渔钜泽,岂张王之食监门。独茧抽纶,度三秋于水国;荒城擘絮,留一饭于王孙。

或偃息枕流,或徘徊望气。谶成三户,天意谁知;时不再来,尔心孰慰。水何事而石投,鱼何为而鼎沸?嗟只手兮谁施,问竿头兮得未?

然而胸怀兵甲之奇，势有风云之遇。十三人之坐法，国士无双；一二日之追亡，将军独步。始飞檄于秦关，继陈师于燕路。沙壅水而齐倾，木乘罂而魏附。五万争奇于赤帜，血喋西河；八千提鼓于乌江，功成东渡。料芳草兮归来，想渔竿之如故。

夫何山河百战，弓剑双霾。东海移封，良曾蹑足；江南一会，平实厉阶。伊谰言之交作，知忠骨之将埋。陈豨之数语谁闻，短尽英雄之气；萧相之一辞莫赞，空牵儿女之怀。从此功狗烹余，几伤心于末路；一任野鸡啄去，孰回首于长淮？

向使锦夺征袍，湍回激浪，访旧侣于文竿，保成功于武帐。辟留侯之谷，黄石相从；寻角里之芝，青山无恙。得使桃花丹井，春生钓渚之旁；何如夜月清江，秋冷渔汀之上。

迄于今萧寥野岸，惆怅荒洲。台倾人去，庙古僧投。傍楚洲而凭吊，见淮水兮空流。猛士成歌，叹长城之自坏；爰书专擅，识彼妇之堪忧。徒使千顷夕阳，花堕枚皋之里；尚剩一声长笛，星残赵嘏之楼。

时阅时而如故，水积水而成湍。冤千年而未白，心一寸而犹丹。缘碑苔古，统树云寒。从知大将之坛，赏音容易；欲比功臣之阁，终古皆难。有客高歌，醉话淮阴之市；何人严濑，重投大泽之竿。

卢止泉点评：跳开说，合拢说，每能以一二语兜转题位，豪发无遗憾，波澜独老成。

丁晏点评：文质相宣，情韵不匮，陈豨以下数联，足为韩侯雪冤。要知是赋体，不是史论。雅制清音，一洗筝琶俗调。

题解：见前。

## 祝融峰

祝融峰，字炎洲，一字玉山，清淮安府山阳县人。嘉庆十一年（1806）诸生，道光八年（1828）举人。

### 汉高祖伪游云梦赋 以题为韵

昔淮阴侯竭力炎刘，倾心大汉。既定鼎于关中，乃分封于淮畔。山河带砺，咸戢志于平成；日月光华，孰甘心于骄悍。然而忌起君王，情深藩翰。西楚为英雄之地，患为陆沉；南方亦巡幸之区，游非泮奂。

原夫韩信之初就国也，身虽离乎虎帐，志仍挟夫龙韬。富贵而归故乡，人皆衣锦；出入而排仪卫，士尽垂櫜。何为列戟郊圻，壮军容而蜂起；陈兵原野，腾杀气而云高。所由见疑于绛、灌，而因不悦于萧、曹也。

黠哉陈平，献奇高祖。小臣为陛下谋，在廷非韩信伍。挟貔貅之健卒，聚若雷霆；抱鬼神之玄机，解如风雨。战之不胜，徒肆毒于贪狼；招岂能来，必贻忧于养虎。惟英谋之独断,愿考古以修文;亦睿虑之能周,无恃强而觌武。

臣闻考绩以三,巡方有四,用戒不庭,聿昭有事。夏禹有会稽之戮,玉帛同征;周宣为甫草之游,会同特志。云洲在望,何妨极九百里以合围;梦泽非遥,无难率六七公而纵辔。既足以验臣节之亏全,且即以考人言之真伪。

高祖乃下诏曰:寡人率先王之典,尔侯慎朝宿之修。曰云曰梦,以遨以游。越陈蔡而临江黄,糗粮必备;涉溱洧而趣淮泗,扉屦宜周。军毙火田,爰昭典则;小禽大兽,用供春秋。

于是七驺雾拥,万骑霞分。黄旗闪日,紫盖腾云。轻车扶以虎士,木辂夹以旅贲。戈矛露其棱锷,旌旆结其缤纷。金吾率熊罴之士,太尉领南北之军。风烟惨其欲灭,鼓角震于无垠。雄哉游事,巍乎大君。

而韩信方越境趋迎,临途纵横。整礼如朝,修仪若贡。兵马未见其飞扬,戈甲未形其簸弄。搢笏俨乎有仪,垂绅讶其出众。何乃武士齐呼,六军一哄,喜快擒王,哀忘折栋。毁功绩于片时,堕英雄于一梦。

噫嘻乎!王业何存,将坛谁顾?七十余城之骏烈谁怜,五十余县之丰功莫诉。萆山之计皆虚,背水之谋亦误。定天下于指掌,尽属悔尤;扫剧寇若风霆,总成畏恶。或谓用蒯通之说,鼎足可成;岂知谢武涉之言,忠心夙具。爰伤高鸟以陈词,愿述功人而作赋。

高紫峰点评:辟意象以运斤,寻声采而定墨。

题解:见《史记·淮阴侯列传》。

## 李续香

李续香,字少白,清淮安府山阳县人。嘉庆中诸生。著有《堞影轩诗稿》。

### 汉高祖置酒沛宫击筑歌大风赋 以题为韵

大风歌,思淮阴侯也。尝读汉帝纪,知高帝为人多忌。而其卒未尝不悔而思之也。帝在位十有二年,史书置酒不一。而思韩信者三:五年己亥夏五月,置酒南宫,与高起王陵论人杰,自谓连百万之众,战胜攻取,不如韩信。七年辛丑冬十月,长乐宫成,朝贺置酒,令萧何次律令,张苍订章程,叔孙通议礼仪,而申军法之命独在信,帝盖以信为猛士,而使之守四方也。伪游云梦,执而复赦,封为侯,帝虽忌信,实无杀信心。十一年冬,后与相国谋,令武士缚信斩之,岂帝意哉?至淮南王黥布举事,帝益思信。十二年丙午冬,帝还过沛,置酒沛宫,击筑歌《大风》,歌终起舞,慷慨伤怀,盖无日不思信矣。爰指其微意而直言之焉。

客有徘徊于戏马城边、歌风台畔。思古情深,慨然长叹。问遗迹于居人,访流风于炎汉。

居人曰:方嬴秦之暴天下也,满目蓬蒿,秋风怒号。天生赤帝,仗钺秉旄。混一秦楚,左右萧曹。钟神灵于兹士，望芒砀之山高。

百战功成，三军孔武。剑不藏锋，书还飞羽。范增之玦徒示，项庄之剑空舞。先入关者为王，赏用命者于祖。

斯时也，谁传秦檄，谁拔赵帜，谁破代兵，谁平魏地，谁下齐七十余城，谁追楚二十八骑？惟信能多多而善其指挥，亦帝能将将而高其位置。

向使国士不来，王孙竟走，滕公弗释于前，萧相不追于后。纵有黄石奇谋，高阳辨口，裂眦勇夫，遮说老叟，恐荥阳虽获解围，固陵又将掣肘。未消东顾之忧，那庆南宫之酒？

险难既平，天地既泰，高宴未央，论功考最。封雍齿于仇雠，举季布于颠沛。释小嫌而不疑，信大度而无外。至云梦之伪游，畏强藩而无奈。虽真王之削爵，犹列侯而伍哙。何銮辂之出征，给入宫而见害。

淮南告变，黥布争雄。阵云朝黑，烽火宵红。廷臣皆非勍敌，太子未可从戎。帝乃重提故剑，亲挽琱弓。扫平荡涤，振旅策功。将饮至于太庙，遂还过乎沛宫。

因思夫一将之守，万人之敌。建背水之殊勋，树囊沙之伟绩。壮夫再返于何年，战垒谁撑夫半壁。惧螳螂之在前，羡鸷鸟之善击。

召彼黎老，停我黄屋。速舅娱宾，敬宗收族。非夸锦绣之昼行，实睹桑梓而心肃。天风飞扬，人声往复。凄凄清清，断断续续。歌呼乌乌，于焉击筑。

筑似瑟而小，酒以旨而多。非秦声之粗鄙，非宴客之坎轲。其急也，如闻玉斗碎；其扬也，如听金筝过。其抑郁而不平也，如击铁如意；其激昂而慷慨也，如倾金叵罗。人生到此，对酒当歌。

属车回辕，司常反旆。箕伯清尘，封姨鼓籁。魂恋故乡，神伤老大。泗水之波已清，驹山之云还霭。望淮阴之钓台，忆彭城之高会。恨功狗之就烹，怨牝鸡之无赖。

指袖骞翀，意气横空。故人无恙，长歌初终。集冠裳之辐辏，摇剑佩之玲珑。望所思而起舞，曳余响于悲风。

客于是抚景流连，闻言倾注，寄慨真龙，怆怀狡兔。曷不赐宋主之杯酒，而功可全；曷不泛范蠡之扁舟，而金可铸。既论世以知人，遂登高而作赋。

高紫峰点评：史称汉王畏恶其能，既畏且恶，则韩侯之死，高祖不得谓不知。信既死又且喜且怜之，喜其莫余毒也。赋特别就墙阴取路耳。布置从容，选言宏富。

题解：《史记·高祖本纪》：十二年十月，高祖还过沛，留，置酒沛宫。悉招故人父老子弟，纵酒击筑，自为歌诗曰：大风起兮云飞扬，威加海内兮归故乡，安得猛士兮守四方。令儿皆和习之。高祖乃起舞，慷慨伤怀，泣数行下。

## 王效成

王效成（1791～约1846），字子颐，号雪腴，清盱眙人。弱冠以辞赋受业于学使，道光十一年(1831)举人。与王豫、王荫槐有“江左三王”之称。著有《伊蒿室集》。

## 惜流光赋

莽万古以俯仰兮,中话岁之不百。去幼蒙及耄疲兮,曾几何其朝夕。省兴居以皇皇兮,安有生之殚责。嗟前修之勤时兮,莫分寸之敢掷。矧下士之钝愚兮,惧流光之睽睗。

生孤露以罔教兮,眴已屈乎强期。撷参苓以为餐兮,哀脆躯之鲜厘。挺植生之不茂兮,又风雨其摧之。虽尼蹶非所怵兮,伤苦学以过时。

鸣鸟之游于乔木兮,嘤嘤求声以为助。淹在谷以徐徊兮,伫盼其畴与语。诡乎矫众之所不趋兮,胥憎啁而怪觑。岂愠世之不我知兮,抑孤陋之是[illegible]。

仰大化之靡有阙兮,冀一得以效诚。怀贾生之策时兮,蹇流落而无成。守无东冈之陂兮,退不得托乎躬耕。随里俗以低昂兮,谢多口而自抨。

惟四十之无闻兮,览圣言以瞿然。卒朽迹乎蒿莱兮,将有恧乎荪荃。奉遗经以流连兮,从肆情乎讨会。怅良辰之蹉跎兮,方秋冬之未艾。苟在躬而有进兮,又奚汲汲乎其外。

乱曰:川岳胜矣,图以为遵兮。秀髦广矣,文以为亲兮。尘壒混混,葆吾真兮。日往月来,知我者其古人兮。

## 人参赋

效成以窳质,征检乎黄农之书。忻神草之功为万汇首,乃作赋以颂之。

妙中宸之烟煴兮,精苞萃而生人。积彭魄于川岳兮,蒸蒸溢乃为灵根。厥名为参兮,本浸渐之所长;以人补人兮,还一气于胚浑。

大行之山兮绵连,紫团之产兮,兰室所宝传。君山蓟与伏灵兮,亦足饵病骸以引年。矧神皋之勃茁兮,倍灵征于万千。伟长白之峙于艮兮,运庞鸿而肇启。神圣蕴脉其间兮,拓武敷文以累起。惟八纮之菁毕翕兮,小草乘气以扬丛。亘亿万载之厚蓄兮,发遂著无前之祎功。约一茎以为餐兮,若灵雨之灌旱苗。回天札于喘喘兮,日丽空而�童为之消。厉不容肆兮,世无枉魄;转衰起瘠兮,以弥天隙。生命各止兮,人饮太和;继继方盛兮,其膏孔多。伊芝草之咀不死兮,羌虚美而无实。拟撷诡华于寿木兮,孰若兹奥区之恒出。首赤县兮司命,庶国老兮佐育。跻黔黎兮寿寓之依,俯高丽之诸产兮咸为臣仆。武乡之园兮史称祥,又何霸气兮足录。举温淑之所煦兮,物熙熙乎阳春。信若根卿云以岫生兮,仰庆中天之再臻。

颂曰:瑶光之晖明兮,黄纯之德昌兮。不惨而舒惟元良兮,无形蒸被力胥忘兮。吁嗟乎,保世生生万亿长兮。

## 高士魁

高士魁(1791～1866),字映斗,号紫峰,清淮安府山阳县南马厂(今淮安经济技术开发区马厂)人。清嘉庆十四年(1809)贡生,道光元年(1821)举人,道光九年(1829)进士,历任四川丹棱知县、蓬州知州,后辞官归里,主讲奎文书院,徐嘉、段朝端皆得其衣钵。著有《丹棱县志》《虚静斋诗草》《虚静斋文集》等。《淮安府志》有传。

### 漂母饭信赋

#### 以"母施一饭信报千金"为韵

忆昔韩侯,遭时不偶。穷且辱身,饥难糊口。空储逐鹿之谋,莫试钓鳌之手。摊十饭兮何来,餍早餐兮奚有?纵入句吴之市,未忍吹箫不游。王媪之门,谁能贳酒?乃闺帏巨眼,独怜国士之才;箪笥分餐,迥异众人之母。

方其贫难自给,生不逢时。请缨无路,仗剑何之。困淮阴而伏处,驱函谷兮难期。饥则依人,未尝饱也,天之厄我,不其馁而。他时推食军中,汉王加厚;此日谋生胯下,亭长无知。城下徘徊,群笑贫儿之相;河干踯躅,孰为濑女之施。

乃有漂母者,群聚苔机,闲依蓬荜。浣败絮之绵绵,迎清波之汩汩。身为贫媪,讵馈食之有余;心识奇才,怜疗饥之无术。谓昂藏七尺,变且为龙;何落魄半生,穷偏如蛩。河山鼎沸,方将受聘币之三;甑釜尘生,竟未卜加餐之一。

念此孤寒,周其乏困。煮白粲以无多,熟黄粱而载献。似游曹国,贤妻归公子之飧;宛入天台,仙子劝刘晨之饭。方临流而蒙袂,枵腹含愁;忽借箸以提筐,朵颐适愿。

建将军之旗鼓,曾将会食为辞;拜贤母之壶浆,应与赠袍同论。时则感尔相知,嘉其不吝。幸朝夕之有资,借脂膏而自润。殷殷之意难忘,贸贸之形克振。分饔飧而慷慨,民家妇乃尔多情;纵酒食以嬉游,恶少年徒然构衅。同为女子,独殊吕雉之诛韩;解厚王孙,直比萧何之荐信。

夫以世不我知,贫将谁告。苟有志于分甘,必先期而望报。况为巾帼之姿,讵比琼瑶之好。而乃分一箪之红粟,别具高情;郄百镒之黄金,坚持雅操。劝餐民舍,初心第怜。尔无聊受馈侯门,始念实非吾所到。

故虽户终食万,石且逾千。感提携于往日,谋酬答于他年。第见心清淮水,义薄云天。谢贤侯之盛意,促使者以言旋。尔时粗粝之餐,岂云示惠;此际苞苴之赠,庸足垂涎。此所以济困怜才,不愧女中之杰;而轻财重义,独推母氏之贤也。

迄今丛祠寥落,墓道阴森,猿啼泽国,鼯啸烟浔。溯高风于一饭,想盛德于千金。望前贤兮不见,慕雅谊兮弥深。笑他名托杯羹,诈谖集事;羡尔志存进食,义侠居心。

自评：生发敷佐，篇体完善。

丁晏点评：律细词清深，得唐贤遗矩。

题解：《史记·淮阴侯列传》：信钓于城下，诸母漂，有一母见信饥，饭信。竟漂数十日。信喜，谓漂母曰：吾必有以重报母。母怒曰：大丈夫不能自食，吾哀王孙而进食，岂望报乎！汉五年，徙齐王信为楚王，都下邳，召所食漂母，赐千金。

## 背水阵赋

### 以"前左水泽右背山林"为韵

原夫兵不厌诈，谋必求全。妙行师之韬略，运诱敌之机权。昔韩侯之佐炎汉，拜大将而树戎旃。既涉河而收魏代，将略地而下赵燕。顾兹乌合人多，急则各寻生路；虽曰鹰扬我武，懔乎若坠深渊。岂真涉彼大川，何不为向而为背；若非置诸死地，孰驱在后者在前？

当夫出阏与而遄行，惧井陉之困坷。闻成安之垒虽坚，幸广武之谋不果。固可合以正，不合以奇；何妨攻于右，复攻于左。乃传餐有令，进兵将战胜于人；而会食先期，破赵若算操于我。二千人萆山执帜，使潜伏以俟之；一万众背水屯军，欲退归而不可。

时则我士疑而未言，赵人笑而不止。谓与兵法相违，未见阵图若此。背城而战，尚可生还；夹水而军，犹虞披靡。何乃背孤弗击，枉读阴符；居然背道而驰，甘临大水。不用诈谋奇计，赵师其犹龙乎；行看斩将搴旗，汉众将为鱼矣。

迨夫两阵绥交，三军险迫。弃旗鼓而伪奔，曳戈矛而辟易。侯方驰水上之军，赵遂空行间之壁。当是时也，进则敌有追师，退则陷兹大泽。畏死则计无反踵，群思万骑争先；求生则奋不顾身，无弗一人当百。正兵奇兵之互用，我士齐心；拔帜立帜以先登，敌人丧魄。象虽坎险，竟转败而为功；吉在师中，乃擒渠而大获。

众将则鞠躬而前，怀疑欲剖。背山之法尝闻，背水之军未有。何以胜决于先，何以路断其后？韩侯曰：兵法言之，诸君知否？投诸亡地，使之自存也。阵于平原，惧其不守也。不能胜则鸟兽四散，由素未拊循也。自为战则秦越一心，故必能攻取也。诸将由是释惑于当前，而拜服于道右。谓苟非大将之龙韬，安得醳诸军以牛酒。

或疑左车之计若行，背水之谋必废。虽有胜卒万人，难当奇兵一队。如此则将且成禽，兵皆败溃。岂知势有变迁，谋还迭代。出奇而别运神明，临敌而更工向背。或流言而使成安疑，或反间而使广武退。其计将沮隔不行，我军仍驰驱无碍。固不独面山背泽，能倾赵歇全军；更何须破釜沉船，争羡项王豪概。

况复虚心请教，履险知艰。屡胜之劳不伐，先声之夺斯娴。爰顿兵于鄗邑，而传檄于燕山。可知背水成功，固善用孙吴之智，而徇燕决计，尤足超绛灌之班。

惜乎功高见忌，才大生憎。及其收齐历下，破楚阴陵，海宇甫定，槛车遂征。鸟尽之谣非谬，狗烹之祸旋兴。徒令过泜水者，叹淮阴之备劳心力，而汉王之自弃股肱。

王琛点评：议论行题，纵横驰骤，灵气郁蟠，能使韩侯将兵妙用，曲曲传出，入后系铃解铃，尤出人意表。在近人中，兰修馆亦当退避三舍。

段朝端点评：胸罗全事，独出手眼，如天马行空，怒猊抉石，合汉宋人为一手。

题解：见《史记·淮阴侯列传》。

## 丁　晏

丁晏(1794～1875)，字俭卿，号柘堂，清淮安府山阳县人。著名经学家。道光元年(1821)举人，官至内阁中书。晚年主讲丽正书院。著有《尚书余论》2卷、《石亭纪事续编》2卷。编有《颐志斋丛书》《山阳诗征》等20余种。又刊刻骆腾凤数学著作《艺游录》，"遗稿凡十余万言，俱手自缮写"。《清史稿》有传。

### 一卷一勺园赋

环谷先生居射陂之北、漕渠之东。面女墙而眺城郭，背砥柱而障水洚。宅里安乐，构园玲珑。架石而山基嶪嶪，潴水而泉流淙淙。有博学者曰主人翁，三才荟萃，万象牢笼。授简则旁阚虎狱，振式则上彻璇宫。乃名其园曰一卷一勺，抑何其歉怀之虚盅。先生曰，是名也，始于吾道之葵田公也。祖之意曰艮山，而小石是取，坎水而沟渎能容。既笃实而有孚，亦积累而无穷。其广大不测之意，抑有取于后苍之中庸。今幸屈高贤之驾，而适馆其中。将藉子之华藻，叩子之洪钟。盍抽毫而为赋，以发斯园之郁葱。枷穗子闻而瞿然曰：斯园也，其命名也远，其取义也崇。夫坎贞悔合，则为蒙山下出泉园之象，同蒙以养正，是为圣功。仆则发蒙之不敏，而何有于跌踢之文雄。聊摅斯园之景物，以抒写夫化工。

夫其接北辰之古堰，辟东园之新池，轩楹敞豁，径路参差。白层层而坂峻，红曲曲而栏欹。长廊息肩以流憩，幽阁容膝而敞亏。绿阴四合，翠鸟群嬉。蹊草交羃，岩花倒垂。或临池而洗墨，亦登山而赋诗。聊相羊乎兹境，悦情性而随时。

当夫朝曦初升，幽梦未断，影透㢩窗，光生净案。花泫露而未干，雀噪晴而频唤。乌踆欲正，猫睛渐偏，半盏清茗，一觉小眠。蕾圻而花阴暗转，钟午而树荫皆圆。未几晷景驶，落霞飞，登高台，揽夕晖。万灶之鱼鳞接瓦，千艘之鸟竿露桅。睇佛殿则鸱吻平视，瞰城楼则雉堞环依。素月流天，残壶下刻；星斗高转，象纬近逼。界判乎赤道黄道，度分乎南极北极。察分野之躔宫，步天元之交食。瞻朱雀而欲翔，仰匏瓜而可摘。陋驺子之空谈，算周髀之实测。

尔乃春光明媚，禽声断续。冻释水麋，泥融山麓。书带之草交横，木笔之花初馥。石滋藓而凝青，波点萍而泛绿。青阳代谢，朱明始敷。千房菡萏，万个篠蕗。荷风冉冉，竹韵疏疏。青奴肤润，黄妳神娱。驱火云而炎退，沸瓶笙而凉俱。

若夫青吹秋生，木犀香裛。竹外流萤，草间寒蝶。桐露初洗，松籁互答。枫欲赤而未霜，水始波而下叶。无何西风紧，北陆凝，山椒洒雪，水湄敲冰。荣岩岩之老桂，茂郁郁之冬青。悟后凋之劲质，识有筠之贞形。

先生曰:文则炜矣，辞则美矣，顾闻兹园之名义，而为之抒其旨可乎?枷穗子曰:唯唯!夫山之为物也，崷崒嶙峋，摧崣崛岉，土为之肉，石为之骨。而兹一卷也，既桶桶而盘纡，亦隋隋而茀郁。类一成之为大坏，等一块之如密室。水之为物也，訇磕砰旁，浤汩泮沸，清者为湜，浊者为湿。而兹一勺也，殊湀辟之流川，异氿泉之仄出。非瀱汋之一有一无，岂溉渚之一否一溢。且井当其颠，水流其涯，山上有水曰埒埒，言停泉之沕潏也。山上有水曰埒埒，有脱流之滥汨也。挹之而有其源，注之而不能竭，故勿谓一卷之为部娄也。

夫山之赭者无发草，山之童者如秃鹫，以函谷之崇而丸泥可固，以须弥之大而芥子能收。盈尺蓬莱，睹三山之胜;壶中日月，恣五奇之游。夸娥负之而可以支鼎，愚公移之而有如举辎。岩有自然之经书而堪读，石有天生之篆籀而常留。庚桑之畏垒不足拟，王乔之巏嵍安足俦。眉山之假以木，而此尚有一泉一石;伏波之聚以米，而此犹有一壑一丘。繄好高而骛远者，又安知万仞之起于一篑，九华之肇于一坏乎?勿谓一勺之为滥觞也。杯可度而乘木，芥可舟而坳堂。海袖中而能贮，水衣带而何妨?偃鼠之饮皆饱，牛蹄之涔相望。精卫填之而累石，乌鹊架之而为梁。汲军持而淀滓去，注宥坐而满盈防。咒朱衣而泽不为竭，刺宝刀而澜不为狂。得升水则涸鲋活，隐尺水则潜蚪彰。涧溪之毛而荐以明信，沦涟之文而法以成章。揭斗而挹夫云汉，举瓢而酌夫天浆。固蠖伸之可卜，奚蠡测之能量?

且夫神禹之橇驾也，九山九川皆其所经过也，然方其迷途，天为辅佐，员环曰滋穴，涌出曰神瀵，则一卷一勺之为用大也。皇娲之笙歌也，八纮八极皆其所包罗也。然当其建极，圣执中和，补天而炼石，缩水而止灰，则一卷一勺著绩多也。故匡庐之峰插天，而香山拳石之记爰之而无加。漳江之潮赴海，而会稽勺水之迹传之而堪夸。彼夫藩篱之鷃、坎井之蛙，亦安知夫太山之砺、黄河之带耶!

况乎东汉之山阜象秦殽，南宋之花石号艮岳，今不过瓴甓之掷而已。梁山之泊淤为陆，济渎之水绝而枯，今不过醮唇之塞而已。冰山之化日而消，沧海之变田而易。而斯园之一卷一勺，独能峙其岑崟，溉其津液。愈于教山之干河，迈乎魄山之无石。其礐硞砻礲，既可学山而成;其高深，其绰达激达，亦可观澜而资其荡涤。

先生曰:有是哉!积土成山而风雨兴，积川成渊而蛟龙生。泰山不辞土壤，故有百仞之峥嵘;河海不择细流，故有千里之澄泓。有是哉，理之不可以一端竟，学之不可以一物名。

枷穗子曰:请阐大道而极言之。夫灵山之顶、弱水之湄，鸣衣羽裳之托，练精饵食之遗，勾漏之沙是采，甘井之鞠常滋，是皆仙之栖止，孰与道之时宜?一卷之为拳，而非卑也，充之而天地一指、万物一马，即胞与民物之思也。一勺之为杓，而甚奇也，推之而瓶中一滴、地下一尺，即霖雨苍生之施也。吾道之乐寿，自得体用之无私，夫何有于阿之迈饥泌之僎傀？

先生作而叹曰：大哉！言乎是，可以阐扬吾先祖。而坎艮之义瞭如是，可以昭示吾子孙，而童蒙之训勖诸古者。登高能赋，可以为大夫行见，奏凌云之笔，直承明之庐，其以兹园为之兆与！

## 悲染丝赋

系莩车之轧轧兮，绩素丝之品品。碾石碰而扦缯兮，拭霜砧而夜捣。被缣练之蝉帛兮，扈白约之纤缟。襞纤褊之鹄翎兮，縻白羽而初造。舒雪华之皑皑兮，澄月光之皦皦。明珠玓瓅以员絜兮，萋锦衯裶而鲜皓。嘉束纺之为缚兮，藉傧相之垂缫。颂戴弁之素纤兮，尸灵星而祈祷。秉玉式之琇莹兮，夫何资乎金盘之澡。

俄而茅蒐增加，艾蓝附著，爵头陆离，豹首落寞。盭绶纷陈，缇衣交作。黄烝栗以扶揄，赤窃脂而戌削。浏荆泉而彰色兮，缥育阳以为度。绮侧理以棋文兮，锦夹缬而华萼。郁金半见以相间兮，有鸡翘凫翁之濯。岂若白贲之无华兮，斫彫文以为朴。褫缦纯之离云兮，滓太清之寥廓。孰知夫冰纨之一卷兮，超然契夫淡泊。

况复施以早斗，入于元门。黝若石砚之著，黪如灶突之熏。黟木削之，而其心愈黯。墨池挹之，而其色益浑。彼素质之晓晓兮，养光明而自新。何秽行之默垢兮，一旦而漓其性真。豫让变而漆身兮，元规避而污人。乌日黔而不能改兮，风处头而不可分。痛绣衣之忽化兮，抗京洛之风尘。苟其坚黑以为黠兮，固不如牝敝与缊顺。

于是子墨子太息欷歔，深思变易。访绑澼于宋人，命洒挥于慌氏。魁蛤浸淫，栏灰渐渍。帛水冻而曾传，布火窃而可试。鬒发犹然变其容，医子犹能灭其痣。且古人名黢，以皙为字；孰是丝也，而可以弃。叹白圭之已玷兮，羌蝇点之为累。决东海以沤溇兮，吸西江以涚治。无如黵污之已深兮，匪昔日之完粹。夫岂质之不美兮，由其行之晻暧。倘迷茫之颠倒兮，虽黑白其犹昧。乃贞亮以为絜兮，安能忍为此态！

系曰：缦表无文，如彼粉地。朱湛丹沭，加以画缋。黦文既染，采色皆废。劳则为给，忿则为类。皎皎练丝，古诗所记。泥而不滓，皭然独异。

## 拟枚叔菟园赋

梁孝王游于菟园，置旨酒，召嘉客。授简于大国上宾曰：抽子秘思，骋子妍辞，试为寡人赋之。于是枚叔避席而起，逡巡而言曰：

东苑之区，平台之麓。地界大梁，天临角宿。接庄叟之漆园，拓夷门之白屋。广衍离宫，檀栾修竹，川泳云飞，山重水复。筑菟园于其中，用以壮游观而娱心目。其中则有百灵之山,肤寸之石,岩号落猿之名,岫峙栖龙之迹。嵝嵺岝嵸,嵴嵘磔砉。深谷雷硍,盘压车轹。郁菳蒀以翠微,染斑烂而薛壁。晴旭翕赩,千岩辟焉;衔飙堀堁,万壑激焉。累累隑隑,园中之峰腰山脊也。

又有雁池映带,雪苑周环。鹤洲耸其左,凫渚矗其间。既淼漫而瀥瀰,亦澄淡而湈潫。睢流潢漾而浪沸,蒙泽沆瀣而溪湾。方塘练静,曲岸波湲。平开奁镜,侧泻烟鬟。蘋渺生而草绿,茅蒐发而花殷。潏潏漏漏,园中之池沼漩澴也。

尔乃忘忧之柳,帝女之桑,射筒桂箭,篨篨篔筜。其木则柽松楔棕,棂柏杻橿,楈枒檀柘,栟榈枕榔。吐绿叶之萋萋,敷秀色之苍苍。其草则藿蒳江蓠,蘼缨怀羊,香茅海苔,辛夷菰蒋。纶组紫绶,布濩山冈。蔚若邓林之葰楘,酷若郁叶之馨香。观其卉木之戭蔓,又何羡乎汉苑之群芳。

若乃珍禽瑰兽之纷呈也,其鸟则鸰鸹雕鹗、戴胜仓庚,昆鸡鼓翼,翡翠交睛。翱翔群熙,鹬蛚飞惊。其兽则狎子长啸,猿父哀鸣;枭羊猓然,于菟鼯鼪。锯牙钩爪,耀若星精。夏鼎不能镂其状,山经未及纪其名。其纷文斐尾之翔走于园者,已极乎万状与千声。

于是晚春早夏,佳丽遨游。易阳之客,邯郸之优。陆则接轸,水则棹舟。杂沓而往,豪饮相酬。斗鸡走狗,掩兔狎鸥。渔钓罝罷,羽猎旌旃。挟金弹,鸣绛驺。奏睢阳之曲,吟白雪之讴。望西山而驰逐,逮昏暮而乐未休。

别有菟园词客,博雅多闻,褒恩赐绢,勒名策勋。文几则邹阳骋藻,屏风则羊胜腾芬。孙诡之赋鹿侣,乔如之赋鹤群。洎公孙之咏月,迈荀卿之赋云。曳长裾而奋广袖,媲屈宋而丽皇坟。毓川岳之灵异,彬彬然为上国之人文。

于是梁王乐甚,顾谓枚叔,起而为歌。歌曰:园之山川恢且宏,园之草木郁葱葱。射狡兔兮驰猎雄,韩卢逐兮张琱弓。固不如文囿之名贤兮,焜耀乎豫州之东。

高紫峰点评:摹仿西汉人手笔,非独貌似,实神似也。当与原作并传。

题解:枚乘《菟园赋》见前。《汉书枚乘传》:枚乘字叔,淮阴人也。为吴王濞郎中,吴王之初怨望,谋为逆也,乘奏书谏,吴王不纳,乘等去而之梁,从孝王游。景帝即位,御史大夫晁错为汉定制度,损削诸侯。吴王遂与六国谋反,举兵西向,以诛晁错为名。汉闻之,斩错以谢诸侯。枚乘复说吴王。汉平七国,乘由是知名。景帝召拜乘为弘农都尉。乘久为上国大宾,与英俊并游,得其所好,不乐郡吏,以病去官。复游梁,梁客皆善属辞赋,乘尤高。孝王薨,乘归淮阴。武帝自为太子,闻乘名。及即位,乘年老。乃以安车蒲轮征,乘道死。诏问,乘子无能为文者,后乃得其孽子皋。皋字少孺,乘在梁时,取皋母为小妻。乘之东归也,母不肯随乘,乘怒,分皋数千钱,留与母居。年十七,上书梁共王,得召为郎。三年为王使,与冗从争,见谗恶,遇罪,家室没入。皋亡至长安,会赦。上书北阙,自陈枚乘之子。上得之大喜,召入见,待诏,皋因赋殿中。诏使赋平乐馆,善之。拜为郎,使匈奴。皋不通经术,谈笑类俳倡,为赋颂,好嫚戏,以故得媟渎贵幸。比东方朔、郭舍人等,而不得比严助等得尊官。武帝春秋二十九乃得皇子,群臣喜,故皋与东方朔作《皇太子生赋》,乃立皇太子,禖祝受诏。所为皆不从故事。重皇子也。初,卫皇后立,皋奏赋以戒,终皋为赋善于朔也。从行至甘泉、雍河东,东巡狩,封泰山,塞决河宣房,游观三辅离宫馆,临山泽弋猎、射驭狗马、蹴鞠刻镂,上有所戚,辄使赋之。为文疾,受诏辄成,故所作者多。司马相如善为文而迟,故所作少而善于皋。皋赋词中自言为赋不如相如。又,朔又自诋娸其文。凡可读者百二十篇,尤嫚戏不可读者尚数十篇。

## 拟枚叔忘忧馆柳赋(并序)

梁孝王游于忘忧之馆,集诸游士使各为赋。公孙乘为月赋,邹阳为酒赋,路乔如赋鹤,公孙诡赋文鹿,羊胜赋屏风。韩安国作几赋不成,邹阳代作,罚酒三升。淮阴枚叔时为梁王上客,献柳赋曰六十二言,梁王赏之,赐绢五疋。于是追慕胜概,依其原韵而为之赋曰:

上宾之馆,棣槮之木。森尊尊而垂青,蔚昙昙而含绿。黄衣绛趺,高栖羽族。憩嘉荫于平台,游客于焉而托足。

阿那细叶,纤丽轻枝。郁蓊薆薱,猗狔逶迟。千缕万绪,睢阳乱丝。纵有烦酲结轖,曷不树灵莞而遣之。屏风軨匝,共此骋词。

君王乐兮,于是肴设犪牛之饔,酒醼诸蔗之醪。金浆玉醴,庋阁充庖。顾兹垂柳,阅风露而不凋。招徕幽隐,空谷寥寥。馆进誉髦,紫绶青袍。振天池之凤毛,咸衔杯而漱醪。遨游乎菟园雪苑,又何有忧思之相撩。

王琛点评:拟古而依原韵,如自己出。古茂渊雅,浸淫于汉魏者深矣。

题解:枚乘《忘忧馆柳赋》,见前。

## 拟陈孔璋迷迭赋(并序)

《广志》云,迷迭出西域。《艺文类聚》草部引陈琳《迷迭赋》。魏文帝、陈思王、王粲、应玚并有赋,盖一时之作也。郭茂倩解题引乐府古辞:氍毹毾㲪五木香,迷迭艾蒳及都梁。王筠诗:嘉禾挺皋苏,奇香发迷迭。迷迭,香草名。《类聚》载孔璋赋仅数言,其文不备,而迷迭之名,后人知之者鲜矣。爰拟其意为之赋曰:

惟珍草之丰馨,散奇香而发越。攒葆茂之纤柯,褷葱茏之翠叶。承湛露以浸潭,带回风而狎猎。穆斐斐兮骈罗,裛苒苒兮竦立。岂群卉之猗萎,信幽芳之馝馞。受元气而特生,扬灵芬而不竭。孰知夫迷迭之古歌,与香草都梁而并列。

尔乃来自西域,产于大秦。色逾孔爵,质异仁频。耀明珠之瑟瑟,蕴阗玉之璘璘。褵胡桐而莚蔓,引目宿而纠纷。乃见采于葱岭,实钟毓于昆仑。天山揽其根著,月蠕贡其英芬。江离竞秀夫临海,郁金共献夫罽宾。拟麝齐之百和,配鸡舌之三熏。匪中州之拔植,委徼外而沉沦。纵幽颖于区脱，畴蒐奇于绝垠。

若其条干是挺，贞茎不雕，早春晻薆，暮秋飘摇。青女摧抑而弥茂，白藏泬寥而愈高。莫不扈兹绮错，撷彼彩条。香缨容臭，副饰翠翘。被帅巾之鞶厉，袭沙縠之雾绡。附玉体而郁烈，丽芝英而轻僄。去原野之芜秽，值广厦之周遭。升明馨之有苾，觊荐鬯之惠微。诚有取于艾纳，夫何羡乎茝蘼。

然而远方遐逖，小草离披。雅故未谱于卜子，骚词不著于湘累。非夙闻之杜若，异狎见之辛夷。虽有东阿掞翰，仲宣摛词，坐中堂而作赋，广五木以陈诗。慨嘉名之未播，惧后世之莫知。荪何为而逐臭，荃何为而变姿。溯弄珠之游女，托汉皋而求思。搴芳蕊其未晚，申佩纕以要之。

王琛点评：美人香草，灵均之遗。

题解：《唐类函》引《艺文类聚》陈琳《迷迭赋》曰："立碧茎之婀娜，铺彩条之蜿蟺。下扶疏以布濩，上绮错而交纷。匪荀芳之可乐，实来仪之丽闲。动容饰而发微，穆斐斐以承颜。"

《古今韵略》引陈琳《迷迭香赋》："竭欢庆于夙夜兮，虽幽翳而弥彰。事罔隆而不杀兮，亦靡始而不终。"

按：魏文帝、曹植、王粲、应玚皆有《迷迭赋》，并见《艺文类聚》。

# 王 琛

王琛，字献南，号玉航，清淮安府清河县人，世居山阳，王锡祺从堂伯父。道光七年(1827)诸生，十七年(1837)拔贡，候选教谕。究心金石，曾刻《娑罗树碑》残字。辑有《玭珠赋钞》，著有《娑罗仙馆诗文集》。

## 吴大帝以淮阴侯佩剑赐周瑜赋

### 以"侯所佩剑以赐周瑜"为韵

吴大帝席父兄之余烈，据江汉之上游。北窥曹魏，西抗炎刘。得韩侯之故剑，胜越国之纯钩。于是鹂鹈膏试，貔虎勋酬。想当年帝业基成，歌大风而来猛士。念尔日英雄年少，赋湛露以赐元侯。

方淮阴侯之佩剑也，乍释鱼竿，旋提虎旅。斩蛇三尺，君已入秦；逐鹿一挥，臣能灭楚。方将誓沥胆肝，寄同心膂。在腰之金印同悬，入手之银觥并举。

孰料埋冤钟室，解衣推食兮徒然，直如去国湛卢；折戟沉沙兮何所，侯兮不归，剑乎谁淬。雨锁荒城，烟霾古塞。风尘之赏识寂寥，牛斗之光芒晦昧。然而物与世为升沉，器有时而显晦。剑留泗上，破壁终飞；剑閟丰城，干霄尚在。会稽掘出，流传上将之珍；建业献来，愿结大王之佩。

帝曰来瑜，惟汝不忝。嘉同心勠力之臣，重崇德报功之念。连环月吐，花萼重重；出匣光寒，波纹潋潋。羡彼乌江亡项，驱组练兮尘飞；值兹赤壁破曹，指艨艟兮光烂。尔其执干戈而卫社稷，以省厥躬；予不结骨肉而托君臣，有如此剑。

瑜乃稽首兴言，瞻颜仰止。谓臣犬马之微劳，惧敌虎狼之窥伺。对无双之国士，辜此雄风；照不二之臣心，皎如秋水。鲁子敬引为知己，何烦萧相之退；蒋子翼纵有辨才，莫逞蒯通之技。恨不请尚方斩马，始内外而无忧；誓弗忘开国从龙，能左右之曰以。

非赐笏于直臣，非赐袍于边帅，非赐几以享耆年，非赐金以旌廉吏。非赐绯袋，唐代光荣；非赐彤弓，晋侯示异。肃宗之剑也，分署名卿；魏武之剑也，亦称利器。孰若兹助都督之韬钤，镌王孙之姓字。拜深宫而朝国母，仍为犹子；瞻依归私第以示小乔，艳说君王宠赐。

嗟嗟！侯与瑜孰忠孰勇，瑜与侯何绌何优，一则囊沙背水，一则纵火焚舟，一则佐汉室，龙兴四百余载；一则镇吴都，虎踞八十一州。胡为乎推心无异，蹑足不侔。遂令江东之坐守，转嗤云梦之伪游。高皇兴赤伏之符，而功臣莫保；吴主负紫髯之状，而恩遇偏周也。

是盖才能冠世，将本为儒。顾曲之聪明谁及，饮醪之器量诚殊。甘兴霸铃声，受其部署；太史慈神戟，任其驰驱。结豫州以拒操，睦程普以安吴。已早防陆逊吕蒙衅开蜀汉，更何待风胡薛烛鉴别昆吾。当削平六国之年，定赖功人功狗；迨割据三分之鼎，还宜生亮生瑜。

高紫峰评：精心结撰，健笔纵横，波澜壮阔，力破余地。

丁晏评：句镕字炼，锋发韵流，撷史传之菁华，方能有此杰构。诗赋虽小技，然非取材经史，不能工也。俗手向诗赋讨生活，如潢潦无源，终身无进步也。

杨庆之评：精心结撰，浩气淋漓。

题解：陶弘景《刀剑录》：赤乌元年，时有人得淮阴侯所佩剑。帝以赐周瑜。

## 行不履石赋

### 以“徐仲车行不履石”为韵

缅高贤于有宋，维节孝之称徐。伤少孤于早岁，奉母教于里居。举动则嫌名必讳，步趋亦布武非虚。冰渊惕临履之思，周行示我；嵩岳溯降生之始，陟岵嗟予。

当其孝本性生，家原屡空。庭感乌翔，池开鲤冻。笃行迥异乎时流，孤踪别超乎庸众。石头路滑，何妨偶驻。夫一筇花径人行，亦或同邀乎二仲。

而以父之名石也，坚贞不转，节介谁如。嘉肺之达载诸礼，砮丹之贡纪于书。石之攻也，他山为错；石之渐也，有栈其车。忆当日咳而名之，置宜丘壑；愿后人僾乎见矣，光大门间。

节孝先生瞠乎若惊。谓感怀而触物，当思义以顾名。遇泰岱之尊，尚堪称丈；下襄阳之拜，亦或呼兄。彼山是望夫，曾踌躇而莫上；况里同胜母，终踯躅而难行。

足不敢前，气为之屈；恩斯勤斯，立不行不。补来五色，罔极昊天；悟彻三生，无量古佛。触兹忌讳，草翁风舅兮依稀；辨厥嫌疑，李下瓜田兮仿佛。

是盖品别樝梨，道观乔梓。志守楹书，欢思菽水。凛跬步以毋忘，望高山而仰止。不独羊肠峻坂，念亲老而回车；凡兹乌哺私情，占考祥而视履。

士苟折矩周规，趋绳步尺。少衔风木之悲，长废蓼莪之什。诵先芬而不忍杯棬，企乡贤而宣诸金石。曾子不食羊枣，追思养志之年；超宗殊有凤毛，请谢造门之客。

杨香谷点评：矜炼名贵，寄慨遥深。

杨庆之点评：能写难写之情，妥贴圆稳，大雅遗矩。

题解：《宋史·徐积传》：徐积，字仲车，楚州山阳县人。孝行出于天禀，三岁父死，旦旦求之甚哀。母使读《孝经》，辄泪落不能止。事母至孝，朝夕冠带定省。从胡翼之学，所居一室，寒一衲裘，啜菽饮水，翼之馈以食，弗受。应举入都，不忍舍其亲，徒载而西。登进士第，举首许安国，率同年生入拜，且致百金为寿，谢却之。以父名石，终身不用石器。行遇石，则避而不践。或问之，积曰："吾遇之，则怵然伤吾心、思吾亲，不忍加足其上尔。"母亡，水浆不入口者七日。悲恸呕血，庐墓三年。卧枕块，衰绖不去体。雪夜伏墓侧，哭不绝音。翰林学士吕溱过其庐，适闻之，为泣下。甘露岁降兆域，杏两枝合为干。既终丧，不撤筵几，起居馈献如平生。州以行闻，诏赐粟帛。元祐初，近臣合言：积养亲以孝著，居乡以廉称，道义文学显于东南。乃以扬州司户参军为楚州教授。居数岁，使者又交荐之，转和州防御推官，改宣德郎，监中岳庙。卒年七十六。政和六年，赐节孝处士，官其一子。

## 宋江三十六人赞赋

### 以"绿林微赞寄阳秋"为韵

龚圣予翰墨名流，槃阿高躅。山怀故国之青，门映淮流之绿。广陵之幕曾游，陆相之患必录。五千卷收辑，拄腹撑肠；十七史评论，高瞻远瞩。窃慨奸雄乱世，假仁义以愚颛蒙；遂成游戏奇文，正人心而厚风俗。

有淮东盗宋江者，乘道君之高拱，托绍述以苛深。太乙宫崇其楼观，应奉局搜及山林。聚江湖之不逞，横河朔以相侵。五花八门，阵若长蛇而弗断；九光十色，旗开飞隼以遥临。试看六郡之纵横，十荡十决；安得百夫之防御，一德一心。

其党则三十六人焉，股肱共效，羽翼咸归。其恣行也甚炽，其潜煽也甚微。泽匿萑蒲，径三三兮路辟；象滋蔓草，管六六兮灰飞。三十六峰巉岩，翠屏作障；三十六湾水寨，碧浪成围。别户分门，三十六宫僭拟；深沟高垒，三十六洞凭依。

夫以放命游魂,甘心倡乱;势等鸱张,形同蚁散。偶逃三尺之诛,讵屑一辞之赞。铸金人于函谷,已倍乎三;夺学士之瀛洲,复增其半。位分列宿,四奇四正兮还赢;术验番风,六甲六丁兮更按。数到廿三月缺,仍余纪闰桐圭;扰将十八滩头,妄诩前身罗汉。

然而抚驭有方,招安自易。指臂之效堪收,干城之防攸寄。计三人而同乘十二车,共听和鸾;量九夫以授田方四里,各分井地。若使合十为士,恰符风纪之周;如云人百其身,远轶虎贲之备。一百八牟尼递算,定对影以成三;七十二疑塚同归,或分身之有二。

故其为赞也,似嘲似讽,若抑若扬。珠联字字,玉润行行。状投荒之豺虎,摹拒斧之螳螂。偶然握彩笔一双,梦回江令;岂独画天闲十二,顾待孙阳。写入鱼笺,三十六鳞兮生动;歌传凤律,三十六管兮含锵。

善乎!张叔夜率海州之健卒,扼淮泗之上游。何殊诸葛攻心,七禽七纵;不必皋陶执法,五宅五流。投械而循良立化,倒戈而御侮堪收。奈何百廿人党禁立碑,以司马公为首;卌一人官铨正等,以钟世美为优。遂使汴宫化烬,艮岳成丘。读斯赞者,能不慨笔端狡狯,而皮里阳秋哉!

高紫峰点评:谛当则坚金百炼,细致则密网千丝,叙次论断,则宋史逊其简核也。

段朝端点评:有刻划细致处,有论断森严处,超以象外,得其环中,健笔凌云,焉得不推为老手。

题解:《续通鉴纲目》:宋江起为盗,以三十六人横行河朔,转掠十郡,官军莫敢撄其锋。命张叔夜知海州,近城设伏,轻兵诱敌,举火焚其舟,伏兵乘之,江乃降。周密《癸辛杂志》载龚开三十六人画赞。吴伟业《淮阴舟中忆龚圣予遗事书赠张伯玉》诗:“幕府遗民尽古丘,长淮南北恨悠悠。龙媒画得神应取,鱼腹诗成鬼亦愁。青史高文留劫火,绿林微赞寄阳秋。对君沧海缗遗录,老泪平添楚水流。”

## 邵承志

邵承志,字仁甫,清淮安府山阳县人。道光四年(1824)诸生,同治年间保训导。

### 书画船赋

#### 以“沧江夜静虹贯月”为韵

溯名流于宋代,稽韵事于襄阳。情既萦乎古迹,迹偶寄于轻航。临水次而萧闲,蒲帆破浪;映天章之焕烂,墨宝盈箱。书妙回波,看云烟之渺渺;画真绘水,接风浪之沧沧。

原夫米元章之嗜书画也,天才第一,逸思无双。较钟王而不让,比顾陆而难降。宝晋斋中,硬黄满架;稻孙楼上,浓翠迎窗。凭教独占文房,毫挥曲榭;何必遥临沙渚,锦濯长江。

尔乃假兰桡，辞桂楫，携翰墨以徜徉，载舳舻而枕藉。倪云林之闳阁，何处移来；赵子固之扁舟，一时聊借。布帆无恙，看稳挂乎江风；缥素何穷，时展观于月夜。

其蓄书也，或行草之纷披，或篆隶之端整。凤翥无声，鸿飞有影。宛具画沙之笔，松石双清；如临泼墨之池，波涛千顷。古钗影瘦，爱野岸之风清；匹练痕舒，驻芳洲而夜静。

其蓄画也，丹青点染，云水溟濛。梁广徐熙之妙迹，毕宏韦偃之余风。听锦幛之涛声，舟行象外；睹嘉陵之江色，人在图中。李伯时天马行空，倏尔桨飞骇浪；吴道子神龙破壁，依然樯挂残虹。

放眼烟波，倾心文翰。乘一舸而徘徊，罗千秋之珍玩。凌云笔健，苏子瞻远契风神；贯月槎浮，黃鲁直独深赏叹。墨淋漓于袍袖，性若痴颠；石摹拓于篷窗，胸都淹贯。

迄今江岸苍苍，江流汩汩。云影依微，烟痕恍惚。过之者觅其芳踪，谈之者想其仙骨。长此烛天虹气，包藏玉笈瑶函；依然盖代风流，管领清风皓月。

王琛点评：丰神绰约，令人想张绪当年。

题解：黄庭坚《赠米元章》诗：沧江静夜虹贯月，定是米家书画船。任渊注：崇宁中，米元章为江淮发运，揭牌于行舫之上曰："米家书画船。"

## 方　琚

方琚（？～1867），字博庵，清淮安府清河县人，世居山阳。道光十四年（1834）诸生，廪贡生。《遁庵丛笔》云："方博庵上舍雄于文，试屡冠军，乡闱叠膺鹗荐。车桥鲍辅士延主家塾，弟子多知名之士。"为人胸无城府，口若悬河，病重犹作愤激语。其刺军之《兴时杂诗》，不避权贵，为时所称。秦焕挽联云"狂到泉台仍骂鬼"，可以想见其为人。

### 三叱李义府赋

**以"请除君侧少答鸿私"为韵**

冰署头衔，霜台骨鲠。望重百僚，名传三省。诛奸谀于白日，对仗心寒；雪冤愤于幽泉，谏书齿冷。声闻殿陛，班崇御史之尊；响振风霆，剑比上方之请。

昔李义府之在唐也，马周汲引，刘洎吹嘘。仕从长史，位列中书。何乃埋大理之奇冤，律将安在；迫寺丞之枉法，命竟何如？方其招权势、纳苞苴，贵倚椒房之戚，荣分兰省之初。其孰敢明争白简，其孰敢上叩丹除？

义方壮士，落落不群。弹蕉欲上，谏草俱焚。事等覆盆，忍令冤沉。黑海情同折槛，居然气奋；朱云乃修奏疏，乃击登闻。乃请诸母，乃告诸君。

大声一呼，正气四塞；仗马惊心，批鳞变色。其嗔目而叱也，天子为之动容；其抗声而叱也，廷臣因而屏息。如来歙之叱盖延也，重以威灵；如相如之叱秦王也，消其反侧。

如是者三，余音未了。虎啸山空，龙吟云表。其情激烈，鼓同正平之三挝，其怨幽深，歌比夷门之三绕。疏真三上，冠戴豸而何惭；带直三褫，路避骢而不少。

彼非不誉擅鸾台，荣分凤阁。入政府而冠弹，步瀛洲而簪盍。而不知卖官鬻狱，子若婿肆其贪婪；罔上行私，君与后曲为容纳。所以性成阴贼，害如猫而善柔；貌但嬉怡，笑如刀而谁答？

然而物微应候，人贱言忠。鸣同春鸟，吟似秋虫。何以当头虽喝，振耳犹聋。事真咄咄，气倍熊熊。纵教昌乐能终，犹望朝中之鸣凤；无奈莱州坐贬，竟成塞外之孤鸿。

迄今过淮阴而怅望，依涟水而栖迟。英风如昨，壮气能支。归张亮之妻孥，不忘故友；得员公之弟子，争奉名师。从知唐代有人，与石金以共砺。曷若圣朝无阙，仰日月以何私？

潘元纯点评：淋漓顿挫，以官昭彰。彼栉栉节节者，何从望其项背。

题解：《新唐书·王义方传》：王义方，泗州涟水人。显庆元年擢侍御史，不再旬，会李义府纳大理囚妇淳于，迫其丞毕正义缢死，无敢白其奸。义方问计于母。母曰：昔王母伏剑成陵之谊，汝尽忠，吾愿之，死不恨。义方即具法冠，对仗叱义府下跪，读所言。贬莱州司户参军。又，《李义府传》：洛州女子淳于，以奸系大理狱。义府闻其美，属丞毕正义出之，纳为妾。大理寺段宝元以状闻。诏给事中刘仁轨鞠治。义府且穷逼正义缢狱中。侍御史王义方廷劾义府，三叱之，然后趋出。

## 刘熙庭

刘熙庭，一作熙廷，字梅江，号渔莼，清淮安府山阳县人，增生。工词赋。居河下梅家巷，辟地数弓，莳花种竹，曰可园。嗜画梅，画毕则题诗其上。

### 酒酣夜别淮阴市赋 以题为韵

客有才艳餐花，歌传折柳。弹长铗于长淮，共良宵于良友。悔向尘中插脚，混迹钓鱼；何堪市上低头，降身屠狗。不如归去，休分漂母之餐；请从此辞，且醉杜康之酒。

昔温飞卿之遇少年也，城边访旧，堤畔停骖。对灯红兮酒绿，话砚北兮花南。赵嘏楼头，快听一声长笛；枚皋宅畔，好倾四座雄谈。方思秉烛共游，览十洲之名胜；岂肯挥鞭竟去，踏五岳而兴酣。

乃其地暂羁栖，情殊蕴藉。归思视韩信难追，豪气比陈登不亚。遇燕赵悲歌之士，定许拍肩；值江淮摇落之秋，那堪出胯。君真健者，效黄鹄而穿云；仆本恨人，絷白驹兮永夜。

于是相对轮杯，狂歌击节。离踪共叙其绸缪，交态尽吐其侠烈。金樽酒满，浇来万古愁多；宝剑光寒，照彻一腔血热。芳草惜王孙归去，对此何堪；桃花量潭水浅深，黯然唯别。

其时则更传巷陌，月净天街。促膝兮数言落落，盟心兮一水湝湝。却当纸醉金迷，觥筹交错；报说参横斗转，车马安排。数来桥市鱼盐，照高城兮不夜；催起谯楼鼓角，幸有酒兮如淮。

酒阑更深，击筑狂吟。铁如意在手，玉唾壶无音。听君且唱骊歌，浦辞公路；恨我难舒骥足，墓过陈琳。今宵湖海相逢，两岸万家灯火；此去年华休负，千金一刻光阴。

是以酒三雅而意倾，诗八叉而句拟。饮祖帐于韩亭，壮行旌于枚里。当酣歌之未已，共拍红牙；睹夜色之将阑，频斟绿蚁。宦游误我，折腰仍县尉微官；客路何年，携手上长安酒市。

迨夫远隔天涯，感深云树，驱匹马而踏尘红，盼双鱼而通尺素。回忆并州故里，零落知交；漫随商隐齐名，推敲觅句。冀他日重逢旧地，值杏花沽酒之天；记此时难遣离怀，诵丛桂留人之赋。

王琛点评：豪情胜概，腕底风生。

题解：温庭筠《赠少年》诗："江海相逢客恨多，秋风叶下洞庭波。酒酣夜别淮阴市，月照高楼一曲歌。"《淮安府志》：古淮阴市原在古淮阴县治内，城久圮废，不可考。今于旧城府市口立"淮阴市碑"，其实非是。

## 米元章画弥勒佛赋　以题为韵

翰墨神通，旃檀顶礼。参文字于机锋，纳乾坤于囊底。座闻狮吼，像瞻七宝装成；画胜龙眠，笔藉五香水洗。现宰官而说法，去来早悟三生；与弥勒而同龛，父子尚称二米。

原夫弥勒之为佛也，皈依鹫岭，参礼鸡园。曾遇禅师于白鹿，未开精舍于青鸳。袋不离身，乞齑盐于香积；杖常在手，甘冷淡于山门。问谁能彩笔一双，传神写照；宛绘出金身丈六，提要钩玄。

惟米南宫，莅官涟水，退食琴堂。作香案吏，登选佛场。何妨范水模山，远宗仝、浩；亦或参禅说偈，雅近苏、黄。妙画通灵，共天花而合彩；长斋绣佛，抉云汉以分章。

且夫顾长康之画维摩也，夜生光怪；吴道子之画观音也，云垂沆瀣。莫不园成祇树，清净法门；座涌莲花，庄严世界。而独兹佛也，游戏诸天，破除五戒。迹类贪馋，形偏狡狯。显示以身外之身，何取乎画中之画。

乃画若天龙竖指，乃画同菩萨低眉。赤脚踏来，以游行为自在；红尘阅遍，寓欢喜于慈悲。衫影郎当，半肩破衲；墨珠错落，一串牟尼。扪胸前卍字之文，果登罗汉；露袖底兜罗之手，芥纳须弥。

公盖以尘网易投，爱河莫测。知交沉苦海之波，法吏恃金刚之力。石空下拜，当头之白简频呵；贴纵辨颠，布地之黄金无色。遂乃盘礴解衣，淋漓泼墨。放大光明，得善知识。故画船则榜曰米家，而画佛则题曰弥勒。

太守陈公，勤加拂拭。惧粉本之飘零，摹金容之仿佛。世事难逢笑口，于意云何；肚皮不合时宜，此中无物。烟云供养，留甘棠遗爱之碑；香火因缘，证金粟前身之佛。

赞曰：明镜非台，菩提无树，腹匪太空，笑缘曷故。但解缚缠，已无恐怖。踏破迷津，自登觉路。参画里禅，得幻中趣。顽似石坚，憨由天赋。

王琛点评：雅怀合契，韵事写生。

题解：郡人范以煦《淮流一勺》：弥勒佛小像上题"释迦髓，如来骨，人不识，弥勒佛。米芾题"十五字。当是守涟所为。陈文烛谓守山阳，非也。……陈文烛勒石置于钵池山景慧寺。晋屈任长庆题：此碑埋没已久。辛丑岁，诸商建庵掘出，物之隐跃有时，亦奇遘也。援笔述之，并偈曰："山人眠空，袋中何物？既不放手，又不住足。若识本来，解开包袱。"碑今在府城上坂街棠雨庵。

## 杨启悊

杨启悊，字秉初，号棫村，杨皋兰子、进士杨鼎来之父，清淮安府山阳县人。嘉庆二十年(1815)诸生，道光十五年(1835)举人。吴县教谕。

### 登坛拜大将赋

#### 以"至拜大将一军皆惊"为韵

侯起淮阴，坛高蜀地；杰并称三，功原寡二。荐国士而独有知交，拜大将而特隆位置。昔年胯下，笑传一市之人；此日坛前，气夺三军之志。臣多多兮益善，挟策而来；帝将将兮偏能，推毂而至。

昔韩侯之伏处淮阴也，徒放浪于三洲，叹困穷兮一介。胸罗韬略，早卜兴刘；策迈孙吴，何甘伍哙。渔矶高踞，等渭水之隐沦；雉堞嵯峨，对淮流之澎湃。王孙素有大志，愿持节钺之权；漂母旧有殊恩，敢下壶浆之拜。

夫何屈此雄材，未逢嘉会。献谋弗用，亚父莫与心交；刓印不封，项王置之度外。胡仕楚而位徒执戟，人莫知名；复投汉而法坐连敖，事无可奈。封函关于绝境，犹然都尉官卑。登剑阁以怀归，空说汉王度大。

尔乃赏自滕公，知深萧相。爪牙寄任，殊绛、灌之偏裨；帷幄运筹，胜良、平之器量。策马而自追亡者，士有奇才；置将而如呼小儿，上真无状。惟是三层坛筑，居然学焉后臣；兼之再拜礼恭，不独用以为将。

于是谨致斋，诹吉日，宝盖云飞，驰昼雨疾。三千之虎卫偕陈，百万之貔貅尽出。肃衮冕兮穆皇，听銮舆兮警跸。建彼牙旗大纛，似此森严；授以虎节龙符，甘为屈抑。北面受教，洵千人隽而万人英；东向争权，庶六王毕而四海一。

拔乎俦类，播诸听闻。叹遇合于龙虎，奋叱咤于风云。赳赳岂少武夫，难胜专阃；碌碌未有奇节，孰建殊勋？试看坛坫握牙璋，力扶汉运；犹忆烟波垂玉饵，迹混淮濆。尔众士其敬听之，望切关中父老；大丈夫当如是矣，降来天上将军。

由是感兹厚遇，展彼壮怀。授士卒以罂瓶，渡夏阳而轻袭；建大将之旗鼓，拔赵帜以分排。敢拜下风，燕、齐之城自堕；骤登上位，通、涉之说难谐。所以垓下成禽，握将符而沉谋早豫；而中原逐鹿，提将印而奇计孔皆。

厥后炎精运启，钟室冤成。野鸡何毒，功狗难平。当时弓矢专征，敢背解衣推食；后日机权解组，何为释甲韬兵。纵然坛宇云封，汉中崒嵂；不及钓台烟锁，淮水澄清。盖为将者，必使智足全身而名不辱，斯功无震主而宠不惊也。

高紫峰点评：意司契而为匠，词垂条而结繁。

杨笏山点评：健笔云凌，古怀飙发。

题解：见《国士无双赋》。

# 范廷槐

范廷槐，字南轩，号悟南，清淮安府山阳县人。道光四年(1824)诸生。

## 导淮自桐柏赋

### 以“淮出胎簪导自桐柏”为韵

客有游荆楚，过长淮，观河曲，对石厓。但见烟波荡荡，云水湝湝。湖入射阳而西流接，浪生袁浦而北岸排。南达邗沟以入江，遥通泽国；东刷黄河而到海，直混津涯。爰求所自，用访同侪。居人曰：此今日之清淮，而非中天之故迹也。

忆昔豫境源开，胎簪浪溢，江河不通，渊泉杂出。名居四渎，徐则沂与之偕；地备三洲，扬则泗与之一。遂平县接，浩自无边；桐柏山连，治应有术。

夫使洪波莫导，积浪齐排。淮流拥而人伤鱼类，淮水湍而物蓄蚌胎。派淆海国，形混江隈。而欲天息蚕丛，霜梯路辟；浮光僰道，雾栈烟开。则铁锁峰环，炼石之娲不至；木陵轴接，擘山之士何来？

厥惟神禹，运以精心。知淮浦发源最近，识徐州受患偏深。导其流而委曲，询所自而悃忱。造始发端，直通陪尾；栉风沐雨，何恋华簪。四载车乘，蒗荡之渠方共引；千流派纳，钟离之国亦遥临。

自南阳之县而潜通，自大复之山而远导。自支峰而别其本始，积潦全舒；自淮井而得其渊源，狂澜勿倒。千条雪带，汝阴之地周流；一线银钩，夏蔡之帆直到。汇七十二山之支水，本来星宿源头；合千八百里而成渠，终止岛夷险奥。

则见其始导也，潮回鹿县之门；其继导也，浪卷龟山之地。其导之而随固城直下也，沟浍皆盈；其导之而拂末口奔流也，蛟龙悉避。三辰星月映，连甓社之珠；六甲雷霆驱，佐鞭棰之使。试看涡盘硖石，归墟而亦孔之昭；还知气撼庐江，注壑而其来有自。

以故条分夫北，山治乎东。会汝颍而合泗沂，澜安淮上；过盱眙而历下邳，水由地中。因之绩奏庚辰，索锁支祁之怪；遂使谷连子午，碑镌排决之功。庙谒淮源，芳泽欣广陵之楫；贡追徐土，良材羡葛峄之桐。

客于是慷慨情深，倾闻意适。羡此日影接长陵，忆曩日谷连黄柏。就深就浅，神萦新息之陂；溯洄溯游，目送安丰之驿。但觉芍陂地僻，可成宛委之奇书；从知淮浦波平，堪著岣嵝之片石。

高紫峰点评：叙次分明，气息纯厚。

题解：胡渭《禹贡锥指》：《传》曰：桐柏山在南阳之东。《正义》曰：《地理志》云，桐柏山在南阳平氏县东南，淮水所出。《水经》云：出胎簪山，东北过桐柏山。胎簪，盖桐柏之旁小山也。《传》氏曰胎簪山，即桐柏也。后世又别名之耳。《禹贡》谓导淮自桐柏，不应桐柏北淮所出。今其山在唐州桐柏县。案：桐柏，今河南南阳府桐柏县西北四十里，有平氏故城，汉县也。胎簪山，《寰宇记》云：在桐柏县西北三十里。又金氏曰：淮出桐柏，初甚涌，复潜流三十里，然后东驰，亦尚浅。其深处为十四潭，至并汝、颍始大。自桐柏至海凡千七百里。《水经》云：至淮浦县入海。蔡氏从之。淮浦，隋改曰涟水县，宋置涟水军。

## 卢蔼吉

卢蔼吉，字晓梧，清淮安府山阳县车桥人。道光四年(1824)诸生。著有《听雨轩诗词》。

### 上下床赋

#### 以“湖海之士豪气未除”为韵

元龙豪气谁与俱，奇才不偶兮落拓江湖。挟推倒一时之慨，抱昂藏七尺之躯。若徐稚之遇陈蕃，引豫州为知已；似王恬之傲谢万，笑许汜为非夫。

夫时当汉魏之交，可指数英雄之在。潘浚则伏床不起，忠愤谁如；彭羕则卧床善谈，指陈不怠。御床对饮，鲁子敬才负异能；藜床坐穿，管幼安品高凡猥。夫孰不望重一时，名垂千载。眼大于箕，胸宽似海。

况陈下邳者，智谋足备，骨相嵚奇。藐董卓之余气，玩吕布若婴儿。袁刘不足当睥睨，孙曹亦可任指麾。就令剥床以肤，何妨穷约；若使登床而劫，不虑倾危。论其才溢江河而下也，挹其气引星辰而上之。

然使有轶群之人、知名之士，多磊落之堪钦，无睢盱之可耻。亦复拥彗以迎，扫榻以俟。虽坦腹其何伤，转论心而不已。上覆再重之席，岂其卷而怀之；中施七宝之装，毋曰不我屑以。

若乃我欲骋乎蹶足，人有愧于凤毛。求田琐琐，问舍劳劳。诚卑卑不足道，惟落落以自豪。不同庾亮登楼，据床而对他僚佐；更异桓伊弄笛，坐床而奏我云璈。无使此座之可惜，遂教若辈以相遭。

夫何许子不自心裁，转多辞费；谓宾客之宜尊，岂礼仪之弗贵。虽高祖踞床嫚骂，见郦生而改容；即简雍设床鄙夷，遇孔明而起畏。而乃卧人下榻，绝无款洽之情；自上大床，竟肆骄矜之气。

昭烈曰：嘻！非此之谓，以奇器之轮困，值中原之鼎沸。方顾盼以自雄，遂疏狂而不讳。况如君者，才不纵横，语无经纬，方悬榻之不遑，何连床以相慰。

故爬搔以解袜，惟斯人其有焉；若拳击而堕床，问吾子其知未？

是知人不可以为下走，见不可以存拘墟。言能陈于前席，礼宜载以后车。齐孟尝不受象床之荣，具见贤豪自立；晋王导固辞御床之坐，亦惟矜肆胥除。若陈登者，诚高位置矣；彼许汜者，能无惭沮与？

王琛点评：排偶中有单行之气，其隶事信手拈来，都成妙绪，视堆垛饤饾者，奚止上下床之别？

题解：《魏志·张邈传》：陈登者，字元龙。在广陵有威名。又掎角吕布有功，加伏波将军，年三十九卒。后许汜与刘备并在荆州牧刘表坐，表与备论天下人。汜曰：陈元龙湖海之士，豪气不除。备谓表曰：许君言是非？表曰：欲言非，此君为善士，不宜虚言。欲言是，元龙名重天下。备问：汜君言豪，宁有事耶？汜曰：昔遭乱，过下邳，见元龙，元龙无主客之意，久不相与语。自上大床卧，使客卧下床。备曰：君有国士之名。今天下大乱，帝王失所望。君忧国忘家，有救世之心。而君求田问舍，言无可采。是元龙所讳也。何缘当与君语？如小人欲卧百尺楼上，卧君于何地？但上下床之间耶？表大笑。备因言：若元龙，文武胆志，当求之于古耳，造次难得比也。

## 郭家池泛舟赋(并序)

淮阴无山亦无水，欲觅清凉一片地，以为谦游之所，其为万柳池与郭家池乎。顾人与景会，必地与时宜。窃谓春水渐生，三篙漾绿；杨枝初唱，一桁垂青。鸥梦未醒，莺声正滑；于秾桃艳李中，间携壶榼，时于此间得少佳趣，则莫如万柳池宜于春。若郭家池虹桥长跨，亘流水以西东；鸽塔危悬，锁浓烟于朝暮。当夫冰纨暑湿，火繖焰张，有热不因人者，科头散发，一舟溯洄。珠不必招凉，湾何殊消夏。烟波深处，清风徐来。试听大悲阁、蔡公祠钟声，历历沁人心脾，已不知消却热尘几许矣。故宜于夏者，莫此若也。至池以郭名，其景纯之苗裔与？或擅林宗之风调者与？盖湮没未可考云。

千顷沦涟，四围淡沱。鼍架浮梁，鹢飞泛舸。女墙倒影而青潆，僧寺临流而翠锁。天光共云影徘徊，渔唱偕莲歌袅娜。

淮阴父老曰：此郭家池之遗址也。想其输金穴，引淮水，小筑亭台，周流渺沵。妆点韩城，罨画枚里。方且载五色笔以嬉游，垫一角巾而徙倚。曾几何时，剩一池之清泚。

然当夫飞絮流萍，波腻鱼腥。风光料峭，清清泠泠。则早春之冷落也，尚未可以扬舲。

洎乎凉生水殿，菰蒲风战，瑟瑟萧萧，云容悉变。则秋晚之荒寒也，又未可以游宴。

若乃蝉护风而响庆，乌病热而啼慵。日停空而流火，云不雨而攒峰。一篙刺入，爽豁心胸。风光习习，波影溶溶。洗眼于清凉境里，置身于荷芰香中。尝携纵扇，闲理丝桐。纵所如于一苇，曾不知蕴隆之虫虫。

又况冈阜遥瞻，钵池远指。屯船坞烟水苍茫，宴花楼笙歌尺咫。相与坐青雀，沽绿蚁，雪藕调冰，浮瓜沉李。炎曦已忘，清吟顿起。歌曰：瓜皮艇子泛中流，拍拍闲鸥共泳游。大似江深寒草阁，此间真可被羊裘。

吟响未寂，远闻渔笛。歌起沧浪，伊人难觅。和歌曰：蔡公已往袁公远，余韵流风那可论。剩有慈云深浅护，大悲阁外水当门。

王琛点评：胎息六朝，惟妙惟肖。自是君身有仙骨。

题解：《淮安府志》：郭家池在旧城内西北隅，一名放生池。明崇祯间，推官袁彭年筑堤禁捕鱼。清顺治间，漕督蔡士英建大士阁于其上，又临水构亭为游息地。范以煦《淮壖小记》：郭家池乃元时龙兴寺僧郭法亮乞寺后菱田，养其二老。后人因名为郭家墩。见龙兴寺碑阴。

## 娑罗树碑赋（并序）

### 以“是标灵迹乃建丰碑”为韵

淮阴娑罗树，相传西域本。武后证圣中，僧义净使西域，携归中国。尝考娑罗，广韵作桫椤。《荆州记》：巴陵县古寺中，僧床下生木甚婉秀，花细如雪。外国沙门名为娑罗。又《酉阳杂俎》：天宝时，安西道进婆罗枝。婆一作娑，则一物而二名矣。若碑则唐开元海州刺史李北海撰，行书，凡一千余字。邑宰清河张君谢以书。中有“玉像石龟还归故里”之语。顾志书旧未载此碑，盖以题字为海州刺史，遂以碑为海州之物，故不录。幸吴氏玉搢力辨，始得载入。今树与碑遗迹久湮，世所传碑，乃明隆庆中泗阳陈玉叔守淮郡摹本，非李真迹也。诵芮国器《乞娑罗树碑》诗：“荒碑雨侵涩苔藓，尚想墨本传东吴。”则知此树之不朽,未尝不藉文字之灵也。

树古苔青,碑奇藓紫。映蔚清淮,丰隆枚里。字则矫若虬龙,木则美逾杞梓。传西方之嘉种,荣瘁昭然;摹北海之新书,神明在是。

原夫娑罗树者,识自义净之使,移当证圣之朝。花繁舞雪,干老惊飙;萧疏特立,灵响常昭。扶桑不足比奇异,若木不足矜岿岘。产自巴陵,僧床下独传婉秀;来从外国,淮堤上高矗丰标。

且夫仁寿之木,诗以纪其瑞;音声之树,记以传其形。凡兹灵物,皆著芳型。惟娑罗之标异,赖文字以流馨。特以蟠若蛟螭,既难状其形势;纵使承以赑屃,畴能绘厥精灵。

矫矫李公,有唐文伯。材华则陋彼缃青,笔墨则超乎飞白。"有道碑"书擅神奇,"云麾碑"字看擘画。龙跳虎卧之形,凤舞鸾翔之格。顾此根同祇树,种移莲座之旁;遂教笔学簪花,墨拟兰亭之迹。

兔颖淋漓,龟趺崔嵬。百尺砂摩,千言珠琲。谁为驻马以流连,不假换鹅之神彩。笔迹岂同枯树,槎枿难看;文辞俨颂嘉禾,琳琅宛在。惟树也,甘棠是爱,睹枝叶之翩其;惟碑也,倒薤何殊,惊锋铓于砺乃。

夫以名重沙门,植离藩溷。十亩婆娑,一庭秀曼。既石龟玉象之归还,亦铁干铜柯之遒健。李刺史徘徊仰止,膜拜心倾;张邑宰感慨流连,谢书言逊。盖树以碑而弥彰,亦碑以树而特建者也。

无如树摧残于岁月,碑薄蚀于雨风。甘罗城莫昭灵感,寅宾馆谁与靡砻?惟可门之寂静,亦没字之迷蒙。溯向子諲之过淮,树原非旧;观陈玉叔之摹本,碑亦徒丰。

客有车停楚国,舟泊淮湄。见夫枫冷韩侯之庙,草荒漂母之祠。乃叹乌不藏树,龟不支碑。黛色霜皮之奚在,银钩铁画之难披。欲睹遗文,尚辑赵公之录;若思墨本,惟吟芮子之诗。

王琛点评:考证详明,情词腴美,叙亦赅洽。

题解:楚州淮阴县《娑罗树碑并序》,海州刺史李邕文并书。观厥好德存树,爱人及乌,有情不忘,虽小可作。夫施及者也,则有宗庙加敬,墟墓增悲。睹物可怀,比事斯广,此触类者也。矧乃通感灵变,玄符圣迹,根柢净土,硕茂佛时。烛金山之景彰,联玉豪之殊相。至若泥日法会,荼毗应身,妙有双树之间,光覆僧祇之众,安可混曜散木,比列清林,议上茅之挺生,喻坚固之神造者也。

娑罗树者,非中夏物土所宜有者已。婆娑十亩,映蔚千人,密幄足以缀飞飙,高盖足以却流景,恶禽翔而不集,好鸟止而不巢,有以多矣。然深识者,虽徘徊仰止而莫知冥植;博物者,虽沈吟称引而莫辨嘉名。华叶自奇,荣枯尝异,随所方面,颇征灵应。东瘁则青郊苦而岁不稔,西茂则白藏泰而秋有成。惟南匪他,自北常尔。或季春肇发,或仲夏萌生,早先丰随,晚暮俭若。且槁茎后吐,芬条前秀,差池旬日,奄忽齐同。无今昔可殊,非物理所测,古老多怪,时俗每惊。巫者占于鬼谋,议者惑于神树。

证圣载，有三藏义净还自西域，逮兹中休信宿，因依斋戒瞻叹。演夫本处，征之旧闻，源其始也，荣灼道成之际；究其末也，摧藏薪尽之余。或森列四方，或合并二体，常青不坏，应见分荣，变白有终，不灭同尽。昔与释迦荫首，今为群生立缘。夫佛病从人，大慈感故；树萎因物，深悲理然。化能分身半枯，即是心有合相。后茂还齐，宜其表正。圣神灵贶，品汇以变，见一摄而称赞十方者也。

淮阴县者，江海通津，淮楚巨防，弥越走蜀，会闽驿吴。《七发》枚乘之丘，"三杰"楚王之窟。胜引飞辔，商旅接舻。每至同云冒山，终风振壑，宦子愓息，槁工疢怀。鱼贯迤其万艘，雾集坌于曾渚，莫不膜拜围绕，焚香护持。复悔多尤，迴祈景福。于是风水相借，物色同和。挂帆启行，方舳骏迈。浮山崛起而疏巘，庆云乱飞而比峰。虽电影施鞭，夸父杖策，罔可喻其神速，曷云状其豁快者哉！

州牧宗子名仲康，广亭惟宗，六典形国，播清政以主郡，仪古式以在人，知微知彰，有礼有乐。别驾扶风窦公名诚盈，盛门贵仕，懿德令名，利用以厚生，明略以宫道，上交不谄，下交不黩。司马宗子名景虚，受贤交干，用柔克退，遂中律，先后自公，且观麟定之诗，未弘骥子之任。邑宰清河张公名松质，藐自雉节，忽乎博闻，始于能赋而彰，中于成器而立，牧人通急，徇物合权，威肃慑于神明，慈惠安其父母，岂伊政理，自有才名。莫不净虑一乘，追攀八树。叹徒植而多感，惟化生而永怀。大启上缘，率心檀施。硕德道晖、寺主道玄、上座道绚、都维那昙一等，皆妙觉圆常、释门上首，痛金棺而既往，骇坚林而在兹。乡望司徒玄简、戴玄景、王玄珪、张仁艺、王怀俨、刘元隐、沈信详等，夙悟大师，深入真际，勤行进力，护供壮严。扬州东大云寺法师希玄，广派法流，固抵德本，戒行有以镇浮俗，利言有以诲蒙求，既凭藉于众心，亦谋明于独得。是标灵迹，乃建丰碑。

其词曰：政化之理兮，甘棠犹存。宝乘之妙兮，娑罗是敦。钦厥道成兮，八相克尊。感乎示迹兮，一归可门。与佛合缘兮，荣落同时。欻尔化生兮，感变惟思。休徵咎徵兮，伺察不欺。流俗莫识兮，绵旷惊疑。上人西还兮，觏止增悲。发皇灵应兮，坚固在兹。方国传闻兮，想象凄其。回首正信兮，顶礼护持。优昙千年兮，曷足议之？

开元十一年十月二日建。

## 茶陂赋

### 以"茶经所载陂在山阳"为韵

地僻烟霞，树杂桑麻。产同玉垒，美溢金沙。茶或封不夜侯，碗浮竹叶；陂其为都尉府，营傍桃花。十里春旗，淮水堤边沽美酒；一番谷雨，山阳湾里采新茶。

竟陵陆季疵者，苕溪寄迹，桑苎垂型。身披野服，泉辨中泠。亦尝指龙陂而驾税，访鹤岭而车停。晨撷武夷之品，夕餐蒙顶之馨。三百团舌本回甘，闲携茶具；数十种头纲选胜，小订《茶经》。

尔乃望眼清淮，栖心古楚。枚里风流，竹轩霞举。原非牛岭，皴来紫甲之英；亦异乌程，品到红丁之煮。然临流系撅头之舫，抑又何求；若此地支折脚之铛，爰得我所。

茶碾千树之香，陂倚三洲之背。陂有茶兮利擅农桑，茶植陂兮时勤灌溉。有客临风撷秀，社前火前；何人缀露凝英，正焙外焙。谁为陂隐，龟蒙之十咏堪吟；若沃茶汤，鸿渐之三篇自载。

则有携茶笼而止止，摘茶乳而多多。既熟谙夫茶谱，亦闲唱夫茶歌。布谷声中，桑梯借倚；浴蚕时候，柳陌经过。

地岂邻步鹭瓜田，却称芳苑；水或汲王乔丹井，不数阳陂。更有茶火活夫半炉，茶烟散夫重彩。分凤饼而睹萧闲，煎龙团而浇块垒。三杯饮罢，诗清枚皋、赵嘏之俦；一串领来，廉颂汲黯、郑宏之宰。刘伶台可安茶灶解酲，而风月都清；韩信庙宜结茶寮茗战，而旗枪宛在。

彼夫茶溪是号，茶陵可攀，光州茶生黄头之港，绵州茶出松岭之关。非不香芽竞掇，苦荈齐删。然何如留茶话之因缘，读陆羽秘传之谱；觅陂陀之近远，看淮流转处之山。

士有拾齿牙之余彗，爱草木之芬芳。值石泉槐火之时，不辞水厄；在老带庄襟之列，自负筠筐。煮饔雪之一瓯，好涤烦襟于静夜；继家风之七碗，时张两腋于斜阳。

汪舜臣点评：幽思逸韵，不染尘嚣。

题解：《淮安府志》：茶陂在县治南二十里。陆羽《茶经》云：《淮阴图经》：山阳县南二十里有茶陂。旧志云，治西南二十里，北枕管家湖，即故西湖也。自河徙湖塞，旧址今不可考。

## 黄　霆

黄霆（?～1858），字月清，原名振淮，清淮安府山阳县人。道光间廪生，黄钧宰长兄。少颖悟，文辞丰赡，工书，中年入扬州知府幕。咸丰八年九月太平军攻陷扬州，投护城河死。著有《自怡亭诗词》1卷。

### 淮阴侯一饭千金赋

#### 以“千金易一饭难”为韵

客告余曰：淮阴有千金亭焉，此韩侯报漂母处也。主人亦尝过其地而流连乎？主人曰：未也。愿与子吊王孙之旧迹，述女子之能贤。游览乎楚城之下，徘徊于钓台之边。于是事征一二，恨满万千。斜阳此地，风景当年。情独发于慷慨，事几历夫推迁。弓随鸟尽，地以人传。

昔韩信之未遇也，布衣欲敝，渔竿乍沉。耻冯谖之弹铗，羞苏季之贷金。惟母识英雄之气概，知壮士之胸襟。笑晨炊兮可鄙，叹枵腹兮难禁。爰为疏食，聊慰苦心。非老人之阴符秘授，非武负之美酒频斟。数十日竟无倦意，大丈夫特重知音。讵望他时厚报，始将薄物明忱。

然而伍胥以宝剑酬恩，萧何以五钱作吏。惟丈夫不肯负心，况妇人乃能仗义。是以既得知名，不忘高谊。方许登坛，旋惊拔帜。米聚千山，餐传万骑。当钟鸣鼎食之时，念馈飧置壁之事。身何由而得全，功何由而自致。每饭不忘，报恩非易。敢曰千金，足当厚意。聊寸心之可明，庶小人之知愧。

客于是谓其报之也，有足难者。盖以世风渐衰，人情无实。处患难则相求，及富贵而若失。谁得志于此时，犹回思夫前日。信则以少年之辱已无端，亭长之为德不卒，老媪独见其殷殷，德怨故明乎一一。百钱有可耻之心，中尉有可官之秩。而是金也，则视仲子之寿寿有加，与子房之报韩并述者矣。

不知信之所为，实非母之所愿也。当其杯羹可分，箪食可献，岂逆料其坐法能逃，大功忽建？况乎进食之言，实为保身之论。惜乎信之望报，徒奢私心。抱恨王有假而嫌生，哙可伍而语怨。遂使功不书常，心难明寸，长乐埋冤，荒台滋蔓。谁铸乌金，谁浇麦饭？徒知报小惠之区区，岂不去儿女子万万哉！

余于是喟然叹曰：报之非难，施之惟难。贤哉母也，芳名不刊。悲哉信也，高位不安。生死妇人之手，凄凉大将之坛。徒令游人怅望，旅客盘桓。叹野鸡之计险，伤走狗之烹残。想谋臣兮水逝，歌猛士兮风寒。歌曰：饥无一饭眉应攒，虽有千金胡不餐。不重千金重一饭，女子当作英雄看。

客乃和曰：长淮一望水漫漫，犹似王孙泪未干。何如也辟留侯谷，重与敲针把钓竿。

尹耕云点评：剑气珠光，锷锷烈烈，此才一出，谁与争锋？

杨庆之点评：与可画竹，不枝枝节节，而为此作似之。

段朝端点评：词旨款深，事情绵渺，前半更紧饬动人。

题解：详见《漂母饭信赋》。

## 杨庆之

杨庆之，字笏山，清淮安府山阳县人。道光十年(1830)诸生，咸丰年间恩贡。著有《一草亭诗文集》《春宵吃剩》《骈斑敔枣簃诗话》《五弗措子》《一拳一勺》《就正草》。

### 长淮赋

**以“清流合日奔浪荡霞”为韵**

吾闻东南之水淮为大焉。浩浩乎浊河北汇，沧海东迎，三江南控，两汴西萦。磊匒匌而忽流，势成瀇滉；濎濙沦而急渡；界别纵横。始于豫而终于扬，锁纳江南数郡；会于沂而汇于泗，环围楚泽长城。当年排决经营，终古免龙蛇之患；此日波澜静谧，编氓爱烟月之清。

原夫胎簪发始，桐柏上游，高唐控勒，原鹿襟喉。涡水、淝水分其途，至寿春而会合；外黄、陈留别其派，迄徐郡而共浮。远迎唐子山前，湶瀷泧漷；遥度邓侯国畔，潗湆瀭潎。

淮之为言，围欤围绕，共称四渎；淮之为言，维也维持，岂藉三洲？会合于七十二溪，沖瀜顺轨；逶迤乎三千余里，南北畅流。

其为形胜也，派殊溪九，涨异泖三。汝经其右，汉列其南。近冲白马之湖，广陵隐括；远踞黄牛之峡，叶邑包涵。路掠下邳，益信急泷震荡；道经大复，从兹骇浪趁趯。吴大差开浚邗沟，下流益迅；梁武帝修治淮堰，急涨旁参。始知沂纵泗横，都向淮流奔赴；试望龟山艾岭，半归淮浦包含。

其为水利也，越舫鳞连，吴船比栉。障楚渎而潏湟，灌水田而洋溢。度新息而湔渚，丽影舒全；参泚水而淤澴，锦纹堆密。便漕艘之利济，飞刍则淮口云屯；招估客之懋迁，打桨则淮堤风逸。蠙鱼璀璨，群知蚌可孕珠；雉蜃变移，不独枳能化橘。想童律庚辰之绩，方割何虞；溯盦山癸甲之功，怀襄能恤。夏先后元圭锡瑞，几劳泥辅山樏；无支祁铁锁犹存，何患掀涛荡日。

至若淮之景也，石则谽谺虎踞，崱屴龙蹲，矼危浪击，磴激潮翻。水则谷嘘泉咽，沙壅雪喷，晕舒碧采，弩射红痕。草则芊眠秀裛，葱茜英蘩，黄芦蟹把，紫荻鸥吞。鱼则鼍鼋赑屃，鰋鲤腾骞。风吹海豨，月满江豚。昼则楼台倒影，夜则渔火宵昏。晴则帆樯衔接，阴则篙楫停屯。加以汀洲宛在，岛屿俱存，山林影控，波泽声喧。一一者著千万奇观，绕临淮盱眙而上溯；迢迢者亘数千余里，挟三源九派而来奔。则有渡淮而慨夫盛衰者。

吴王濞藩镇称雄，广陵王规模再创。仲谋据三分之势，淮阴只属偏隅；谢玄统百万之师，淝水尚思名将。唐李愬兵增河北，合汝沂淮颍之军；宋岳飞名震金人，称汴泗濠梁之相。试为远瞻全局，徐扬州久乐平成；俯眺来源，东南境借为保障。听锵锵之钟韵，宜恬瓠子之波；聆湝湝之水声，惊绝桃花之浪。

迄今淮泗安恬，淮沂苍莽。淮堧不阻于中流，淮浦广开夫百丈。淮夷向化，何烦徐土之师；淮土安澜，窃贡南邦之享。淮北之飞帆接影，欣看万里波澄；淮南之落木惊秋，最爱九天日滉。淮屋看茅茨之结，对宇望衡；淮民炊菰米之香，熙来攘往。试访韩枚事业，遗泽绵延；须知江汉朝宗，晴波淡荡。

况我圣世恩波叠沛，渥泽无涯。海若效灵而不忒，冯夷献瑞而无差。洪泽屯艘，共效金粳之税；淮河就道，奚烦竹楗之加。在昔圣祖纶音，三面筑守堤之堰；亦越高宗巡幸，两淮剔拥石之沙。从此海晏河清，争羡江南之风景；岂第山明水秀，常留泽国之烟霞也哉！

高紫峰点评：倾筐倒箧，如数家珍，无义不搜，畅然满志。

题解：见《淮水赋》。

## 国士无双赋

### 以“灵武冠世策出无方”为韵

卓彼国士，笃生汉廷。永奠九服，改卜三灵。冠功臣三十一人，忠如皦日；开丕基四百余载，名应列星。当年迁史成编，详述豹韬之略；后世士衡作颂，如图麟阁之形。

当其辞项王，归汉主，拥旄旌，建旗鼓。指顾山河，栉沐风雨。登坛则摄乎貔貅，囊沙则惊乎熊虎。惟漂母可谓知人，岂哙等所能与伍。已见龙且、魏豹难与争锋，何况张耳、陈余谁堪踵武？身为命世之英，人列无双之谱。

于是迅扫群雄，翦除众叛。虎略谁攀，鸿猷独冠。登山而选骑以千，渡水而歼敌者半。计无藉乎平、良，气已吞于绛、灌。汉帝荥阳之会，方电扫而星驰；楚兵京、索之间，尽旗靡而辙乱。漫说关河百二，终隶强秦；即看子弟八千，尽归炎汉。

矫矫风翔，桓桓飙逝。壮志飞腾，英声凌厉。顿见四邦咸举，成决胜百战之功；若使两利俱存，有鼎足三分之势。赵军夺帜，忽惊斩将搴旗；楚帐闻歌，空叹拔山盖世。

而况不信武涉，识顺逆也；不听蒯通，感恩泽也。以众人待我，不畏霸楚之项籍也；以国士归汉，不效背楚之项伯也。

是宜锡玉剖符，分田赐宅。勋并勒乎钟彝，名永垂乎竹策。而何为垓下之奏捷初闻，云梦之伪游已出。虽久历乎戎韬，竟含痛乎钟室。生杀皆妇人之手，遭遇何奇；功名怜国士之身，保全无术。徒使叹克敌而遭众忌，士本无双；谁复思传檄而定三秦，功推第一。

然而吕雉之谋，半归罗织；陈豨之狱，共识冤诬。反间则变生仓猝，叛词则事属虚无。弋飞鸟兮已尽，烹功狗兮何辜。成五载之大业，痛三族兮就诛。恰笑世上少年，从无真赏；若问沛中人士，半属竖儒。

迄今缅怀往昔，凭吊兴亡，钓台寂寂，淮水茫茫。古木丛祠，望愁云兮苍莽；长陵坏土，余落日兮昏黄。千金之报何其厚，一饭之恩未敢忘。彼光明之心事，谁泣诉于汉王？夫何不追赤松遐举之迹，而效留侯辟谷之方？

高紫峰点评：循题立义，扫净肤词，中一段推国士心事，尤足为韩侯知己。

丁晏点评：跌宕昭彰，不懈而及于古。

题解：见《史记·淮阴侯列传》。

## 蠙珠赋

### 以“淮夷蠙珠暨鱼”为韵

昔夏后氏随刊九州兮，北导河而南排淮。庚辰锢锁夫支祁兮，徐州作牧于云涯。规赕赆以辇贡兮，搴璘璟于冀阶。荆州之玑充组贯兮，淮滨之珠叶韵谐。宦太府以赢物兮，惴沙砾之韬埋。虽帝德不宝远物兮，壤奠则四方孔皆。洎灵淮之圆折兮，孕老蚌而蕃滋。濯星胎之的皪兮，剖月魄之陆离。

俪昆明之报恩汉帝兮，宛九曲之索贡东夷。纷䔒朗其映海月兮，晕葩华而煽云蠵。闪紫蚢之椵驳兮，掀赤鳖之烟鬐。鳖珠在足而错杂兮，蛇珠在口而瑰奇。羊珠彬璘而裹腹兮，鲛珠帯氄而傅皮。鹤珠抱采而冠顶兮，骊珠荧艳而支颐。惟朱蠙夥鼓而屯族兮，柏翳遂特笔乎土宜。

奈淮渎破硪以渺沔兮，物华秘闷而腾迁。孔传以夷为水名兮，何海邦咏乎颂篇。韦昭以蠙音为薄迷兮，何释义读以蒲边。许慎以蠙为玭兮，校字体而多偏。士龙以蠙为蚍兮，较山经而陈说未圆。宋宏释蠙珠为有韵兮，岂真铿訇而声宣。黄氏诂蠙鱼为一物兮，抑何王鲔之登筵。汇笺注而朻樛轇輵兮，安得斧斯于轮扁。要皆信珠可作乐兮，而不知蜯之即蠙。

惟辅橇以底绩兮，球琳为贽而琨瑶为租。跂松云而谒房序兮，俯珕琊而帑球珠。辉虎雌之绨绣兮，函瑶璇而丽都。陟蒲嫛之钔砌兮，袖珍贝而盘纡。夷之人兮译曰进，朝之上兮帝曰俞。五星焕兮蚶车艳，七珫莹兮珧脂腴。彗霏霏而颖采兮，芒作作而绚胪。又何羡鹦螺螃蜗之熠耀兮，相与璀璨乎萝图。

太史珥笔以登琛赆兮，纪南垠之来暨。天子搢玉而格岳宗兮，咨尔夷之辑瑞。忆涡神呼哈而蝹蛇兮，介龟掣耀而赑屃。度三洲于蜃宫兮，浴百珫于鲛肆。何岳渎儵其圭锡兮，凭霄晃其川媚。河宗以亥既侑觞兮，淮浦以赪螭捧贽。将诹吉以厘冰夷兮，延望五云之虬辔。

洪惟圣朝之紫宙兮，麟洲拱乎宸居。银鹤金龟之骈坒兮，发鹿命马而纷胪。和阗款关而赍玉兮，罽宾鞠膯夫玖琚。矧襄赍虹泗之古郡兮，蜚刍鳞萃于扬徐。竹楗时劳庙算兮，甓社犹殖夫珍储。皀漕艘而延跂兮，窟估舶而赢余。其孰不握瑜怀瑾兮，喁喁然盻鸟而颉鱼。

高紫峰点评：陆离斑驳，健气郁盘。

段笏林点评：其气磊落而嶙峋，中段百家腾跃，直似大冶之镕。

题解：见前。

## 朱骏图

朱骏图，字鐢洲，清淮安府山阳县人。

## 淮有三洲赋

### 以“淮上之地水中可居”为韵

一望兮云堤远接，雪浪空排。荡霞有路，映月无涯。聚轴轳而影羃，奏笙磬而音偕。昔时铁锁支祁，波澄浩浩；此日水流之字，浪涌湝湝。岂必三江采芙蓉于湘浦，非徒双桨送桃叶于秦淮。

昔周王游宴之年，勖君子允怀之望。意随流水以俱长，情比清澜而更畅。则见鹭屿潆洄，龟山荡漾；暖泛蘋波，香浮桃涨。此地为大具区，其间亦一保障。想荇菜参差采采，曾赋河洲；听鼓钟音韵喈喈，兴言淮上。

尔乃胎簪流派，大复旨滋。会泗源而浩渺，合沂水而洣离。灯火船来，烟雨三篙之地；鱼盐市接，水天一色之时。况兹衡宇相望，岂郁郁而居此；似彼波光上下，得人人而济之。

其水落而洲见也，坤络遥分，坎流远暨。堤午午而回环，岸庚庚而位置。珠含蠙采之华，枳化橘林之翠。桥分曲折，雁柱万千；路入夭斜，鱼庄三四。为指滩头势远，如隔尘寰；好教鼎足形成，别有天地。

于是波三折而油油，河三叉而泚泚。势疑三峡兮汪洋，形类三巴兮逦迤。池台相映，三层楼倒影涟漪；水月常清，三面窗遥瞻渺沵。淮能入海，好探三岛之奇；淮亦注江，更达三湘之水。

有堤可障，有舟可通。暮云山北，朝霞树东。来往樵踪，三过之堂前略似；飘摇酒旆，三家之店里差同。导桐柏而源长，江河济渎流之外；灌稻花而香熟，韩枚步亭影之中。

今则春浪潺湲，秋波淡沱。呼明月以投竿，趁轻风而转舵。尽觅蒲鱼之乐利，淮浦烟横；非无花鸟之清娱，淮渍云弹。相去十里兮五里，较神山之望原非；其中东邻兮西邻，比蒋径之开亦可。

客有移情探胜，寄意凌虚。过淮滨而怀古，傍洲渚而结庐。定猜曲似九疑，不待六桥之掩映；还讶中分二水，更添一径之萦纡。只今飞上鸬鹚，直欲浮家以去；忆昔名齐鹦鹉，何妨平土而居。

高紫峰点评：字字疏析，细腻风光。

题解：《诗·小雅》序：鼓钟，刺幽王也。《毛传》：三洲，淮上地。《正义》：水中可居曰洲。《诗》曰：淮有三洲。《山阳志》曰，三洲在山阳湾对岸，有上洲、中洲、下洲，毫无证据。予谓淮之名，在当时应该甚广，不得专指吾邑。后阅《盱眙县志》，始得其详。志云：《中都志》：盱眙县有长沙洲。注云：淮水泛涨，赖以捍御。今自淮水渡，南接牛场港，长一里，高丈余，是一洲也。临淮县有邵阳洲，五代时尝截洲为城，阻水自固，在中流，是一洲也。凤阳有粉团洲，即今之长淮卫，亦在中流。周世宗南伐，夜遣兵持炬，乘槖驼绝淮至，濠人惊为鬼乘龙。宋苏子瞻诗云：十里清淮上，长堤转雪龙。是又一洲也。窃谓可入《山阳志》补遗。

## 傅 桐

傅桐(1808～1872后)，字梧生，号味琴，清盱眙县人。道光十七年(1837)拔贡。工词赋，屡不得志，于有司弃而出游，入杭州将军幕，北出山海关，抵盛京。其生平崟奇磊落无所泄，一于诗发之。著有《梧生诗钞》《梧生骈体文钞》。

### 鹤生子赋(并序代汪公子作)

道光丁未夏五，吾家园鹤诞生二卵，伏抱弥月，鷇出一雏，霜毛未抽，藻质毵毵，方在产毻，已具瑰姿。按《永嘉记》称"双鹤生伏"，木华《海赋》亦云"鹤子淋渗"。盖海山之冲寄，非林亭之驯育。此则不惟家祯，抑亦国祥。殆其罕觏者欤？家大人制启征诗，于是江淮英彦，咸握弱翰三寸，油素四尺，抽秘骋妍，争纪其盛。余以弱年，随父兄后，其为藻抃，倍百恒情。不揣梼昧，敬为赋之。

散禽经以验化，识仙客之载生。均阴阳以受气，伟金火而禀精。交由声感，孕本目成。轩昂邈其霞举，嘉瑞炳于阴鸣。破珠胎兮瑰异，栖玉树兮晶莹。尔乃将飞未翔，徬眠起顾。始得侣而媒谐，遂口添而谷哺。天敞笼开，云深巢护。扶团盖以轻扬，曳童衣而偕步。儿携则花韵晴初，梦稳则松凉深处。控飞驭于苍苍，流嗣音于素素。

是盖休气允塞，嘉贶潜符。昌期幸际，辉烈布敷。遍逮群品，获瑞斯殊。共四灵以效顺，将九雏其然乎！非野人所敢有，讬康衢而唱于。

然而禽鸟扰驯，水木明秀。伫轸承颜，奉樽上寿。蓄势日域，发新云构。谋二顷以畤添，伴一双而梅守。咸识融泄，足娱听闻。乃梦占室家之庆，诒谋征翼覆之勤。慕雄飞兮鹄志，笑雌伏兮鸡群。将与赓魏野生孙之句，而效上清表瑞之文。

### 水仙花赋(并序)

或谓水仙，花中雅客也。余唯其产于穷谷，而人采撷之。且风饕雪虐，能均赏于梅竹间，而尤虑其夭阏。岂殆士君子既蕴懿抱，而又幸臻熙宇者耶？吾友汪稚松人令，尝仿赵子固画水墨水仙，制扇遗余，雅珍爱之，携在行箧。兹故巢毁覆，独斯扇尚留。

咸丰九年五月晦日，盱眙既陷，时吾中女已归王氏，为兰生学博子妇。先是其家闻警，远徙江州。寇至，余家避入湖西，而稚松邂逅难中，独肯携吾女之其夫家。是有风义，不惟艺事著也，因为赋之。

蹙微步兮凌波，遗芳馨兮孔多。晕檀心兮蕤粉，袭缟袂兮纤罗。寒护秀石，润聚凉沙。檐低香久，窗晴影斜。沁楚月兮来迟，缛湘云兮倚遍。眇帝子兮含颦，遭屏山兮初见。

于时元英弭节，青执启路。余雪犹积，熙冰尚冱。抽碧蕤而中黄，迸珠莲而外素。窃悲夫百卉之绣扬兮，届雕景而歇芳。何兹花之树萼兮，透春篇而含香。结寒条以众萎兮，纷旖旎乎都房。俪琼台之净色，濯云窟之孤光。发寂寞之芳艳，宁迟暮之可伤。芳菲菲之昭质，亮丽瞩之在兹。惟兰荃之竟体，胡骚人之偶遗。洗铅华于清绝兮，又何畏夫风露也。

奉君子之盼睐兮，曾何憖乎怀才未遇也。思公子兮将奈何，天昼晦兮魑魅过。怆昔悦兮置怀袖，临风恍兮哀歌。歌曰：带月迷烟兮耿独愁，招离魂兮淮有三洲。太息兮媒劳，良时不可以再留。遂为颂曰：繄惟吾友六法精兮，奇芬遗余交以贞兮。兵戈满眼回舟手援兮，渺渺烟水永缅伊人兮。

## 七夕赋

绪风减热，新月澄秋。银塘露泫，碧树烟浮。霞庄永睇，汉渚缄愁。泛蛾轮之缓缓，曬婺闺之脉脉。阙相从而弥年，羌言归而发夕。俏予美而川遐，旷清容而河隔。

此时青女凝霜，黄姑夜凉。伫彩凤之遥驿，临雕鹊之修梁。别三秋而怨结，叙一宵而欢长。

款沉情之方洽，欻余光之难驻。寻来欢而如新，流还泪而成故。嗟灵匹之生离，值凉年而一遇。伊之子之永逝，袭修夜之不旸。徒仿佛于所历，念昔爱而不忘。委清尘于长簟，响悲风于空房。感秋气之初动，耿不寐而用伤。

重曰：倏旋轸兮雨沾轼，咽双情兮河之侧。只相望兮益愁思，填精卫兮那可得。素钟御兮清商吹，长年悲兮落叶积。览日及兮盈枝，怅夕陨兮无色。齐天地于一指，尘曈昽而过隙。解心累而优游，庶以遗乎末迹。

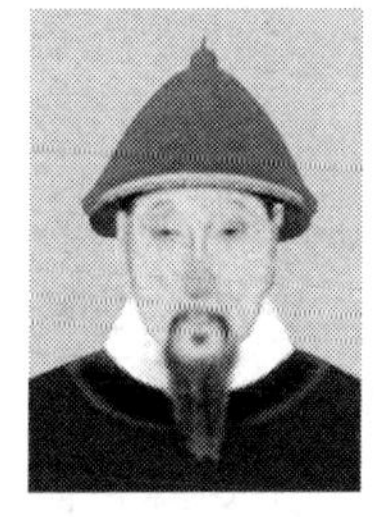

## 尹耕云

尹耕云(1814～1877)，字瞻甫，号杏农，清淮安府桃源县人(居地今属淮阴区蒋集镇尹老庄)，寄居山阳。道光三十年中进士，历任湖广道监察御史、河陕汝道台等，卒于任。为御史以直声震天下，为道台以亲民为己任。著有《豫军纪略》《心白日斋集》等。《淮安府志》有传。

## 清黄交汇赋

### 以“王道正则百川理”为韵

波平凫渚，浪靖龙堂。有二川之灌注，导万里之梯航。异派同流，似云霞之共色；方旋圆折，如金玉之其相。朝宗应效同心，行地则有条有理；转漕从兹出口，普天则来享来王。

夫清之为水也，导自胎山，流经淮岛。洁微滓于泥沙，宕晴波于苍昊。涛飞云起，烟迷蒋坝之堤；浪息风恬，路指吴城之堡。合七十二山之支水，记寻桐柏真源；周三百余里而成湖，欲问盱眙故道。

而黄之为水也，探星宿而源长，溯天潢而脉盛。崇四渎兮礼虔，出三门兮气劲。考北趋之旧迹，湮塞有年；话南徙于前朝，顺流其性。德水撰千年之颂，宛如视准为平；惊沙澄九曲之澜，俨若从绳则正。

斯二水者，分施润下之功，各率安流之职。或汪洋于兖、豫诸州，或澎湃于荆、扬下国。绕龟山而作浸，竹箭飞声；循马颊以遄行，桃花泛色。清固不能挟黄而南，黄亦不必并清而北。乃自堤拦坝筑，由地中行；频看脉注绮交，顺帝之则。一苇可航，重门不隔。清交黄兮势鲜低昂，黄汇清兮机无顺逆。不必淄、渑有别，鲸涛回甘相之城；原非泾、渭攸殊，鲤信渡枚皋之宅。咨启闭而金墩屹立，何须弩击三千；利转漕而锦缆齐牵，岂仅禾取三百？

是盖疏浚传于古法，修防创自前贤。龙蟠埽古，虹蝘堤坚。比滩、涣之交流，纹回凤杼；似漆、沮之交逝，珠抱骊渊。交以久而益安，合流于五百余里；汇为泽而乃大，施功于十有二川。

方今镜水涵清，河流顺轨。五坝筑而星屯，四闸开而云起。锁支祁而远遁，力效庚辰；命河伯以前驱，符书壬癸。柱石仰资宸算，宣三汛而颂纪安澜；舳舻远达天储，仓万方而禾生连理。

高紫峰点评：字字清疏，洞悉水利，词事均不泛填。

段笏林点评：隐括律切，不蔓不支。

题解：魏茂林《馆阁诗赋题解》按：清黄交汇，乃南河束清刷黄、借黄济运之关键。自康熙三十九年（1700）河臣张鹏翮恪遵圣训，指授方略，于是年十一月初十日奏报清黄交汇，清口畅行，一水两分，若有神助，是为清黄交汇之始。乾隆四十五年（1780）庚子，高宗纯皇帝七旬万寿，五次南巡，周阅河工。时值河南仪工奏报合龙于圣驾未经回跸之先，黄水已过清口，直赴海门，清黄交汇，全黄复归故道。

## 范以煦

范以煦(1817～1860),字咏春,别号退民,清淮安府山阳县人。中举以后,仍在乡里教授生徒,著书立说。著有《淮堧小记》《淮流一勺》《楚州石柱题名考》等,对后世研究文化名城淮安的历史、舆地、风物、掌故等,都有很高的参考价值。

### 牛酒醳兵赋

**以"牛酒日至飨士醳兵"为韵**

淮阴侯井陉威著,鄗下功优。方称戈以竞武,乃借箸于前筹。计切补牢,且奏劳民之策;情深酌醴,爰思广武之谋。式食庶几用缶,筵樽中之酒;尔牲则具衅钟,比堂下之牛。

夫其绩著龙兴,地逢鹿走。夏说就禽,成安授首。战胜攻取,固伟烈之难加;卒倦众罢,奈阅时之已久。知何处行厨甲帐,脾臄嘉肴;问几人沉醉沙场,葡萄美酒。

其醳兵也,暂息遄征,曲施抚恤。故垒萧萧,初筵秩秩。写烹羊炰羔之乐,樽俎丰腴;歌洗爵奠斝之诗,壶觞芬苾。豜豵交献,饫肥臀于行间;郁鬯无惊,恣酣嬉于暇日。

尔乃谊洽肥甘,材资孳字。饱思大武之名,厚过特牲之馈。载尝是咏,尊开鲁国之牺;尔牧来思,战息田单之燧。自是烂侔羊胃,招七萃以凫趋;定教熟比彘肩,集三屯而麇至。

且也液撷云腴,泉资井养。味浥瓶罍,俗敦盆盎。飞觥介兕,鱼藻联欢;奉爵吞鲸,鹿苹延赏。礼同饮酎,验斟酌于军持;仪协称觞,摄威仪于朋饷。

牛炙堪行,酒香共美。慰属餍于师徒,吸清芬于壁垒。仪思茧栗,庖人定可携丁;气拟芳兰,褐父何虞呼癸。纵使烟烽息影,捷想传书;岂其醉饱从公,失防去士。

于是辨士载途,武臣敛迹。既烹剥于盆簝,更沉酣乎几席。宛似供将牲互犒,向戎行恰如释。到兵权速来,嘉客从风而靡,欣来享之;封圻时雨所加,赋顺时之肴醳。

然而殊勋既建,谗说旋生。劳左车之擘画,佐上将之平成。建立虽宏,空击沛宫之筑;猜嫌日积,不忘邱嫂之羹。问游釜于劳民,风清脱剑;试衔杯而吊古,时庆销兵。

王琛点评:敛才就范,汲古功深。

题解:见《史记·淮阴侯列传》。

### 瑶真馆赋

**以"使府名花仲车新咏"为韵**

邗水名区,射阳仙吏。水榭延青,风林引翠。开亭馆以参差,比玉瑶之明媚。果然一色，顿融云母之屏；唤起双成，待访蜜官之使。

昔林次仲之转运淮南也，诗酒多闲，琴樽待谱。整记药栏，暇寻竹圃。丛丛而深色难描，郁郁而奇芬竞吐。适子之馆，看披香殿里之衣；报我以瑶，游群玉山头之府。

然而品评或异，标格难明。握原有瑾，飞或疑琼。全忘素蕊，误认红英。绎许慎之说文，初非误字；检徐坚之述古，自有专名。

其改为瑶真也，静含阶玉，朗映窗纱。霜清有骨，波净无瑕。宛调冰而高洁，亦曳缟而夭斜。淡不能描，冉冉烟边之朵；情都脱俗，溶溶月下之花。

尔其影写纤妍，妙资吟讽。考节孝之新诗，续扬州之旧梦。对绿竹而翔鸾，映碧桐而集凤。填出传言，玉女如许清华；未知俪影，瑶台谁为伯仲。

淡云映带，虚室交加。袍真立鹄，鬓不涂鸦。删丑枝于老树，谢裔采于明霞。若有人兮，俨珠光而玉色；薄言观者，看风马而云车。

修凭玉斧，碾出冰轮。晶帘有韵，镜槛如尘。吟魂院侧，皓魄淮滨。应思初地之禅，埃氛全涤；试奏阳春之曲，景色如新。

迄今往事俱湮，繁林莫映；清旷凝姿，虚空引镜。写绢素之风流，悟聪明于雪净。清都似洗，端知不琢不雕；空欲生寒，到处一觞一咏。

王琛点评：《说文》训琼为赤玉，故节孝先生易琼为瑶，足征大徐本不误。段氏懋堂改为亦玉，非也。赋更引出《初学记》，为鼎臣增一佐证。

题解：《淮安府志》瑶真馆：淮南转运使林公次仲所居，徐节孝先生有诗并序：江南转运使林公次仲所居之府有花一株，名玉蕊。公改曰"瑶真"，即琼花之别本也。琼，赤玉也，名其花者，盖误矣。扬、楚二花同为一物，而楚花独得瑶名也。真者，天下之良贵也，故因物而寓之花，遂名其馆谓。山阳学官曰：子能赋之否乎？于是得律诗二章。其亦庶乎述而赋之也。"此花所在宜开馆，彼玉维瑶合比君。每到黄昏成淡月，却临晓后作团云。人间伪采何如质，物里孤芳自胜群。应笑马嵬坡下女，太真为号系黄裙。　不知记得瑶台否？故国曾陪阆苑春。色貌易分浑是正，性情虽辨总归真。红尘世上无双物，白雪宫中第几人？若问谁何名玉女，一般严静敌霜神。"

## 甲乙舟赋

### 以"鱼尾朝衔甲乙舟"为韵

迢迢岸远，泛泛舟虚。傍庚邮而翔咏，依戊社而安舒。伊后先之相接，拟甲乙而偏如。帐欲对楹，向平沙而篆鸟；藜疑然杖，比秘钥之衔鱼。

夫其地记三洲，歌成一苇。剡木人工，系匏吾岂。捷定同驹，聚都似蚁。泊向午桥庄畔，水驿风邮；行经丁字帘前，吴头楚尾。

尔其甲区迹古，甲秀名标。拟甲门之独辟，想甲煎之徐烧。溯阏逢之义指，知游泳之逍遥。萍动参差，一一而楼开仙仗；莩新掩映，招招而令冠崇朝。

至若乙阶鼓枻，乙夜开函；乙星光耀，乙地尘芰。作篆傍相维之楫，抽丝念无恙之帆。问风浪于乘莲，碧真海似；飐樯竿而落燕，紫悟泥衔。

莫不上下随波，联翩出牐；巧试双篙，流分三峡。度丙穴以船轻，问丁沽而岸夹。浑疑部分，析篇第于青箱；比似科名，判榜花于黄甲。

卯木浮将，辰旂漾出。迎亥既而珠跳，指寅杓而云溢。朗映文申，低萦屈戌。自是兰艭桂楫，足可盘桓；不徒西漆南油，漫工涂乙。

客有流连曲沼，徙倚芳洲，碧荷销夏，红蓼寻秋。拓寅窗之静爽，摇午梦以清幽。甲宅能占，试证多心之木；乙签待报，好寻不系之舟。

王琛点评：钩心斗角，巧不可阶。

题解：元陈基《自通州赴淮安》诗："海虎城外经旬泊，狼五山前信宿留。六计西来思挠楚，三军左袒愿安刘。龙光夜吐雌雄剑，鱼尾朝衔甲乙舟。今日南风催挂席，浪花飞雪打船头。"

## 潘亮熙

潘亮熙，字元纯，潘德舆三子，清淮安府山阳县人。道光十九年(1839)诸生，咸丰年间岁贡生，约卒于光绪初年。诗文一本家学。著有《浑斋小稿》。

### 吴通江淮赋

#### 以"筑城穿沟以通江淮"为韵

地辟一隅，云连二渎。江渚波长，淮渍浪簇。北分泗泽之流，南有邗城之筑。看此日安澜永庆，利达支川；想当年创霸雄图，道开平陆。

爰考其地，为广陵城。大江南绕，长淮北横。羌支流之可合，有长策之堪行。非导非排，变千七百年之迹；可沿可达，通三百余里之程。

繄夫滥觞涌地，匹练襟天。过洞庭而派别，经彭蠡而波连。淼淼兮石头城下，渼渼乎瓜步洲边。试看山兀中流，鹘峰柱立；安得舟行旁达，狼荡渠穿。

若夫南阳远导，中渎分流。合决、淠、淝、濠之水，集泗、沂、汝、颍之舟。始涤源于豫境，终入海于徐州。排决心劳，莫继八年之绩；涡沙尾注，曾通百尺之沟。

吴于是聚而谋曰：吾闻淮取围而江取贡，南条之配北条也。江会汉而淮会沂，小水之合大水也。今将便我转输，经我疆理。乘陆既碍行舟，浚川必宜顺轨。倘远谋而未能，将利国其何以？所冀精心独运，行辟径途；可承末口分流，道通远迩。

乃规地势，乃集人功。蛟龙避徙，蛇豕争雄。樊良泽一湾涨合，射阳湖万顷烟笼。莫忧为沼，但利乘风。牛斗星分，九派宛来天上；鱼盐市集，三洲如在镜中。居然地浚梁沟，济河共注；俨比渠成郑国，漆沮交通。

由是晋筑欧阳之埭，唐开扬子之江。山阳渎既陈战舰，伊娄渠更泛吟艭。惟创始于吴趋，支以分而为一，虽继承乎禹迹，流以合而成双。风雨交驰，水宿之潜鲛改宇；烟云相属，川行之画鹢移桩。所由红粟挽输，富侥南国；非特黄池盟会，雄长中邦也。

我圣朝湛恩孔惠，闓泽靡涯。赋平禹甸，贡纳尧阶。江乡之橘柚包来，梯航并凑；淮浦之蠙鱼献出，琛赆相偕。此漕转千艘，百宝具呈于江海；亦波恬三汛，万流交汇于河淮。

王琛点评：援据详核，议论谨严，中幅极意惬，关飞动之致。

题解：《左传》：哀公九年秋，吴城邗，沟通江淮。杜注：于邗江筑城穿沟，东北通射阳湖，西北至末口入淮。通粮道，今广陵邗江是。郡人范以煦《淮堧小记》：隋文帝开山阳渎，即吴邗沟故道，而《水经》之中渎水也。邗沟一名邗溟沟，又名韩沟。山阳渎即山阳浊，中渎水即渠水，亦即合渎渠，始于鲁哀公元年吴城邗时，沟通江淮地，水通射阳至末口。至隋，开山阳渎，始为一渠。其地自广陵至吾郡，统名邗沟。故卢恕《楚州伍相祠记》有立祠邗沟上之语。

## 韩信决壅囊击龙且赋

### 以“固知信怯为人易与”为韵

客有过古潍水者，见夫怒浪惊雷，奔泷薄雾。沙沉则折戟销锋，戍远而停舟待渡。因语于居人曰：此非汉淮阴侯袭齐破楚之乡，而预定灭项兴刘之务乎？人第伟其奇计之克成，而不知其壮猷之式固。往迹非遥，请详其故。

繄夫降燕威振，破赵声驰。闻郦生之成说，听蒯彻之辩词。乃奋将军之武，用酬国士之知。二千里克期径达，七十城累卵难支。非栈道出军之候，异背水为阵之时。

何物龙且，援兵独进。仗楚雄威，合齐余烬。本无沉舟破釜之谋，若有决胜观兵之衅。于焉倍道而来，夹水而阵。矫矫焉，振振焉，方将履险而如夷，即或陈谋而孰信？

且夫因地为利者，兵机也；薄人于险者，军法也。船来天上，平吴者所以下巴峡也；水激地中，入蔡者所以乱鹅鸭也。况信之小智不矜，大勇若怯。彼临晋而师可潜行，岂制楚而陈忧晨压。

尔乃秘谋独擅，妙算无遗。将陈师而径渡，先遏水以争奇。其囊也，非于橐之无底；其壅也，非防川之可危。其囊沙而壅流也，固非代量人之筹唱，更非禁雍氏之沟池。苟知彼之不预，亦用此而奚为？

果也前军涉岸，后骑扬尘。幸上游之已据，乃半渡之初陈。如决渠而膏雨降，如决藩而壮气伸。如击晋鄙而救赵，如击博浪而椎秦。浩瀚兮流东之势，浮沉兮逐北之人。

出其不意，攻其无备。水上军益奋爪牙，波中臣亦供指臂。鳞集千流，蜂屯万骑。彼军为鱼鳖之邻,我阵有鹅鹳之利。俨渡夏阳而用罂,胜驰赵壁而拔帜。所由论将略者,善其多多;而数战功者,无此易易也。

居人曰:信之胜算,子固详语之;信之精忠,子犹未确举之也。惟破齐而假王,更辞通以绝楚。彼相背者不能售其倾危,何蹑足者转得行其谗沮。迄今烟冷芦汀,沙明蓼渚。而谓过斯地者,将论定兴汉之三良,非斯人其谁与!

王琛点评:根柢深厚,故能沉郁顿挫,自成一则。史论原评,谓真力弥满,大气盘旋,良非虚誉。

题解:见《史记·淮阴侯列传》。

## 鲍芑生

鲍艺生,字子丰,清山阳县人。约生活于清道、咸年间。

### 嫔珠暨鱼赋

#### 以“珠为服饰鱼用祭祀”为韵

江玭名异,河鲤形殊。辉腾合浦,网调圆罛。珠亦有声问宝,休夸垂棘;鱼堪并献呈材,更胜依蒲。试参班马文同,暨原作臮;莫谓玭玼音近,鱼目生珠。

原夫界分徐境,贡列淮夷。泗磬既呈其异,峄桐更著其奇。宝也几何,求不须乎象罔;物其有矣,供必备于獻师。每当鸣藉冲牙,玉质组贯;却好腴堪悦口,薨以鲜为。

则有嫔自沉渊,珠非藏椟。捋异羊须,剖由蚌腹。清辉隐约,随朔望以盈虚;元气浑成,结胚胎而孕育。几处珍罗,百琲丝重鲛宫;他时佩结,双璜光腾象服。更有鼓鬣淮堧,扬鬐水国。名擅白鱼,种逾金鲫。秋风脍美,漫夸鲈咏四腮;春水鳞鲜,不数魴歌九罭。犹忆乐深在藻,衔钩误蟾窟之光;却看礼备登筵,切玉焕鸾刀之饰。

贡纪淮徐,珍奇尽储。夺夜光兮无匹,问风味兮何如?葱衡系后,芥酱陈初。巧无藉乎蚁穿,俨探骊而得宝;封不同于鲊裹,非赠鲤以传书。此美擅川珍,孕生机于老蚌;而类逾海错,表异产于嘉鱼也。

徒观其照乘辉增,登盘品重。献之者美自同升,辨之者纷如聚讼。或谓淮潭近汇,鳞集唐州;或疑巩穴潜通,鲔歌周颂。但识文玼似鳆,磬鸣生珠颗之奇;更夸水兽如猪,矢服藉鱼皮之用。

不知说贵明征,贡惟定制。珠饰佩以交垂,鱼在包而并系。雍土献琅玕之宝,物共输珍;梁州进狐貉之皮,礼同荐币。况此辉盈淮月,投时讵共鹬争;原非游滥泗渊,纪候何须獭祭。我圣朝俗返敦庞,政歌喜起。四方之琛赆如归,万里之梯航伊迩。渊泉德至,珠怀宝以媚川;河海波平,鱼跃舟而出水。所以物呈禹甸,既美且多,不徒贡列周官,惟宾与祀。

王琛评:典丽工雅,宫锦行家。

题解:《书》"禹贡"郑注:淮水之上,夷民献此蠙珠与美鱼也。《正义》:蠙是蚌之别名。蔡《传》:鱼用祭祀。今泗、濠、楚州皆贡淮白鱼。

## 丁寿昌

丁寿昌,字颐伯,号鞠泉,丁晏长子。道光十四年(1834)诸生,二十三年(1843)优贡,二十年(1844)顺天榜举人,二十七年(1847)进士,浙江严州府知府。承家学,邃于经学,精于《说文》。著有《睦州存稿》。《淮安府志》有传。

### 大禹锁无支祁赋

#### 以"锁于龟山淮水乃安"为韵

夫何淮水之汪洋兮,有支祁之蹲坐。既腾踔而风生,亦奔驰而云堕。丛牙耀雪,回睛烁火。掀巨浸之浺瀜,击洪涛之涾沱。流湍则日月惊翻,骇浪则星辰散簸。苟非持戟之是逐,命庚辰而固锁;则海若势强,禺虢类夥。虽疏凿之有方,亦施之而孰可?

维昔年治水,泥橇辅车。群妖屏息于山谷,百灵拥卫于乘舆。神龙献瑞兮,负黄图之异彩;灵龟效命兮,印丹篆之奇书。莫不鞭驰阙下,罗拜庭除。何水兽之瑰奇兮,恃勇力以群居。蹑沧波而攻碕岸兮,策童律而犹疏。天威震而赫怒兮,授越棘以长祛;比诸鸿冢氏之囚兮,爰以靖淮流而安于。

然而青躯猛锐,白首奇姿。虽神工之鼓铸,有大索而安施。况乎其类实繁,相与维持。鸱脾腾身而上下,马衔戴角以披离。天吴蹴浪以前导,川后扬波而右随。若不歼其丑类,何以袪其神奇。然非姒王之策命,力士之驱驰。又安能川擒象罔,而河献蠵龟也哉!

禹乃会群后,御神奸。旌旗陈于极浦,钟鼓鸣乎野湾。孟婆咸为之震骇,灵夔相与为往还。鞭海童之桀悍兮,挫水母之冥顽。阳侯惊而远遁兮,河伯息其淙潺。遂乃风号涡浦,云起军山。制之以雷雨飞腾之术,擒之于波涛漭沆之间。萦银索于龟山之畔,贯金铃于象鼻之弯。水国有安澜之庆,金堤无激水之患。

尔其锁之也,波平若席,水净如揩。贡川珠于玉殿,荡画桨于云涯。昔之狂澜怒激,巨浪山排,喧腾于洪泽,喷薄于长淮。桓胡推波而为助,冯夷跃浪而相偕。行千里之疾者,不能遁金绳于大麓;逾九象之勇者,不能断铁索于层崖。利爪莫形其残虐,长鬐空舞于阴霾。是知勇力之不可恃,而明德之伊可怀。则过之者,其孰不幸长绠之耿耿,而听夫淮水之湝湝。

向使金锁未牵,洪涛不止,狂奔而赤岸飞薄,遥击而惊波骇起。加之以德则格化未闻,临之以威则剽悍易逝。溯洄之魁谁摧,盘盂之窟足恃。奚羁束以相维,驾长波而电驶。虽源流可辨,而效灵之绩未闻;虽应对素娴,而顽蠢之心何已?将何以使群神而服从,奠民居而傍水。是知神力伏邪,安流到海。风雷而威震神丁,日月而源探竖亥。越胎簪而支水皆平,导桐柏而群流来汇。然此犹纪载之微言,而未睹支祁之果在。迨至李肇旁搜,宗仪博采,掣悬钩于楚州之旁,引巨索于永泰之载。涎流则淮水皆腥,沫喷则兽形不改。惊怪异于渔人,诧神奇于邑宰。川澄岳渎而安然,绩树夔龙而嘉乃。

我国朝皇威远被,淮水长安。圣德遥涵夫泽国,海邦永靖夫狂澜。神怪遁藏以敛迹,妖魅伏匿以蹒跚。渊客潜织于岸底,波臣献瑞于云端。冰夷凌波而雀跃,江妃狎浪以盘桓。即有支祁之怪,且有慑服而潜蟠。又何取古经岳渎,侈谈夫淮泗之奇观。

高紫峰点评:气流墨中,声动简外。

杨庆之点评:意态雄杰,神采变然。

题解:见《禹命庚辰锁无支祁赋》。

## 漂母祠赋

经楚州而凭吊,过淮地而遐思。子乔之井莫问,伯伦之台已堕。则有荒祠雨渍,古庙风吹。门外之丹枫萧瑟,阶前之绿草纷披。壁留断句,庭卧残碑。客有进而告者曰:此韩侯之故事,漂母之遗祠也。

当夫灞上龙蟠,关中鹿走。秦将摧锋,子婴授首。维侯尚隐淮阴,匿郊薮。嗟智略之谁知,叹遭逢之不偶。仗剑城头,垂纶泗口。虽以楚赵横行,燕齐固守。不难破之以须臾,而擒之以只手。然而长大谁怜,激昂潜伏;耻同周勃之吹箫,敢望陈平之分肉。

世路险巇,生涯迫蹙。非无亭长之知交,亦有少年之征逐。曾不能给彼饔飧,供其饘粥。尚何望众目之庸庸,女流之碌碌。

维母则漂衣水面,击絮城隅。鉴衡独具,赏识非虚。携壶飧而见赠,持觥饭以相须。同王媪之识高祖,似濑女之援伍胥。意谓士不可以贫贱诎,才不可以出处拘。况今鏖兵互进,才士争趋。是以登城而拔帜者,泗上之狗屠。衔樽而骋说者,高阳之酒徒。则以侯之肮脏独立,昂藏自殊。又何难展无双之将略,而成混一之舆图。

迨至攻拔三齐,削平诸夏,临垓下而麾兵,度井陉而秣马。助刘季之豪雄,卑项王之喑哑。勇过灌夫,名齐陆贾。向非一饭之恩施,安得千秋之心写。然后知滕公之救,萧相之追,其功皆出于母下。

嗟乎!季子之妻兮鸣机不前,汉王之嫂兮轹釜贻愆。彼妇人之寡识,固自昔而皆然。而母独能赠遗,不吝慷慨相全。不望仕途之报,偶为客路之怜。翳桑之救可与匹,中山之馈未能先。虽赠千金于亭畔,何如一饭于城边。宜乎俎豆缤纷,馨香肸蚃,越百世而称贤。

吹玉管兮弹金徽，灵之来兮乘四骓。神光摇兮华盖驻，北风勍兮灵旗飞。叹英爽之如在，怨王孙之不归。古道之荒榛蒙密，空庭之翠薜芳菲。则来游斯地者，能不奠浆酧酒，望祠宇而瞻依也哉！

乃为之歌曰：祖龙无道政将失，高材捷足争先出。韩侯此时方苦饥，幸有裙钗来赠食。吁！汉不得侯汉不昌，侯不得母将奚望？淮山峨峨淮水长，漂母之风终不忘。

高紫峰点评：感不绝于余心，溯流风而独写。

杨庆之点评：高瞻远瞩，别有会心。

题解：事迹见《史记·淮阴侯列传》。漂母祠位于淮安河下，在里运河堤下。

# 丁寿恒

丁寿恒(1832～1892)，原名寿辰，字叔居，号梦星，丁晏第三子。道光二十七年(1847)诸生，候选郎中。著有《毛诗雅故》《春秋各国地名考证汇钞》《漱经斋诗文集》《春雨唱酬录》。

## 橘逾淮而北为枳赋 以题为韵

稽《周礼》之遗文，考冬官之授秩。橘生而淮水难逾，枳化而北方足述。楂梨并熟，既鲜美之皆陈；桐柏初过，更变迁之不一。略等名传，江北其实为橙；曾闻贡入，湘南厥名有橘。

夫以橘也者，攒星乍缀，映日初敷。地原称邓，号讵同卢。小枣堪方，过金陵而载望；槎橙并美，看珠颗之含腴。只知柚亦同寒，人烟不少；岂是杞歌莫折，我里无逾。

若夫枳之为树也，繁英错落，丛刺纷排。树高并茂，篱制偏佳。赋纪西京，枳落而棘原继发；文详南阁，枳美而药亦堪侪。居然迁地弗良，莫生楚泽；自觉入林必密，尚隔长淮。

当橘之未逾淮也，实垂颗颗，枝缀离离。产吴都而馥郁，傍泗水以蕃滋。如歌南国之棠，勿须翦伐；若咏北山之杞，未许迁移。税纳三洲，类隰桑之沃若；侯封千户，异唐棣之反而。

迨逾淮而北也，金弹匀圆，琼柯劲直。乍过羽畎之山，渐出胎簪之域。已见逾于泗泽，渐消蜀郡之香；虽非逾于梁山，顿改洞庭之色。不是椇为鼠梓，证物性于江南；更殊苌即羊桃，辨土宜于代北。

尔其变为枳也，性非姜桂，种别芝栭。自化机之有在，更生意之攸宜。地气偏分，异橘泉兮可饮；天工独巧，幻枳实兮初垂。譬如鼠可化驾，阳春布令；有似雉堪变蜃，大水能为。

是以橘柑判夫江乡，枳椇别夫经旨。茅荼之辨如荼，草莱之分如芑。汉京分职，橘官之古制堪稽；博雅名编，枳股之旧文载纪。释木注参夫郭璞，栵亦称栭；解诗义重夫毛公，枸原训枳。

我圣朝泽被群材，膏流嘉树。既变动之不常，更化裁之有素。早献蠙鱼之产，永靖波澜；时来鸾凤之栖，咸沾雨露。试看枳藩共蔽，淮流悉障堤防；虽然橘籍胥除，黎庶犹输贡赋。

高紫峰点评：叙次清疏，词旨雅饬。

题解：《考工记》总目：橘逾淮而北为枳，此地气然也。《淮南子》“原道训”：故橘树之江北则化而为枳。

## 丁寿炳

丁寿炳，字叔勤，清淮安府山阳县人。丁晏第四子。

### 楚元王设醴赋

#### 以“敬礼穆生常为设醴”为韵

瑶斝香浮，金卮花映。博士官尊，君王礼盛。衣冠甚伟，愿随四皓之游；几杖相从，雅待三征之聘。称兕觥而献寿，不醉无归；洗象觯以娱宾，式庄以敬。

昔楚王之礼穆生也，雅意绸缪，深情恺弟。建国效夫屏藩，贤声扬乎殿陛。仰经师于浮伯，北面心倾；受诗传于申公，西河教启。知子之好，无烦饮以养阳；乐宾之心，要必酒以成礼。

若夫醴之为物也，质取稻粱，味甘糵麹。重酎方开，新刍乍熟。爰稽内则，重醴黍醴辨其名；载考周官，泛齐醴齐分其目。开东阁以延儒士，佩玉锵锵；式南邦而宝善人，冠裳穆穆。

乃其设之也，每食四簋，旨酒一盛。匪投醪于众士，宛推食于公卿。夏屋方渠，永结缁衣之好；春醪屡泛，倍申白水之盟。歌席上之骊驹，略殊江式；拟苑中之刺豕，迥异辕生。

尔乃大酋职掌，酒正趋跄。客就阶而揖让，醴在室而芬芳。坐少杂宾，偕白生而接席；庭趋世子，命郢客以持觞。君劳吐哺之三，淡而不厌；臣乐箪瓢之一，静而有常。

是知情以微而足重，物以薄而奚辞。虽匪大烹之养，永垂后世之规。典重五更，汉室之桓荣似此；才高《七发》，梁园之枚叟如斯。酌言献而酌言尝，莫如尚齿；醉以酒而饱以德，不假强为。

无何时代既更，仪文竟缺。因小物之弗勤，遂引身而屏绝。老夫纵桑榆晚矣，杯杓不胜;大王乃土芥视之,壶觞顿撤。休待胥靡受辱,淡如君子之交;转思缇齐初成,礼为吾辈而设。

盖以远害全身,见机识体。辞羁绁于朝簪,乐优游于客邸。何用六清之饮,味比醍醐;但期一宿之酤,爵仍奠洗。于以知老成之落落襟怀,非仅视世主之区区酒醴。

王琛点评:心手双调,妙在切定醴,不是泛泛说酒。

题解:《汉书楚元王传》:初,元王敬礼申公,穆生不嗜酒。元王每置酒,常为穆生设醴。及王戊即位,常设,后忘设焉。穆生退曰:"可以逝矣!醴酒不设,王之意怠。不去,楚人将钳我于市。"称疾卧。申公、白生强起之,曰:"独不念先王之德欤?今王一旦小失礼,何足至此?"穆生曰:"《易》称,知几,其神乎。几者,动之微,吉凶之先见者也。君子见几而作,不俟终日。先王之所以礼吾三人者,为道之存故也。今而忽之,是忘道也。忘道之人,胡可与久处?岂为区区之礼哉!"遂谢病去。

## 杨寿恒

杨寿恒,号小弢,杨光曾子,清淮安府山阳县人。工诗文,有名于时。晚讲《易》闻思寺戒坛,圜而听者百数十人。

### 枸杞井赋

#### 以"灵根成犬时闻夜吠"为韵

访僧庐于曲水,得初地于前汀。傍菱湾而路窄,隔柳陌而门扃。一径苍松,泉飞玉沼;半岩古甃,绠絜银瓶。翳仙人之遗迹,经间代而犹灵。

夫以岁纪开元而寺古,井传枸杞而名存。凿自何人,有清机之汩汩;掘凡几轫,爰活水之源源。依稀醴谷生香,微澜乍拂;仿佛甘泉一线,细乳初翻。挹芳丛而吐秀,滋卉木以蟠根。

厥有枸杞,灵气所生。枝柯骈茂,藤蔓交萦。傍南山之阴,独禀坤元之秀,阅千年而化,遂为娄宿之精。岂其种自祇园,条森森而密布;爰乃发于古井,子累累以收成。

若乃木得灌溉而敷华,水擅功能而疏衍。井原可汲,荫嘉树而疗疾尤神;杞未成阴,覆寒泉而涤烦益善。倘与仙芝共采,应调成子晋丹砂;若同荷露偕烹,已化尽淮南鸡犬。

尔其春阴羃房,宿雾迷离。折一道而逶迤,醒将醉眼;听数声而滴沥,沁彻诗脾。乍从石隙经流,错认橘泉当户;每向花渠暗度,还疑菊水盈池。望淮滨而吊古,缅遗井于当时。

则有转辘轳之轧轧,听络纬之纷纷。雨频添而叠浪,风暗度以回纹。饮一勺而长生,每带芝兰气味;驻芳龄而不老,平分耆术清芬。则非若无禽之旧井,而偏有吠影之相闻。

彼夫碧叶茂于深春，疏花艳于首夏。或向《尔雅》而征名，或展《医经》而问价。纵待用以无遗，究凡葩之未化。岂若戛仙泉之雅韵，在竹窗梧榭之间；飘圣水之幽香，当佛火禅灯之夜也哉！

歌曰：石栏一桁苔花碎，中有唐时遗井在。灵根蕴作水中花，仿佛金茎露沆瀣。既映月而澄清，羌留云而叆叇。何年化犬得奇闻，隔篱犹听狺狺吠。

高紫峰点评：结构老成，词旨朗润。

题解：刘禹锡《楚州开元寺枸杞井诗序》：楚州开元寺北院枸杞临井，繁茂可观。群贤赋诗，因以继和。白居易有《和楚州郭使君题枸杞井》诗。《淮安府志》：枸杞井在城西南隅古开元寺后，井上有枸杞一株，相传千余年物。根深入井，其水甘洌，饮之延年。李东垣《本草注》云：淮阴有枸杞井，在旧城内开元寺，水味甘，圣泉也。唐刘禹锡、白居易皆有枸杞井诗。

## 郜云鹄

郜云鹄，字荻洲，清山阳县人。咸丰二年(1852)进士，由工部主事，历任江苏邳州知州、海州直隶州知州、徐州府知府，升按察使衔，署江苏按察使司候补道，两任按察使司按察使及江南盐南盐巡道。

### 登浮山赋

客有过临淮山者，呼舟子而系船，陟崔嵬而目送。草埋径而风凄，邻无人而屋空。顾四野兮萧条，余万派之澒洞。客曰：此山也，是正阳以下之咽喉，乃洪泽以上之枢纽。收百川之来源，锁五河之隘口。曾岁月之几何，讶江山之非旧。

徘徊久之，忽逢一叟，枯槁其形，飞蓬其首。踉跄而前，状若中酒。爰与倾谈，危坐山右。叟曰：客讶此山之异，请言此山之勋。自遭兵燹，时苦妖氛，铁胫扇众，铜马成群。既顺流以夺隘，亦筑垒以屯军。林无不伐之木，野有被掘之坟。怵狼烽之逼近，叹鹿走之纷纭。所幸元戎制胜，驻队临淮。威镇水陆，德遍柔怀。锄严匪种，志励同侪。老夫亦遂策竹杖、踏芒鞋，返故里、觅生涯。而孰知浩劫横流，下邑罹忧。有骄军之偃蹇，觊此地为咽喉。遂逞贪婪之志，工为攘夺之谋。藉名保障，肆意诛求。军屯亚子，旗展蚩尤。千船云集，万骑烟浮。令猛于虎，气吞乎牛。此山虽僻处偏隅，亦安免夫骚扰虔刘。

客试登高而望，颓垣破壁，昔日之绀宇兰房也；枯株余烬，昔日之柏翠松苍也；敝衣椎髻，昔日之锦绣姬姜也；荒烟蔓草，不辨陇阡，昔日之禾麻菽麦之乐乡也。天不悔祸，物亦反常。惟日见夫戈船上下，战骑腾骧，霹雳震响，士女仓皇。骇余波之又及，惧残生之莫当。山非童而皆秃，人无地而可藏。老稚枕藉于沟壑，壮者散处于四方。问庐山之真面，感变化于沧桑。

客闻而出涕，反而登舟。叹此邦之不谷，望故土而增忧。击楫而去，发为楚讴。歌曰：几年踪迹混萍飘，今日来停故里桡。欲向山灵询往事，愁云惨淡暗岧峣。

# 何其浚

何其浚，字智卿，清淮安府山阳县人。生活于道光、咸丰年间。《重修山阳县志》分纂。

## 枚里赋

### 以“家在枚皋旧宅边”为韵

一望兮水环几曲，路转三叉；薜萝墙掩，杨柳门遮。柱倾系马，屋老栖鸦。一椽自古，三径偏斜。与韩亭而遥峙，傍赵宅而无差。客告予曰：此枚少孺之故里也，著作昔承乎梁苑，郎官曾仕乎汉家。

方其上书自陈，诣阙有待。摛藻瑰琦，摛词璀璨。语参曼倩之诙谐，赋夺长卿之丽彩。侨居偶筑于三洲，旧宅尚传夫千载。鳞瓦犹存，蜗庐尚在。

自汉唐巍然爽垲，即使雕梁就圮，画栋全摧；颓垣剩草，荒砌萦苔。曷胜物换星移之感，无复飞书驰檄之才。门巷何处，蓬蒿不开。堂空王谢，人杳邹枚。

然而里缘地志，地以人高。卜里者侈谈才藻，择里者企慕英豪。岂鸣珂里之可拟，抑冠盖里之相遭。作赋推两京之冠，承家观八月之涛。文章名世，嫚戏词曹。一丘一壑，以游以遨。过是里者，孰不徘徊夫斜阳古巷，流水平皋？

且夫甘罗城莫云遘矣，杜康桥无可究矣，刘伶台稻花秀矣，赵嘏楼芳草茂矣。袁公之浦波恬，漂母之祠云逗。遗迹烟埋，荒郊寒透。经闾巷之屡更，叹人民之非旧。

而是里也，犹复锡以佳名，表兹故迹。抗怀汉代词人，追溯梁园上客。郊禖祝而侍乘舆，平乐赋而官执戟。昔驻高轩，今多游屐。依稀郑公之乡，仿佛杨云之宅。

客有淮干踯躅，楚水流连。怅望千金亭畔，回翔万柳池边。步长堤兮落日，指比户兮炊烟。偶赋倚楼之句，顿思待诏之年。感古人兮不作，有故里兮空传。

王琛点评：叙次动荡中更饶峭折。

题解：《淮安府志》：枚皋宅在淮阴故县南。按：皋父乘，自梁孝王薨归淮阴，而皋与母居梁。后乘已老，武帝以安车蒲轮召，则旧宅固是乘所遗，何以独称皋？抑皋少时虽与母居梁，而贵显后，或又返淮阴旧宅耶？

## 李钟骏

李钟骏(?~1896),字適夫,李元庚子,清淮安府山阳县人。咸丰四年(1854)诸生,附贡生。为吴棠在河下所创养蒙义塾塾师,乐于地方公益事业。曾辑《山阳文征》《山阳耆旧诗录》,著有《枕经书屋存稿》。

### 水殿抛毬赋

**以“玉阶夜色月如流”为韵**

十步寻幽,丁帘谱曲。一水环庭,群仙对局。秋千戏罢,舞垂手兮衫红;踘蹴打来,颦修眉而黛绿。四面楼开,金碧若浸层冰;千团锦簇,氍毹拟抛软玉。

昔李慎言居邻海澨,坐冷萧斋。拥鸳衾以枕菊,游蚁国而梦槐。疑幻疑真,蓦入三千玉宇;是空是色,忽惊十二金钗。想因贝阙珠扉,敞龙宫于水镜;尽是明珰翠羽,舞鸾袖于瑶阶。

其为殿也,曲槛波横,层轩水跨。回澜绕屋而尘清,瀑布垂帘而光射。现空明之世界,玲珑照彻须麋;响隐约之佩环,芬馥更飘兰麝。何处娇藏金屋,绰绰仙姿;此身游近银河,迢迢良夜。

则见有毬焉,锦簇缤纷,采施缋饰。既宛转兮自如,亦回旋而不息。官场角胜,似绳戏于晴霄;白打殊名,恍堶抛于寒食。贴地而凌空掷去,流星争七宝之辉;当筵而沉醉打回,滚雪艳重轮之色。一抛再抛,霞飞电发。其起也如翔鸾,其落也如突鹘。胜则私语喁喁,负或书空咄咄。九天飞上,闪莲炬以高飏;五色纷披,混花裀而未歇。疑赴骊山之玉诏,一阕清平;漫随萤苑之夜游,二分明月。

缠头赐罢,殿脚呼初。斗飞燕掌中之舞,留丽华膝上之裾。倒影凌波,似神女之解玉佩;飞花夺锦,如天孙之掷机梳。双双而队逐鸳鸯,繁华歇未;栩栩而梦回蝴蝶,色相空如。

于是香消绮阁,境隔琼楼。假蔡绳为记传,付淮水以歌讴。羡书生宫殿承恩,醉陪瑶辇;话昨夜神仙游戏,艳蹴晶毬。金缕歌残,惆怅五更月落;玉钩斜处,低徊六代风流。

汪舜臣点评:写梦境迷离恍惚,如入广寒宫,听霓裳法曲。

题解:《淮安府志》:海州士人李植,尝梦至一水殿中,观宫女戏毬。山阳蔡绳为之传甚详,有《抛毬曲》十余阕。其两阕云:

侍宴黄昏晚未休,玉阶夜色月如流。朝来自觉承恩醉,笑倩旁人认绣毬。

堪恨隋家几帝王,舞裀蹂尽绣鸳鸯。如今重到抛毬处,不是金炉旧日香。

又有诗曰:

隋家宫殿几清秋，曾见婵娟飏绣毬。金龠玉箫俱寂寂，一天明月照楼头。

## 秦友白

秦友白，字小游，清淮安府山阳县人。道光十六年(1836)诸生。幼有隽才，诗多新颖清丽。生平不信相面、算命、问卜、求签、相地，惜年未三十而卒。著有《听湖书舍检存小草》。

### 随车雨赋

**以“熟梅天气半晴阴”为韵**

汉郑巨君，政号神君，望隆司牧。风动闾阎，尘消辇毂。寄剧任于清淮，沛恩膏于白屋。真似阳春有脚，到处攀辕；直教好雨知时，此邦肯谷。既霑既足，果然浃髓沦肌；载骤载驰，岂仅驾轻就熟！

方淮阴之不雨也，丰隆致祷，旱熯为灾。西郊云密，南陌晴开。荷蓑笠而出耕，田家作苦；祝篝车而遍野，天意迟回。谷雨倏过，声已听乎布谷；梅风乍扇，渴难止于望梅。

及其为太守也，顺瞻鸿遇，乔喜莺迁。职专五马，瑞启三鳣。驭雕轮兮控纵，建皂盖兮联翩。云傍马头，忽讶傅霖之普沛；雷声车走，尽教郇黍之含鲜。不雨可乎，已过夫五日十日；自君出矣，能格夫昊天上天。

则见泽润四郊，膏流百卉。疑冬雪之同温，非夏日之可畏。车因雨洗，争看毂击肩摩；雨逐车来，叠见云蒸霞蔚。岂必劳毋坐乘，验大地之皆春；何须盖不暑张，酿太和之协气。

盖其惠政旁敷，行旌始按。事首劝夫耕耘，令早闻其涣汗。望君如岁，其雨其雨兮兴歌；用汝作霖，车驱车驱兮奚惮？是则行春绣陇，听舆诵于田间。洎乎入赞纶扉，振履声于天半。

彼夫囊空钱选，堂静琴鸣。或以埋轮著绩，或以投辖称名。要不如乘舆乍动，甘澍频倾。旟兆维鱼，梦叶丰年之瑞；辙舒涸鲋，流占坎水之盈。已足裕夫三公之燮理，而先调乎四境之阴晴也。

方今圣世，德车立范，乐御垂箴。环宇遍歌夫乐利，偏陬悉化乎灾祲。山车泽马之符，万邦作贡；雨栉风梳之地，三日为霖。又岂徒拥道八驺，书循良于汉代；画旛双鹿，纪佳话于淮阴哉！

王琛点评：骨肉停匀，机神洋溢。

题解：《后汉书·郑宏传》：迁淮阴太守。注引谢承书宏消息，由赋政不烦苛行。春大旱，随车致雨，白鹿方道，挟毂而行。主簿黄国拜贺曰：“闻三公车轓画作鹿，明府必为宰相！”

# 陈元熉

陈元熉，字芷庭，清山阳县人。

## 儿背画马赋

### 以"就背按纸作唐马图"为韵

雾鬣风鬃何峻秀，是真神物出天厩。却忆淮南老画师，家既贫兮子且幼。羌绘事以百娱，乃妙工之独奏。写出人间龙种，果然骨亦不凡；顾兹天上麟儿，漫说乳犹有臭。只恐偏长末技，工凡羞称；剧怜折节卑躬，一挥而就。

维昔龚圣予者，迹本逸民，生当宋代。会汴室之就衰，遂此身之引退。林泉藉以栖迟，笔墨特其钟爱。叹名将骑驴湖上，国事已非；幸老夫画马淮滨，生涯有在。注坡走坂，神活现夫毫端；雨骤风驰，力直透夫纸背。

岂不以湘水帘前，端溪砚畔，既展银笺，必求玉案。兔颖则笔床高架，非仅饰观；乌皮之棐几闲凭，藉堪染翰。凭依无自，腕岂终悬；位置非宜，手将焉按。

乃四壁而萧然，竟一寒兮至此。嗟孺子之辛勤，供先生之驱使。家无长物，人其代之。笔有余妍，神乎技矣。念昔材原骐骥，谁为当代九方；羡兹誉擅龙驹，定是吾家千里。象形维肖，几空冀北之群；连腕如飞，合贵洛阳之纸。

兴酣笔落，解衣盘礴。顾我衰颓，怜伊幼弱。仰承俯注，果然膝下瞻依；尽相穷形，别有胸中寄托。恍向其间奋足，丝韁不可久羁；暂教尔辈折腰，斗米藉以稍博。即一幅之描摹，擅千秋之著作。

其画之权奇也，星流影驶；其画之俶诡也，风入蹄忙。其意态之以画而呈也，耀两瞳而闪烁；其精神之以画而足也，高八尺兮腾骧。鞠躬而承，非必负盐是仿。屈身以俟，几与伏历相当。昔年騋富三千，诗曾歌卫；此日闲称十二，迹许追唐。

奈何皮相者多，知音人寡。谓绘事之徒精，实画工之非假。但惊技艺之灵通，莫识胸怀之潇洒。岂知彼固隐沦半世，偶混尘中；儿虽局促一时，未甘辕下。神姿飒爽，诚然咫角骖驹；朝夕观摩，记得腾身竹马。

今也莫寻真迹，结想遗模。贤郎是羡，名笔独殊。岂有童心，知服劳者弟子；无非儿戏，试问驾于仆夫。溯翰墨于曩年，莫不停骖以访旧；留丹青于后世，何常索骥而按图。

范咏春点评：匠心独运，劲气自豪。

杨庆之点评：钩心斗角处处，不略上二字，非是泛赋画马。

题解：见前。

# 陈 铭

陈铭，字新庵，清山阳县人。

## 宴花楼赋

### 以“玉堂视草喜宴簪花”为韵

有楼焉，一带凌空，千寻拔俗。碧槛亭亭，朱栏曲曲。梯云则画阁流丹，醉月则金樽泛绿。此地宴开烧尾，列坐皆仙；是谁花夺状头，其人如玉。

有唐太守，抚治山阳。时传夺锦，地合飞觞。此境凌云，耸人间之画栋；诸君得月，饮天上之琼浆。归来一骑红尘，花开紫陌；飞上千重碧落，宴重黄堂。

筵台名琼，阁真号绮。其上则阙影翔鸾，其旁则堞痕绕雉。倚槛而班如排鹭，露湿乌纱；登梯而舄化飞凫，云齐珠履。洞开四面，九重之星斗高攀；更上一层，百尺之亭台俯视。

况复客竞龙登，才夸凤造。桂苑秋高，杏园春早。衫抛白袷，镜晕芙蓉；汁染蓝袍，祀隆糕枣。几辈班联玉笋，荣攀及第之花；此间宴比朱樱，喜报科名之草。

浮白一樽，飞红十里。构广厦之栋梁，种满城之桃李。英能作褥，何妨挥麈中宵；枝可为筹，不似流觞曲水。使君情深蕊榜，鸣鹿聊欢；众仙曲谱霓裳，迁莺志喜。

而登斯楼也，淮水凝眸，薰风拂面。南瞻芳陌，步相瓜生；北指危亭，王孙草遍。士慕安车之诏，艳说蒲轮；官高卧阁之风，漫夸花县。枚仲孺名传梓里，曾扬汉苑之芬；赵倚楼才冠琼林，定赴曲江之宴。

彼夫昭明凭眺，王粲登临。岳阳闻笛，望海开襟。非不远超尘宇，高接云岑。孰若此月步瑶台，放眼壮元龙之气；觞飞金谷，上头惊黄鹤之吟。贤太守棠荫三年，入座则银章青绶；新郎君花封一品，当筵皆乌帽华簪。

迄今城隅驻马，台趾栖鸦。栏遮烟雨，郭绕桑麻。饰规模于屋角，摹图画于檐牙。只疑月府修成，耸似凌烟之阁；从此梯云直上，簪来御苑之花。

高紫峰评：兴会淋漓，风神谐畅。

题解：《淮安府志》：宴花楼即旧城南门楼也，南唐建。《县志》：唐时建，今旧城南门楼也。郡太守宴新进士于其上，簪花，故名宴花。

## 秦　焕

秦焕(1817~1891),字文伯,清淮安府山阳县人。道光十八年(1838)诸生,咸丰九年(1859)举人,咸丰十年进士。官至广西按察使,有政声,荐为桂林循吏第一。光绪十六年(1890)入觐受褒誉。著有《剑虹居诗文集》。

### 韩信庙前枫叶秋赋 以题为韵

霜高石径,木脱淮滩。芦花吹白,枫叶流丹。此日停车之地,当年垂钓之竿。修造何年,记否孤踪寥落;烟霞此处,眺来一片荒寒。青旗沽酒之村,桥原号杜;红树买鱼之浦,台尚称韩。

昔淮阴侯仗节临戎,囊沙布阵。细柳之伟烈先扬,大树之威名远震。勋业竟烹走狗,壮志俱灰;功名宛等浮鸥,遗踪细认。千株老树成阴,几日秋风报信。

地枕清淮,树笼夕照。堤畔鸦啼,林间鹤啸。四围霜叶,惯停楚客之骖;一带蘋花,犹学王孙之钓。指点落霞飞处,艳上灵斿;回看枯木丛中,苔深古庙。

苍茫处处,萧瑟年年。魂销国士,神号兵仙。柳自成营,冷浸黄河之水;雁犹作阵,寒生碧落之烟。可怜逐鹿生涯,散楚歌于垓下;每到啼猿时节,击赛鼓于祠前。

荒台暮色,老屋秋风;芰荷坠粉,晚稻炊红。倚树话重瞳隆准,当门聚钓叟樵童。早夸将略无双,旗搴赤帜;占得秋光第一,径绕丹枫。

回忆夫剑佩登坛,木罂作楫。收六国而策勋,下三秦而奏捷。拜大将则略展豹韬,封真王则城环雉堞。亦既建乌江之绩,竹帛千秋;悔不从赤松而游,蒲帆一叶。

至今像犹金铸,功似水流。台下则野花片片,庙前则渔火悠悠。种来步相之瓜,情怀攸寄;抚遍将军之树,踪迹犹留。每当木叶惊风,萧疏入夜;恍似军声背水,肃杀成秋。

爰有过客停踪,游人散步;往事神牵,芳林目注。笑花花之世界,冷艳盈前;惜草草之功名,秋风几度。可得封侯归去,投班管而登台;何妨乘兴来游,对韩亭而作赋。

王琛点评:摅怀旧之蓄念,发思古之幽情,不脱不粘,双管齐下。

题解:许浑《淮阴阻风寄呈楚州韦中丞》诗:垂钓京江欲白头,江鱼堪钓却西游。刘伶台下稻花晚,韩信庙前枫叶秋。淮上月明先倚槛,海云初起更维舟。河桥有酒无人醉,独上高城望庾楼。《淮安府志》:韩信庙在府治东南。宋苏轼有《淮阴侯庙碑》。康熙戊戌年(1718),山阳县令徐恕重修,有记。

# 王兆桢

王兆桢，字峙甫，号秋森，清淮安府清河县人，世居山阳。为王锡祺从堂侄。咸丰元年(1851)诸生，十一年(1861)拔贡。少颖悟力学，幕游浙东、新疆，叙军功保知县。子毓丙为廪膳生。著有《旧梅花庵诗存》。

## 洗墨池赋

### 以“米颠守涟张侃立碣”为韵

客有过涟水之名区，话宋贤于客邸。爱玉沼兮风微，傍琴台兮雨洗。鱼鳞皱浪，三篙之软涨沄沄；雁字横空，一带之清流泲泲。当日擅临池之诀，谱重宣和；居人指涤墨之痕，书传大米。

当其挥兔管，擘鸾笺，笔摇山岳，纸落云烟。判牒而门原似水，吟诗而吏果如仙。何须画腹学书，悟专精于虞监；亦或以头濡墨，比神助于张颠。

夫以墨采频磨，墨华积厚，墨聚砚而溅珠，墨濡毫而似帚。除是冰壶雪碗，洗荡纤尘；忍教断简零缣，偶沾宿垢。公真洁癖，不辞再浣之频仍，地有廉泉，忽使一麾而出守。

爰有池焉，银河比洁，璧月同圆。摇漾于莲花幕外，萦回于棠舍阴边。座对研山，时惊鹭宿；船装书画，不碍鸥眠。试将风味携来，就其深而就其浅；每把麝煤洗罢，清且直而清且涟。

其洗之也，渍除黯黮，色辨微茫。泻溶溶之墨沈，澄淡淡之波光。散乌鲗之飞灰，疑看泼刺；效群鸿之戏海，宛睹回翔。入池而鹳眼波生，点点杨花乍落；吞墨而鱼游喷月，亭亭荷盖方张。

是盖性嗜颠狂，情耽疏懒。兴寄临渊，功深握管。非鸣蛙之池畔堪听，非跃龙之池边可浣。非万柳池之宴花开，非郭家池之游春暖。此地可移封即墨，容我徜徉；先生非老秃中书，任人调侃。

明有张邑丞者，旧迹披寻，遗闻访辑。慕八法而流连，冠四家而什袭。勒片石兮玉版镌名，对清泉兮金壶洒汁。犹忆买山北固，结翰墨之奇缘；还思雅集西园，绘池台而独立。

迄今几阅沧桑，屡更岁月。无为州古，袖中之石丈奚存；京口城荒，楼下之稻孙已没。而斯池也，柳渡桥横，苔矶石滑，好与画图之弥勒共话三生，更偕祇树之娑罗长留半碣。

高紫峰点评：清华则水月松风，朗润则明珠仙露。

杨笏山点评：明月濯涟漪，清澈处照人毛发。

题解：余光祖《洗墨池立碑诗序》：安东邑治为宋涟水军旧地，置有一池。米南宫知军时,每涤墨于此。明初,贰尹张君侃为竖碣,年久湮没无存。余即其遗址复为勒石,并记以诗:"重镌一石到荒池,芳迹从教后代知。好事漫嘲涟水令,多情应识岘山碑。龙蛇舞忆双钩日,风雨愁生坐眺时。拟卜亭成招胜侣,觅将黄绢共题辞。"《淮安府志》洗墨池在故县治后。

## 黄树森

黄树森,字伯乔,晚清淮安府山阳县(今淮安区)人。

### 钵池山赋

**以"形如钵盂山土皆赤"为韵**

试一望兮不磡不砻,匪黛匪青。夹路无石,半山有亭。雨倾盆而若洗,土覆篑而通灵。具仰盂象,俨建瓴形。

客告予曰:此钵池山也,地当淮浦,境接村墟。对韩亭而耸峙,越枚里而纡徐。瞻彼陟彼,奥如旷如。秋风花采,春雨药锄。山饲鸡以成凤,池化龙而有鱼。

其势则冈抱四隅,土隆一撮。种合李桃,攀无藤葛。匪剑池之舒长,异瓠池之辽阔。盛饭颗兮若钟,纳须弥兮有钵。花不咒而莲生,诗罢敲而云活。

其色则红争翡玉,艳夺珊瑚。野未烧而壁赤,金无矿而砂朱;斗燕支于绝塞,移赤沙于名湖。晃曈昽之日出,亦如盘兮如盂。

或谓子乔辟谷,小隐其间。尝丹泉兮漱齿,采芳药以驻颜。成九转以谢尘市,随八公而入仙班。而斯境也,俨然方壶圆峤,并海上为三山。

且谓灶下丹成,林间凤舞。安公之冶独神,葛洪之火毕吐。以是地变丹崖,居同紫府。种琼玉以矜奇,疑赭山而分土。

孰知传闻近诞,按理尤乖。周太子曾经早逝,《列仙传》已类《齐谐》。即或吹笙霞举,驾鹤云排,迹亦著于缑岭,人非隐于长淮。岂神仙善幻,遂易地则皆是。

盖山孕结于土膏,色递分乎地脉。泉奚煅而能红,岸谁烧而始赤?语实不经,理无可绎。惟象自天成,名由实责。如谷以盘而得称,峰肖炉而著迹。兹既像乎钵盂兮,锡嘉名而自昔。

王琛点评:欲语羞雷同,不愧深人雅致。

题解:朱涵《钵池山炼丹台仙迹记》:郡城西北二十里有山曰钵池,盘纡凹曲,形若钵盂,相传王子乔炼丹于其北麓,邑在山之南,故以山阳名焉。唐杜光庭载寰中洞天三十六、福地七十二,钵池固其一云。尝按史传:王子名晋,字子乔,为周灵王太子,赋性闲静,居常好吹笙作凤凰鸣。游伊、洛间,遇浮邱公,从之,浮邱公接以上嵩山三十余年。道成,择地为炼丹所，至淮，得山之幽远闲旷者于冈垄之际，筑基以居。台下浚有井，洌且甘，即钵池也。丹成，先以试鸡犬，则皆僵。王子曰："功徒然矣！"因掷丹于井。顷之，鸡犬为麟凤。王子乘凤去。从此山砂尽赤，井水日幻三色，较他水重四铢。山旧有台，郡人创立仙祠，台上有王子像其中，崇祀之。

## 甘罗钱赋

### 以"形如风钟字不可辨"为韵

篆古苔青，烟埋雾零。铸先汉制，品重秦廷。摩挲轮缺，斑驳字馨。土人拾得，难拟厥形。

淮水之侧，有城久墟。堞芜没雉，濠涸无鱼。断瓦缺若，残碑灭如。甘罗于此，曾驻使车。

忆罗年少，绰有祖风。说赵割地，弱燕铭功。闻名异国，抗礼上公。

厥何年月，采山铸铜。天地炉具，阴阳炭镕。脱上如剑，丰下若钟。柱何仿四，轮不模重。藕心制别，鸡目贯容。

奚以为志，模糊一字。书或籀摹，篆有斯意。铲币难侔，契刀不类。岂吕相贻？岂秦皇赐？

沙碛烟沉，土花翠郁。风磨锈鲜，雨蚀尘拂。淮右奇珍，咸阳故物。惜哉洪遵，见焉而不。

嗟嗟暴秦，阿房召祸。甘泉望夷，劫灰烽火。半两明月，烟销尘堕。已兆金刀，贯朽奚可。

惟兹钱名，重以罗显。久委草莱，几经兵燹。泉志弗详，邑乘斯辨。吉人吉金，两美实鲜。

王琛点评：论古有韵，小中见大。

题解：府志：明万历间，于甘罗城得古钱二穴，以铸关壮穆像，今像在高家堰，钱犹及见。其一长寸余，形如风钟，上有一孔，下有篆字。历岁既久，丹砂翡翠，斑驳可睹，因呼为甘罗钱。又，郡志载：金牛冈亦时出此钱，与朱彝尊所见甘罗钱又异。又，甘罗城在淮阴县治北。相传秦甘罗所筑。《史记·甘罗列传》：甘罗者，甘茂孙。茂既死后，罗年十二，事秦相文信侯吕不韦。始皇召见，使甘罗于赵。赵襄王郊迎甘罗。甘罗说赵王立，自割五城以广河间。秦归燕太子，赵攻燕，得上谷三十城，令秦有十一。甘罗还报。秦乃封甘罗以为上卿，复以甘茂田宅赐之。

## 万柳池赋

### 以“池水汵漫柳色浓”为韵

芰荷兜粉柳缫丝，簇簇亭台跨玉池。万绿争妍香散雨，画船箫鼓客归迟。

淮郡城西，厥有旧址。舒泉泻银，叠石甃绮。点莲叶于波心，引柳烟于画里。栏斗鸭以俯流，桥垂虹而架水。

在昔井蛙啸聚，社鼠倡披。赤眉昼伏，画角夜吹。遂使凉波不净，绮栋欲欹。池皱凄酸之面，柳颦惨淡之眉。非复青含旖旎，白漾渺汵。

及夫升平奏雅，僚友联欢。张诗敌以拔帜，按酒兵而登坛。白琯之箫共谱，红丝之瑟竞弹，觞浮水而波滑，树飞花而雪漫。奚奴系马萦金线，醉客听莺倚玉阑。

况复万户云连，千家郭负，陆池采似锦之菱，郭池有如船之藕。招饮露于鸥邻，听呼雨于鸠妇。则斯境也，洵可招友赏花，赠行折柳。

迄今访古城隅，寻幽路侧。仄径莎迷，残碑苔蚀。池流递钟磬之声，柳浪浣幡幢之色。缅紫极与大云，俱烟埋而莫识。

风廊水榭息游踪，画鼓灵旗降玉龙。掩鹤井边棋局罢，茶烟犹似柳烟浓。

王琛点评：仙姿濯濯，秀骨珊珊。

题解：《淮安府志》：万柳池在旧城内西南隅，今天妃宫前水池皆是。环堤旧多杨柳，故名。郡人范以煦《淮壖小记》：万柳池，向来以为游宴之地。然邑志有戴复古宴此地词，内有“山河有异，举目恨堂堂”语。考《齐东野语》：李全乱淮时，其党李庆福实起事于此，当时云万柳亭，即万柳池也。陆放翁集亦称万柳亭为名胜。

## 陈　墉

陈墉，字墅夫，清淮安府山阳县人。

## 王子乔炼丹台赋 以题为韵

钵池沙赤，楚水云黄。香风缥渺，落日苍茫。丹饲鸡吞，换灵胎于凡质；台空凤去，留遗迹于仙乡。何因慕绛阙真人，甘随羽客；不羡作青宫胄子，礼别髭王。

则有王子乔者，嵩岳修真，浮丘媲美。静契元功，深求圭旨。本是人间之龙种，富贵浮云；惯吹月下之鸾笙，流光逝水。白云黄竹，当年话觞宴君主；玉液金丹，何处访瑶台仙子。

原夫丹也者，术能点石，身可凌霄。刀圭秘授，铅汞匀调。药采千年，鼎温温而火爇；

功成九转，丸粒粒以珠跳。胜餐洞口之胡麻，其人如玉；似啖华阳之火枣，厥木维乔。

尔其炼之也，玉屑霏霏，琼英片片。融水火之性分，合阴阳之炭煽。晨起而六丁驱策，焰烛青霄；夜深而太乙潜窥，光腾紫电。几度捣来幽涧，碎玉杵之千声；者番点向洪炉，抵金精之百炼。

灵气郁盘，杏花醮坛。昂头天外，换骨淮干。烟水茫茫，怀帝阍而不见；尘寰扰扰，指瀛海以遥看。当时寻仙灶以安排，寒泉漾碧；此地剩层台兮峛崺，飞阁流丹。

斯台也，通天有路，傍水无埃。不比钓鱼之国士，非关戏马之雄材。听孤鹤于缑山，笙歌吹下；认双凫于叶县，舄影飞来。虽其仙踪绵邈，姓氏疑猜，莫不诵三华之丹诀，登百尺之危台。

迄今地杂鱼盐，祠栖鸦树。井三变而俱湮，山一坏而小步。然而丹书琼笈，争传福地之名；流水碧桃，即是天台之路。锡普惠真人之号，逢盛世而效灵；考升仙太子之碑，登高台而作赋。

杨庆之点评：骨肉停匀，风神谐畅；一气鼓铸，水到渠成。

题解：见《钵池山赋》。

## 鲍润生

鲍润生，字子春，清淮安府山阳县人。同治三年(1864)诸生，十二年(1873)优贡，官内阁中书。著有《子春诗存》。

### 杨柳风横弄笛船赋 以题为韵

落梅时节，飞絮池塘。四围罨画，一棹苍茫。柳色年年，绊住诗盟酒伴；风丝处处，送来人影衣香。每当野渡潮生，红摇画桨；绝胜阳关曲谱，绿怨垂杨。

繄夫承祐诗清，长安官久。对新景以萦怀，望故山而回首。钓游历历，枚里相依；关塞迢迢，竹轩谁守。闲身欲乞，乘来柔橹轻风；旧宅重寻，数遍小桥细柳。

犹忆波明画里，人坐镜中。三篙清浅，一曲玲珑。菱唱同闻，声喧薄暮；渔歌并和，响彻晴空。寄幽兴于蒹葭，一方秋水；抒怨情于杨柳，几度春风。

则见千条雨霁，两岸烟晴。花间消息，萍末分明。吹面不寒，飘飘送爽；迎眸欲活，袅袅含情。染笑青衫，怅我游踪尘积；倚怜红袖，劳他望眼波横。

万缕情牵，一声愁送。影动樯乌，曲招箫凤。航轻却受飘摇，野鹤之身；音好谁知枨触，闲鸥之梦。何处山光，横侧自转孤篷；几时梅影，横斜尚传三弄。

于是桂楫斜欹，兰桡侧击；起弄明蟾，低横画鹢。纵然吹去，非同唤渡人稀；试与听来，好是游仙境历。尽许中流自在，迹寄扁舟；奈何两地相思，感深长笛。

加以荷香露浥，竹翠晴连，持钓竿以竟日，望仙岛而浮烟。水远山长，频怀旧约；猿啼花落，又误今年。欲教折柳空闻，凄断楼前之笛；安得乘风便去，坐来天上之船。

是知即境披吟，随时感遇。情盈一水之间，梦绕十洲之路。休羡两头箫管，花月江春；最怜千里关山，树云天暮。此诗传《渭南集》，倚楼倾杜牧之情；而人拟河内游，闻笛感山阳之赋。

王琛点评：吹气若兰，振声似玉。

题解：见前。

## 何其杰

何其杰，字俊卿，号西桥，一号小波，清淮安府山阳县人。咸丰元年(1851)诸生，十一年(1861)拔贡，同治三年(1864)顺天榜举人，内阁中书，委署侍读。著有《景袁斋存稿》。王锡祺称其"笃志典坟，周恤寒素，以锐于任事，致贝锦之赞，郁抑以没。"

### 鸣蛙赋

**以"夏雨初止积潦过尺"为韵**

两部清音，三更凉夜。春水池塘，晚风亭榭。惟雨过兮晴佳，刚书抛兮意暇。惊回午梦，非关鸟报深春；催起庚晴，恰好蛙闻早夏。

方张文潜之寓山阳学舍也，芸帖勤披，芹宫小聚。喜学士之敲诗，爱先生之闭户。俄而燕舞迎风，鸠鸣唤雨。几时点点，方跳媚水之珠；何处渊渊，宛击催花之鼓。

有物齐呼，衣披绿襦。碧依砌草，青傍池蒲。开四围之爽霁，唱一曲之萦纡。梵音疑天上传来，月才起候；鼓吹自人间奏出，云乍收初。

蛙岂不平鸣，何若此若啸若啼，若悲若喜，若怒相争，若歌未止。音以断而仍连，曲因终而复始。古壁青泥之地，璧水周回；清泉白石之间，笙歌互起。

最扰书声，频惊俗客。吐水无奇，跳梁何益。初嘈杂兮纷更，继凄清兮郁积。只乱壁间之蟋蟀，梦破孤衾；难偕月里之蟾蜍，凉招四壁。

童子何知，称心以道。谓振响于繁阴，仅滋生于行潦。未可悦心，徒增热恼。孰若一丸药授，种定无遗；直教五夜安眠，谋宜及早。

公乃几度凝思，一番兀坐。至理探余，名言道破。觉驱蛤之已非，嗤逐蝇之太过。虽云聒耳，得时亦效高吟；聊以挥毫，古调不妨寡和。

彼夫鸣鹳堪征，鸣[illegible]可绎。鸣蝉曾咏篇章，鸣鸡还昭简策。兹则语寄深宵，情耽凉夕。伴鼍更以警夜，阴自惜分；添蝌篆之奇文，书还盈尺。

高紫峰点评：清言如屑，秀色可餐。

题解：张文潜《鸣蛙赋》序：予寓山阳学舍。夏，大雨，屋四隅成塘，聚蛙以千计，鸣声不绝，夜为不能寐。客有献予以杀蛙之术，曰："投予药一丸，蛙无遗类矣。"童子将用之，予曰："不可。"复为赋示之。

夏雨初止，积潦过尺。有蛙百千，更跳互出。幸此新霁，夜月清溢。我劳其休，归偃于室。于时蛙鸣，若啸若啼，若诉若歌，若惧而悲，若喜而语，若怒而诟，若哕而呕，若咽而嗽，瘖者之呼，吃者之斗；或急或缓，或清或浊。若羌丝野鼓，杂乱无节兮，又似夫蛮歌獠语，诡怪之迭作也。尔其困于泥潦，失其所处而悲，又若夫旱暵既久，得其所处而乐也。爰有童子持烛来谒，曰："蛙群夜鸣，君寝其呱。考之《周官》：'洒灰驱蛤。'君其教之，予得尽杀。"予语童子："尔无是酷。尔乐而歌，而哀则哭。哭则悲嗟，乐有声曲。聚语尽争，引吭而呼，一日之间，不宁须臾。蛙不汝嫌，汝奚蛙诛？万物一府，谁好谁恶？尔奚自私，己厚蛙薄。参通彼己，乐我自然，弥尔怒心，置烛而眠。"

夜半，张子援枕而吁，顾谓童子："记吾言欤？前言未究，请卒吾说。物各有时，夫谁敢遏？尔观夫春露初霭，朝华始敷，文羽清喙，飞鸣自如。若奏琴筝，而和笙竽，清耳悦心，听者为娱。及夫阳春既徂，炎火将极，恶草蕃遮，淫潦潴积。蛙于此时，生养蕃息，跳梁号呼，意气横逸。子如之何？时不可逆。时乎，时乎，美恶皆然。当其盛时，谁得而迁？及其雪霜既降，木实草衰，飞蝇聚蚁，孽无所施。于是此蛙，敛吻收足，尪然土中，一声不出。党散巢披，不可终日。盛不可常，兴衰迭乘。子姑忍之，奚以杀为哉？"

张耒，字文潜，楚州淮阴人。十七岁作《函关赋》，已传人口。登进士，仕途多舛，为苏门四学士之一。建炎初赠集英殿修撰。

## 顾云臣

顾云臣（1830～1899），字芷青，号持白，清淮安府山阳县人。家境贫寒，矢志苦读，同治二年（1863）选贡生，次年中举人，又次年中进士，授翰林院编修。同治十二年任湖南学政，号称得人。不足五十辞官归里，建勺湖书院授徒，造士甚多。诗词文赋皆有法度，有《抱拙斋集》10卷。子顾震福，亦淮上名宿，北京女子师大教授。

### 哀王孙赋

**以"大丈夫不能自食"为韵**

昔淮阴侯屈蠖未伸，从龙无会，垂钓清流，乐饥浅濑。彼丈夫也，栖迟烟水之乡；有妇人焉，赏识风尘而外。叹末路谗遭野雉，宫帷埋千古之冤；幸当年恩恤哀鸿，巾帼识一人之大。

尔其岸脚垂竿，溪头举网。但为世外闲踪，未获食前方丈。芦中人岂非穷士，空怀流水溅溅；爨下材辱于少年，母乃市人惘惘。当此翳桑偃卧，病莫能兴；问谁赠米馈贫，慨当以慷。

乃有漂母见之曰：噫！此水滨渔者，非天下才乎。世上英雄，方争秦楚；古来豪杰，半隐江湖。彼其一竿高致，七尺雄躯。是岂池中物耶？无异坐茅尚父；何乃淮中卧也，竟同孤竹饿夫！

嗟尔王孙，如斯抑屈。境已无聊，怜终不乞。将军负腹，犹不减其嚣嚣；壮士雄心，毋自甘于郁郁。幸得供余宿饱，饘于斯而粥于斯；何须视比嗟来，朝食不而夕食不。

侯于是终朝飧备，累日盘登。素心感戴，青眼谬承。谓今朝哀我人斯，一饭之恩不吝；迨他日思报母者，千金之赠堪增。彼渚中诸母临流，求之不得；即亭长有妻寡德，拟此何能。

而母乃诮其褊心，矢其初意。谓望报兮未尝，何出言以相试。外人不足道也，加餐之劝何曾；君子亦有穷乎，蒙袂之来有自。我怜卿卿休怜我，知君自必生君；人识汝汝不识人，忘利岂犹嗜利。

是知渔樵中不少英豪，闺闼内自多特识。齐姜知重耳之贤，孟氏重梁鸿之德。晋公子授飧返璧，大夫之佳妇堪称；伍子胥渡濑投金，浣女则良家可忆。此所以恋恋情深，哀哀心恻。而何侍王孙得志之时，始不忘汉王推恩之食也哉！

高紫峰点评：清圆浏亮，吐属自然。

杨庆之点评：意到笔随，词高语卓，英英年少，已露一斑。

题解：见《漂母饭信赋》。

# 叶　璞

叶璞，字瞻山，清淮安府山阳县人。同治（1862～1874）年间贡生。

## 丹台凤赋

### 以“灵丹鸡食化凤而去”为韵

王子乔名登玉笈，道悟金经。羌飞升兮有术，亦变化兮通灵。能使翰音之族，倏成彩凤之形。忆当年鼎炼丹成，凡鸟俨随鹤驾；怅此日台空人去，仙踪空盼鸾停。

当夫钵池修养，灵洞盘桓。符秘六丁之篆，香焚太乙之坛。兽炭初燃，腾一炉之焰紫；猊蹲乍启，散千挺以流丹。方谓三华精聚，九转功殚。得长生之药易，求可授之人难。

爰有司晨人听，于桀方栖。戴花冠兮可爱，张芥羽兮长啼。饷以残膏，结鸾凤而为侣；换来凡骨，非凫鹜之能跻。从兹轩翥层霄，绚采忽成威凤；若使飞鸣五夜，闻声定误天鸡。

冈阜回环,崇台致饰。百尺岧峣,千寻超逸。翚飞如昨,犹瞻藻绘之形;鸟革还新,复睹辉煌之色。忆鸡祝而呼雏,惊凤鸣而奋翼。试高翔于云表,好随鸿鹄群游;谢旧侣于尘寰,疑是蠹鱼字食。

奥旨通神,灵奇足讶。似刘纲之獭,唾向盘成;似初平之羊,叱由石化。似通灵之果老,剪纸驴为;似得道之琴高,乘波鲤驾。漫诩声传膈膊,闻惊函谷之中;顿教鸣应归昌,瑞叶岐山之下。

是盖道契参同,术殊凡众。慕紫府以栖真,守黄庭而默讽。溯前身之羽化,三尺为鹍;览盛世之德辉,九苞集凤。曾听音谐律吕,日恍丽夫丹山;徒余啄耸檐牙,云惊飞夫画栋。

迄今雕栏犹在,题额常垂。访荒亭而独峙,汲古井以遐思。锦幢宝羽之踪,想仙风兮渺渺;茶灶药炉之地,度旭影兮迟迟。问跨鹤于辽阳,归乎得未;拟化龙于涟水,作其之而。

士有博采遗闻,徘徊故处。步荒刹而闲游,考仙山而足据。数村篱落依然,见野鹜家鸡;一带亭台何处,是鸾翔凤翥。缅卅载嵩山韬隐,悟丹诀以长年;怅七夕缑岭笙歌,谢时人而竟去。

高紫峰点评:附会生情,如落花之依草。呼吸一气,机致相生。

题解:见《钵池山赋》。

# 王 范

王范,字锡之,清淮安府清河县人,世居山阳,王琛堂侄。岁贡生。怜贫惜苦,乐善好施,终身不倦,卒年六十五。远近知与不知,皆为之陨涕。

## 南昌亭长妻晨炊蓐食赋

### 以“食时信往不为具食”为韵

昔淮阴侯之未遇也,一饭维艰,万钟莫得。每市井之相欺,况裙钗之寡识。丹忱待展,推食难逢。白眼偏遭,饥驱屡逼。公为德不卒也,徒闻彼妇之谗;君一寒至此乎,谁进王孙之食。

有南昌亭长者,饔飧偶具,德义曾施。醉饱之思克慰,壶浆之惠堪推。乞食何嫌,暂免吹箫之辱;无鱼亦好,奚歌弹铗之词。虽非夕膳晨羞,大烹以养;亦有蒸藜炊黍,具馔随时。

使其箪食频供，盘飧屡进。无厌怠之时，少猜嫌之衅。岂必楚王设醴，养士终衰；休同夏屋兴嗟，礼贤忽吝。客来迟暮，火灭灶以更炊；牝不司晨，粮馈贫而足信。

其妻则意少哀怜，心非宽广。晨炊而不欲人知，蓐食而只堪自养。声闻轹釜，效汉王丘嫂之谋；饭后鸣钟，比萧寺山僧之诳。枕上之黄粱早熟，食每无余；厨中之白粲先空，极于所往。

侯乃几度咨嗟，满腔郁拂；女子情悭，英雄志屈。念丈夫生当五鼎，不食嗟来；顾此际抛却一竿，转甘行乞。似彼少年见侮，尚豪气之未除；如兹健妇持家，慨世情之孰不。

及其屡战立勋，百钱召赐。空贻长舌之讥，终慰展眉之志。情疏款客，陶士行之母悬殊；识昧从亡，僖负羁之妻顿异。登将坛而军皆宿饱，顾盼自雄；主中馈而妇为厉阶，回思何为。

由是享钟鼎之供，庆风云之遇。名震乡关，威惊妇孺。蓐食申祷，二千帜背水先登；坐甲裹粮，百余囊盛沙径渡。何沛公以小儿待大将，竟难制悍后阴谋；而亭长以巾帼累须眉，更不知真王才具也。

迄今追忆英豪，徘徊水国。感今古之炎凉，叹女流之忌刻。行乎贫贱，谁怜城下钓游；饿其体肤，无复尘中物色。彼漂母之卓识高风，岂不享千秋之庙食哉！

杨庆之点评：情词慷慨，顿挫生姿。

题解：《史记·淮阴侯列传》：淮阴侯韩信者，淮阴人也。始为布衣时，贫无行，不得推择为吏，又不能治生商贾，常从人寄食饮。人多厌之者。常数从其下乡亭长寄食数月，亭长妻患之，乃晨炊蓐食，食时信往，不为具食。信亦知其意，怒，竟绝去。汉五年五月，徙楚王，都下邳，召下乡南昌亭长，赐百钱，曰：公小人也，为德不卒。《淮安府志》：南昌亭，治西三十五里，在故淮阴县，即韩信从亭长寄食处。

## 银铸城赋

### 以“北使过淮见而称之”为韵

若夫撑天铜柱，树郡庭焉。瘗地铁人，镇泽国焉。今为都会之区，昔作边隅之域。百堵增新，重阛生色。忆自金源之客使，曾过城东；指为银冶之铸成，独雄江北。

原夫楚州之有城也，当陈敏之莅官，称建康之循吏。修雉堞以巍峨，类虎牢而位置。状铁瓮兮同坚，巩金汤兮特异。地通东道，疑拱卫于秦关；管掌北门，杜诈谋于晋使。

至若银之为物也，朱提价重，素雾光拖。丹砂资其陶炼，铅汞供其收罗。式如玉而式如金，何嫌雨锈；谓之镣而谓之钣，不受风磨。倘教署筑银台，作室之谋早计；设使书成银牓，连城之值应过。

尔乃垣墉屹立，井干匀排。宛铜墙之特峙，非瓦砾之能侪。近控钵山，丹井之奇珍烁烁；遥连甓社，珠湖之锦浪湝湝。合众志以成城，如披宝藏；聚九州以共铸，永障长淮。

其城之坚厚也，如银瓮之周环；其城之崇高也，如银山之幻变。其城之置斥堠也，听银箭兮三巡；其城之浚隍池也，指银涛兮一线。耸峙千寻，精凝百炼。堰绕长虹，川萦净练。匠石岂不范而不模，卝人亦创闻而创见。

由是银蟾遥射，银汉低垂。筑银沙以束版，擐银铠以登陴。铸比凫钟，城角之钟鸣入听；铸疑夔鼎，城楼之鼎峙争奇。基址略而畚掘陈，篾以加矣；大地炉而阴阳炭，侯其祎而。

宜乎华夷叹赏，规址因仍；象常瞻其屹屹，筑犹忆夫陾陾。井汲银床，万家屋绕；光摇银海，百尺梯升。河防既屹夫金堤，洪流底定；地利更凭乎玉垒，扼要堪称。

方今风清瓯脱，烟打边陲。谨晨昏之管钥，障南北之藩篱。晓日升而银屏匼匝，寒星闪而银镜迷离。译来蒙古嘉名，弗迁地为良也；拓出宋砖残字，当铸金以事之。

高紫峰点评：丰约得中，纤秾合度。

杨庆之点评：附会入情，藻不妄抒。

题解：《淮安府志》：郡城，宋孝宗时守臣陈敏重加修葺。北使过淮，见雉堞坚新，称为“银铸城”。

# 黄振墀

黄振墀，字叔丹，黄以炳子，黄振均堂弟，清淮安府山阳县人。道光二十五年(1845)诸生，同治九年(1870)贡生。好古文辞，诗有奇气。家有棣华书屋，兄弟经常分题角艺。

## 淮阴夜发朝山阳赋（有序）以题为韵

考淮阴之名，自汉已有。东晋时为重镇，沃野开殖。无地屯兵，营立城池，实始于此。山阳郡则设于安帝义熙七年，隋初改楚州，炀帝时并入江都郡，唐武德四年复为楚州，或称淮阴郡，属淮南道。而山阳、淮阴，并为所领之县。宋宝庆间，降楚州为淮安军，治山阳，淮阴则属县也。大抵今之清河县河口、清江浦及洪泽湖滩一带，皆淮阴境，与山阳系相接壤。金辽兵燹后，城废。《一统志》遂谓淮阴即山阳，误矣。又按：淮水故道，由河口迤逦至山阳湾，势最湍急。宋初淮南转运使乔某，因运舟多覆溺，相度形势，开故沙河，自末口至淮阴磨盘口，凡四十里，以避山阳湾之险。由是行旅往来，朝发夕至，诚易易也。东坡此诗，因十月十六日记所见而作。其首二句，不过纪程之常，已可见淮阴之非山阳矣。爰率其诗意而赋之曰：

眠龙不吼，飞鹢轻排。船争野岸，人在天涯。湖上之波声既远，沙头之水色如揩。看今朝满树烟痕，已临古渡；记昨夜半帆月色，何处长淮。

原夫山阳以北，厥有淮阴。土肥略似，壤错交侵。杭通一苇，波漾千寻。异风涛之旧路，带烟雨之新林。万顷茫然，但觉遥连花溆；数声欸乃，不妨缓渡烟浔。

而昔东坡之过此也，当十月而来游，玩三洲而多暇。孤舟人坐，桨打寒流；远寺钟沉，潮生静夜。天末云横，波心月射。回望甘罗城畔，柔橹初过；遥思赵嘏楼前，轻帆远卸。

默默寒灯，萧萧华发。窥窗兴阑，哦枕思发。飞无孤鹤，入短梦之惺忪；网有肥鲈，忆旧游之恍惚。问地名于前渡，罨霭全遮；杂人语于深宵，潺湲不歇。

烟水迢遥，林霜未消。十里五里，长桥短桥。芦渚雁起，桑堤犬嚣。寒柝巡而境僻，残漏响而魂销。溯秋雨于淮南，旅况又怜今日；买清风于江北，扁舟重系明朝。

既而残星挂树，晓雾迷山。月影堕白，日光透殷。掩鹤井边，仙云入望；宴花楼畔，野水都闲。乘槎竟等张骞，短棹曾经河渚；倒屣谁迎王粲，片帆已落溪湾。

于是访故人而宴乐，惊异事之荒唐。抽笔为记，赋诗成章。溯厥初来，泛溪声于夜色；叙兹小仕，卓樯影于朝阳。从知柳径花驿，地分二县；故觉风高月暗，天各一方。

迄于今划界无殊，称名已误；袁浦则城郭重新，射阳则风景如故。流水东风，晴云高树。依旧波痕上下，是乌篷闲棹之天；且须月色徘徊，续赤壁重游之赋。

黄仲勤点评：研炼自然，无些子尘氛，序亦考核详明。

题解：苏轼《十月十六日记所见》诗："风高月暗云水黄，淮阴夜发朝山阳。山阳晓露如细雨，炯炯初日寒无光。云收雾卷已亭午，有风北来寒欲僵。忽惊飞雹穿户牖，迅驶不及容遮防。市人颠沛百贾乱，疾雷一声如颓墙。使君来唤晚置酒，坐定已复日照廊。恍疑所见皆梦寐，百种变怪旋消亡。共言蛟龙厌旧穴，鱼鳖随徙空陂塘。愚儒无知守章句，论说黑白推何祥。惟有主人言可用，天寒欲雪饮此觞。"

## 叶　珂

叶珂，字鸣驺，清淮安府山阳县人。曾任同治十二年(1873)成书的《重修山阳县志》参校。

### 拔帜易帜赋

#### 以"轻骑二千破赵会食"为韵

昔淮阴侯之击赵也，邯郸负固，蔓水抗衡。运奇谋而独擅，出间道以匪轻。虎穴能探，在潜师之计密；龙韬早裕，克树帜而功成。数万众敌焰虽张，坚壁已为空壁；二千人先驱争捷，偃旌倏忽举旌。

原夫帜之为用也，云罕连营，星旂列骑。或飞隼以著明，或交龙而表异。制分乎全羽析羽，用彰百战之威象；判夫绥旌结旌，难夺三军之帅。大纛高牙之森列，环而攻之犹难；层旗广旆之满前，取而代者非易。尔乃国士无双，英谋寡二。兵屯蕈岭之间，鼓出井陉之地。貔貅队拥,偏佯败以示羸;鹅鹳声喧,诱彼军以逐利。选轻骑而先驰敌垒,遍树降旛;待旋师而已断归途,难容返辔。惟主阃早定指挥,斯交绥无劳击刺,则见其拔赵帜也。

量敌后进,乘势而前。队堪成一,旅率盈千。取旗旐之央央,竞舒猿臂;收干旌之孑孑,齐奋鸢肩。真如拔剑之雄,尽负弩衔枚而并进;俨效拔山之力,入深沟高垒以争先。

其立汉帜也,爪士频挥,材官共佐,捷足先登,雄威莫挫。变如荼为如火,赤缯赤羽兮行行;继曰袭而曰侵,载旞载旜兮个个。如立蝥弧以入许,众心自可城成;如立姑蔑以伐吴,敌势应同竹破。

别著神奇,何虞纷扰。腾骧兮士尽桓桓,踊跃兮臣皆矫矫。比狐毛之设二旆,拔较易于拔茅;异石首之纳嵌中,立何殊于立表。以拔为立之地,气亘彩虹;以立建拔之功,星辉朱鸟。此所以冠三杰而推韩,不崇朝而破赵也。

由是共凛麾旄,咸惊动旝。争胜算于须臾,宣威名于中外。将军卧壁,广武君徒具深谋;儒者谈兵,成安君未知远害。壮日月云霓之色,汉家已夺先声;铭旗常竹帛之勋,泜水毋容再会。

以是知将略偏优,奇功莫测。既乘胜而魏擒,复疾战而赵克。欃枪迅扫,靖甲帐之烽烟;徽号攸殊,兴卯金之火德。看此日旌旗变色,愿依麾下从戎;慨他年弓鸟悲吟,徒忆军中会食。

王琛点评:好整以暇节制之师。

题解:见《史记·淮阴侯列传》。

## 段朝端

段朝端(1844~1925),字笏林,号蔗叟,蔗湖退叟,江苏淮安人。近代学者、诗文家。贡生。清光绪五年(1879)起,署仪征教谕、甘泉训导、兴化教谕、海州学正、仪征训导等。还曾应聘为《江苏通志》分纂、《淮安府志》分纂、《续纂山阳县志》《山阳艺文志》总纂。后归里以诗文自适,从事淮安地方文献资料搜集、整理、研究,著作甚丰,是《楚州丛书》的主要撰述人和资料提供者。其诗词收入《椿花阁诗集》。

### 拟陈孔璋止欲赋(并序)

岁在阏逢困敦,余春秋二十有二。端居多暇,忽忽不乐。朔风砭骨,寒柝浸肌。感身世之多故。笑浮沉之失据。闲缗记室《止欲赋》,有触于中,援笔拟之。词不相袭,意取自惩。钩须毛卵,聊志陈迹云尔。

夫何美人之娥媌兮,羌小立而凝神。唾晨峰以描黛兮,藉古镜以写真。香屧步而不散兮,罗裳举以当春。纷蜂蝶之相随兮,态飘然而出尘。偶适野而邂逅兮,疑忉利之天人。问侍者以居址兮，乃在余之东邻。

归旧馆以兴怀兮，忽纷纷而泪垂。感倾城之难得兮，常梦寐以见之。忽攀墙而通讯兮，有垂髫之雏姬。解玉佩以相要兮，擘银光而传辞。

何所期之已届兮，杳芳踪而默默。月未上而云掩兮，花欲舒而香勒。忆情态之氤氲兮，倏怀思之反侧。立苍苔而不归兮，耿殷忧于胸臆。

明星垂垂兮，夜色漫漫。抚剑长叹兮，愁思无端。江海可填兮，金石不刊。此恨靡极兮，谁联古欢？耻微波之无信兮，漫徙倚于阑干。

中宵徘徊用自悔兮，我则无礼谓人猥兮，褰裳子衿誓删改兮，白璧不玷藏有待兮，毋寻鸩媒徒负罪兮。

思之子兮江皋，独相从兮沣浦。马蹀躞兮长鸣，鹤㲠毵兮不舞。慨离间兮中生，遭妖姚兮毒蛊。欲遗世兮独立，怯趑趄而不叶。

嗟大块之无情兮，不畀我以绣肠。玉再献而被刖兮，笑落木之南翔。悟造化之一委兮，时可行而可藏。日月推迁而自会兮，风雷郁勃而呈祥。化茎茅而兰茝兮，乃奇侅之非常。果贱日之殊众兮，畴尺寸以相量。公圭受辱于胯下兮，子山侍坐于征羌。古人亦皆有然兮，何独异乎潘郎。

杨笏山点评：其旨寓言也，其词自古峭，亦宋玉登徒之亚。

题解：陈琳《止欲赋》，见前。

## 陆大参广陵牡丹诗卷赋

### 以“旧题重展墨香凝”为韵

一轴流传，千秋法守。珠玉交辉，河山并寿。几丛鹿韭，记浓香快放之时；三月莺花，是彩笔亲题之候。可奈潮飞雪海，不佑精忠；问谁墨洒雷塘，眷怀耆旧。

当陆大参之佐幕广陵也，心悬日月，气吐虹霓。虑边疆之牧马，激壮志于鸣鸡。李庭芝忠勇如神，久钦筹算；钱直孙才华特出，屡共参稽。方期歌咏升平，金带续魏公之咏；无那低徊风月，锦堆仿苏老之题。

于时名葩秀发，奇彩鲜秾。艳留月映，香谢云封。东风传欧碧之吟，声情激越；晓露滴硬黄之幅，挥洒从容。不同东阁观梅，推敲得得；从此南州起草，酬唱重重。

卷叠眉题，诗吟须撚。允宜雅而宜风，亦半舒而半卷。几行玑组，生香活色之词；一段琼瑶，玉躞金题之选。即论佳什，已教萤苑之皆春；若问平章，愿向龙墀而拜展。

未几枢密酬功，端明进职；际天步之艰难，伊臣心之謇直。楼船渐逼，军中之白铁犹鸣；朝市都焚，腰下之黄金无色。黑水东飞，白日西匿。慨莫恤夫沧桑，曾何问乎翰墨。

而是卷也，独留渤澥，几历星霜。焰腾箧衍，价抵琳琅。当年铜钵催来，龚翠岩曾经点定；此日玉函献出，林霁山重为装潢。剧怜幕府高歌，心情不减；谁似厓山伟节，姓字都香。

是盖孤忠日耀，断翰云蒸。海岳于焉呵护，鬼神之所依凭。遂令小幅淋漓，钩摹有自；转羡名花富贵，题咏堪征。此大策弃藏，犹惜绢缣之漫漶；而叶君拂拭，如瞻风采之端凝也。

高紫峰评：风清骨峻，序次简明。

杨庆之评：赋物赋人中权，尤觉激昂。

题解：宋林景熙《霁山集》“题陆大参秀夫广陵牡丹诗卷后”云：南海英魂叫不醒，旧题重展墨香凝。当时京洛花无主，犹有春风寄广陵。《宋史·陆秀夫传》：进端明殿学士签书枢密院事。时君臣播越海滨，庶事疏略，每时朝会，秀夫俨然正笏立，如治朝。或时在行中，凄然泣下，以朝衣拭泪。衣尽浥，左右无不悲恸者。……乃以秀夫为左丞相。至元十六年二月，崖山破，秀夫走往王舟，而世杰、刘义各断维去。秀夫度不能脱，乃仗剑驱妻子入海，即负王入海死，年四十四。

## 毛乃庸

毛乃庸（1875～1931），字伯时，后字元征，别号剑客，淮安县人。近代文学家、史学家。清光绪十一年（1885）入县学，曾任江北师范教务长、江南高等学校教授、江苏通志局分纂等。曾参加《淮安县志》编纂。辛亥革命后，返淮著书立说。著有《十国杂事诗》《十六国杂事诗》《后梁书》《北辽书》《辽进士考》《季明封爵考》《檀香山岛国志》《勺湖志》等。

### 江　赋

地阙东南，水则补之。统以大江，浩乎无涯。岷山之流，禹迹始托。会以色楮之河，汇以梁益之水。自蜀而上，其包涵渟蓄者，四千余里。

夔门一束，砉然奔放。潴为洞庭，受之汉漾。淮泗兼流，沮漳分涨。有地皆浮，不风而浪。夕汐朝潮，气象万状。

注海为谷，障山为堤。大地博博，贵乎东西。洲迁港易，纷如难稽。

蒸而为云，喷而为雨。阳侯之都，鱼鳖焉府。蛟龙百怪，斯潜斯聚。莽莽洪流，此焉终古。

天堑之险，实屏六朝。衣带一隔，勇气不骄。荆襄上海，淮淝外户。采石广陵，毗连堂庑。建炎南渡，亦卫藩篱。沿江制置，锁钥是司。

风气既殊，形势斯改。昔扼其冲，今防于海。狼山尾闾，全江之门。是控是守，重军以屯。番舶星驰，估帆电赴。溟渤东通，巴巫西溯。舟楫往来，不知其数。设险分师，筑台列戍。二十四营，纷纭棋布。

中原枢纽，半壁门庭。鲸波载楫，沐浴皇灵。汤汤者流，涵帝之泽。朝宗百川，永沾恩液。

## 高鸣珂

高鸣珂(1914～2008)，名之珪，号鹤影词人，江苏淮安河下人，名医高行素长子。1930年赴彭城随父临床实践。1938年春，徐州发生周棚惨案，日寇屠杀高家14口人，后又因有抗日倾向身陷囹圄。出狱后一直在徐州行医，1970年全家下放邳县石桥乡，1979年平反回城，任徐州市鼓楼医院副主任医师。擅长诗词，著有《哑钟余响》等。

### 感秋赋

衰柳迎秋，残荷送夏。流水无波，江城如画。有客焉，独坐空斋，无人共话。闷度宵长，愁来天大。自叹相如病骨，清癯还剩几茎。可怜沈约诗腰，消瘦已无一把。吁嗟乎!莽秋风之飒飒兮，吹落叶兮满阶。听四壁鸣虫之唧唧兮，如凄切而含哀。爰执笔以长吟兮，写渺渺之余怀。

乃歌曰：望美人兮天一方，感余心兮多慨慷。旧怨平兮新怨长，惟相思兮不能忘。

## 赵才昌

赵才昌(1938～　)，江苏涟水人。中共党员，大学文化，中教一级。中华诗词学会会员，在全国多家媒体发表诗词曲联赋书法作品，并多次获奖。

### 菊花赋

九秋馥郁，九畹丰姿。游客处，芬覆大地；曙光时，影亮雄枝。香袖比仙俏兮，挺然欲举；薄绡若云飞兮，婉转新词。

陶公开径，骚客流连。同兰之幽香素洁，似荷之埃尘不染。齐松之铁骨铮铮，伴竹之标师谦谦。凌寒不惧，岂肯孤芳独秀？冰雪笑迎，忘情百朵更妍。万木萧条而不卑，千山欲雪而独清。

我之老屋遍植菊，日之朝霞映高洁。流金时节，沁人心脾；世人共赏，溢彩无私。月光下，俏影亭亭若仙，香魂逸出东篱；霜雪中，宁肯抱香而死，不抛一瓣委泥。感慨系之，是为赋!

## 赵 恺

赵恺(1938～ ),山东兖州人。中共党员。专业作家、诗人。中国作家协会会员。文学创作一级。著有诗集《我爱》《赵恺诗选》等。获中国社科院首届艾青杯诗歌大奖赛一等奖、江苏省政府首届文学艺术奖、全国优秀作品一等奖。

### 龙虾节赋

海里有海虾,湖里有湖虾。中国盱眙城,满城跳龙虾。龙本天上有,如何变成虾。只为淮河美,龙已不恋家。只为都梁秀,放眼尽烟霞。只为一山奇,丘壑献奇葩。龙虾聚盱眙,盱眙出神话。近观龙虾美,颗颗如钻石;远看龙虾美,蔚然似彩霞。虾须像天线,虾壳像盔甲。静如侦察兵,潜伏水草下;动如防暴队,怒张大铁夹。柳枝可钓虾,竹篓可诱虾。挥手洒一网,龙虾满船爬。龙虾哪里去,争往一山下。一路锣鼓响,一路鞭炮炸。龙年龙虾节,奇闻传天下。要会吉尼斯,盖过欧罗巴。千年逢盛世,万载传佳话。

## 荀德麟

荀德麟(1950～ ),江苏涟水人。毕业于苏州大学历史系,编审,中国文化遗产研究院特聘研究员,苏州大学兼职教授。中华诗词学会常务理事、江苏省诗词协会副会长、淮安市诗词协会会长。已出版史志著作、文学著作数十种,多部著作获国家、省哲学社会科学优秀成果奖和省“五个一”工程奖,《美好江苏赋》入选《新编大学语文教程》。诗词作品入选《金榜集》等,著有诗词选《槿花集》等。

### 美好江苏赋

长淮下游,大江尾闾,地称殷繁,省号江苏。南抱具区,北峙苍梧,东延瀛海,西倚丘阜。拥申沪而孕吴越,牵陇海以联齐鲁,观浩渺而望扶桑,带中原以扼门户。平原广袤,沃野如酥,历朝财赋之要枢;青丘点缀,河湖棋布,自古人文之渊薮。人间天堂,神韵吴楚;山水和谐,游客热土。真四海蜚声,令寰宇关注。

斯省也,水为脉象,有水皆灵。汤汤扬子,壮虎踞龙盘之势,蚀金、焦、北固之丘,锁江阴、澄虞之岩,涵紫琅胡逗之洲。素车白马,汗骇观涛传《七发》;风正帆悬,一江春水绿如蓝。月落摇情，几度晴江花月夜；潮打空城，雕栏玉砌改朱颜。湛然太湖，淡荡三万六千顷，青螺供在白银盘；浑茫洪泽，周遭四百里空阔，渔舟唱晚鼓归帆。沧桑大运河，通今流古初源此，名城一串链明珠。沮洳里下河，鹭汀凫渚，垛田无数，菜花金筏，碧苇如堵；万顷荷乡，异彩芙蕖。海岸千里，范堤九曲。击水苏马湾，灌河看虎头，指点万国轮，连岛、狼山陬。滩涂蛏贝布，蒿丛麋鹿群，冬雪丹鹤阵，秋风纲送腥。中泠、惠泉伯仲间，极品甘泉妙煮茗；汤山、东海、老山涌温泉，沐浴疗疾最怡情。

斯省也，山为魄魂，无山不名。钟阜、天阙，风水千载绵延；郁洲花果，石猴万世浪漫；洞天福地，茅山当行南国；巨佛梵宫，马迹不让灵峦。丹枫胜境，栖霞与天平竞艳；香雪成海，梅山共邓尉翩跹。至若灵岩、善卷、云龙、马陵，孔望、东磊、穹窿、洞庭，或仙踪扑朔，或缥缈停云，咸四时而异景，更天籁以妙音。

斯省也，悠悠历史波澜壮，人文星汉灿灵光。遗址遍布，文明足音万余载；竹书断续，夏禹、徐偃理江淮。泰伯、仲雍，拓荒教化邈鸿声；越剑吴钩，胥口、虎丘著霸痕。楚汉逐鹿，存项王戏马之台；衣锦还乡，立汉高歌风之碑。秦淮河畔，乌衣巷口，六朝遗韵知多少；洪武建元，辛亥共和，都城、陵墓识旧新。夜半钟声，南朝四百八十寺；长悬日月，天宁浮图势凌云。游龙戏凤传佳话，迷楼行宫阅奢华。曲径通幽，苏州园林甲天下；小桥流水，书香飘出野人家。周庄、溱潼，水乡古镇藏典雅；竹海、渔湾，鸡犬之声绕山崖。进士县，状元里，教授院士冠华夏；才子第，名人居，高标座座缀锦霞。金山、泗州遭水漫，爱恨情仇岂神话？执紫砂壶，沏碧螺春，听《二泉映月》、扬州评话、昆曲评弹、淮剧奇葩，丝竹婉转，再唱《一朵茉莉花》。灯会暗尘，吴侬软语糯米酿；龙舟铁臂，丰沛声韵半铜琶。

斯省也，物华天宝富庶邦，人勤心慧创辉煌。水暖鸭先知，正是河豚欲上时；谳谈江上客，三月银刀四月鲥。季鹰为鲈莼归来，周公以蒲笋长怀。太湖三白众湖蟹，文蛤、银杏、水蜜桃，海味山珍令誉高。海陵红粟，演为百代贡米；饭稻羹鱼，惹出淮扬菜系。苏宁小吃，馋煞东坡袁枚；盱眙龙虾，倾动五洲口水。此皆天下之至味也。

至若金陵云锦，宜兴陶瓷，姑苏双面绣，东海水晶饰，维扬玉雕与漆器，传统工艺绝珍稀。机匠叫歇碑，寓资本主义萌芽发祥地；锡、通旧厂房，证近代民族工业开先例。尤喜鼎革世纪，中华崛起，沧海桑田，日新月异。中国经济强省，世界制造基地。舜尧七千万，处处展雄奇；风光无限好，如梦更如诗。张家港精神，感染大江两岸；昆山市速度，步尘南北东西。乘风破浪武家嘴，华西金塔恨天低。百城广厦抽春笋，满目村居覆琉璃。江淮天堑，一呼百应长虹架；水乡泽国，公铁高速竞奔驰；游龙欢犁雪浪，银燕频携彩绮。

放眼目前，莺飞草长，春风又绿江南岸；正好踏青，曳杖偕侣，杏花烟雨醉盘桓！

## 运河之都赋

淮、泗之会，漕河之中，七省喉吻，三城并雄。右襟洪泽，左带溟濛；南贯江、浙以济苏、杭,北涉河、海而达京、通;挽五水而共舞,偕百城以竞荣。此运河之都、古楚淮安也,方舟四达,远载《禹贡》。

已而吴开邗沟,陈兵末口;隋炀巡游,盘坝楚州;唐宋通漕,倚为枢纽;元世一统,匝城舣舟。迨至永乐尊九五而都燕,重漕运以衡权,封疆驻节,文、武分院,总供上国,专制中原。明、清易代,体用相沿,如鼎如沸,垂五百年。

当其盛时,开百卫之船厂,建天下之粮仓;树总河之牙纛,铸帑银之巨防;置榷关以算舟车,掣淮盐而聚引纲。是以群商赴壑,五方填咽;羁旅肩摩,贾槎衔接;冠盖云屯,货赂山列。诗城韵飞,坛坫常设;多丽名倾,王侯慕悦;崇、恺比居,歌舞难歇;闸坝相望,邪许夜彻。夹河五十里,编氓十万家,燃灯灿星汉,呵气化流霞。富厚罕其匹,绝域壮声华。

逮乎近代,世道日以转,釜薪渐抽裁,往昔繁华,应运而衰,有不忍言者。

且喜新国肇基,鼎革世纪,地覆天翻,史无前例。今日运都,处处生机,新型枢纽,磅礴气势。运水走游龙,公、铁路交驰,物流畅四海,吐纳总相宜。百业因之腾飞,名城因之插翅。古韵存而新貌秀,清江浦上富春秋。倾颓兴隆皆有数,此间正好作壮游!

## 淮安赋

楚汉故郡,淮运名都,纬分秦岭,经轨漕渠,四水穿城,双河回护。东孕末口,襟扬子而带瀛海;西衔泗口,引长淮而控大湖。绾清涟,结山盱,统四县,辖五区。候兼南北,分明节序;网罟河泽,水浮疆宇。川原广袤,沃野平铺;丘阜西南,苍翠盘迂。利蒲渔而载《周礼》,贡蠙珠以窥《夏书》。"黄柑紫蟹见江海,红稻白鱼饱儿女",苏长公之千秋写照;"碧水蓝天连廓野,繁星明月近楼台",槿轩主之今题不诬。

沧桑古城,悠悠青史。雪泥鸿爪,青莲岗具七千年遗韵;吉壤奥区,清河口列八九座城址。善道得陈璋圆壶,旧铺获季札盟匜。楚汉王陵屡现郊野,荒滩故垒曾牧义帝。秦皇一统,淮阴置县,商贸繁荣,赫然称市。炎汉而下两千载,州郡路府之治所;南北对峙三五朝,边帅驻防之重地。北必得而饷运无阻,南必得而进取有资。血战所关,国祚所系,几度剪屠,维扬其匹。每海内承平,则五方辐辏,为贡道之枢衡、漕运之噤喉。二口之间,墟落密集,淮泗之会,市井繁稠。

其间也,吴凿邗沟,运贯隋炀,古楚之州,盛于大唐。城开波斯店,郊设新罗坊。宋凿沙河道,聚落磨盘庄。元世更漕路,明清铸辉煌。斯时也,黄、淮、运交汇以隆其势,清江浦四闸以陈其险,河、漕总督开府以扬其威。漕穿五水,淮扼其中,天下九督,淮居其二,运河之都,乃实至而名归。船厂造百卫之舟,皇仓积千里之储,堰坝挥历朝之帑,盐坨供兆民之需。关征榷税,三河、海隅;南船北马,九省通衢。清淮八十里,临流半酒家,帆影闻鼓吹,筝声催月斜。奔雷闸启鬼神愁,昕夕喧呼起白鸥。城堡相望闻刁斗,壮丽东南第一州。

其尤堪豪者,群星璀璨,雄杰蔚起。俯胯饭饥,三杰楚王窟穴;观涛疗疾,《七发》枚乘故里；演绎西游，河下镇射阳筑篴；经纬天地，驸马巷恩来断脐。俊逸鲍参军，清新张右史，韵士辈出，诗城结望社蜚声；存真杨吉老，延寿推石氏，名医踵继，鞠通集温病大成。学开考据，阎潜邱振聋发聩；文彰甲骨，两巨子先声夺人。须眉巾帼，代有干城：陈元龙湖海豪气，王义方劾奸奋身，刘仁赡辕门斩子，梁红玉桴鼓退金，沈祭酒狼筅埋倭，关忠节血染虎门。更有刘老庄八二烈士，华中解放区领袖群体，浩气丹心振国魂。他如卫朴之历算，龚开之绘事，郭大昌之堵决奇术，程莘农之针灸神技，王瑶卿、周信芳之粉墨登场，陈白尘、谢铁骊之影剧综艺，乃至府署宝翰、书院荷芳、十番锣鼓、淮扬美食，皆斯市之荣光、斯土之灵异。

然而山川陵夷，人事代谢：黄河北徙，漕运转海，津浦路通，盐法大改，江河日下，目惨心骇。所幸否极泰来，东方狮醒，因利乘便，革故鼎新，运都崛起，数度周星。

一日千里，得交通之引擎，公水铁空，赖不懈之经营。而今高速盘绕，八面龙吟；黄金水道，江海通津；百载梦圆，火车轰鸣；万里长空，啸傲鹏云。物畅其流，人快其行。

于是群商赴壑，俊采星驰，台商、浙贾，各占机宜，蜂聚蚁会，高地竞齐。或相中本土资源，或看准人和地利，或携来崭新业态，或怀揣高端科技。八仙过海，神通非一，转型换代，多元多极，工业新城，日新月异。产业成链，中国新盐都特色鲜明；凌空而降，创新产业园英才集群；通关简洁，出口保税区一站服务；十通一平，厂房标准化目挑嘉宾。

六大战略，助推百业腾飞；东扩南连，展示高超棋艺。四城同创，宜居靓丽；五区联动，繁华大气。淮海路旆幌流彩，水渡口簇拥楼台，古淮岸情境诱人，山阳湾水木开怀，里运河琳琅满目，高教园浇溉群才。而古城格局之维护，老街风貌之保持，文物遗存之珍视，城市地标之设立，皆尊重历史，相势因地，古韵今辉，浓淡咸宜。

尤喜子民政心，富民侯情：百姓衣食住行，与经济发展同步；医教购娱，共品位提升相副。社会保障，水涨船高；扶贫济困，温暖孤苦。里巷祥和，无负平安盛誉；小区熙乐，高攀幸福指数。

今日之淮安，执省委省府实现“两个率先”之伟略，握加快苏北重要中心城市建设之良机，群情振奋，精心谋划宏图；上下一体，折矢再创神奇。树高标而壮声势，强中心以远辐射，联吴楚而竞绮，偕湖海以齐飞。为邦谋富庶，为城谋美丽，为民谋福祉，为历史赢不朽之丰碑！

**附：淮安赋（奉制缩略本）**

楚汉故郡，淮运名都，纬分秦岭，经轨漕渠，四水穿城，双河回护。东孕末口，襟扬子而带瀛海；西衔泗口，引长淮而控大湖。绾清涟，结山盱，统四县，辖五区。候兼南北，分明节序；网罟河泽，水浮疆宇。川原广袤，沃野平铺；丘阜西南，苍翠盘纡。利蒲渔而载《周礼》，贡蠙珠以窥《夏书》。

沧桑古城，悠悠青史。雪泥鸿爪，青莲岗具七千年遗韵；吉壤奥区，清河口列八九座城址。善道得陈璋圆壶，旧铺获季札盟匜。楚汉王陵屡现郊野，荒滩故叠曾牧义帝。秦皇一统，淮阴置县，商贸繁荣，赫然称市。炎汉而下两千载，州郡路府之治所；南北对峙三五朝，边帅驻防之重地。北必得而饷运无阻，南必得而进取有资。每海内承平，则五方辐辏，为贡道之枢衡、漕运之噤喉。

其间也，吴凿邗沟，运贯隋炀，古楚之州，盛于大唐。宋凿沙河道，聚落磨盘庄。元世更漕路，明清铸辉煌。斯时也，漕穿五水，淮扼其中，天下九督，淮居其二，运河之都，乃实至而名归。船广造百卫之舟，皇仓积千里之储，堰坝挥历朝之帑，盐坨供兆民之需。三河关榷，九省通衢。清淮八十里，临流半酒家，帆影闻鼓吹，筝声催月斜。奔雷闸启鬼神愁，昕夕喧呼起白鸥。城堡相望闻刁斗，壮丽东南第一州。

群星璀璨，雄杰蔚起。俯胯饭饥，三杰楚王窟穴；观涛疗疾，《七发》枚乘故里；演绎西游，河下镇射阳筑篱；经纬天地，驸马巷恩来断脐。俊逸鲍参军，清新张右史，韵士辈出，诗城结望社蜚声；存真杨吉老，延年石寿棠，名医踵继，鞠通集温病大成。学开考据，阎潜邱振聋发馈；文彰甲骨，两巨子先声夺人。须眉巾帼，代有干城：陈元龙湖海豪气，王义方劾奸奋身，刘仁赡辕门斩子，梁红玉桴鼓退金，沈祭酒狼筅埋倭，关忠节血染虎门。更有刘老庄八二烈士，华中解放区领袖群礼，浩气丹心振国魂。

而今一日千里，得交通之引擎；公水铁空，赖不懈之经营。喜看高速盘绕，八面龙吟；黄金水道，江海通津；百载梦圆，火车轰鸣；万里长空，啸傲鹏云。物畅其流，人快其行。

于是群商赴鏊，俊采星驰，蜂聚蚁会，高地竞齐。或相中本土资源，或看准人和地利，或携来崭新业态，或怀揣高端科技。八仙过海，神通非一；工业新城，日新月异。中国新盐都特色鲜明，创新产业园英才集群，出口保税区一站服务，广房标准化目挑嘉宾。

天时地利，助推百业腾飞；东扩南连，展示高超棋艺。淮海路旆幌流彩，水渡口簇拥楼台，古淮岸情境诱人，山阳湾水木开怀，里运河琳琅满目，高教园浇溉群才。

今日之淮安，群情振奋，精心谋划宏图；上下一体，折矢再创神奇。树高标而壮声势，强中心以远辐射，联吴楚而竞绮，偕湖海以齐飞。为邦谋富庶，为城谋美丽，为民谋福祉，为历史赢不朽之丰碑！

## 金湖赋

洪泽西悬，三河波涌桐柏水；邗沟北去，一线堤分珠串湖。倚皖东缘之岩阿，启里下河之沮洳。牵江引淮，襟楚带吴。建县五十年，忆周公之定名；流金百余里，兆繁富之奥区。

然而淮、扬交壤，高、宝旧土，洪荒垦殖，世代步武。三阿之南，母怀帝尧以降；夹荡高墩，陶鬲间储玉斧。秦县东阳，迹存丘阜；汉置平安，城没滩涂。石鳖屯丰，汉魏六朝资保障；黎阳仓满，难挽隋运叹洛都。直渎衡阳，山货海盐之捷径；黎城善道，行商列肆之交衢。

何期破釜成湖，高堰俯踞，黄淮水患，十年九顾，人为鱼鳖，吁天无助。于是筑圩列墩，织筏编芦，摘菱采藕，亦稻亦渔，挣扎聚散，若萍若蜉。

逮乎共和初建，领袖指点江山，支祁一举驱除。昔时洪水走廊，满目凄楚；如今无限风光，焕彩版图。同源异脉，三湖开灵镜；水村山廓，四时物华殊。圩堰纵横，圈田棋布，清流环绕，翠屏如堵。芦洲荻岛，隐三两红楼，胜仙子之居；水上森林，集九皋鸣凤，乃鸟国之都。百里荷乡，万顷清妍，追念东坡情韵；一轮桂月，几重璧影，似见梦溪神珠。至于县城琼阁，溪街玉树，烟柳板桥，杏花春雨，稻熟蟹肥，丹鹤白鹭，皆生态乐园，实不胜枚举。得闲求田问舍，寻幽追古，则吕梁镇上，可艳说棋盘；古塔遗址，好臆想湖天。马塘村敬礼，大佛寺闻梵。草编和合，纸剪缠绵。娱神傩戏，传世无偏。僻野韵书涵绝响，倾动学界震文坛。秧田锣鼓鸣阡陌，打情骂俏转新鲜，乃田作之情趣，真《关雎》之续篇。而金湖娃之虾舞莲唱，则央视台之雏凤清嘉。偶携三五友人踏上船家，采鸡头、玉臂，网白鲤、青虾，杂馔湖鲜八人碗，泡莲芯茶，举荷叶杯，赏芙蓉向脸，青霄接天，其乐也何以复加！

若夫俯察仰观，纵论风流，看大浪淘沙，数彪炳千秋。唐尧北上握中原，陈婴揭竿反暴秦。邓艾屯戍，功德惠古今；谢玄一战，雄风化长城。梁武帝读书留高台，李孝逸火攻扭乾坤。高黎王造城县基奠，觉非子悬壶济苍生。肝胆照人，吴运铎制造枪榴弹；劳瘁救国，罗炳辉奴隶作将军。看山河之巨变、赤血之化碧，复有多少英雄而无名！

且喜革故鼎新，继往开来，卅年回首，豪兴满怀。乘时因地，不负东君之约；科学发展，谱写盛世华篇。拓主航道，贯东西南北，修高速路，恰左右逢源。巨轮往还新港，汽车纵意湖堧。地藏油田，日涌乌金万桶；金石机械，唱响禹甸尧封。飞毛腿捷足闻天下，海内外盛开金莲花。筑巢引凤，工业园巨商接踵；全面提速，三产业竞放光华。强县、兴镇、壮村、富民，四大工程齐奋进；爱士、悯农、推工、助商，交响韶乐奏康庄。

噫吁嘻！湖海涛壮，把帜弄潮，水击千里，信时不我待；碧落风高，振翮腾霄，直上九重，正酬志良机。一赋草具，七绝吟成：

众擎易举泰山移，托定金湖聚宝奇。大块文章千古事，洛阳纸贵更相期。

## 盱眙赋

张目为盱，举目为眙，县以山名，地以水奇。跨天堑而毗二省，居牛斗而彰四时，顾润扬而瞻濠寿，屏江表而控汴泗。纳长淮之壮阔，扼大湖之泱漭，承平野之寥廓，腾众岭之青苍。资源丰饶，拥山泽川原之利，乃物华天宝之疆；交通畅达，为风云际会之所，亦人杰地灵之邦。

悠悠青史，历历爪泥：四万年以远，下草湾得先人遗骸；八千载而下，范家岗多新型石器。延至三代，淮夷栖息；春秋战国，吴楚故垒。季札挂剑，盥匜现身于善道；陈璋铭壶，重器出土而隐谜。郢都东徙，地名留迹；秦皇一统，三县并置；楚之东阳，汉之临淮，三舍未及，二郡次第，当日繁富，闻而知矣。每值干戈继起，南北对峙，则为淮楚巨防，金陵唇齿,禁军堡砦,封疆麾帜。隋开通济渠,汴水入淮流,都梁行宫作,云集往来舟。唐宋漕运盛,盱、泗称咽喉。蒙元屯垦聚,大明帝王州。泗城遭水漫,是非功过各千秋。凤岭万人坑,松杉风吼雨啾啾。

郁郁人文,代代传奇:大禹治水,锁龟山井底支祁;淮泆徐都,寓偃王缔盟会师。管鲍分金,今古重高义;孔圣游学,衣钵长在兹。陈婴揭竿,贤母一言化吉;三城鼎立,怀王初都之邑。刘非建陵,释大云山之疑;邓艾屯田,蓄古射水成陂。坚守孤城,臧、沈虎子戏佛狸;水灌寿阳,浮山堰误降人计。僧伽塔院,太白、退之争吟唱;汴口翠屏,苏、黄、米、蔡竞留题。宋、金分两国,宝积存岁币;隔岸开榷场,裘马贸茶丝。洪武丙寅,开三世圹穴于吉壤;康熙庚申,沉石人瑞兽于涟漪。随舅举义,岐阳王忠勇无敌;伏虎救驾,田壮士渔樵是寄。汪园诞鹤,子虚一记足风流;杨府盛才,留洋八骏多廷器。焚契分粮,李桂五红军震虎踞;华中抗倭,黄花塘赤帜唤神威。

其尤足道者,著鼎革先鞭,唤无限生机:当初率先大包干,穷乡僻壤萌春意;而今奋力"两率先",当世桃源新境界。雾峰溪壑,灵禽异兽之乐园;幽陬曲沼,嘉树香草而竞绮。玉皇山贡宝,硗确化为银;蛤瓢滩流翠,蠙珠喜出新。野马追奋蹄千万里,金斗湖涌出满湖金。俞敬忠棉籽标榜,袁隆平稻种值升。中国龙虾之都,节庆涵泳民生,化虾为龙手笔,赢得寰宇蜚声!

新型工业化,园区奋引擎,神州百强县,盱、马双轴心。老厂脱胎换骨,新秀顶天立地。外资纷至沓来,民企抟风乘势。新能源成产业巨擘,新装备多瞄准国际。钢管轴承运转乾坤,机械电子精妙绝伦。经典服饰,光耀奥运领奖台;久长美味,西洲宠物喜吠声。华夏凹土之都,世界加工基地,汇英集萃,中科院立研究中心;点石成金,附加值蕴高端科技。

建特色城市,写锦绣华篇。城在山林里,鸟语闻市廛,街道常临水,楼台半绕岚。歪屋陋巷无寻处,雅筑仙居不厌看。花朝月夕可怜夜,星岳灯河出世间。都梁高阁,频撩清兴;龙虾巨厦,常惹馋涎。苏宁引领消费,雨润观念超前。奥体中心,皇冠灵动;飞碟广场,舞姿翩跹。书声起伏黉楼聚,技师大学梦初圆。红楼梦别样世界,生态园难认边缘。

天生佳丽地,妆成倍旖旎,风晴雨晦日,游观总适宜。选胜登临,且上东南第一山;阡陌踏青,乡野杖履任往还;探幽访秘,东方庞贝存雉堞;追史怀古,明陵、汉墓足清谈。复有八仙台招隐,铁山寺闻禅,龙泉湖竞渡,赵家岗沐泉。至于千村掩翠,百库鸣蛙,牧笛吹雨,药农捋霞,渔舟唱晚,村妹采茶,象山赏石,甘泉摘瓜,亦无不流布多情之图画!打造全县大观园,腾蛟起凤传佳话;盛称"南京后花园",休闲度假尽情夸!

耳遇怡情,目击怡心,便醉中疾走,复梦里徐行。登高啸远,好风更招八面;拏云揽月,奇迹再慰群英。鹏背负云霓共舞,人心携山水同青。星图千古遥呼应,天河淘亮盱眙星!

## 涟水赋

黄淮南横，硕灌北延；滩套东展，沭尾西填。地以物兴，盐河迤逦而中贯；县因水名，三涟流播而久湮。沟渠织网，塘坳列鉴，平川百里，山无一拳。负海阻淮，成陆不及万年；史前载初，皆属夷夏鄙边。

其原始也，潮汐往来，湖沼沟洫漫衍，鱼鳖凫雁之渊薮；榛莽丛生，蒌蒿柽藜遍布，麋獐獾獭之乐园。于是先民渔猎于兹，沙嘴流连。已而滩涂辟壤，植稻青莲岗下；苇荡斫芦，煮海三里墩前。冶土成陶，囊盐贸石，富兼淮海，众号淮夷。当虞夏之时，即为中原冠带之国，东南贡道所资。

迨至秦汉，县肇淮浦，侯封海西。而黄肠题凑之冢墓，金玉冥器之豪奢，更宅王也无疑。素封连袂，私枭蜂起壮黄巾；巨族骈居，宰辅次第立朝廷。徐伯进五经将略，宗教向文开风气；陈元龙百尺楼台，建功济世励精诚。

魏晋以降，涟口城为淮鹾枢要，涟水场乃产盐当行。新漕渠脉承游水，通涟河名赐圣皇。四镇理亭灶，半壁映辉光。统揽十场，驻节盐运分司；巡检众口，缉堵私贩强梁。四时常晏如，百口无饥年，鱼米乡诗迷繁富；涟漪佳绝地，相逢拼一醉，芙蓉郭词恋芬芳。而鲍明远擅文摛采，王义方忠职弹章，徐有功犯颜执法，娄道者止啼呈祥，嵇大成卜居占籍，亦似闻草木传香。

海上丝路之塞口，万国星槎所必经。新罗巨艑城根泊，波斯善贾趁潮行。求法圆仁数度光临，伏龙古镇不尽潮音。

地当南北分野、陆海交替，素称齐鲁门户、淮扬屏蔽。边徼雄军，干戈半部史；海防州郡，命名寓深意。东周列国，兵戎已见端倪；六朝五代，悍将频繁角觝；宋金对峙，三城数被焚夷；倭寇披猖，盘踞六载有奇。兵燹所至，几番生灵涂炭，几多井台黍离。

而空前浩劫，实无过黄河夺淮，其荼毒之烈，罹殃之久，直令万古悲摧。想浊流决时，哭声盈野；洪涛过处，浮芥逐骸。陂湖化平陆，渠系尽掩埋。粳稻丰饶之壤，皆为斥卤；人烟稠集之区，半作荒莱。滩涨涂伸，海远卤淡，场灶咸奄奄一息；旱、蝗踵继，潮、碱交加，撤县引汹汹廷议。田侍郎之安东吟，鲁通甫之岁灾记，足以倾千秋之涕泪！

然首丘之情志不移，抗争之毅勇难羁。守祖宗清白，挣扎浮游持礼义；教子孙耕读，讨饭上学不乖离。波出涛没，御洪遍筑庄台；风起云涌，策杖怒挑蛟螭。八一暴动，悲壮激烈；高杨之役，痛快淋漓；涟水之战，风冽云凄。数十年血火昭青史，九千度云月唱新诗。

雄鸡啼罢，群英奋起。披星戴月，百万愚公织河网；压沙治碱，遐迩社队学大飞。重植水稻逾唐宋旧观，广种绿肥惹举国心仪。

尤欣鼎革之大潮空海，扶摇之鹏背垂绮。畴昔卖余粮浩荡车队，汇成全国商品粮基地;而今种、养、加互联网络,绣出农业现代化旌旗。防渗渠流润旮旯,塑棚连片协云泥。千载犁碗磨,舁入博物馆;千村茅草屋,化作凤凰栖。花朝月夕,村头广场大妈舞;上班下田,时髦农仔驾奔驰。

园区经济腾,崛起工业城。高新技术聚,乡镇灿群星。妙手传承,流六朝之云锦;品牌竞艳,驰华夏之标名。永持双创,合作双赢;循环利用,产业蒸蒸;挂牌上市,势头方兴;苏杭科技,更夺先声。京宁陶醉,今世缘倾申、汉水;丝竹绕梁,东方乐奏光明行。建筑大军,吊塔遍树廿余省;全能团队,行业通才出国门。

佳构鳞次栉比,衔巷纵横逶迤。绮楼杰阁,与琼枝玉树厮磨;天光云影,共五岛十景徘徊。腾蛟起凤,庠序呼风唤雨;郑心、蒋道,风范继往开来。塔影重光,吟风绕鹭重霄接;新城草创,融市入海百花栽。水利枢纽,操前控后;机场高铁,插翅生威。风雷留忆,当初孤城如斗大;红日高悬,而今入目近蓬莱。

黄绢幼妇书难尽,盛世华章又破题。既成大赋,复缀新词:

四达通衢舒展,三维彩路交驰。云帆金毂总相宜。长龙趋贝阙,银燕戏虹霓。米芾借来神笔,承恩助得奇思。好风揽月正当时。宏图携手绘,奋翮与天齐!

## 淮安清河区赋

清江浦南趋,山阳湾北环,大清口西扼,草湾坝东衔。地处淮、运之汇,局促二水之间。形如犀角,状若海船。此淮安市清河区之版图也,境域不抵宽乡,建区未及卅年。

然而土重民稠,盘瓠结庐。钵山培嵝,先民足印七千载;泗口折戟,正史丛残不绝书。王乔飞舄,传鸡犬升天佳话;高阜遗坂,陈风水绵延瑞图。跂踵见韩信之窟,临水映枚乘之居。秦汉淮阴县之郊野,元明山阳邑之辖舆。咸淳抗元,李庭芝建县得名;乾隆移治,陈宏谋割籍上疏。而后因革繁复,更替斯须。

其境也,脉流分野,位系交衢。天下太平,则为四达通津;干戈交织,乃成南北命枢。周亚夫之运筹,传于妇孺;袁公路之麾帜,终以名浦。炀帝建禹功,环区三面识风帆;乔氏开沙河,二斗门闸创磨盘。

而其兴为重镇也,则缘于平江伯之通漕浚浦,数百年之列衙比署。皇仓转输,粮舟若过江之鲫;船厂开张,工匠如蝼蚁之聚;水部驻节,冠盖多于布衣;河漕杂沓,兜鍪密于堤树。夹岸招摇,邸驿酒肆之幌;巨室鳞次,豪商大吏之居。至若九省通衢,双河待渡,则楫更辕易,昕夕喧呼。可谓盛极一时,无愧四大名都。古往今来,人文渊薮,灵杰辈出,里巷比居。

其间也,黄河夺淮,朝野关注;南巡二帝,盘桓瞻顾。重堤叠坝,垒金如土;上系国脉,下维黎庶。运筹黄、淮、运,潘季驯束水攻沙垫;塞决老坝口,郭大昌绝技丹心谱。何期仓耗厂衰,源于鼠蠹;漕梗河患,弊窦难堵。是以吴梅村之咏叹,不绝如缕;龚定盦之感怀,殷忧气数。以致河、漕易辙，空慨离黍，扰攘百年，瘢痕遍布，淮、运之间，半为平芜。

延至新华奠基，地、市营治，北郊复苏，漫衍两翼。南门徙木，振兴崛起，空前盛况，未有如斯。八面佛故地，中心繁越；汰黄堤上下，楼厦密集；水渡口周遭，商情踊跃；白鹭湖新区，工厂林立。华灯绿岛，街道车水马龙；闾阎扑地，社区祥和宁谧。广场错落，翩跹身影晨昏众；堂馆点缀，兴文化俗两相宜。黉庠高雅，弦诵之声风骚领；就医便捷，三级网络覆无遗。

其尤足道者，中洲岛之闸古，读书处之梅香，西游宫之奇幻，城史馆之遐想，柳树湾、桃花坞之四时光景，钵池山、生态园之仙风神韵。园林水城，岸绿河清；人步波中影，鸟鸣窗外晴。桐高凤凰集，壤吉四海临；“电信”旧极顶，“雨润”将刷新！黄绢幼妇的卢驾，和谐示范飞庆云。

而今合区士庶，众志如一，高标锁定，宏图继起：“四区”同创，“三力”并提，为民增福，为国强基。壮心浩气，岂负昊天丽日；鼓勇拏云，又听号角声急。故为之歌曰：

风正帆悬横海时，劈波斩浪莫栖迟。

燕然勒石三山近，再向潮头举大旗！

## 星灿长河赋

处暑已过，流火为宾，天高气爽，夜幕降临。银汉与漕河遥映，繁星共灯火弄影。槿轩与友人泛舟游于清江浦上、古楚之城。经淮阴钓台之下，过射阳河下古镇，历周公读书旧址，至枚里二河之滨。一串胜景，两岸画屏，如穿行于历史隧道，似徘徊于群贤展厅。不经意间，饮得半壶佳酿；暗流连处，品完几盏清茗。胸襟豁然，口角含馨，竞谈观感，各抒豪兴。

一友先声夺人，引吭高吟：“襟带江河薄海疆，千秋一脉古津梁。龙吟虎啸争雄地，毓秀钟灵画幅长。”

槿轩击节称妙，铺而陈之：“吾淮也，运河纵贯，握五水之中枢；南船北马，号九省之通衢。每承平之世，五方辐辏，擅人文荟萃之令誉；战乱之际，干戈云集，多武功显赫之魁渠。乃灵秀孕育之胚胎，英雄用武之舞台。”

一客进而阐之：“吾淮也，兼收并蓄，得吴韵汉风之优长；刚柔相济，具奇崛傲岸之行藏。自韩信故里，至恩来旧居，其何所而不彰！”

槿轩复深而化之：“吾淮也，众水汇流渊薮，其势奔腾激荡；几度潮落潮起，自成万千气象。西游一记之魔幻，针砭七发之酣畅，科举诗翰之鼎盛，绝技奇巧之繁昌，乃至仁慈一饭之黎庶，叱咤风云之帝王，皆千古不朽之华章。人物长卷，仰止周行；历史长河，璀璨星光。瞩目前路，更隐现多少辉煌！”

众皆鼓掌，热情奔放。时弦月初上，复举觞以壮慨慷；好风乍起，纵一苇而入苍茫。

## 新沂赋

郯邳交壤，潼宿并墟；阜延蒙顶，原接苍梧。倚海岱而窥淮泗，襟吴楚而联齐鲁。骏岭南驰，缠沭河以彰龙脉；漕渠西绕，携沂水以汇骆湖。陇海横轨，胶、长双带之枢纽；路纲织梭，舟车四达之彩衢。

泱漭崎崛，演绎繁富；风雨云集，沧桑萍聚。地纪洪荒，何山奉一万祀石器；物证文明，花厅补五千年阙史。东方土筑金字塔，良渚、汶口交融此。成周封建，钟吾城遗山陬；嬴秦置县，司吾易为驿递。佛结崇阿，潮音泉律；刹号禅堂，藏岚坼漪。沂迦孕育窑湾镇，呈五行八卦之奇观；商帮兴起遛马庄，乃九流三教之渊源。嗣为四十载县治，迄今两周星市廛。

是以龙争虎斗，向为兵家必争之地；刀光剑影，由来英雄用武所寄。退兵减灶，孙庞斗智马陵道；宋垒金锋，韩、张挡道若熊罴。敌后抗倭，一山三河编大队；宿北搴旗，峰山埋了戴之奇。

历代名贤托迹，人文荟萃。仲尼望海非虚，文翁倾句有凭。天祥慨叹含岩壑，梅村题咏凝马陵。五字法收，刘墉神逸；第一江山，麦野龙吟。蒲淄川仙影留洞，陈大声妙曲震林。瑞兽凌风，护帝师之圹穴；金声发聩，传女史之蛙鸣。而魏彦威之淮海横刀，孙明瑾之常德牺牲，马南圃之画笔流彩，王辽生之歌哭动人，乃至望亲庐仁孝垂范，十人桥负重献身，皆传颂于阖邑，信矜式于后昆。

然而男耕女织，近代犹存；斫山锄野，灾异难禁。丰歉不常，水旱蝗频繁光顾；铤而走险，陈玉标悬幅为军。

逮乎共和肇建，绍贤踵圣，改天换地，豪气干云，导沂整沭，前无古人。洪魔入槽，旱魃逃遁，始底定粮仓之嘉名。想赵大车之愚公气概，新安县之精卫精神，诚可光日月而配乾坤！

今日之新沂，抟鼎革之雄风，绘旷古之鸿图。农工商服比翼齐飞，城乡郊野并驾齐驱。中国经济百强县，东陇海线一明珠。绿色小康佳境，文化生态名区，巷陌几朝诗韵，湖山四时目舒。疑梦里蓬莱，五华顶秀称杖履；真世外桃源，绿豆烧醇胜醍醐！

## 周公赋

癸巳春景正繁，友邀雒邑游观，涉伊、洛，越瀍、涧，望龙门，陟邙坂。认成周之鸿爪，演干支以溯年。谒周公之灵祠，久仰止而盘桓。因为之赋曰：

聆西岐之凤鸣，承羑里之《易》传。识河渭之清浊，洞天命之贸迁。翊武王以伐无道，作《牧誓》而奋长干。朝歌灭纣，入商宫以持大钺；鹿台散贝，施盛德而化殷顽。

璧圭惟诚，求代王兄之疾；襁褓惟信，承摄当国之艰。躬吐握以待士，彰仁义以隆权。流言是惧，落一叶而知秋；乱象是察，张《大诰》而力宣。虎贲龙骧，诛管绳蔡河济靖；疾风骤雨，践奄逐徐淮海奠。普天之下，莫非周土，率土之滨，王臣检点。

于是吉壤亲卜，东都营建。斯地也，凭华岳，据嵩山，握河、洛而牵颍、汝，均道里以达鄙边。恰御中以控势，利长治而久安。

继而厉行封建，拱卫屏藩。君臣父子，作《周官》以明次序；居行服用，遵典章而约森严。巡狩宜勤，礼乐征伐出自天子；朝觐宜恭，公侯尊爵定于贡献。广井田以杜窳惰，正阡陌而绝侵占。除陋俗以禁聚饮，倡节俭而为民范。引商贾以畅物流，导农艺而致食蕃。

延至成王之既长，乃还政而北向。惩前毖后，示《毋逸》以昭殷鉴；敬天保民，戒淫佚而防骄妄。孝弟友爱，温良谦让；明德慎罚，百姓安康。泽润贵贱，威崇遐荒。遗嘱葬新畿，心迹佁煌煌。而衣钵伯禽之鲁，更无愧弘扬光大之乡。

伟哉周公，大哉叔旦！文治武功，日偕月伴。恩威并施，无故不服；刚柔相济，无覃不牧；勤谨弗怠，上苍多福。慨我华夏，五千载文明，数十朝兴亡，八百年周鼎，延祀独当行；确立嫡长子继承之制，底定三千岁法统之纲。虽尧舜禹汤，岂能及哉？复遑论宋祖、唐宗、汉武、秦皇！

仁者周公，圣者叔旦！教育先驱，儒学开山。元圣师尊，孔仲尼叹梦周之难；大成并驾，韩退之列统序之班。五德齐五帝，三才美三代，真国色天香，信馥郁万年。功业存鼎革精髓，规箴助中华梦圆。

## 江苏大剧院赋

石城旧野，建邺新区，参差广厦，炳焕中枢。此江苏大剧院也，十春筹画，一旦凌虚。瞰扬子而眺洲渚，邈秦淮而近鹭凫。骈奥体中心之龙虎，伍金陵馆阁之图书。且三维交通，架天衢而潜地铁；五方辐辏，倾士庶而织云车。

其外秀也，如荷叶田田，风姿绰约，露凝四颗瑶珠；若雨花熠熠，纹理交流，光润一盘瑾瑜。共浩瀚之烟水灵动，与跌宕之绿茵展舒。

其内休也，采古今之精粹，鉴中外之名娱。浑然一体，契合若符；卓尔四厅，互补相扶。新舞台则升降盈缩，随机而化；美人靠则梯次错落，应观以形。假斯卡拉之传响，纵远弥真；借皇穹宇之回音，细微宜听。百老汇之巨猫魅影，维也纳之金色明星，遂跃然神往而冀临。生旦净末丑之纷攘，戎狄蛮夷夏之杂陈，更任其挥洒而尽情。

自兹北都南会，伯仲媲美；欧美拉澳，烂漫分春。信三大平台，惠民弘艺；千秋盛事，领异标新。而复兴之征程万骑竞逐，虽执骐骥之祖鞭，又岂容消停耶！

## 名城盛会赋

8月下旬，参与筹划中国南京第二届世界历史文化名城博览会淮安板块，市府副秘书长窦君立夫博士，创议撰《名城盛会赋》《运河之都赋》，以策宣传。众哄然应之，且婉喻于余。余数辞未果，遂作上架之鸭鸣矣。

丙戌仲秋，月朔初弦，天朗气清，碧草依然。钟阜呈龙腾之瑞，石城溢虎跃之欢。洪波起而扬子舞，松风劲而天阙喧。张灯结彩，怡工谢堂前之燕；翔风雨花，续寰区名邑之缘。

宝马奔驰，佳宾乘八面风来；银鹰盘旋，高朋携四海霞栖。长干桥头，古道铺红。朱雀翩跹，鼓乐情浓。聚宝门开，宾主偕而礼炮鸣；瓮城洞启，彩焰腾而夜通明。

十里秦淮靓，画舫丝竹匀。五洲名城会，神韵漾金陵。满目琳琅，汇五十四城精彩；盈馆芳馨，集二十四番花信。地中海之明珠，多瑙河之璀璨；太平洋之巨港，南半球之桂冠；高寒极地之奇葩，大漠绝塞之鲜艳。噫嘻！由洪荒而入纪元，越中古而至目前，几多文明之母，几多播火之源。历史隧道，画廊精妍，观之不尽，感之弥殷。

而今时代脉搏，如瑟如琴。和谐乐章，谁谱新韵？讲坛侃侃，众市长竞展风采；主题朗朗，一支笔画龙点睛。《宣言》绘出美好，白鸽飞向光明。大江浩荡东流去，万里丹忱汇太平。

## 沧海琴声赋

迩来每岁旅游海州之湾，小住苍梧之山，昼则探古寻幽、戏浪闹海，夜则卧岭面洋，枕波听海。亲近愈多，爱恋愈笃，而体悟亦愈深也。因作《沧海琴声赋》以颂之。

拥郁洲之群山，榻云台之阔海；闻东溟之动静，觉无垠之天籁。何须伏羲之伐桐，久蕴苍梧之木灵；何必嫘祖之绩丝，援引沧浪之弦经。

若夫狂飙排浪，奔云挟雷，急雨飞矢，东门欲摧，贝阙震荡，三山系危，则如急管繁弦，撕心裂肺，敖广惊怖，兵将缺位。继若定海神针，泰然崔巍，令人志坚神定，百折不回。是以商梁无以传其骇，卫女无以识其归。

若值春光明媚，碧波潆洄，鳞甲喋歙，鸥燕鸣飞，孔望浩叹，夙沙汲肥。或赤潮涌日，天际升桅，犁垡腾雪，纱幔扬徽，薄港近趸，喧动翠微。或渔舟唱晚，皓月浮金，夜潮上滩，裂石穿云，鱼龙傍岸，逐浪带腥。其间也，巨细播声，忧乐兼听，师襄何以尽其妙，伯牙何以传其神？

而四时之易温，昕夕之易象，七情之易色，潮汐之易向，复奏鸣几多宏博玄奥之音？斯皆沧海之鸣琴也。虽黄帝之清角、庄王之绕梁、齐桓之号钟、飞燕之凤凰，绿绮之假手相如，焦尾之兴起中郎，咸难以复其本真，而耀其万古之辉光！岂但协五音以振人心哉？是以吾陶之醉之，心神往之，欲与耳鬓厮磨而不舍不弃也。

## 德园赋

淮宁路口，清江浦南，昔为荒落，今作芳甸。署宇数栋，修竹万竿，流觞曲水，碧池青莲。此淮安市廉政教育中心也，境可昭道，德以名园。

人以德为本，官以德为依。自古安邦治国，以法为衡，以德为基。杨震拒贿，播四知之德；包拯执法，传千古之碑。而今激浊扬清，众犯是纠，五德是规。伟哉周公，大哉乡贤，道德楷模，似江河行地，精神斗勺，如日月经天。风流草偃，雨润春妍，惟德化而义诠。

俗云："为官一任，造福一方。"政通人和，持廉正者久；业懋绩著，秉盛德者彰。通衢喻殷鉴，片石凝纪纲。车马过此，当自识行藏。

## 高沟酒赋

仪狄造思，杜康创奇；地涌甘泉，星映酒旗。缘天酿以启心智，探醅法而获珍稀；酝五谷以成琼浆，鼎九州而序礼仪。社稷醊尊，君臣称觞，盟誓沥爵，乡饮协邦，友朋酬信，夫妇交敬，酒体器用，实源远而流长。于是产酒之地，亦播衍于八方。

高沟古镇，居海西之上游，隶周鲁之旧壤；汲洙泗之潜流，郁孔孟之芬芳。拱卫三山，接苍梧以窥缥缈；襟带六塘，揽淮运而入苍茫。扼硕湖之颈项，环四望之沃野；擅鱼盐之恒利，聚七省之豪商。

斯镇也，圣井喷灵异，天赐佳酿之泉；红粱灿紫陌，群商利醴之渊。夜舂则万户捣月，晨磨则千驴兜圈。制曲蘖于密室，堆糟粕于故丘。或秋藏而冬发，或春酝而夏馏。精酿深蒸于前，密封久储于后。年年庙会火，八大槽坊共襄；攘攘舟车至，四门老窖竞秀。泥瓮三五载，近醉淮扬骑鹤客；开坛十里香，远销湖广帝王州。

镇因酒富，文以酒盛，史因酒载，名以酒传。爱珍珠红艳，高常侍题诗缱绻；迷琥珀香浓，苏东坡歌咏流连。故里挥毫，吴承恩即席成联；旅次赴宴，刘清韵嵌名天泉。将军鼓群勇，浮大白洞穿敌垒；绝技铸金庄，抗倭寇坊开裕源。三盗九龙杯，戏镇名高安海沭；一串拆字格，连珠妙语蹩猴仙。江苏"酿酒第一"、全国"浓香第二"，其享令誉也有年。

逮乎盛世物华，复砥砺前行。鼎新革故，工序用械如流水；继往开来，酿法加秘更转精。延至资产重组，"今世缘"名，尤勾文兑化，诱众倾群。流行语皆成名片，口头禅尽识嘉宾。酩酊申汉二水，馥郁南北两京。迩来缘结万国，架路带之桥梁；心牵亿兆，合股市之行情。千钟焉可慕，百觚何足云？业随醇旺，岂期四民之豪饮？羽翼龙腾，但偕圆梦之锦程。

## 高家堰赋

丁酉端午，佳日暇余，金乌微炙，清风徐徐，槿轩偕客作洪泽消夏之娱。策兜风之马，驰骋于巍峨百里之堤；驾冲浪之舟，腾踔于水天一色之湖。神为之爽，目为之舒。

客振襟豪语：斯堰也，牵盱眙之石梁，遏清口之怒流，锁洪泽之巨浸，俯吴王之邗沟。长淮奔泻二千里，俯伏萦回于膝下；大湖悬沫四十尺，矫首遐观于广畴。水上长城，气干斗牛，洋洋大观，真壮吾辈汗漫之游！

槿轩娓娓道来：斯堰也，汉陈元龙创始于前，历代屯垦经营于后。堰长不过一舍，陂广限于淮右。渎流顺轨，畅出云梯，岂如今日成大江之巨派、海道之小有？堰前之波亦渺无涯际，与洞庭、彭蠡相埒矣！

客复了然直陈：脚下之堰，实出运河通漕之策、强黄夺淮之狂。因河逼淮潴而高，以蓄清刷黄而长。夯土难掩，甃石以当，开五坝而减水，铸九犀以祈禳。二帝南巡，六映龙光，泥淖驻跸神庙，赑屃驮负宸章，其经营之苦心，信不亚于宣房。其间也，采几丘血岩汗石，竭几多糯磁铁锔，殉几对健男靓女，耗几成民脂国帑？然两河溢而泗州漫，一堤溃而淮扬伤。覆盆莫测，弓鸟凄惶。咸丰元年异汛，终致主流入江。

槿轩进而言之：斯堰也，北遏大河之汛，南控大江之流，西截长淮之涨，东保里河之航。百里系四水，一痕勒众缰，乃空前之巨制，亘古之华章！

迨至河北徙而遗患，淮南逸而生怒，鲧筹禹谟，犹浩浩而功巨。新华立，百废举，八字令，万众聚，群策施，崇墉固。锁定支祁，何待犀虎！

今日之高堰，控万顷之琼浆，系数省之阴晴。开闸则驳掩山海，四野流金；翻水则虹吸江流，千里沃霖。更展九曲之翠屏，易四时之烟景，凝千秋之禹功，汇历朝之遗韵。畅游其中，可以豁胸襟，娱视听，广见闻，激诗兴。因问舍沽酒，撒网烹鳞，三浮大白，击节成吟：

蓄泄奇观跨汉唐，墙苔铭锈两微茫。横屏楚水千川白，提点吴江一线苍。

堤树峥嵘凝古气，波光潋滟接遐荒。逐帆鸥影衔思邈，更注悬湖入酒觞。

## 白马湖赋

东贯夫差之邗沟，西耸元龙之古堰，北横恩来之总渠，南泻乾隆之减河。四面交框，一骥成像，三光幻影，百里棹歌。号灵湖为“白马”，始于炎汉；穿瀚海而负经，勋在佛陀。曾遭二渎假道，而今四县分波。

更处淮涡之下游，纳洪泽之余绪，知龟山之魔怪，识荷锸之夏禹。土豚潴水，助蒋济以通舰；石鳖屯田，辅邓艾以蓄黍。扬旌壮寄奴行色，憩艅入康乐大赋。“皇粮”字河，潋滟载炀帝龙舟；“丰敞”曰集，经纬遗翰林区宇。沙洲似宝莲珠落，庄台若仙人棋布。萨天锡一点渔灯,杨诚斋三更箫鼓,“饮牛叟”山泽遗逸,秦少游菰蒲笑语。港汊为村,春汛贺酒,渔樵谙唐诗之律;落霞作帔,秋赛酬神,雁鹜合宋词之谱。实乃历史文化之巨涵,人物风流之渊薮。

曾几何时,网簖列阵,圩堤纵横,波流分割,蓝藻催腥。厂泄污溷,流含毒品,人畜难安,鱼龙灭顶。

当宁权衡利弊,如管仲之相齐;断臂、刮骨,若华佗之疗病。经画宏图,重新胜境。清淤除埂,退渔还湖以空阔;治污理秽,清源正本而通灵。化朽为奇,酿成醽醁千顷;变废为宝,嵌入北斗七星。更环湖筑路,逢洫架桥,新础闸以便蓄泄,安渔户而本亲民。协农林以集萃,优生态而添景。灼灼桃花明岛,猎猎苇荻藏汀,错落钓台宜众,和鸣鹅鸭从心。百代情词,共渔唱、菱歌一脉;满湖佳话,与红鲤、白鹭为伍。蜃楼隐现,恰似海上三山;玄灵游弋,胜过其区几许。

吟赏未已,即兴成联:返朴归真,老君称道初圆梦;开怀舒目,神骏凌波又在途。

## 淮安和园赋

瞻居民之新区,顾环保之工厂,邻弦诵之庠序,近市易之务场,园林一座,广袤百丈。处核心,居吉壤,绕交衢,势轩敞。其间也,宝树参差,异卉芬芳。翠坪铺锦,奇石琳琅。瑶池漾渌,肖白马湖之缩微;玉溪迤逦,实入海道之模拟。曲径通幽,五彩铺砌,椅凳错落,亭台舒翼。是乃士农工商所共有,男女老少所咸宜。八卦图,展无穷之奥妙;阴阳鱼,示和谐之主题。

至若阳气氤氲,万物更新,笋抽雨后,鸟乐初晴,垂髫脱屣,鹤发履轻,则举家游园之快,映春日清景之明。若夫骄阳似火,爊热蒸人,野田辍耒,车间降温,斯园也,却柳风袅袅,林翳荫荫,荷舞翩翩,泉唱泠泠。劳作之余,结伴斯境,可驱浊汗,涤倦心,入莲境,礼仙宾。至于金禾盖野,阡陌传歌,南来雁字,人一天和,斯园也,更水映霞彩,树宠烟萝,云磨天镜,风启吟哦。其时花前月下,琴瑟何多!迨至霜晨凛冽,草枯林肃,寒禽隐巢,穹庐苍白,而斯园则三友流韵,嘉木凝绿,云开雪霁,画图难足,壮夫抒啸,嬉娃追逐。呵气可融冰,饫雪胜饮醁!

呜呼!觅彼上林、菟园之遗迹,则叹皇天过眼之雄风;寻柳衣、筱园之往胜,则哀鹾商颠覆之初萌;究拙政、退思之肇始,乃官绅一己之休踪;考名山灵水之占有,多佛、道二教之发蒙。一言以蔽之,何关乎逸仙豪书:“天下为公!”

而今“和”以名园,襟博旨宏:四时之和迥异,四众之和不同,而执其一者,斯大且容。徜徉其中也,暖风拂煦而和以衷曲,则思同舟之共济沧浪;草木繁衍而和以葳蕤,则谋兴业之蒸蒸日上。遇肃杀之秋声消歇,则遥闻出塞琵琶之婉转、敕勒新歌之豪放;逢士女之载歌载舞,则倾听总渠之汽笛悠扬、洪泽之碧波欢畅。而建设者之心声,亦如古楚之歌

《下里》，属和八方！

## 谒枚乘故里赋

清流迤逦，落木萧条，霜风树杪，淮岸望遥，槿轩与客游于淮运之交。街巷通幽，访淮阴马头古镇；松竹拥翠，谒炎汉枚乘故里。巨石盘陀，镌领袖之《七发》草书，气势沉雄；小园宁谧，荫瓦舍之千年银杏，叶金铺地。

因趋步而升阶，登堂而入室。峨冠华发，睿目癯面，当轴独立者，枚先生也。珍馐满案，锦绣衣体，颓乎其中者，楚太子也。警策俪辞，要言妙道，半壁垂悬者，千秋药石也。

瞻像肃然，如仰昆仑；思绪翩然，如近王藩：当时也，兼并鲸吞，贪婪承平之泽；巧取豪夺，屯聚盛世之繁。吴楚宗王，纵七情而思九鼎；膏粱子弟，损四体而伤五内。两度规箴，难止山海之欲；《七发》铺陈，终创时空之巍。大哉先生，运精思而擅椽毫，摛翰藻而振聋聩。永哉先生，承屈宋而新赋体，警亘古而诫来者。医人医世，无极无止；今读雄文者，似闻棒喝，几多涊然汗出，几多霍然病已。

或曰：枚叔去吾二千余载，此居处虑其非真，而况黄夺淮徙，沙垫淮渎！槿轩抗声曰：《禹贡》之清泗口、秦皇之淮阴城，皆渺然而难准，更何论一室而数楹？然先生之居，因雄文而宅，历晋风唐雨而不废，假宋砖元瓦以重新，代有兴作，焉容疑云！且漕河帆影恋其风，淮河明月钟其神，银杏莫能骈其寿，闸涛安得逐其音，狂沙岂可掩其魂？众闻而附和，其声散入凛秋之警醒。

## 四时涉淮赋

愚故里在淮之北，而谋生于淮之南，相距百有余里。昔时，咸自驾单车往还，或一月数经，或兼旬一过，炎暑寒腊，从未间断；风雨晴晦，错杂旅程。虽百里之程，然识地理之分野；每稽古准今，深觉文化之差异。欣悉中国南北气候地理分界标志之施工将竣，亟往观览，作《四时涉淮赋》以广之云。

跨长淮之浩浩兮，连虹桥以逶迤；缩寰球于数寻兮，别红、蓝以标志；欣两堧之流彩兮，植桢、楝以分歧。惹吾人之遐思兮，叹造化之神奇。

值春风之染绿兮，异南北之原隰：或水田漠漠而秧歌起兮，逢微雨连绵之季节；或犁耙悠悠而吆喝盖野，望黄梅而初湿地皮。遇炎夏之旱魃、霪潦兮，粳稻每安然而无恙，杂谷恐奄奄以待毙。欣秋获之景象兮，或连枷、风谷万户到天明，或磨粉、榨油千村过夜心。察冬藏之传统兮，北则为度岁而窖藏风干，南则为防寒以土覆草掩。若民间之习俗兮，或四时以勤苦，或半年以优闲；或清贫而满足，或粗裕而未甘。至若长袍、短袄之服，煎饼、泡饭之食，版筑、芦编之居，荡桨、执鞭之行，推车、挑担之负，皆因时因地而制宜，岂曰南曰北而立异耶？

百里之遥，气候不齐；冷暖拉锯，春秋尤烈。一淮之隔，水土相异；夹河相对，民性未协。信南橘而北枳兮，喻晏婴之善辨；由北马而南船兮，解文山之多感。览眼前之物事兮，识科学之内涵！

## 羊城执手赋

菊明三径，序属九秋；天高南国，气爽广州。彩衢迢递，抟扶摇之鹏翼；碧波潋滟，驾粤海之仙舟。邗沟闻笛，茶品万里情谊；珠江聚首，餐叙千载酒筹。

夫古楚淮安，海上丝路之元纲；南韩、百济，一衣带水之邻邦。釜山、淮水，一苇可航；古往今来，鸿影奔忙。却忆赁船贸易，张保皋楚州置业；唐土侨居，北辰镇新罗成坊。泗州名刹四海闻呗，普照王殿六楹流光。西朝汴洛，朴代天龟山题韵；北上幽燕，《飘海录》清口载详。

维今日淮安，云程开朗；邦交熙和，风巽浩荡。互利双赢，韩泰轮率先驱动；分企连锁，纳沛斯快捷开张。乐天玛特，甫林电子，连袂接踵，方兴未央。信韩资之高地，乃倚马之文章。

一赋既成，七言相赓：钵池丹井最甘醇，执手相期待众君。麟凤呈祥传海宇，淮渎迎客管弦新。

## 赵庆生

赵庆生（1951～ ），字朴石，昵称晚霜将至，江苏淮安人。中华诗词学会会员、淮安区作家协会会员、淮安区诗词协会副秘书长，河下诗词协会副会长兼秘书长。

## 清明赋

斗指丁时，杏桃月交，四野明净，天气晴朗，昼长夜短而冷意残；春江水暖，轻风荡漾，勃勃生机，薰意盎然，万物复苏而草木盛。是为清明也。

时值春秋，骊姬弑储，重耳亡齐，龙饥乏食，介子推割股以裹君腹；复国嗣位，封赏德功，狷介清平，唯遗股肱，晋文公焚山以逼贤出。绵山立县，谓之介休，禁烟火设寒食之节；折柳插门，招之魂魄，焚纸钱作清明之祭。子推忠义逐亡行，割股龙饥重耳承。狷介功高隐山野，一诗血笺话清明。勤政廉明，不忘故旧，足下屐齿观音柳，励精图治，终成霸业，袖中常怀座右铭。

夫天下清明，盖由人焉。邦之兴，由得人也；邦之亡，由失人也。民心聚，社稷安。以民为本，清明治国，则国之兴也；以利为先，混沌执政，故政之衰矣！

玉米初种，麦苗茁壮，蚕豆清嫩，油菜花黄，偷得浮生半日闲，结伴踏青在塍上；子规轻啼，画眉低唱，彩蝶翩舞，蜜蜂乱忙，卷起芦叶吹乡音，梳理白发闹癫狂。湖鸭戏春水，锦鲤跃河塘。杏梨飘如雪，桃樱红陌上。廊前新茶呼朋饮，遥看纸鸢白云上。

眼前春色无限，春耕春种正忙。农谚说：清明前后，种瓜点豆，清明乃农之要讯；种瓜得瓜，种豆得豆，因果乃哲之真理。衣食以农桑为本，农桑与季节相关。年分四季，季有六节，大好春光莫辜负；粮分五谷，粟有五彩，科学种田为要术。春时勿误，唯尽农人之责；丰年防歉，以充粮仓之盈。人误地一时，地误人一年，人勤地不懒，秋后粮仓满。古训也。

植树造林，莫过清明，仲春时节，盛德在木，植幼苗以成草木之长；防风固沙，制氧抑噪，维护生态，改善环境，尽微力以利桑梓之荣。

惶惶坟头土，见之如故亲；千古悲酸事，此景独伤情。古道黄土，青冢新坟，风雨梨花寒食过，谁家子孙未上坟？秃帚扫墓，清泪留痕，日落野狐眠荒冢，晚归游子思故人。呜呼！感之父母，命归九泉，椿萱之德，无以为报，子欲孝而亲不在焉；历代先贤，国之烈士，仙逝亲朋，他乡游魂，情欲聚而实不能哉。吾之祭奠，唯寄清明耳！

清明之节，源远流长，清明之俗，唯吾炎黄。农耕清明无腹饥之虞，政治清明可定国安邦。人格清明可延年益寿，环境清明而风轻月朗。噫吁嚱，唯祺万物清明，何虑民富国强！

## 周恩来赋

垛堞环绕浮云白，文通塔照夕阳明。山阳旧邑，千古风流，荟萃人文名胜地，壮丽东南第一州；时在光绪，清廷飘摇，满目疮痍苍生苦，民族危亡盼救星。

《山海经》曰：“有鸟焉，其状如翟而五采文，名曰鸾鸟，见则天下安宁。”

驸马巷里，万氏临盆，祥云环绕观音柳，大鸾栖落梧桐枝；家道中落，过继叔父，命运多蹇早成熟，自立当家早自强。一生母、一继母、一乳母，三母哺育开蒙早，备尝温暖成才俊；一口井、一菜园、一彩票，劳动技能初培养，阅尽人生历炎凉。

生在淮安，志在翔宇。浮兰烟于桂栋，照皎月于淮楚。九曲文渠，哺育了共和国一代总理；十二春秋，奠定了周恩来人生基础。淮安之土地，乃鸾凤之襁褓；恩来之童年，乃斯任之茹苦。

离乡别弟，负笈银州，国破家亡何日醒？运河叠浪舟转蓬；银冈书院，致知格物，辽东半岛风云紧，革命思想初启蒙。一年铁岭，二载沈阳，“为中华之崛起而读书”；离开东北，结缘南开，更滋于科学，陶于民主。于是乎，读书不虚度、学业不虚度、习师不虚度、交友不虚度、光阴不虚度。

与有肝胆人共事，从无字句处读书。才华横溢忧国民，“宰相之才”受垂青。牵头组织觉悟社,唤起民众不沉沦。投身革命忘生死,五四运动成核心。铁窗铁笔《拘留记》,一部《宣言》领袖生。君不见:“莽莽神州,已倒之狂澜待挽。茫茫华夏,中流之砥柱伊谁?弱冠请缨,闻鸡起舞,吾甚望国人之勿负是期也。”赤子之心,拳拳忠诚,爱国情愫,殷殷可鉴也。

求学立志,东渡扶桑,作大江之歌,而有雨后之岚山;寻求真理,西赴欧洲,图破壁之策,遂成革命之中坚。诗书乃陈,缥缃斯备,主义成真,目标暨明:愿相会于中华腾飞世界时!

奉命回国,任职黄埔,戎马生涯新起点,政治建军拓荒牛;救国救民,东征平叛,国民革命中心地,北伐战争出干城。恩来将军实为中国革命之大业培养人才、摸索并积累新型军队建设之经验也!

“四一二”“七一五”,忍看:多事之秋腥风疾,共产党人遭了殃;要革命、须武装,所以:南昌城头炮火烈,振臂打响第一枪。至此,军旗升起,红缨万丈。公乃正义雄师之奠基人也。

中央机关战上海,伍豪之剑放毫光,转战二万五千里,遵义会议定主张。陕北贤让润芝出,延河宝塔现东方。西安事变恩仇泯,勠力同心打豺狼。公为国之大计,党之大计,中华民族生存之大计,其高风,其亮节,其品格,断不负青史耳!

抗战胜利,曙光乍现,公呼吁于联合政府,致力于和平大业,曾为之奔走,为之努力;兄弟阋墙,背道而驰,君调停于国共矛盾,周旋于中美之间,惜三年内战,令人痛心耳。然殷忧启圣,多难兴邦,更喜云破日出,雄鸡报晓。

求同存异、协商一致,团结党内外贤达,筹备新政协之召开,终实现共同纲领之制定,红太阳喷薄于东方;周公吐哺,天下归心,广招各方面精英,服务于新中国之建设,终赢得济济人才回祖国,共和国傲立于世界。筹备开国大典,组建政务院,操劳于内外国事、战事、人事,作为开国总理,实功不可没焉。

朝鲜半岛,硝烟弥漫,外交斗争,斡旋折冲,超凡之智慧和独到之谋略,以“和平调处”朝鲜战争之乱象;战前准备,未雨绸缪,争取苏援,运筹帷幄,充沛之精力和超人之胆识,以文武两手保障祖国领土之安全。公为保卫世界和平,争取朝鲜战争早日解决,当无愧于天下也。

国际形势,风云变幻,反对殖民主义,反对分歧、争端、战争,不冲突、不对抗,主张“兼爱非攻”,坚持包容互鉴;规范准则,重大创举,提倡国家平等,提倡和平、发展、合作,多交流、多协商,奉行和而不同,崇尚“协和万邦”。首创并及时提出和平共处之五项基本原则,进而成为世界各国之行为准则,为推动建立公正合理之新型国际关系做出了巨大贡献。国家相交,和为贵乎,大道之行,天下为公也。

孤行于荆棘,跋涉于泥潭,摸索于迷雾,温柔而不失原则,进退于国家安危。入地狱、下苦海,挽狂澜于既倒,扶大厦之将倾;用生命,用智慧,倾一生之心血,描四化之蓝图。邦有道,危言危行;邦无道,危行言孙。正是:一朝动乱起乌烟,竭虑殚精整十年。委曲求全操乱局,艰难困苦任承肩。维持经济江山固,保证人才得周全。搏击中流成砥柱,菩提一叶大于天!“文革”十年,竭尽心力,如履长河之薄冰,事必躬亲,隳胆抽肠,如趟地雷于两阵。噫吁嚱！鞠躬尽瘁，死而后已，唯翔宇公可当此赞誉！

哀乐阵阵，灵幡隐隐，朔风为谁而呼号？白雪茫茫，翠柏苍苍，腊梅为谁而绽放；长街十里，人民十亿，悲痛欲绝哭总理，男女老少泪千行。密云低垂，黄河入海，骨灰抛洒长太息，江河湖海尽悲怆。寒风彻骨，哭声震天，百姓自发吊孝，恩来之葬礼，乃空前绝后之国殇也。

昔，大禹治水，一生为公，三过家门而不入；今，大鸾治国，一心为民，少小离家而不回。身在异乡，胸怀故土，镇淮楼前遗足迹，桃花垠畔立丰碑；魂牵梦萦，恨不成行，每念母亲坟头草，常思摇船到河下。然责任所系，身不由己耶！

滴水涌泉，结草衔环，为报担架之恩，立三灵前执绋；克勤克俭，尽职尽责，欲扶危动之桥，黄河岸边背纤。追忆曩昔，大爱无边，与朋友肝胆相照；坦诚相见，科学家、艺术家深受其惠。与群众菩萨心肠，平易亲民，耕耘者，工薪层尽怀其德；与妻子情真意切，"八互"相处，无儿女、无财产相依白头。与领导忠心耿耿，虚怀若谷，行仁义、治国家堪为肱股。扶遗孤于百家，慰忠魂于九泉。大德天下者唯君耳。"纸上得来终觉浅，绝知此事要躬行。"民生在勤，勤则不匮，平民总理，人民公仆，其操行之崇高，人格之伟大，比干较之失其智，孔明相比逊其真。总理者，千古一相，恩来者，全党楷模，真千古完人也！

## 人口家庭道德赋

天地鸿蒙，盘古初辟，野旷而天低，杳无人烟；荒蛮而暮霭，无有路径。华胥逐雷神之踪，有感而受孕；女娲抟黄土而塑，镜水而造人。炼彩石以补高天，断鳌足以撑四极。教之以渔樵，传之以耕织。求天帝，举高媒，配男女而媾合。遂成万世之灵宗，千秋之功绩。女娲，实中华民族之先祖也！

占东亚之地，居大海之滨，气候温和，四季分明；仰高山之巅，俯平原之阔，土地肥沃，民风淳厚。适我民族繁衍之地，铸我华夏文明之盛。故泱泱大国，人口繁盛，巍巍中华，龙脉永续。

世界竞争之激烈，社会资源之匮乏。空气之污染，地球之恶化，当不容忽视。人口膨胀，已成速驰之驷，难扼其缰；应急措施，也是强弓之弩，发之难收。目前，国之人口，已呈老化，社会精英，趋向外流。人口压力已迫在眉睫，人口政策须与时俱进。统筹解决人口问题，促进人口均衡发展，提高人口整体素质，共创和谐美好家园，已成国策之广涵。千秋大业，功德无量。

中华文化，灿若星河，延续五千年不朽之文明；尊老爱幼，父慈母爱，维系千万户幸福之家庭。春生夏长，秋收冬藏，尊重四季之客观规律；天时人性，道德文明，培养国民之精神素质。椿萱并茂，兰桂齐芳，共塑安居乐业之美景；琴瑟和鸣，举案齐眉，谱构夫妻感情之基础。知恩图报，鸦知反哺之义；结草衔环，羊报跪乳之恩。万事和为贵，百善孝为先。结庐守墓，绕石而行，徐积禁食七日之哭；芦衣顺母，扇枕温衾，寸草难报三春之晖。

伟人云：互敬、互爱、互信、互勉、互助、互让、互谅、互慰，乃家庭关系亘古不变之范也！

竹节松风，梅骨菊淡，邈英风于万古；天人行健，地道厚载，衍高德于广衢。见义勇为，正气弘扬，怀古惟存景仰；邻里和睦，社会和谐，奉贤谨以祈祥。大度做人，克己处事，礼尚往来六尺巷；端正仪表，恭谦礼让，通圣人性《三字经》。美化环境，良性生态，适人类长期之发展；保护生物，亲近自然，乃吾辈必然之美德。安全生产，质量为要，见操守于业者；集约土地，应时而作，归本分于农耕。便利互市，买卖公平，乃商贾良心之所在；健康成长，蟾宫折桂，实学子致力以追求。守疆戍边，救民于灾，报效于祖国，当彷天培之勇；勤政廉洁，奉公守法，服务于民众，应比海瑞之清。河清海晏，国泰民安，官员长饮廉泉水，百姓永歌击壤谣。

科技进步，国力强盛，民族复兴千秋业，中华之梦万木春！诗曰：

开天盘古启鸿蒙，抟土女娲塑世人。母爱父严承千古，兰花桂树报三春。

优生优育传龙脉，创业创新铸国魂。道德操行书正气，和谐社会国安宁。

## 朱洪滔

朱洪滔（1960～ ），笔名寒枫，江苏盱眙人。中华诗词学会会员、淮安市诗词协会理事、盱眙诗词学会副会长，《都梁诗讯》副主编。创作诗、词、赋8300余首，作品散见《中华诗词》《中华辞赋》《诗刊》等。在诸多诗赛中获奖。有《寒枫诗选》。

### 老子山赋

长淮入口，洪泽之滨。大别连脉，都梁毗邻。东承吴越，西望晋秦。纳天地之灵气，有神仙之佚闻。君不见，石刻摩崖，碑立古津。青牛蹄蹈，丹洞火熏。景景钟灵毓秀，处处雪泥爪痕。老子曾来，炼药丹以济世；仙踪未灭，留圣名而感恩。夫登临老子山也，但见岩覆葱郁，气蒸氤氲。窗掩修竹，寺绕祥云。一番瑶景霞客羡，几度光阴胜迹寻。山脚徜徉，有御码头、支祁井、龟山村。缘阶拾步，观炼丹台、仙人洞、凤凰墩。古刹道观，竹篱云根。容儒道释三教，供天地水三神。清人鲁月舫有联赞曰："紫气东来，不见仙踪何处；青牛西去，空留石上蹄痕。"庶可为真也！

遂而俯瞰洪泽湖，吞云有雾，纳渺无垠。千容迸发，万象缤纷。春有岸堤柳嫩，船户花熏。沙荆蝶舞，水巷蒲欣。夏见天接莲叶，浪跃鲤鳞。碧波玩稚，野渡垂纶。秋值芦飞棹晚，霜白禽晨。芡实抱子，螃蟹醉津。冬来风吹浪涌，帆扯皱皴。野鸭嬉渚，叠雪碎银。四时皆景也！待其弃船登岸，乃见灵溪入眸。一弯清浒，半里溪流。溪能入洞，洞可荡舟。更有钟乳披巾垂目，形同老君之像，极尽蓬莱之幽。复有漕运旧迹，临湖码头。漫漫故事已久，悠悠岁月何稠。斯时南商北贾，骡马楫舟。皇粮官奉，麻布丝绸。中转集散，无不从此经由也。喧嚣兮日盛集市，繁华兮不逊苏州。而今江山依旧，不减风流。做欧美生意，作丝路运筹。青山仍旧傍水，绿树依然掩楼。家家殷实，人人踌躇。能迎千程客，敢笑万户侯。纵然阆苑也曾是，除却武陵未足谋。

嗟乎！一座老子山，聚仙界，乐凡尘。看曾经烟霞未散，引无数墨客销魂。前有庭筠、居易，后继米芾、苏洵。美如画卷，灿若星辰。惟灵秀而聚杰彦，喜山水而凝斯文。如是我辈登临，尽览万千风月，焉得不形神欣欣乎？

## 盱眙铁山寺赋

夫铁山寺者，又名铁山，山以寺而显，寺以山得名；与大别山连脉，接苏皖而中横。北望淮泗，南毗金陵。凭位居长三角蓄势，以苏北九寨沟著称。能秀奇峻而并纳，集山水林为一身。所谓：山不在高，有仙则名；水不在深、有龙则灵。虽尺咫都市，而远离嚣尘；似形同化外，闻鸡犬之声。庶几可得也。

入铁山寺景区，方圆百里，湖光山色。但见峰峦峭立，沟壑纵横；湖光潋滟，竹木飞禽；人文随见，野趣丛生。可谓移步览胜，四时皆景也。春有山花烂漫，蜂细蝶轻；夏有清泉叠石，荷立蜻蜓；秋有霜红枫叶，风送雁声；冬有柳垂雾凇，梅映雪晴。

上铁山可观十景：雾锁铁山，百鸟朝凤；天泉夕照，竹海曦晨；悬空索桥，水杉秋韵；九曲放排，科普漫行；天文观象，古刹钟鸣。下天泉湖可得十趣：花溪垂钓，柳岸啼莺；船娘鱼捕，网叟浪耕；艇曳飞伞，捉鳖放生；水下潜泳，沙滩日蒸；廊亭饮酒，水榭听笙。

徐步拾级，别具风情。过铁索桥，但见涧水湍滩，绝壁悬藤；轻舟踏浪，林隙飞禽。经紫竹林，可领略风吹叶哨，日出蔽阴；磊石作几，挥毫品茗。到葛藤园，自能赏虬龙攀盖，银蛇盘根；如胶似漆，尔热我亲。憩百岁亭，尽可享窗含雾岭，席坐儒生；诗中岁月，盏里乾坤。趟蟒蛇涧，入眸是溪流响谷，怪石峋嶙；蟒蛇显影，鱼虫藏冥。进孔雀园，自能赏儿童嬉戏，老者迷睛；五弦奏乐，百鸟开屏。游八卦阵，当惊叹下合地理，上兆星辰；设势布局，置石疑兵。登铁山寺，但见大佛慈悲，金刚狰狞；香烟缭绕，信众虔诚。上跑马场，铠甲炫目，铁蹄扬尘；游人且乐，鸟兽却惊。游天文台，可穿越时空，览月观星；驰骋玉宇，毋庸一程。

下山登湖，更有一番风景。但见群山环抱，一汪碧澄。鸟翔帆举，云蔚霞蒸。林岸隐别墅，栈桥接廊亭。水草游红鲤，清风送笑声。家鹅浮溪涧，野鸭戏沙汀。潜水可采白藕，登舟可撷红菱。白日能垂竿野钓，入夜能篝火扎营。千丛绿树成倒影，四面青山入画屏。

山有山趣，水有水韵。徜徉幽谷野径，也是妙趣横生。千种植被，百里山林。植物王国，绝非妄称。岭上栽紫竹，坡头种黄橙。溪边三叶草，荫下两面针。木通挨莎草，叶荻攀葛藤。更有拐枣、木楠、桔梗；凌霄、百合、杜蘅；牡荆，地黄、茯苓；绞股蓝、太子参。可入药，可悦睛；可食果，可煲羹。

百闻不如一见，游罢铁山寺，尚未离去，感慨顿生。百里之遥，不负此行。实为休闲度假、修性养身之好去处也。

## 明祖陵赋

大别之阴，淮水之阳。北接中原，南扼都梁。策马三旬临汴洛，泛舟一日至维扬。兆七星而显列，合八卦以玄藏。集天地之钟毓，蕴龙凤之气场。可谓明占地理，暗合天象。有祥瑞之形，呈紫薇之光。

其间一垅，谓之杨家墩也。前依大泽，后倚高岗。掘浅窟而泉喷，插枯柳竟叶昌。绿漪浩渺能渔获，青草繁盛可牧羊。未诞帝裔周天子，却生朱氏放牛郎。此子也，小名重八，大号元璋。性本聪颖，貌呈异象。家无鼠食三顿，地缺盆大一墒。放牧于野壑，寄身以茅堂。然饥腹牛食，残骨隙藏，终落得东家怒讨，亡命他乡。捧钵化缘，拖杖讨荒。虽穷途潦倒，却志在四方。勤习佛法，精研典章。恶社稷而谋反，哀黎民之欲匡。先投身附帜，继结伙拉帮。挥兵浙皖，勒马潇湘。铲除张士诚，剿灭陈友谅。直取元大都，取代小明王。遂定都应天府，自封明帝皇。

所谓穷则听嗟索食，达则衣锦还乡。追思列祖列宗，原籍在沛，野菜填肠；流落句容，划籍金矿；终因苛捐之难缴，始迁家于太平乡。生前潦倒，死后薄葬。哪有陵冢、唯余土岗。然借此龙脉，先祖沾光。才使今日玉冕顶戴，金丝饰裳。如不光宗显祖，岂非有失纲常。于是乎，太子临监，百官腾骧。集五湖之财，揽四海之粮，建三祖陵寝，著万古之芳。凡二十八年，终如愿以偿。是曰“明祖陵”也。

盖斯陵焉，外修以壕堑，内筑有高墙。祭署井亭，正殿厢房。斗拱飞檐，雕柱画梁。琉璃彩瓦，金碧辉煌。有九拱券门，共一弯龙塘。金水桥神道横过，石像生伫立两旁。文官持笏恭虔，武士拄剑轩昂。翠竹参差，松柏成行。可谓气象森森，殿宇堂堂。以期千秋彪炳，万世显彰。

然世事难料，天地玄黄。江山易代，政息人亡。更加之兵燹连野，水利废荒。康熙十九年，黄泛淮涨，千里漫汤。溃坝湮木，裂车覆樯。人鱼兮为伍，舍庙兮尽殇。诗人黄景仁见此状叹吟：“泗淮合处流汤汤，作此巨浸如天长。长天垂慕滉欲动，区区城郭何能当。”可怜三祖陵寝，竟成一片汪洋。但见舟帆逐浪过，不知何处是帝乡。

斗转星移，岁月沧桑。时至公元一九七六年，时逢大旱，祖陵呈祥。沉沦三百载，终又见天光。却是因灾得福，躲过人祸天伤。于是乎，筑坝拦洪，清淤围墙。扶石象以既倒，复神道以堂皇。垒万寿山，辟展览堂。修金水桥，建文化廊。一改泥淤破败，略现旧日风光。

今至明祖陵，但见摩肩接踵，满目琳琅。荷碧林翠，鸟语花香。沿神道尽观石像，登大堤可览帆樯。游客流连拍照，宗人祷告焚香。地摊野货随购，餐馆龙虾可尝。誉满四域，名播八方。有诗赞曰：

淮滨独卧见沧桑，三代宗亲共一堂。只合灾缘苛税吏，何期福荫放牛郎。

棂星门上呈祥瑞，万寿山前现紫光。来往游人称道是，此间不愧帝王乡。

## 盱眙第一山赋

"京洛风尘千里还，船头出汴翠屏间。莫论衡霍撞星斗，且是东南第一山。"千古吟哦，万世钦瞻；名驰塞北，境胜淮南。孕育冥冥兮盘古，驰名缈缈兮轩辕。备说斯山也，有意铺陈之以墨，恨无巨笔之如椽。聊借米公之绝唱，且作开篇。

夫第一山者，又名都梁、南山。扼长淮于险势，兀峭壁以平川。中分南北，横亘丘原。襟怀浩莽，腹蕴波澜。续大别山之远脉，纳洪泽湖之嚣喧。古泗州一河守望，明祖陵数陌相间。秦朝置县，汉代称藩，凡两千三百余年。

盖此山也，顶上玄观隐雾，怪石堆卵；翠鸟鸣幽，古木参天。谷中丹洞生阴，绝壁浮烟；曲径滋苔，重壑流泉。散落其间，有五塔峪、东岳观、龙山庙、玻璃泉。坐大成殿、瑞岩观、西域寺、杏花园。可谓抬头换景，举步如仙。才将阆苑移东土，又见蓬莱现此间。司马光游罢赞曰："都梁一别周星久，白首重来一梦间。来去浑无功可记，但栽桃李满空山。"

循次登览，进棂星门，但见兰楣凤绕，华表龙盘。"淮山胜境"，匾额高悬。步第一亭，能观松生峭壁，玉砌雕栏；青藤抱柱，翠竹穿樊。苏子醉酌三壶酒，米芾斗字"第一山"。谒大成殿，有重檐飞脊，叠瓦生蓝；檀香萦绕，信众恭虔；门生两厢肃立，先师一座庄严。览摩崖廊，刀留墨韵，斧凿青丹；诗分唐宋明清，体刻正草隶篆。官贤毕至，群星璀璨。游杏花园，但见曲径通幽，廊亭静娴，衣沾馥郁，枝拂云鬟。走禽飞鸟为栖所，文人墨客设杏坛。探玻璃泉，嗟夫草麓凝碧，古井生烟。清流漱玉，月华引蟾。米公为之惊慕，有诗赞曰："半山亭下老苔钱，凿破玻璃引碧泉。一片玉蟾留不住，夜深飞入镜中天。"进明伦堂，传经授业，明理效先；琴棋字画，管竹丝弦。习老聃之道，温孔子之言。攀魁星亭，飞檐翘角，魁字奇观。作三揖能登凤阙，焚一香可拜金銮。琳琳琅琅，如此这般，自不多言。

欲揽都梁全景，还须移步峰巅。张目为盱，直视为眙，意在登高远瞻焉。北眺沃野千畴，一马平川。此峰独在南尽处，隔河相望是中原。唐皮日休诗云："应是天教开汴水，一千余里地无山。"南临苍莽万岭，虎踞龙盘。才从浩渺长淮过，直挺逶迤大别山。东望大云山，紫气氤氲，皇脉绵延。一代王侯百丈穴，三千妃子一龙潭。左牵洪泽一湖，乘风逐鹭，操棹离鞍。白港当能把酒，渔村自可观莲。宋徐积诗云："安得就公歌一曲，缓吟迟步夕阳湾。"右挽长淮尾脉，桐柏西来，千里绵延。渔歌唱晚，鸥鸟逐帆。宋扬万里游历此处诗吟："白沟旧在鸿沟外，易水今移淮水前；别后年来世情了，一波分护两岸船。"更有无数故事，隋炀帝行宫贪色，明太祖坐岭点山。林林总总，难以尽数焉。

嗟夫，江北胜境，淮南名山，令千古名流沓至，引无数雅士登攀。唐迎圣手、谪仙，宋有米、苏、庭坚，元续余阙、张谦。明清更聚胡俨、闻渊。诗留册帛逾万，墨勒摩崖上千。

能称三山伯仲，敢与五岳比肩。令无数墨客流连。唐韦应物诗云：“何因不归去，淮上有秋山。”盖名至实归，岂为浪言！

地理玄黄初辟，人文五千余年。多少趣闻佚事，见诸正史野传。夏商周东夷伐象，吴晋鲁善道置关；老聃布道汴河口，孔子讲学圣人山；放翁雅兴赋翠屏，东坡襄阳游南山；吴承恩梦中点窍，西游记笔下留篇。更有宋金对峙，赵构偏安。划长淮南北分治，登都梁泪看中原。几番屈辱，无数辛酸。留下千古名句：“北望茫茫渺渺间，鸟飞不尽又飞还。难禁满目中原泪，莫上都梁都一山。”

南山仍旧，淮水似前，却已换了人间。鼎新以除弊，拔莠而种萱。集善资重修庙宇，拨巨款扩建廊轩。移迁杂舍，恢复故园；开放黎庶，拆去栅栏。今日第一山，名扬海内，美媲梁园。迎五洲宾客，接四海俊贤。拾梯可上灵霄路，解缆可登蓬莱船。来者欣欣，去者流连。感慨之余，犹梦临前。

## 蒋春明

蒋春明（1961～　），字尚武，号淮上散人、乡野村夫。高中毕业，现任淮安大观园度假村董事长。中国散文家协会会员，江苏省散文家学会会员，江苏省书法家协会会员，淮安区书协副主席，淮安区作协会员，诗协理事，河下诗词协会副会长，河下诗林编委。

### 镇淮楼赋

乙未仲夏，携子览胜，首登镇淮之楼。凭栏眺远，气清神爽，概因司空见惯，而不觉家乡之琳琅。观夫西北一带，三湖偎依邗沟，映日流光。漂母古井之侧，文通塔高耸入云，如巨笔之绘写穹苍。傍依楚州之第一学府，仿佛传来书声朗朗。目不暇接之时，古街飘来美食之香，令游客嗅味而止步，使佳宾慕名而品尝。南船北马之处，碑刻文官下轿、武官下马之牌坊。东岳庙捐客不断，敬佛事禅烟缭绕；拈花庵有善行之师太，闻思寺有积德之方丈。

悲夫，巽关魁星之城门兮，曾毁于日寇轰炸之火海；痛哉，龙光之宝阁兮，也可恨未免其殃。欣欣然，赞我之国力兮，日益强盛；慰慰然，恢复其旧观兮，魁门龙光。

吾子恍然，奇而怪之曰：近在咫尺，却不知胜迹之夥也。吾乃含笑而答云：此只冰山之一角，何可胜数耳！汝不见目外淮、运二水，纵横交错于古城之阳，控于举世闻名之闸群，方得旱涝保收而成就其鱼米之乡。盖因水患得治而功德无量也。小子曰：何舍其近而求其远者乎！吾亦指点而对云：庄严者，淮安之府衙也；雄阔者，漕运总督之广场也。顾其左为韩侯之祠，盼其右乃附马之巷。二帝祠坐落天妃之宫，忠节祠密迩系马之庄。群秀环之，足以将斯楼拱卫于中央。若论夫风流人物，须沿今来而溯古往。文推枚氏父子之汉赋，武称韩信登台以拜将；吴承恩著名《西游记》，梁红玉抗金黄天荡；状元沈坤击倭贼，滋圃提督守海疆。古今名士恐难一一枚举，又何及吾恩来周公之安国兴邦。

吾子默然，若有所思，自语曰：观尽沧海难为水，除却巫山不是云，后之来者，不可夜郎而自大也。

瞻斯楼也，历经数朝而屹立千载，雄踞一城而威震八方。宋时，曾为诗酒临风之所，而谓之茶楼。明时，实为更夫击鼓之处，而谓之鼓楼。清代，乃禳压水怪之所，兼城门瞭望之台，斯为镇淮楼也。历风霜雪雨而无言；经霹雳雷霆而难撼。若值佳节庆典，必张灯结彩，环歌绕舞，盖与天下四民而同忧乐矣。可谓形神兼备而情通世故。而脚下熙熙攘攘，人流如潮，逝者如斯，何曾有谁为之感慨耶？共沉浮荣辱，又何曾有谁与之共语哉！

噫！可叹而今之啃老一族，或得意而忘形，或怨天而尤人，例皆不经历练，自私而无公；既怕挫折，又贪心而不足。歌曰：没有一番寒刺骨，哪得梅花扑鼻香。茫顾无奈，能不悲乎？姑且不论古贤，即当代之周公，亦从斯楼之门下而出，抱定为中华之崛起而读书之信念，终成其万古之功业。吾谓尔等学子，亦当楷模之、效仿之。今临斯楼，旨在凭栏怀古，仰伟人之功绩，树鸿鹄之远志。我不叹之于无前人，而让前人叹之于无我，则不虚此行耳。

## 卢顺贞

卢顺贞（1964～　），字纯正，号东海钓鳌客，淮安市淮安区人。中学高级教师。中华诗词学会会员，市诗协常务理事，区诗协常务副会长兼秘书长，区老年大学诗词班教师。2006年，获淮安市首届“十佳青年诗人”称号，2015年获中华诗词学会诗词大赛优秀奖。创作诗词约2000首。

## 镇淮楼赋

淮安古郡，素享盛名。江淮重镇，人杰地灵。兵仙韩信，英才盖世；人杰恩来，大德为民。枚赋震古，西游烁今。运河玉带，赤子故园心永系；宝塔青螺，信徒佛国意深铭。更有琼楼一座，千载其龄，雄踞市中心，镇淮乃大名。北宋宝庆建成，元明两代更生。扼江北之要冲，为淮上之关津。清朝为慑淮水，始有今名传承。史号谯楼，报时打更。古者船到淮安方觉安，人登鼓楼始知宁。抗日军兴，曾作图书馆，设过报警钟。今为展览厅，展物览胜丰。

吾观斯楼也，南北枢机，中轴地王。天澈云衢，招徕客商。大柱负栋，长椽架梁。飞檐翼展，斗拱兰镶。迭遭兵燹，历尽沧桑。废兴几度，庄重堂皇。迄今风雨侵蚀，未见龙钟。春光融融，佳气葱葱。其势恢弘，威风显隆。其风古朴，雕梁画栋。下临宝地，上耸碧空。宽基细腰身，略呈梯形容。梁柱雕彩凤，屋脊卧双龙。如云皆胜友，满座尽高朋。

群贤毕到达，少长咸集中。

下楼四眺：市民公园，风月无边。桥头对弈，亭内拨弦。桐高栖凤，兰馥若仙。桂梅吐艳，松柏参天。

千年风景画，一座镇淮楼。盛世而今多盛事，又闻桑梓缮名楼。修缮、布展、亮化……画境、诗境、梦境，自然悦目赏心，迎祥启瑞；深情、豪情、激情，尽管开来继往，激浊扬清。

## 淮阴工学院萧湖双创基地赋

戊戌六月，序属仲夏。驱雷策电，唤雨呼风。喜鹊登枝，报道杏坛喜讯；雄鹰翔宇，升腾学子雄心。白鹤排云，诗情顿起；苍龙搅海，威势乍生。淮阴工学院大学生创业创新基地，入驻萧湖之滨，河下魁星楼文运亨通，沈坤状元府文脉久长。政府与学府，决策堪称英明，目标足以双赢。百万父老迎请天之骄子，必定生辉添彩；数千学子投诸古城怀抱，自当点睛扬名。古萧湖今后生机再焕，大学生自此灵气更增。细"语"鱼儿出，微风旗子升。桐花照耀菖蒲岸，竹影扶疏望月亭。书声朗朗，激起圈圈涟漪争答；波光粼粼，引来阵阵赞叹连声。

新树绕堤，浓阴匝地；老蒲摇碧，醉意上头。百亩方塘，天光云影。三座广场，笑语欢声。紫樱、牡丹圃里，群葩亮我眼；银杏、玉兰梢头，众鸟展其喉。潋滟清波心底柔，参差楼阁望中收。烟雨榭如诗如梦，爱情圣地；通达桥四通八达，事业源头。教学楼、宿舍楼窗明几净，水电网设施齐备；田径场、篮（排）球场阔地高天，运动不休。学校与公园一体，身心与学问同优。

创业，乃国家兴旺之动力；创新，是民族进步之灵魂。一园桃李，创业之智囊团；满目栋梁，创新之生力军。明德尚学，将爱国热情融入振兴中华之壮丽事业；自强不息，把报国壮志汇入创造历史之时代潮流！头上已悬新日月，心中自长大精神。诗云：

荷风送我清香气，竹露滴其清脆响。长啸三声复抚琴，且邀百万知音赏。

## 杜骏飞

杜骏飞（1966～ ），江苏清江浦人，教授。现任教育部新闻学教学指导委员会委员、南京大学网络传播研究院院长、南京大学人文社会科学高级研究院兼职研究员。淮阴中学1983届杰出校友。

## 淮中赋

是岁孟秋，旦夕空明，期维校庆，宾客登临。仰光华，披卿云，阅尽清江浦城。远眺河之在左，湖之在右，衢之在襟，津之在袖；衣冠达诸七省，文藻长于四都。于是倾慕薪火，观止景行。歌曰：人杰地灵，系于庠序，教化之泽，古今一矣。

思厥江北先德，辟立学堂，自微而著，自精而宏，振振然，亹亹然，百有十年矣。初，国运艰困，地势横绝，赖衮衮诸公，承教养之上德，推经济之高义；营斋舍，延教习，给衣食，措仪器。筚路蓝缕，摩肩跬步积远，衔胆栖冰，累世筑山衔泥。斯以动心忍性，乃造瑰意琦行。于是生徒越乡里而景从，教事因盛焉。

及至世道崩溃，祸乱交作，乃拔起纾难。拯民烽燹，勇略无失赤子，报国创痍，穷乏不坠青云。至于今者，壹逢盛世而百废皆兴。驾长风以扶摇，栋梁十方，感慨系之；播时雨而生展，桃李万顷，慰藉加焉。观乎淮学子弟，每负遗人投艰，向能躬行，旋奋袂成就者，何也？励士以弘毅也。夫教育之所冀，其为膏粱轩冕而已乎？为养其气、仁其人、固其志、肆其能、经其世、致其用、守其本心矣。

逝水已远，感念方生。为学日进，为教日忧。学也者，晨舞窗寒，思古随贤，三绝故事，传之久也；教也者，古道热肠，授业解惑，一往深情，近于圣矣。学若映雪囊萤、悬头刺股、辑柳编蒲、据鞍凿壁，当冰寒于水，左图右史，夜乙升屋而读，凡林林总总，谈何容易；教如敲冰戛玉、称体量衣、深根固柢、点石成金，唯青胜于蓝，春华秋实，园丁乐此不疲，其兢兢业业，能不繁难？

然则少年心事，拿云破壁，盖因天下风物，叙诸重彝，桂魄凤鸟、明珠太阿、黄钟大吕，无非雕镂造化，为此九转之灵，方入化境；所以师道精神，画龙振铎，原知人间骐骥，存乎良相，伯乐方皋、王良索统、秦牙管青，的是鉴照体察，拾其百积之善，庶得神明。

论曰：诲而不倦易，学而不厌难；传之授之者易，立之达之者难。为知弥深，为行弥远，为教弥繁，为学弥简。教人成人者，固教之善者；教人成己者，善之善者也。化育之道，其此之谓欤！

## 金陵赋

帝宅山川，江南形胜。龙行地理，虎象天文。此处也，襟带江淮，烟霞栖于上野。衣冠吴楚，云水响自贤人。飞甍重檐，贡院春秋龙浦。抬梁穿斗，奎星天下文枢。九重城阙，白袷尝驰朱门。万顷波涛，银鳞每弋玄武。饮诗月下，谪仙人之扁舟。雨石天成，释迦佛之舍利。铁笔丹书，文将军之明堂。崇阿上路，孙总统之神宇。松柏森森，梧桐迤迤。天禄立立，辟邪听听。名士青山草长，高邻素壁风清。

或闻花舞梅园，人迎桃渡。巷隐乌衣，洲浮白鹭。淼淼莫愁，凝凝甘露。栖霞云路三千，牛首春光百五。心驰唐诗晋帖，谢草郑兰，李扇柳衣，琴心剑胆。秦淮风雨如画，桑梓烟云难收。赞曰：高城月明，东南群星尽寂。极目天远，上下一览无余。宾客登临，灵谷光照有缘。山河指顾，金陵眼空无物。

忆往昔,秦腾紫气,楚勒金屯,吴倚建业,晋夸台城。鱼龙雀马,宋齐梁陈。南唐伏武,后主飞文。太祖应天,朱明烛地。天京一时兴废,民国半世浮沉。百代朝复暮,十朝梦与书。民旋仆而旋起,序维晨而维昏。衮衮英雄振袖,闻鸡起舞。滔滔烈士摩肩,击水断流。把酒悲风,飘风发发。凭栏望海,沧海沉沉。

千载雨打,大江东去。一声莺啼,琅苑春回。今世艳阳朗照,绿柳新裁。淑气渐满,祥光为开。碧草参差,卿云缤纷。火树筹国以不夜,银花惜民以长生。星罗灯盏,百里天街远眺。日暖楼台,四时云汉高兀。妙木挺秀,王气播于钟阜。丹霞流晖,龙光射于斗牛。闻金阙之晓钟,鸿雁北往。证玉阶与仙仗,鲲鹏南图。

歌曰:苍山悬流火入画,朱雀舞鸣琴出尘。天池纵一苇横渡,月影浮万籁飞升。金陵如此气象,海内如此江山!

## 裴增明

裴增明(1979~　),祖籍阜宁,生长于淮安区,小学教师,枚亭散曲社负责人。

### 太行赋

巍巍乎,太行纵横八百里,南入王屋之险要,北接蓟门之风烟,东抵井陉之雄关,西驰幽并之平川。高隐青冥而不见,低临穷崖而百旋,白沟奔腾于其下,洎水曲折于其巅,实山右胜迹,中州屏藩也。自尧舜凭之以作上都,羲皇赖之以为京甸,韩魏得之为带砺,隋唐据之为发衍,其旧闻屡传于耆宿,遗事岂绝于史编?

若夫一入其中,羊肠诘曲,孟德为之恐惧,太白为之浩叹。身伏而目眩,足举而手攀,登其上而股栗,探其底而胆颤。险也如此,而壁立千仞,翠色霭霭,猿猱或没于其上;崖起万丈,云霞澹澹,风雨时兴于其间。乱石纵横,疑无路而不度;清泉漫衍,将有径而难前。斜木荫道,乃樵人之畏途;洞天蔽日,实上仙之阆苑。

及乘舟涧中,水泠泠而起雨,崖岸岸而带烟。交柯蔽掩,难见青天,晴日朗照,昏冥冥兮将暮,皓魄盈空,杳深深兮无边。朔气生于石底,清霜结于衣间,虽至三夏炎暑,不减冬月严寒。而蛟浅翔于洪波,鸟凄鸣于古木,猿悲啸于层巅,空谷荡荡,众石兀兀,吃吃如山魈哀哭,刺刺似游魂窃谈,动征人之归思,摧过客之心肝,有泣而涕下者也,良有以也,涕之不足,聊赋之焉,云云。

# 卷下 过往作家咏淮赋

## 司马相如

司马相如(约前179~前118),字长卿,西汉蜀郡成都人。辞赋家、诗人。景帝时为武骑常侍,因病免。工辞赋,作品词藻富丽,结构宏大,为汉赋的代表作家,后人称之为"赋圣"。他与卓文君的爱情故事也广为流传。

### 长门赋(并序)

孝武皇帝陈皇后,时得幸,颇妒。别在长门宫,愁闷悲思。闻蜀郡成都司马相如天下工为文,奉黄金百斤,为相如、文君取酒,因于解悲愁之辞。而相如为文以悟主上,陈皇后复得亲幸。其辞曰:

夫何一佳人兮,步逍遥以自虞。魂逾佚而不反兮,形枯槁而独居。言我朝往而暮来兮,饮食乐而忘人。心慊移而不省故兮,交得意而相亲。

伊予志之慢愚兮,怀贞悫之欢心。愿赐问而自进兮,得尚君之玉音。奉虚言而望诚兮,期城南之离宫。修薄具而自设兮,君曾不肯乎幸临。廓独潜而专精兮,天漂漂而疾风。登兰台而遥望兮,神怳怳而外淫。浮云郁而四塞兮,天窈窈而昼阴。雷殷殷而响起兮,声象君之车音。飘风回而起闺兮,举帷幄之襜襜。桂树交而相纷兮,芳酷烈之訚訚。孔雀集而相存兮,玄猨啸而长吟。翡翠胁翼而来萃兮,鸾凤翔而北南。

心凭噫而不舒兮,邪气壮而攻中。下兰台而周览兮,步从容于深宫。正殿块以造天兮,郁并起而穹崇。间徙倚于东厢兮,观夫靡靡而无穷。挤玉户以撼金铺兮,声噌吰而似钟音。

刻木兰以为榱兮,饰文杏以为梁。罗丰茸之游树兮,离楼梧而相撑。施瑰木之欂栌兮,委参差以槺梁。时仿佛以物类兮,象积石之将将。五色炫以相曜兮,烂耀耀而成光。缴错石之瓴甓兮,象玳瑁之文章。张罗绮之幔帷兮,垂楚组之连纲。

抚柱楣以从容兮,览曲台之央央。白鹤噭以哀号兮,孤雌跱于枯杨。日黄昏而望绝兮,怅独托于空堂。悬明月以自照兮,徂清夜于洞房。援雅琴以变调兮,奏愁思之不可长。案流征以却转兮,声幼眇而复扬。贯历览其中操兮,意慷慨而自印。左右悲而垂泪兮,涕流离而从横。舒息悒而增欷兮,蹝履起而彷徨。揄长袂以自翳兮,数昔日之諐殃。无面目之可显兮,遂颓思而就床。抟芬若以为枕兮,席荃兰而茝香。

忽寝寐而梦想兮,魄若君之在旁。惕寤觉而无见兮,魂迋迋若有亡。众鸡鸣而愁予兮，起视月之精光。观众星之行列兮，毕昴出于东方。望中庭之蔼蔼兮，若季秋之降霜。夜曼曼其若岁兮，怀郁郁其不可再更。淡偃蹇而待曙兮，荒亭亭而复明。妾人窃自悲兮，究年岁而不敢忘。

按：陈皇后，名阿娇，祖籍今盱眙东阳，为西汉开国功臣堂邑侯陈婴之裔，堂邑夷侯陈午与大长公主刘嫖之女。

## 王　粲

王粲(177～217)，字仲宣。山阳郡高平县(今山东微山两城镇)人。东汉末年文学家，"建安七子"之一。少有才名，为蔡邕所赏识。建安十三年(208)，由荆州归顺曹操，深得信赖。为侍中，随曹操南征，于北还途中病逝。诗赋为"建安七子"之冠，与曹植并称"曹王"。《隋书·经籍志》著录有文集11卷。明人张溥辑有《王侍中集》。

### 浮淮赋

从王师以南征兮，浮淮水而遐逝。背涡浦之曲流兮，望马丘之高澨。泛洪橹于中潮兮，飞轻舟乎滨济。建众樯以成林兮，譬无山之树艺。于是迅风兴涛，钲鼓若雷。旍旄翳日，飞云天回。苍鹰飘逸，递相兢轶。凌惊波以高骛，驰骇浪而赴敌。如舟徒之巧极，美榜人之闲疾。白日未移，前驰已届。群师按部，左右就队。舳舻千里，名卒亿计。运兹威以赫怒，清海隅之芥蒂。济元勋于一举，垂休绩于来裔。

## 曹　丕

曹丕(187～226)，字子桓，三国时期著名的政治家、文学家，曹魏的开国皇帝，220～226年在位。沛国谯(今安徽亳州)人，魏武帝曹操与卞夫人的长子。去世后谥为文皇帝，葬于首阳陵。曹丕自幼好文学，于诗、赋、文皆有成就，尤擅长五言诗，与其父曹操和弟曹植，并称"三曹"。

### 浮淮赋

建安十四年，王师自谯东征，大兴水军，泛舟万艘。时予从行，始入淮口，行泊东山。睹师徒，观旌帆，赫哉盛矣，虽孝武"盛唐"之狩，舳舻千里，殆不过也。乃作斯赋云：

溯淮水而南迈兮，泛洪涛之湟波。仰岩冈之崇阻兮，经东山之曲阿。浮飞舟之万艘兮,建干将之铦戈。扬云旗之缤纷兮,聆榜人之欢哗。乃撞金钟,爰伐雷鼓。白旄冲天,黄钺扈扈。武将奋发,骁骑赫怒。于是鼙风泛,涌波骇,众帆张,群棹起。争先逐进,莫适相待。

## 高 适

高适(约704~约765),字达夫、仲武,唐朝渤海郡(今河北景县)人,后迁居宋州宋城(今河南商丘睢阳)。唐代著名的边塞诗人,曾任刑部侍郎、散骑常侍、渤海县侯,世称高常侍。作品收录于《高常侍集》。高适与岑参并称"高岑"。

### 东征赋

岁在甲申,秋穷季月,高子游梁复久,方适楚以超忽。望君门之悠哉,微先容以效拙;姑不隐而不仕,宜漂沦而播越。

出东苑而遂行,沿浊河而兹始;感隋皇之败德,划平原而为此。西驰洛汭,东并淮涘;地豁山开,川流波委。六宫景从,千官逦迤,龙舟锦帆,照耀乎数千百里。大驾将去,群盗日起。尸位者卷舌而偷生,直谏者解颐而后死。寄腹心于枭獍,任手足于蛇虺;既受弑于匹夫,尚兴疑于爱子。

岂不为穷力役于征战,务淫逸于奢侈?六军悲牧野之师,万姓哭辽阳之鬼。嗟颠覆于瞬目,指年代于流水。唯见长亭之烟火,悲旷野之荆杞。

至酂县之旧邑,怀萧相之高风。既屈节于主吏,每归诚于沛公。始俱起于天下,乃从定于关中。推金帛于他人,挹图籍于我躬;按山川之险阻,救天地于屯蒙。嘉盈俸以增邑,方指踪而建功。纳邵平以防患,举曹参而告终。

经洛城而永望,想谯郡而销忧。慨魏武之雄图,终大济于横流。用兵戈以威四海,挟天子而令诸侯。乃擅命以诛伏,徒矫迹以安刘。吾始未知夫逆顺,胡宁比德于殷周?

下符离之西偏,临彭城之高岸。连山郁其漭荡,分大泽乎渺漫。忆昔天未厌祸,项氏叛涣。解齐归楚,自萧击汉。天地无色,风尘溃乱。悯君王之轗轲,混士卒以奔散。苟炎运之克昌,岂生人之涂炭?

次灵璧之逆旅,面垓下之遗墟。嗟鲁公之慷慨,闻楚声而悒于。歌拔山之涕洟,窃霸图而莫居。摈亚父之何甚,悲虞姬之有余。出重围以狼狈,至阴陵以踌躇。顾天亡以自负,虽身死兮焉如?

登夏丘而纵目,对蒲隧而愁予。闻取虑之斯在,征长直而舍诸。宿徐县之回津,惟偃王之旧域。方以小而事大,岂无位而有德?彼皆昏暴以丧邦,伊何仁义而亡国?高延陵之挂剑，慕班彪之述职。缅沛水之悠悠，俯娄林之纡直。

即日河浒，依然泗上；山川土田，耳目清旷。眺淮源之呀豁，倚楚关之雄壮。挂轻席于中流，顺长风以破浪。过盱眙之邑屋，伤义帝之波荡。叹三户之亡秦，知万人以离项。

越龟山而访泊，入渔浦而待潮。鸿雁飞兮木叶下，楚歌悲兮雨潇潇。霜封野树，冰冻寒苗。岸草无色，芦花自飘。幸息肩于人事，愿投迹于渔樵。思魏阙而天远，向秦川而路遥。

候鸣鸡以进帆，趋乱流以争迅；纵孤舟于浩大，抚垂堂以诫慎。遵枉渚于淮阴，征昔贤于韩信。哀王孙之寄食，嘉漂母之无愠。鄙亭长之不仁，乃晨炊而啬吝。忽从龙以获骋，遂擒豹以自奋。破全赵而用奇谋，称假齐而益振。幸辞通以感惠，俄结豨而谋衅；当处约而必亨，曷持盈而不顺。

凌赤岸之迢递，棹白流之纡余。历山阳之村野，投襄贲之邑居。人多嗜艾，俗喜观渔。连蔄苇于郊甸，杂汀洲于里闾。感百川之朝宗，弥结念于归欤。日杲杲以丽天，云飘飘以卷舒。鲁放情于蹈海，丘永叹于乘桴。遇坎则止，吾今不知其所如哉！

按：由“岁在甲申，秋穷季月”可知，《东征赋》作于唐玄宗天宝三载（744）秋九月。其“东征”系沿隋唐大运河而下，经泗州、盱眙、淮阴、山阳而达涟水，至海州。洛城，一作铚城。丘永叹，一作孔永叹。

**附**：东晋谢灵运于义熙北伐劳军时作《撰征赋》（节选），可知隋以前淮阴南北水上交通线路：发津潭而迥迈，逗白马以憩舲。贯射阳而望邗沟，济通淮而薄角城。城坡陀兮淮惊波，平原远兮路交过。面芜野兮悲桥梓，溯急流兮苦碛沙。敻千里而无山，缅百谷而有居。被宿莽以迷径，睹生烟而知墟。

## 秦 观

秦观（1049～1100），字少游，一字太虚，别号邗沟居士，学者称其“淮海居士”。宋扬州高邮人。神宗元丰八年（1085）进士。曾任太学博士、秘书省正字、国史院编修官。“苏门四学士”之一，被尊为婉约派一代词宗。著有《淮海集》。

### 浮山堰赋（并序）

梁武帝天监十三年，用魏降人王足计，欲以淮水灌寿阳。乃假太子右卫康绚节，督卒二十万，作浮山堰于钟离。而淮流湍驶漂疾，将合复溃。或曰：“淮有蛟龙，喜乘风雨毁岸，其性恶铁。”绚以为然，乃引东西冶铁器数千万斤，益以薪石沉之。犹逾年乃合。堰袤九里，水逆淮而上，所蒙被甚广。魏人患之，果徙寿阳戍，顿八公山，余民分就冈垅。未几，淮暴涨，堰坏，奔于海，有声如雷。水之怪妖蔽流而下，死者数十万人。初，镇星犯天江而堰实，退舍而坏。呜呼！异哉！感而作《浮山堰赋》，其词曰：

繄四渎之并骊兮，实脉络于坤灵。惟长淮之泼漫兮，自桐柏而发源。贯江河以下骛兮，拉泗、沂而左奔。走狞雷以赴海兮，驾扶摇而薄山。固元气之宣节兮，熄众兆之灾患。

粤萧梁之服命兮，抗北魏以争衡。信降虏之诡计兮，阻汤汤而倒征。依两崖以受土兮，羌合脊于中央，捷竹㽦石之不足兮，又沉铁以厌不祥。袤九里以中峙兮，截万派之奔茫。大堤矻乎如墉兮，杞柳甍其成行。

展源深而支永兮，虽踅否而必通。倏鲸吼以奔溃兮，与苍苍而俱东。若燃犀之照渚兮，旅百怪而争遒。骍马怒而虚蹀兮，虎蛟咆而相纠。哀死者之数万兮，孤魂逝其焉游？

背自然以司凿兮，固神禹之所恶。世尚近以昧远兮，或不改其此度。螳螂怒臂以当车兮，精卫衔石而填海。惜梁人之不思兮，卒取非于异代。岂方迫于寻引兮，不遑议夫无穷？将奸臣取容以幸入兮，公相援而欺蒙。抑五材囚壮之有数兮，特假手于憧憧？

系曰：敦阜寇冥大川屯，精气扶舆变乾文。运徒力顿漂无根，潮波复故弥亿年。

## 张惟恕

张惟恕，上蔡人，明嘉靖年间任巡按御史。曾醵资刻所藏典籍。其墓在汝南县。

### 杏园春试赋

嘉靖十三年，岁在甲午仲春，当闰朔日方交。骢马渡淮，盱山触景。瑞崖隐映，云攒五塔之高；秀麓盘旋，地冠中都之盛。霭烟钟萃，淑气腾新。物华竞丽于翠微，乾始呈祥于嘉木。海东桃树，曾关野屋民情；仙峤杏园，独兆芹池士气。明霞照绮，兴动曲江；春昼破颜，心怀沂水。甓山开院，弦歌生礼乐之光；帝里含灵，文物衍衣冠之美。行当题名雁塔，走马昆明；乃若乘时激引，振起云翰。观物启机，舒张俗目，胡不广寻乎众芳，乃独依栖于此景。

顾兹六出名花，含章泗水，三元称号，擅美都梁。桂蕊或能比同于月窟，琼花岂得独异于维扬？或霑雨而如默，不随风而肆狂。或俯而下，如揖如逊；或仰而高，如奋如昂。孤干之欹如虬斯伏，双枝之动如凤斯翔。厌纷纷之繁叶，乃抱素而先张。甘淡淡于尘埃，与桃李而竞芳。横枝疏影，错杂交辉。既如五百人之从于田岛，又如三千子之登乎孔堂。

斯时也，江春度柳，曾服既成；古壁留云，庄泉鸣诉。松苍草碧，相与较妍；鸠语莺飞，同时效象。天心来复，道器用宣，形形色色，滚滚泼泼，又其昭著于园之左右上下，无尽藏者也。

于是指点二三之子，追随五六余人，模写化工，品题物类。挹胜日兮采芳，驭虚风兮作赋，携椠铅而远眺，击钟鼓以高歌。聊为舞雩之观，预引鹿鸣之饯。文光辉耀，物色重熙。佩幽馨而分造化，各领天真；会生意以触机关，各陈素志。既而夕阳在照，红雨欲飞。感二曜之转丸，叹流光之过隙。襟怀宇宙，旷世何人，领略山水，百年难遇。停杯成赋，啜茗赋诗。童咏言旋，众相赓和。

## 成公绥

作者生平俟考。该赋录自雍正《安东县志》。

### 大河赋

览百川之宏壮兮，莫尚美于黄河。潜昆仑之峻极兮，出积石之嵯峨。登龙门而南逝兮，拂华阴与曲阿。陵砥柱而激湍兮，逾洛汭而扬波。体委蛇于后土兮，配灵汉于穹苍。贯中夏之畿甸兮，经朔狄之遐荒。

## 徐祯卿

徐祯卿(1479～1511)，字昌谷，一字昌国，汉族，吴县(今江苏苏州)人，祖籍常熟梅李镇，后迁居吴县。明代文学家，被人称为“吴中诗冠”，是“吴中四才子”(亦称“江南四大才子”)之一。因“文章江左家家玉，烟月扬州树树花”之绝句而为人称誉。

### 济淮赋

惟神淮之巨体兮，纬后土而纡流。溯遐睇以究源兮，指桐柏之灵丘。求禹甸之鸿迹兮，引衿抱于扬州。树南国之险限兮，辅皇畿之壮猷。放洪波而东注兮，徂日夜之滔滔。沛纷纷以腾衍兮，凌震怒于阳侯。川风冯冯而卒奏兮，云景暧而上浮。龟鱼翔而泛涌兮，鸣重渊之卧虬。傍人戒舟以并济兮，奋群楫而泝游。乘中流而极望兮，惊长湍而不遒。

按：滔滔，下韵，疑有误。

## 李　楷

李楷，字叔则，一字岸翁，清陕西朝邑人。举人，官宝应知县，与淮扬文人多有交往。善作赋，为钱谦益所称赏。康熙初督修《陕西通志》。著有《河滨全集》。

## 墨池赋(有序)

安东有米南宫墨池,水色半黝不改。予至其池侧,笔未。他日,卜孝廉际时来征邑乘升,乃于朱舆湾缀而为之赋。

嬗水灵之不掩,历黄元而独神。既清浊之异性,亦变幻以合真。故方圆其殊折,辨珠玉之줟줟。肆莫测于潮汐,乃诞应于月轮。或锦明而笺烂,或琴泻而雷振。涧溪隐尚于山壑,洹汉达善于箕津。莫不涵金漱碧,跳雪飞银。曳长练之灏洁,濯光镜于滢新。即有时乎改色,谅随土而为因。赤以之而罔象,黄乃出于昆仑。矧柏益之所未详,越道元其所遗陈。都黑水之为止德,哆冯夷之为绝伦。乃不涅而长淄,于我眸乎屡亲。

盖自昔游于元扈,实古颉皇之所宾。复于涟而见之,奇一沼之不沦。匪右军之所临,胡墨华其盈滨。不持战国之蚌,不贡泗水之蠙。不垂任公之钓,不烹张翰之樽。惟松煤之箕黝,欣管城之嶙峋。印月则乌绡投寒蟾之影,点霰则柳絮舞溟海之漘。亶有资于画理,克相鼓以都彬。如卦台之在山谷,譬石鼓之壮成均。宜龟马之协瑞,大有造于文人。

或告李某曰:此南宫之旧址也。稽往事而相吊,谅前哲其逡巡。桀我生之迈出,备雅姿于漆榛。遨古代而肆照,纵一己以独尊。妙匪颠而伊贤,乃丈石而相迎。名伯仲于黄苏,誉轩翔于紫宸。张襄阳之赤帜,信异世而同珍。予不才其匏落,每揽苣以秋纫。伤先辈之不见,空延景于畚坟。礼京口之宿草,抚盱山以承尘。奚余名之不立,年强逾而沉堙。知难遂于汗漫,怜足迹之嶙嶙。缅池沼于简素,忽低颊而嘘呻。爹瑶阆之荒远,嗟凝碧之消湮。百子何其,九龙难询。影娥积藓,太液开昀。讵艺海之相保,胜世谱之或磷。驾书船以遥泛,挥十纸而筹贫。裁孤衷而俟后,聊自纪于贞珉。倘斯池之不涸,冀前哲以偕春。展帝鸿之宝研,眷雁字于海垠。俯人间之果螺,挹浮云而露龈。

乱曰:公昔高众膀海岳,风斤神削光斑剥。元常羲献不相学,有子友仁知绝踔。志锋仄锐肯藏璞,娇如南鹏笑鸠莺。精灵池上生寒雹,洞然深黑不敢浊。同方丹井龙生角,公应骑之入寥廓。

## 顾诒禄

顾诒禄(1699~1768),字禄百,又字绥堂,一字瑗堂,号花桥,清长洲(今江苏苏州)人。顾氏为吴中望族,自其祖顾希醅、父顾求懿至诒禄,三代均有文名。诗词著作颇多。

### 河 赋

览洪波之浩渺,脉实来乎天汉。自昆仑以发源,至积石而始见。东出敦煌、张掖之区，南绕云中、五原之郡。抵华阴而合渭齐行，过砥柱而分流并进。溯伊、洛，遵瀍、涧，括淮、泗，挟颍、汴。包罗诸水，或聚或散。网络群涡，时连时断。延九州而其折有九，逾万里而其支有万。

上世寻河源，穷西极，张骞度玉门之关，元鼎赴吐蕃之国。縻岁月于遐邦，历艰阻于异域。乃其言之近诞，恐所探之非实。至元而薄海置传，命使而中州访迹。涉沮洳，履险隘，逾马湖蛮部之正西，越丽江宣抚之西北。登高山以俯瞰，睹列星之的皪。重泉自涌，河源斯得。

其经行，则来羌至于绥德，朔武及乎晋宁。环河中，朝神京。在豫则偃师荥泽，最为湍沛；在齐则经纬城武，尤切奔腾。直趋下相，遥控彭城。

其支缀则兰、洮合，丹、沁通。接漳、卫之叠浪，联睢、汝之飞淙。沂、洸并引，汶、济相从。昭阳、吕孟，凭威而荡潏，侍邱、落马，藉势以鸿溶。

若夫入淮之始，则由澶渊之决。南沿莫御，北流竟绝。本黄、淮为二原，今清、浊其一辙。草湾之新道忽开，西桥之故址遂夺。同蜿蜒而向东，似龙蛇之归穴。

然而迁流不定，滚汩无涯。初徙砼砾，继溃金堤。冲濮阳而钜野没，溢平原而千乘危。博、魏浸于开元之岁，郓、滑浸于天福之时。枣强涨则瀛洲为泽，钜鹿陷则信都成池。大德患罹于蒲口，至正灾盛于鱼台。天顺复淹归德，嘉靖更灌下邳。自周以迄明，屡塞而屡移。

其间议河者若聚讼，防河者难更仆。君歌瓠子之辞，臣下淇园之竹。冯逡之请浚不行，延世之奏功独速。汴渠成于王吴，赤河离于李谷，穿六塔而恩、冀之祸深，通二股而沧、永之害酷。主程昉之论，违韩琦之牍。徇回河之邪说，俾浑涛之莫束。

贾鲁习于水利，黄陵赖以功全。令欧阳而作记，与贾让而俱传。兰芬分支中泺，有贞建闸通源。浚月河于娄性，缭石堤于陈瑄。法前人之模画，致百年之恬安。洎漂踅乎末业，群袖手而旁观。

因而想导河之遗烈，溯夏禹之旧轨。置家室于三过，勤胼胝于八载。播九河而杀势，会众流而入海。救中原之陆沉，济苍生于乏馁。循澜以溯原，费寡而绩倍。

故治河贵识其本、权其要。疏之则驯，抑之则暴。有宣泄之方，无壅塞之道。毋因束湿之见，轻尝叵测之流；毋厌已试之规，妄冀难成之效。勿以患在将来而休佚且图，勿谓功非已出而更张是好。当为未雨彻土之谋，莫蹈亡羊补牢之诮。陈开凿者矜说之新，事因循者惟禄之冒。曾何裨于深川，实有妨于转漕。

逢九五之当阳，苏泛滥之重困。虞氾光之雷激，虑洪泽之箭迅。少府之金不惜，水衡之钱无吝。但别高以就卑，不加遏而用浚。固高堰以护淮，辟新河而便运。连樯忘湍悍之忧，万屋免沉溺之恨。悬流构馆而踊跃鲛人，隰土筑场而欢呼田畯。河伯呈祥，冯夷效顺。休气出，荣光灿，变五色而成章，清九里而自润。

明若镜而悠久有征，萦如带而邦家永奠。从此匹三渎以咸清，配四溟而共宴。

高紫峰点评：原委详尽，如数家珍，入后论治河利弊，尤见识议周详。可入治河书中，不当作律赋读。

题解：《初学记》：《说文》云：河者，下也，随地流下而通也。《穆天子传》曰：河与江、淮、济三水为四渎。河曰河宗，四渎之所以宗也。案《水经》及《山海经》注：河源出昆仑之墟，东流潜行地下，至规期山北流，分为两源， 山葱岭，一出于阗。其河复合东注蒲昌海，复潜行地下，南出积石山西南流。又东回入塞敦煌、酒泉、张掖郡南，与洮河合。过安定北地郡，北流过朔方郡西。又南流过五原郡南，又东流过云中西河郡东，又南流过上都河东郡西，而出龙门，至华阴潼关，与渭水合。又东回过砥柱及洛阳，至巩县与洛水合、成皋与济水合。又东北流，过武德，与沁水合。至黎阳、信都、钜鹿之北，遂分为九河，又合为一河而入海。故《尚书》称，导河积石至于龙门，南至于华阴，北至于砥柱，东至于孟津。东过洛汭，至于大伾，北过洚水，至于大陆，又北播为九河，同为逆河，入于海是也。初，禹自黎阳东北界分河为二渠以引水，一南出会隰川，今河南所流也；一出贝丘，即九河之上河。王莽时废塞，故俗谓之王莽河。隋炀帝于卫县因淇水之入河，立淇丘门，以通河东北行，得因九河之故道。隋人谓之御河。

## 吕星垣

吕星垣（1753～1821），字叔讷，号湘皋、映微、应尾，大学士吕宫五世孙，江苏阳湖（今常州）人。清著名文学家。乾隆五十年（1785），辟雍礼成，进颂册，钦取一等一名，选训导。后官河间县知县。少即以文学名。与同里洪亮吉、孙星衍、杨伦、黄景仁、赵怀玉、徐书受齐名，时称“毗陵七子”。

### 勺湖草堂赋

山阳阮裴园太史，昔讲学于勺湖草堂。既殁，乡之人即草堂奉祀。于是唐山先生崇先德，迪后进，绘为图，程编修鱼门为之记，王司业介子书其后，而命星垣赋之。其辞曰：

道无浅源，教有遗泽。汲焉靡尽，逝者不息。汪洋洙泗之坛，涎漶泄洛之席。难测量以川谷，拟浮汎于溟渤。

今者渎宗，乃在勺湖。缅征君之游屐，维太史之精庐。辞官奉母，传经著书。留山阳之胜迹，绘祭社而成图。

夫其面鹜陂，背雉曲，左农畤，右僧屋。四水抱，三桥束。花宫西环，郡楼东列。帆过影沉，阛区岸礊。迎胜出行，领要构结。洞房复，环琐围，廊回峭，栏斜危。岛飞至，村浮来。

磬语榻足，箫吟枕头。明练下幌，细縠上裯。无笔格肖，以琴弦收。经史诵，子集具。汇旧本，合古注。搜笺疏，栉章句。古砚藏纸，良墨精笔。周旋壶矢，左右琴瑟。亦悬弓竿，以俟钓弋。

方其千花绣靥，万柳画眉。天分云木，地合萍苔。几杖佐徜徉，篙桨任沿洄。携冠者与童子，间咏诗以濯罍。碧玉被野，红瑶铺田，草树畅天，乔众禽，乐鸣迁。清宜袷衣，长可小年。飘诵读于风籁，落琳琅于亭舷。螂蜩晚引，蟋蟀早警。蔬芬雀场，荻照雁境。黄裳有佳色，翠奁一何静。渔鼓约寺钟齐韵，晓星接夜篝俱冷。瓦素鳞兮，塔白毫耳。中裘温自足，丹铅冻未已。喜亲宵灯，爱继冬晷。既近泉而酒嘉，亦凿冰而鱼美。

于时手种精药，日尝旨羞。兄弟荷篑，子孙捧鸠。温匪冬始，清无春休。省终朝侍，定终夜留。

异潜隐于之推，殊闲居于安仁。念致家之贤淑，思育子之苦辛。阻遗篚于颍上，难道舆于洛滨。广平悚于越宫，托五亩于齐民。

乃与俊才秀士，攻经讨史，不厌不倦，仰止行止。辨帝王之泾渭，穷圣贤之涯涘。涣冰释于心目，沛泉流于唇齿。

解挈瓶于私智，传滥觞于初路。视虚器之容受，提大樽以挹注。升云雨于丈筵，翔蛟龙于尺素。壮腾跃于游鲸，美飞扬于振鹭。

进食大官，退养儒生。万钟何加，五鼎何荣。襟廉泉以澄澈，带孝水以洄潆。近望洋以躬濯，远溯流以怀清。

品类碾月，彩同标霞。巍然灵光，渺哉若邪。闻尚书之解佩，观丞相之驻车。曾书写于谯国，又句传于永嘉。

是以瑟彼玉瓒，宛在中沚。北海从杯筵，东山望屐履。藏衣冠以兴贤，采蘋蘩以荐祀。石室留化泽于文翁，草堂志道范于伯起。

歌曰：鸳鸯燕雀源泽薄，鹅湖至今不销涸。回澜障波显脉络，逮津通梁抵疏凿。放弥六合敛盈握，亦如宿海母众壑。朝宗于兹探述作，东南具区在一勺。

王琛点评：超心炼冶，在六朝则谢、鲍之间，摹绘太史讲学一段，尤觉分外出色。

题解：程晋芳乾隆四十一年《重修勺湖草堂记》：吾淮旧城西北有勺湖，即志所谓放生池也。又曰郭家湖，或曰王家湖。宋明以来多古迹。国初，鹤缑阮征君尝与乡人马西樵、石紫岚、阎百诗诸先生觞咏于斯，有唱和集。翰林裴园先生，征君之孙也，尝即其地为草堂，讲课其中。先生学醇而行清，教于乡人师之，修于家人化之。既没，人思慕之弗忘，乃即湖上因先生草堂故址增葺以祀先生，俾后进士论文艺如先生之旧……甲午秋八月，黄河决老坝口，灌淮城，草堂没于水。今年夏，山西荆公五峰来守是邦。五峰为先生辛酉典试所录士，现莅任，拜先生神主于草堂，乃捐俸金重葺书塾草堂，匝月而成，焕然如旧观。

按：鹤缑征君名晋，裴园太史名学浩，赓山先生名葵生。

## 胡长龄

胡长龄(1758~1814),字西庚,号印渚,清江南通州(今江苏南通市)人。乾隆五十四年(1789)状元,授翰林院修撰。乾隆五十六年大考二等,升侍讲学士,武会试副考官。乾隆六十年任国子监祭酒,并主试山东。后官至礼部尚书。为官清正廉明,刚正不阿,才誉卓著,为"江东三俊"(马有章、李懿曾)之一,与山阳汪廷珍合称"汪经胡史"。著有《胡三余堂存稿》等。

### 长笛一声人倚楼赋 以题为韵

有凌虚之杰构,矗碧落而高翔。既当秋而户敞,亦入夜而帷张。疏星几点,斜汉犹长。望天外之征鸿,初横远塞;问谁家之玉笛,乍度邻墙。

高倚栏干,斜披罗幕。悲秋气之胡来,怅良宵之易寂。客未至而琴孤,诗将成而钵击。忽讶林风乍起,栖乌还惊;犹疑山雨欲来,疏桐自滴。嘹亮悠扬,徘徊赏激。非越石之闻笳,比桓伊之邀笛。似抑而扬,不徐加疾。珠贯累累,丝抽乙乙。警鹤露以同栖,答霜钟而互出。裂石乍惊,绕梁未毕。怨生叠曲之三,响入寥天之一。想彼鸣声呜咽,几许闲愁;况兹迥立苍茫,那堪萧瑟?

于是瓦明珠露,帘挂玉衡。牖方珪而魄入,陈直翼而云平。俯栏外之人烟,数家灯火;起林端之商意,一片秋声。高立寒多,天上何年宫阙;曲终人去,关山几处月明。

则有别经南浦,望隔西津。藉登高而望远,冀情愫之相亲。黄鹤楼空,梅花已落;玉关人老,杨柳谁春?庾信竟成荡子,江淹本是恨人。

又有日暮途穷,流离琐委。琴欲碎于豪门,箫徒吹乎吴市。渔阳掺急,谁怜单绞岑牟;湓浦弦哀,相对荻花江水。忧从中来,谁能遣此?莫不闻急管而心摧,怅临风而徙倚。

嗟乎!本云泽之奇产,入柯亭而见收。或奏山春,花明绣苑;或陈羽曲,月度红楼。或过庐舍之萧条,旧怀向秀;或写武溪之淫毒,语念少游。事虽异致,感不暂休。

乃有神与天全,心遗世务。元龙则百尺高居,贞白则三层小住。中年哀乐,无谢傅之可陶;高致风流,嗤周郎之善顾。无人之见存,惟声与耳遇。又何必怅少陵闻笛之篇,感王粲登楼之赋也哉!

王琛点评:倚楼起,倚楼结,通幅从长安秋望写出,闻笛心事,俯仰低徊,百端交集。

题解:赵嘏《长安秋望》诗:"云物凄清拂曙流,汉家宫阙即高秋。残星几点雁横塞,长笛一声人倚楼。紫艳半开篱菊静,红衣落尽渚莲愁。鲈鱼正美不归去,空戴南冠学楚囚。"计敏夫《唐诗纪事》:杜紫薇览赵嘏早秋诗云"长笛一声人倚楼",吟咏不已。因目为"赵倚楼"。

## 李如枚

李如枚，字怡莽，汉军旗人，嘉庆九年至十一年(1804～1806)任淮关监督。有《怡莽诗草》《续纂淮关统志》。

### 怡园赋(并序)

余家旧圃，列假山，植花木，颜曰“怡园”。数年以前，奉侍慈亲承欢游览，怡怡兄弟聚顺门庭。予号“怡莽”，盖因此也。讵料中年哀乐，百感纷乘，追思曩游，渺不可得，涉而无趣，几于虽设常关矣。昨莅淮干署之右偏，延接宾客，堂后亦有小圃，杂列假山、花木，绿荫周遭，青苔剥蚀。初来数月，未暇流连。偶值公余，空阶徙倚，仿佛石上似有题字。剔藓视之，亦镌“怡园”二字焉。异哉园名，伊公何心，而适与余家园之名之吻合也。不禁爽然若失，而作赋曰：

万物其谁最灵兮，惟至诚其前知。曷二十七年之前兮，早基予之至于斯。区区自怡之小圃兮，亦若隐动于天机。原夫伊公之经始，相传手辟夫荆榛；值黄流之倒注，几无地以延宾。爰鸠匠石，重治庭轩。径虽小而曲折，山虽假而峋嶙。兰吐三春之玉，桂扬八月之芬。红艺累累之天竺，菉栽篧篧之此君。纪游而磨崖有兴，飞白而斧凿无痕。缅典型之具在，更书局以随身。旋咏梅而开东阁，便听履而上星辰。

若乃鄙人之承乏，何能进拟于规随。差幸董园之见畀，恍如蒋径之重开。自笑难忘于结习，不禁题上于苍苔。学园艺康成之草，羊裙摹岘首之碑。抚嘉名兮惊心暗合，历百遍兮内念徘徊。俨前定而使从伊后，敢漫视而不遣名垂。爰网罗夫旧典，就缁衣而改为。冀延斯绪于不坠，愈步空庭而怆怀。既许我向淮海燕云而合璧，奚不令我逮潘舆谢草以俱来？

爰作歌曰：天道至神兮莫测，二千里迢迢兮南北。忆曩哲而山阳感笛，前一世而名为余锡。又为乱曰：斯园属我兮抑属伊，伊如不与我兮已为我题。此名岂无所为而为兮，亦焉能付之可知而不可知。

## 林召棠

林召棠(1786～1872)，字爱封，号芾南，清广东吴川人。道光三年(1823)状元。卒谥文恭。著有《心亭亭居诗存》《心亭亭居文存》《心亭亭居笔记》等。

## 治河赋

### 以“飞刍挽粟万里连樯”为韵

宝图贡瑞，荣光吐辉，纳星辰于襟抱，应风雨而指挥。太华既擘，脱笞如飞。浮天无岸，行地知归。冯夷不怒，阳侯戢威。九派安流于帝寓，万舻衔尾于皇畿。

考黄河源之发始，实甘思朵之偏隅。其流则忽阑里术之别，其名则阿刺赤宾之殊。昆仑神域，上帝仙都。由西戎而积石，入赤县之隩区。汾、洮湍激，瀍、涧萦纡。沣、漯清驶，漆、沮膏腴。渊渟川泻，电迈云驱。群峰巑岏以束辙，万谷喷薄而争途。出华阴而一折，如建瓴而直趋。骋怒流以啮浮岸，譬疾风之振生刍也。

禹迹洪荒，横流偃蹇。君歌瓠子之词，臣下淇园之楗。材尽青茭，璧沉黄琬。乐浪王景，暂奏厥功；贾让冯逡，未探厥本。汉开屯氏而其道即湮，宋筑六塔而其害未远。及澶渊之南决，合淮流而不返。不徒用为宣泄，兼且资其输挽。

盖自元、明所侜张，皆由清、黄之合混。昔之治也，以河赴海如矢注鹄；今之治也，以淮刷河如石攻玉。其合而和也，鹍弦之调；其来而继也，鸾胶之续。其蓄势也，风负翼腾。其去淤也，雪消汤沃。匪谷、洛之斗，狂奔而触。物有遏之而愈通，蹴之而愈足。彼千艘之安行，渺沧海之一粟。

借清水以治黄，在高家之一堰。堤之而湖之势盈，牐之而淮之力健。淮启闭于岁时，较赢缩于分寸。淮长则诸湖泄其余波，河涨则巨防守其成宪。逮水到而渠成，俨风驰而雾喷。红洗桃花，碧腾瓜蔓。放之以东瀛，操之若左券。吞云梦者八九，济生灵之亿万。

功勿求奇，论勿可喜。勿狃久安之策，勿败已成之美。勿执己见而良法轻违，勿任群疑而道谋蜂起。复禹迹者，刻舟而求剑；开新河者，截趾以适履。议浚而深者，犀照谁穷？议分而疏者，卮漏奚恃？或淮病于黄，则民弃于水。道阻鼋鼍，堤溃蝼蚁。鸿基一倾，鲸波千里。

效有先奏，道必万全。障决以塞，筑浮以坚。使淮之力足以达河，而有来不拒。使河之力足以达海，而所向无前。杜入海之旁溜，毕致力于中权。海通而河流允翕，河顺而淮流晏然。苟蓄泄之有术，岂横暴而为愆。此河防所以静治，而漕运所以绵连也。

方今圣人御宇，德水呈祥。秘探宝笈，治炳珠囊。值偏灾之偶告，殷轸恤之周详。命臣工而筹度，俾迅济乎舟樯。所以拯亿兆、裕仓箱。宸衷密运，湛泽汪洋。何弗澄清应千年之运，如带萦万里之疆也哉！

王琛点评：黄河落天走东海，万里泻入胸怀间。

题解：见《河赋》。

# 杨棨

杨棨(1787～1862),字美门,别号甦庵道人,清丹徒县(今江苏镇江)人。著有《京口山水志》18卷、《出围城记》1卷及《蝶庵诗抄》《蝶庵赋钞》,均行于世。清道光二十二年(1842)英国侵略军攻陷镇江城时,杨棨在围城中居住6日。

## 鼓行出井陉赋

### 以"平旦建大将之旗鼓"为韵

山围古井,歧路纵横。车不方轨,马难并行。有亭长兮来告,此淮阴之故营。填然鼓之,期诘朝而相见;在此行也,入坚壁而皆平。

方其破阏与而豪雄,近赵边而勇悍。召间谍以咨询,进军吏而筹算。时犹未至井陉也,选兵一千,问夜方半。哀笳罢吹,画角初断。未遑振旅阗阗,先听誓师旦旦。晓箭声催,征鼙响健。白雨横飞,朱旗前建。金铎动地以雷鸣,铜丸震天而风喷。鼓音未绝,方扬桴以疾趋;行者何为,忽倒戈而佯遁。

且夫井陉口者,石邑界其东,常山控其外。上艾险固以左包,蔓水纡洄而右带。凿隧道以周通,矗故关而崯峣。足已投于死地,几如天堑之难逾;头欲致乎生王,且让夜郎之自大。

然使广武之计遂行,成安之猷克壮。兵无取乎多多,主惟善于将将。十余日固其沟垒,三千人绝其粮饷。则计擒张耳,定教衅鼓以遗羞;气奋韩侯,岂敢孤行以相抗。

尔乃良谋不听,诡计不知。从间道以暗度,果空壁以疾追。四围蜂拥,一军狐疑。发噌吰于水上,谓逍遥于河湄。众士方掩口不遑,咥其笑矣;异军已苍头特起,鸣而攻之。由是歇也就槛车之缚,余也裹马革之尸。凯歌竞唱,露布远驰。汉将鸣金而整暇,赵人鼓瑟以娱嬉。李生之妙算无双,请虚左席;燕国之坚城并下,早树降旗。

试观据至险之山溪,恃至坚之楼橹,阻以泜水之长流,环以回星之远浦。竟徒嗟刎颈以订交,究不免失身而为虏。至今寒鸦啼过,犹依破庙之神旗;轻燕飞来,徒赛前村之社鼓。能不叹地势之难凭,而信人谋之宜取。

高紫峰点评:选义考词,极掉臂游行之乐。

题解:见《拔帜立帜赋》。

## 牛目中有牧童影赋 以题为韵

昔戴嵩心如发细,意与神谋。川原之思弥切,田家之景最幽。胸有成马,目无全牛。

非同大令挥毫，误图乌犉；却似长康写照，明点清眸。

尔其雅善写生，尤工健犊；歧蹄笑花，湿耳批竹。浓染骍毛，洁留白腹。鼻逐波浮，角疑云矗。然此犹鳞爪耳，何足经心；传神其阿堵乎，是宜驻目。

原夫村路西东，牧儿卧风。跨牛背以出入，窥牛目之玲珑。头角逼真，顿欣对影；形骸有托，莫认重瞳。修容镜里，濯魄壶中。岂结螟巢，黍民之睫可寄；恍潜虾侣，水母之眶不空。

尔乃几度凝神，一番搔首。运炯炯之双眸，试空空之妙手。牛戴牛仿佛似之，我观我形容肖否？小如鹊嗉，可带剑以酣游；细匪猫睛，徒对花而长守。居然影可答形，信是无中生有。

水剪盈盈，电流逐逐。负犊之状分明，横笛之容隐伏。笑党尉之夸虎眼，金饰何愚；比僧繇之点龙睛，壁飞弥速。盖画饮牛则影入清流，而画牵牛则目藏尔牧也。

后有米公，诧为鬼工。玩桃林之闲旷，摹草茎之青葱。思作河豚赝本，诡言画马灵通。徒存约略，未造浑融。牛后追随，亦有挥肱之子；目中空洞，却无总角之童。

倏尔指陈，翻然心领；愧我空疏，羡伊工整。始觉尾夹尾举，果有至情；并非栏外栏中，徒成幻境。重借临抚，益嗟新颖。匪仅象漆颊上之毫，直同儿指盆中之影。

是知真伪之殊，辨以精粗之数。意在笔先，慧由天赋。倘欲呈天女将瞬之奇观，而仅守远人无目之故步。牛尾未能折其理，牛性未能得其趣。则嵩也何以与韩干之马腾骧、光宝之狮吼怒，共驰誉于丹青，托深心于豪素。

王琛点评：摹绘入微，顾长康所谓传神写照在阿堵中。

题解：《清波杂志》：米元章尤工临写。任涟水时，客鬻戴嵩《牛图》，元章借留数日，以摹本易之，而不能辨。后客持图乞还真本。元章怪问之，曰："尔何以别之？"客曰："牛目中有牧童影，此则无也。"又见《仇池笔记》。

## 金长福

金长福（1797～1871），字雪舫，江苏高邮人。贡生，博洽经史，尤深选学，乡试屡荐不售，遂淡于仕进，好学至老不倦。著有《广陵旧事》《广陵近事》《小墨庄诗话》《淮海见闻录》《古今体诗》等。

### 韩蕲王金凤瓶赋

#### 以"传酒纵饮示以整暇"为韵

琱旗耀日，战舰浮天。金山塔迥，铁瓮城坚。乘江流之激宕，望敌阵以回旋。蕲王乃倚高棹，敞华筵，健儿鹄峙，壮士杯传。遥看潮涌金轮，晃龙纹于戈盾；但见觞浮玉斗，酣鲸饮于楼船。

方完颜宗弼之相遇于黄天荡也，气炽欃枪，星沉刁斗。北来舸舰，金鼓喧阗；南渡江山，金瓯击剖。王则铁甲擐躬，铜符系肘。饮醇而频倒牺尊，浮白而先携兕卣。雅似酖入羊祜，交儒将之觥筹；直如对敌鸿门，醉英雄之卮酒。

爰有金瓶，帐中清供。山觯名尊，军持价重。虚腹能容，偏提适用。瑰宝连环，云雷错综。镕金错采，镂坚鋈以腾辉；铸燧研膏，嵌真镠而无缝。抚夔斝而意气轮囷，斟螭壶而豪情英纵。爰倾醲于宾僚，更投醪于侍从。奇光百炼，偕琥珀之盏而同珍；善价千缗，与玛瑙之杯而并颂。

而其铸金为凤也，质重双南，材兼三品。有归昌贺世之祥，有抱义戴仁之禀。德辉下览，丽烛明霞；苞采旁敷，艳争美锦。光浮孔翠，引彩臆而分明；尾并栖鸾，拂修翎而详审。炼砂而良匠钧陶，刻瓶而名工镌锓。笑彼舟中破斧，刑白马而潜逃；快余江上飞觥，望黄龙而痛饮。

旁若无人，鸣真得意。敌军见而神惊，渠帅闻而愕眙。木罂夜渡，曾夸上将之勋；榑榼晨携，岂有鞠生之嗜。略比鸳鸯盏，设神采昭融；直如鹦鹉杯，倾襟怀坦易。尊开白兽，列金爵以荧煌；壳启红螺，并金船而昭示。况乎水舰鏖兵，舟师对垒。夫人则桴鼓亲操，战士则弓刀并峙。喋血行庖，论功酌兕。鹳河宵遁，焚舟嗟金碗之沉；虎帐朝餐，卷甲快金戈之指。莫不扬觯而前，流觞是以。顾曲而醇醪引醉，能张百胜之威；洗兵而醽醁高浇，遂雪两宫之耻。

彼夫挈瓶以守身，戴瓶以示警。胆瓶美其虚中，罍瓶羡其修颈。琉璃瓶占相业之隆，琥珀瓶志朝仪之整。蟠螭瓶载博古之图，吐霓瓶系玉华之绠。五斗瓶传于坡老，验莲漏之短长；朱提瓶设自唐宗，贮松醪以合并。未若兹之金叶焜煌，金泥明靓，镂彩翼以缤纷，貌文禽而彪炳。其才似斗率三军而电掣星驰，有酒如淮驰万里而波恬浪静。

后有过大仪之垒，凭吊江浔；登浮玉之山，徘徊僧舍。想见韬略深沉，英姿叱咤。举觞倾鹿攊之羹，对酒啖牛心之炙。一枪港擒渠之所，劲旅云屯；双胜环报国之诚，神威天假。而斯瓶也，宝气中含，精光四射。例比琼卮玉斝，享以常珍；方诸乙鼎辛彝，坚而勿化。宋思陵懋酬忠勇，千秋仰锡券之光荣；岳少保同建勋劳，八百示背嵬之整暇。

王琛点评：灏气流转，荣光上腾。

题解：《名臣言行录》：兀术与世忠相持黄天荡，虏不得渡。乃求与世忠语。世忠酬答如响。时于所佩金凤瓶传酒纵饮之。又，《宋史》本传：建炎间镇楚州，披草莱，立军府，夫人梁氏亲织薄为屋，召集流散，通商惠工，山阳遂为重镇。世忠在楚州十余年，兵仅三万，而金人不敢犯。秦桧收三大将权，拜枢密使，连疏乞解枢柄。封福国公，赠蕲王。

## 顾元熙

顾元熙，字丽丙，号耕石，清吴县(今苏州)人。嘉庆十三年(1808)乡试解元，次年成进士，由编修累官翰林院侍读学士。二十四年，提督广东学政。工八股文，兼善诗书。多病，卒于官，年41。

### 漂母辞金赋

#### 以“我哀王孙非望报也”为韵

昔韩侯踯躅钓台，流离可哀。侧身徙倚，枵腹徘徊。偶漂母之相值，乞一饭以分来。想九州岂少奇人，风尘浪迹；问千古谁如此妇，慷慨雄才。

稽夫天意苍茫，生涯坎坷；为吏不能，学商不可。驱除之愿方雄，际会之期未果。论英雄当不虚生，乃风鉴偏逢道左。有如此水，千金之持赠何年；请俟中原，一将之登坛是我。

而母也，门临流水，人倚斜阳。輾然自笑，穆然意长。谓夫人民寥落，烟火凄凉。山川悠远，行李仓皇。安得舍予擘絮，给彼壶浆。所以哀王孙而进食者，以王孙规模宏远，神采飞扬。终除封豕长蛇，翌寰瀛之日月；岂仅攀龙附凤，裂茅土而侯王。

乃王孙郁此高怀，筹斯厚报。是特感身世之飘零，痛遭逢之潦倒。津津富贵，未免女子心羞；了了恩仇，抑亦少年性傲。

且以分裂乾坤，兵尘方昏。我自潜踪于下邑，君当奋迹于重阍。会且霆激雹举，飞鹏走鲲，彗扫天阙，泽流里门。倘今朝国士无双，果非虚鉴；岂异日神州混一，未足酬恩。留为市骏之资，召君宾客；自有不龟之药，贻我子孙。

若乃以投赠为盛情，以豪举为都雅。衡较重轻，算筹多寡。彼富家方丈之食，能召君乎；彼小人市道之交，类如此者。顾谓耿耿之诚，必藉区区而写。抑何意气吞盖世之雄，而识量出吾侪之下也。

信于是爽然自失，默尔独归。服彼高义，烛我先机。迨乎齐王可假，汉将如飞，忆杯盘于芦渚，纡驺从于苔矶。虽雅度之弗许，终前言之不违。论者以为濑水之进食犹是，而拟负羁之馈食则非。

迄今溯秦邮之帆，舣淮阴之榜，有斯母之荒祠，与高台而相向。彼行人之过此，畴不回头而一望。

高紫峰点评：曲折尽致，伸缩自如。

段朝端点评：纯以跌宕取神，不使一直笔。唐则香山，宋则无咎。

题解：见《漂母饭信赋》。

## 八月枚乘笔赋

### 以“八月之望观涛曲江”为韵

昔在西汉之时，梁苑多才，孝王给札。以销公子之烦忧，用赏枚生之俊拔。驰高论兮锋生，动新词兮玉戛。岁云秋矣，银涛忽涌夫三千；盍往观乎，璧月未亏于十八。

迨天宝之诗人，抱青莲之仙骨。偶赠友以五言，爰寄思于《七发》。天宇廓其镜清，壮怀起而飙忽。谓先生放棹，方将观曲江之潮；在上客挥毫，因特赋中秋之月。

其境则绝，其文则奇。翻笔花与墨沈，无海若与冯夷。快若骤雨飘风之乍至，捷若轻车骏马之飞驰。焰烛天间，引星辰而上也；气吞云梦，障江河而东之。

方其驭神轮，构心匠，如游广陵，适观秋涨。势才萦一线之青，声已蓄千军之壮。醮金、焦之两点，楼阁皆摇；舞吴、楚之千航，帆樯弥望。

由是蛟龙跋浪，鼋鼍戏湍。击迅霆于秋霄，飞白雨而昼寒。驱雪岭与冰山，纵横千里；浴乌轮与兔魄，砚觇双丸。曾在扁舟，睹天地之奇作；助我椽笔，极文章之钜观。

凌轹风骚，峥嵘兔毫。如万弩之齐发，乃寸管之独操。投袂而起，碧空自高。卿试掷之字里，当锵金石；后有读者耳中，犹作风涛。

人去千年，文传片玉。际关河之始霜，想江波之新渌。今犹昔也，试探龙堂鳞屋之奇；谁能继之，载赓白雪阳春之曲。

送子吴艭，疏篷短窗。将追文雅于畴日，赋登临于是邦。毋曰余病未能也，尚衙官乎班香宋艳，而台隶乎陆海潘江。

高紫峰点评：落落词高，飘飘意远，地上友难与齐足。

段春泉点评：中唐风格，遒炼清新。

题解：李白《送友寻越中山水》诗：“闻道稽山去，偏宜谢客才。千岩泉洒落，万壑树萦回。东海横秦望，西陵绕越台。湖清霜镜晓，涛白雪山来。八月枚乘笔，三吴张翰杯。此中多逸兴，早晚向天台。”

## 盛观潮

盛观潮，清丹徒县人，辞赋家。有《详注水竹居赋》清道光二十八年(1848)刻本存世。

## 梁夫人亲执桴鼓赋 以题为韵

声惊霹雳，令肃风霜。元戎御敌，女子勤王。拥铎拱稽，顿使军威大振；秉枹建节，倍添兵气飞扬。鸣鼍听奋击之音，思共生擒强虏；扫黛助合围之战，誓将恢复汴梁。

昔韩蕲王之移镇京江也，腰悬将印，手握兵符。邻境则喧传烽火，沿江则简视师徒。鼓噪敌舟，铁绠早豫筹虎帐；鼓鸣伏卒，金山几生缚乌珠。想其气壮风云，已克阗阗振旅；不道威扬巾帼，俨同赳赳武夫。

维兹梁氏，忠勇绝伦。韬钤素习，步伐能神。心伤剩水残山，小朝廷苟安南渡；眼见执兵擐甲，大将军力保西津。思援一臂于大君，岂羡车称娘子；愿助三挝于战士，底须城号夫人。有桴鼓焉，兵容壮助，军令严申；旌旗并列，铙镯同陈。

夫人乃碧簪冒发，翠黛敛颦。鸣而攻之，一队之精兵直拥；镗然击矣，三军之锐气全伸。愿绑铁甲以同仇，鼓鼙手秉；竟坐楼船以督战，矢石身亲。

翠袖高飏，金钲渐急；白雨横江，怒雷启蛰。杂画角兮悠扬，和哀笳兮呜咽。钏摇璀璨，激成飞电；声喧环戛，铿锵迸出。

圆珠响集，岂是扬桴献技；音节全谐，定发衅鼓雪仇。馘俘就执，俄而挝酣营帐，战合海舟。风樯阵马，粉黛兜鍪。发噌吰于水上，竞驱逐于江头。拟荀灌之突围，双戈耀日；比平阳之建幕，一剑横秋。橹接如飞，尽搴旗而斩将；鼓音未绝，恍秉辔而援桴。

王于是率领艨艟，止齐步伍；行军之节频麾，压阵之矛高竖。填然音发，统千舰于江滨；壮矣言传，复两宫于故土。赖细君鹰扬共效，佐予鞠旅陈师；笑敌人鼠窜纷逃，顿尔偃旗息鼓。

所惜罢战兵归，议和策误。君想忘仇，忠诚莫诉。遂使骑驴湖上，偕隐有俦；回思卧虎军中，良缘早遇。至今云迷山寺，粥鼓听暮夜之声；风息江涛，渔鼓喧斜阳之渡。而谓过黄天荡者，能不慨想乎红粉英雄，为之流连而作赋。

高紫峰点评：英思壮采，凌云健笔意纵横。

题解：《续通鉴纲目》：金师至江上，世忠先以八千人屯焦山寺。兀术欲济江，乃遣使通问，且约战期。世忠许之。既而接战江中，凡数十合。世忠妻梁氏亲执桴鼓，敌终不得渡，俘获甚众。虏兀术之婿龙虎大王。兀术惧，遂自镇江溯流而上。兀术循南岸，世忠循北岸，且战且行，世忠艨艟大舰出金师前后数里，击柝之声达旦。将至黄天荡，兀术窘甚。《淮安府志》：梁夫人，蕲王韩世忠妻。楚州北辰坊人。初，江淮兵乱，流落为京口倡家女。五更入府贺令节，于廊柱下见一虎蹲卧，惊走出，已而审视之，一卒也。蹴之起，问姓名，心异之，密告其母，遂归世忠。世忠官寖显，封安国夫人。金兵至镇江，世忠与战，梁亲执桴鼓，金兵终不得渡。一夕凿河遁去，梁奏言世忠失机纵敌，乞加罪责。举朝为之动色，封杨国夫人。卒，附葬苏州灵岩山下。事见《鹤林玉露》。

## 雉入淮为蜃赋 以题为韵

客有放棹江滨，维舟河涘。经漂母之旧祠，访淮阴之故里。茫茫乎一水无涯，隐隐乎五云倏起。此何物也，顿成天外楼台；盍往观乎，现出海中城市。睹奇情于此地，还疑气吐神龙；留幻迹于前生，省识化由哅雉。

夫以雉也者，彩翰斑斓，朱冠耀熠。饮啄山梁，栖迟原隰。闻雷则哺子哅长，映日则呼媒羽戢。绣塍绮陌，知为爰止之乡，海澨江皋，不咏载飞之什。常伴凌霄鸾鹤，振羽翮以翱翔；岂同狎浪凫鹥，随波涛而出入。

尔乃水冰地冻，雾滃云霾。上下看黑乌之浴，连绵惊征雁之排。静验天心，妙函化育。变参羽族，顿换形骸。忆前番秀到麦苗，声闻戛戛；乃此水导从桐柏，势自湝湝。五色离披，异烧林而坠地；一朝幻变，同化枳而逾淮。

则见藏身中沚，敛翼寒漪。泛千层之冷涨，失五采之羽仪。茂草深林，长辞旧侣；江珧海月，许结新知。昔年羔雁同将，曾作大夫之贽；今日鱼盐并利，遍归祈望之司。羽翔忽变鳞潜，大化非化；离明反占坎习，莫为而为。

由是浊浪横冲，怒泥远引。纵然文采常留，早见皮毛脱尽。气嘘沙涨，陡觉霞蒸；壳起潮迎，哪嫌风紧。但说辉争月夜，宝蕴珠宫；不闻曲操朝飞，琴挥玉轸。官分少皞，正工休逐群鸠；职隶司徒，饰器应归掌蜃。

乃知物理有常，天时无误。阴阳自见盈虚，气化同为布濩。鸠鹰递变，具有真诠；爵蛤同缘，亦参妙悟。故雉雊鼎耳，固宜人事克修；而蜃伏波心，早识岁时已暮。从此蓬莱遇目，长吟坡老之诗；岂徒畎亩翘英，载诵太冲之赋。

高紫峰点评：藻耀高翔，文笔鸣凤。

题解：《夏小正》：十月，雉入于淮为蜃。注：蜃者，蒲卢也。《月令》：雉入大水为蜃。注：大水，淮也。大蛤曰蜃。《正义》：知大水为淮者。《晋语》云：雉入于淮为蜃。

## 蒋庆伯

蒋庆伯，清扬州江都县人。

### 沟通江淮赋

#### 以“筑城穿沟以通江淮”为韵

城峙三吴，波连百谷。既舍兵于蚕室，远避雄图；将划界于鸿沟，陡开平陆。茱萸湾迴，直教岭接羊头；桐柏山穿，疑是湖开龙目。地应牵牛之界，淮为浒而江为沱；君夸封豕之雄，都曰城而邑曰筑。

原夫邗之东南，厥有江焉，沉沉隐隐，汩汩泫泫。湁潗鼎沸，砰磅雷轰。出岷峡而双流并注，过浔浦而九派交横。铁豹岭当日疏通，惟将觞滥；金鳌峰中流突兀，不碍舟行。由洞庭、彭蠡以分流，浊浪遥奔瓜步；经下邳、广陵以入海，中央忽见芜城。

至于邗之东北，又有淮焉。奔扬滞沛，逆折潺湲。滔滔下濑，滈滈浮天。纳瀔、泲、洸、菏之水，集河、汾、汴、泗之船。雉下寒流化蜃，而涛声愈驶；蠙陈厥篚曁鱼，而风味弥鲜。数百重源发胎簪，橘逾皆成绿枳；六十荡水连甓社，花开遍是红莲。纵云淮有洲三，鸭头波活；安得沟量丈八，龙骨渠穿。

吴王于是告廷臣曰：吾闻沿于江，达于淮，禹所以王九州也。南为江，东为淮，汤所以建群侯也。当此邗江胜地，淮海名陬。而粮道难通，莫达海陵之粟，群资不继，空劳帷幄之筹。岂独君臣之耻，实贻社稷之忧。乃计丈数，乃度林丘。乃称畚挶，乃具干糇。既循制度于《周官》，十夫沟兮百夫洫；兼考规模于《尔雅》，沟注谷兮浍注沟。

由是险比虎牢，境殊鱼里。导江追神禹之踪，凿淮开秦皇之始。据九江三江之上，西施之歌舞频闻；处淮渎淮浦之间，南仲之声名略似。谁谓句吴之地，为沿堪虞；试听孺子之歌，濯缨可以。

然而槜李之仇未报，夫椒之役无功。笠泽亡师，始信越王鸟喙；石田进谏，那知伍相丹衷。纵教威慑淮夷，比东鲁飞鸮之咏；未必化行江汉，同西周秣马之风。五千人甲楯犹存，可奈稽山未下；廿三载金汤遂失，但教邗水长通。

迄今缅怀古迹，凭眺奔泷。客泛瓜皮之艇，人悬木叶之篷。江与淮通，狼荡之渠浩渺；淮随江下，鹘峰之势崆岘。铁瓮云开，春潮森森；珠湖浪合，秋水淙淙。当年两水萦回，树黄池之霸业；此日千畦灌溉，迎白下之长江。

圣天子恩膏远布，大泽无涯。敷奠随刊，上同夏后；陆詟水慄，讵比夫差。江乡乐橘柚之苞，三壤咸则；淮上息钟橐之响，八音克谐。固已华夏从风，四海同而四隩宅；岂第徐扬戴德，南条江而北条淮。

高紫峰点评：疏析明畅，笔健气充。

题解：见《吴通江淮赋》。

# 柯万源

柯万源（？ －1845），字星庐，号小波。清浙江嘉善人。四岁能辨四声称神童。诗赋秀丽惊人，受知于汪廷珍。著有《周易名物类考》《礼记郑陈异同考》《杏花春雨馆词》《墨磨人斋集》《延绿草堂赋稿》《赋话集珍》等。

## 木罂渡军赋

### 以“淮阴用兵出奇制胜”为韵

一水湝湝，健儿十万兮，谁能与偕？谋定而波涛可越，令严而瓯瓿旋排。纵敌情之叵测，自妙略之早怀。何须巨筏环连，其骇船头之鹢；即此空瓶稳济，终收井底之蛙。鼓锐气于三军，风驰安邑；话奇猷于一渡，月照清淮。

方韩王之击魏豹也，戎容有墨，战仗如林。危桥板断，画楫波沉。凯饮未谋乎三爵，中流已失乎千金。计且投壶，蒲坂之兵綦盛；势难杭苇，夏阳之涨初深。何处屯军，莫恃我师之众；除非飞渡，方逾此水之阴。

尔乃胜算操持，兵机慎重，别路分趋，勇夫乐共。程遥而万众无惊，江阔而三更独纵。奚烦刳木，才呼利涉于凫舟；只藉提罂，倍鼓先声于驺从。事适同乎抱瓮，灭顶何嗟；式聊仿乎浮槎，卫身有用。

于是衔枚疾过，卷旆交横。烟昏隔岸，霜过寒营。解带争持乎一本，偃旗毕隐乎双罂。岂鸣鼓之亚夫，突乘武库；恍裹毡之邓艾，直走阴平。栅不嫌围，似结鱼鳞之阵；瓶何妨罄，暗移虎帐之兵。

则见铜角沾濡，铁铃呵叱。觉援手之堪凭，岂奋身之有失。争厉揭兮勇莫当，挟戈矛兮机殊密。拟莲乘于仙子，妄测神谋；思杯渡于高僧，匪矜幻术。河冰未合，方愁众骑之何驱；匏叶才歌，忽讶潜师之俱出。

矫矫貔罴，彼昏不知。艇已沉而仍过，笳未至而先吹。壮士悬匏，刁斗冲城之会；威声破竹，旌旗酹酒之时。此师定是飞来，阵张背嵬；我将直从天降，帐罢衔卮。虏已就擒，胜雪夜平吴之捷；民非病涉，陋戈船下濑之奇。

既而奏凯言旋，刁流重济。大树垂勋，芳樽分惠。回忆鲸波荡碧，咸夸制梃之强；从兹狼火销青，永恃建瓴之势。迄今捧榼矶头，乘桴滩际。慨慕疑兵，旷怀秘计。江涛云涌，难寻背水之奇观；芦荻风多，犹认囊沙之旧制。

然此特侥幸功成，仓皇事定。施诡术于威弧，捣偏师于捷径。岂如圣天子旙鼓森严，雷霆响应。贮吴罂以赐酺二三臣，共沐君庖；置舜木以求箴亿万里，悉遵天听。师行以俎豆为事，罔不禀龙韬而策裕万全；庙算出帷幄之中，纵或撑螳斧而勋归百胜。

高紫峰点评：藻思绮合，缛旨星稠。

题解：《史记·淮阴侯列传》：魏王豹谒归视亲，疾至国，即绝河关，反汉，与楚约和。汉王使郦生说豹不下。其八月，以信为左丞相击魏。魏王盛兵蒲坂，塞临晋。乃益为疑兵，陈船欲渡临晋，而伏兵从夏阳，以木罂瓶渡军，袭安邑。魏王惊，引兵迎信，信遂虏豹。定魏，为河东郡。

## 潘陆才

潘陆才，清安徽泾县人，无锡顾翰学生。著有《天海堂诗集》，编有《泾川诗抄》20卷。

## 枚皋草檄赋

### 以“飞书草檄用枚皋”为韵

今夫乏磨盾之才者,不足以奏边庭之伟绩也。无借箸之略者,不足以参幕府之危机也。是欲表军容于万里,慑贼胆于重围,必须词源沛沛,墨雨霏霏。文无加点,笔不停挥。然后能侦彼师之动静,扬我国之恩威。万言而火速立成,雷霆怒叱;两地之星邮暗递,风雨横飞。

厥有枚少孺者,系枚乘之少子,侨洛下以穷居。名甫登乎仕版,训未凛乎经畬。念因脱南冠,梁园之冗徒漫谮;幸书陈北阙,汉廷之待诏新除。倘书生不事毛锥,文将焉用;任若辈浪夸手笔,目已无余。请看一气啊成,值瘴雾狼烟之下;谁信数行急就,在风声鹤唳之初。纵经术稍让于群公,尔能各奏以文章,横行乎一世,得意疾书。

故当小丑跳梁,强蛮当道;三关之寇焰方张,五夜之欃枪未扫。固宜飞檄而远为抚绥,传檄而广为招讨。但跃马横戈之会,命意嫌迟;冲锋冒矢之场,知几贵早。而彼独能以大笔之迅挥,类偏师之直捣。不殊宿构文成,而倚马匆匆;大有神通稿脱,而抽毫草草。

第见其搦管风驰,摛词电激,篇无滞机,语皆破的。洒洒洋洋,滔滔汩汩。其气足以撄九牛锋,其才足以当万人敌。凡夫旁午以乞师,呼庚以请籴;或告急警于邻封,或通暗谋于锋镝。肖乃父摊笺挥洒,时腾腕底之龙蛇;除斯人濡墨淋漓,谁震行间之霹雳。似此事关军国,疑挥返日之戈;也应气夺奸雄,突过愈风之檄。

独是当日者,汉道方庆鸿庥,儒雅卒叨鹤俸。厕紫禁以揄扬,陪青宫而讽诵。寅阶鹄立,侈多珥笔之臣僚;甲观凫趋,不乏通经之侍从。相如则工摛典册之文,臣朔则好聚辨难之讼,刘向则锐志校书,王褒则和声作颂。固已士尽瑰奇,彦皆英纵。就令草军前之牍,壮采飞腾;草帐底之笺,雄文错综。则驰函奏凯,自应草或不工;岂橐笔从戎,必待择人而用。

且说者谓皋之草檄也,贵乎具谨严之识,储淹博之材。使稍涉夫媟嫚,略损其丰裁。则一人之威福难以擅,即九州之疆土无以恢。若皋也,使匈奴则俳倡贻诮,见贵倖则戏笑相陪。当摩空奏赋之时,才华虽推其敏;而对客挥毫之候,吐属究近乎诙。要之略短取长,自足文坛而树帜;即此争先斗捷,讵殊战士之衔枚?

我国家烽销武库,职重词曹。舞格苗之干羽,建下士之旌旄。六幕同文,底用兵谈虎帐;九边无事,何须书习龙韬。士也胸罗兵甲,脉接风骚。临文阵以折冲,竞向螭坳射策;登词场而鏖战,群趋鸾掖摛毫。又奚数汉室多才,精笔札于揆文奋武;争得似清时拜命,效赓歌于赞益飏皋也哉!

高紫峰点评:风驰雨骤,逸兴遄飞。

题解:《西京杂记》:枚皋才思敏捷,长卿制作淹迟,皆尽一时之誉。然长卿竟体温丽,枚皋时有累句,所谓疾行无善迹矣。杨子曰:“军旅之际,戎马之间,飞书驰檄,用枚皋。”

## 葛贤辅

葛贤辅,清江苏邳州人,拔贡。

### 元龙百尺楼赋
#### 以“湖海之士豪气未除”为韵

陈元龙下邳杰士,东汉鸿儒。英声蜚于四海,浩气溢于九区。关心一代升沉,秋风城阙;回首十年放浪,夜雨江湖。

有客造焉,伊人宛在。纵横而气吐虹霓,肮脏而胸藏累块。心轻余子,岂仅割席之人;座有褉宾,只以下床相待。岂少陈蕃之榻,未足相容;纵登李膺之门,略无可采。嗟琐屑之庸流,渺一粟于沧海。

昭烈闻此,感叹移时。不谓主人之傲,翻怜许子之痴。以中原之扰攘,得一士之瑰奇。鼎未三分,雄图可复;材无寸朽,大厦能支。千仞之冈是登,将振衣而起也;百尺之楼在望,当铸金以事之。

且夫楼之为状也,高与霞标,正惟日揆。肖天地之圆方,揽风云于尺咫。问海内英雄有几,启户相邀;奈眼前物色无多,凭栏独倚。彼登楼之王粲,只作羁人;况投阁之子云,终非佳士。

尔其张锦檐而舒凤,拱绣柱以盘鳌。吐晴云之晻霭,凛朔吹以萧骚。斗酌琼浆,呼吸九天沆瀣;风生玉唾,罗列四座英豪。

于是仰苍穹,俯品汇;挽银河,溅珠纬。聚星辰于百里,太史惊看;值风雨以连床,上宾欣慰。一龙卧足,知景运之将开;五凤赋成,信文章之可贵。夫惟构此崇基,乃克称此奇气。

然以品有瑕瑜,流分泾渭。倘高下之混淆,谁形容于仿佛。庶几陟华登岱,共挹胸襟;岂许问舍求田,同参风味?一层更上,笑携手以相看;万里频驰,欲拊髀兮犹未。

迄今云飞大野,草长遗墟。登峄峰以凭眺,过泗水以踌躇。屈蠖将伸,忆小沛屯军之日;樊笼最近,想广陵作宰之初。惟两人如东西楼之对峙,客何为者,而欲翔步于阶除。

王琛评:融会题事,掉臂游行。

题解:见《上下床赋》。

## 方若虚

方若虚,清四川璧山(今重庆璧山区)人。

## 娑罗树赋

### 以“婆娑十亩映蔚千人”为韵

若夫祇园别种，慧域交柯。香飘意以，味别如何。伊谁老干参天，种留胜地，为忆断铭蚀雨，城话甘罗。宝月娟娟，迦叶试传夫老衲；慈云冉冉，昙花示现于优婆。

尔其旃檀香爇，贝叶经多。人怡莲界，华降罗陀。纫白絮以为丝，种传伊洛；伴紫蝉而覆水，尘浣藤萝。待谈明月之禅，相将罗列；未傍淮阴之市，也学婆娑。

则有司徒元简诸人者，慧业禅参，灵根瑞集。分杞井而泉甘，沐兰盂而露湿。词宣娑嚩，宝生舍利之珠；果伴罗婆，香洒醍醐之汁。此际飞芦渡稳，散花雨于大千；即看拔木风平，缬柘枝于方十。

其为娑也，拂拂风吹，珊珊影厚。修娑服而翩跹，纪娑登而消受。也似琴停叔夜，貌写纡徐；不同枌舞东门，阴添左右。料是娑逻乞得，寻嘉种于十洲；何妨娑驳同名，踏芳尘于千亩。

其为罗也，鸟罟疑临，蛛丝全净。罗映钵而垂阶，罗缀珠而启镜。迦花谁种，开迎若木之飘，檀梦全清，果证古槐之盛。剖安南之罗密，法雨纷披；试妙手于罗兜，天花朗映。

披拂香风，毓钟灵气，娑娑兮莲宇滋荣，罗罗兮兰堂仿佛。钝根全解，试求超悟之方；净域能臻，细证圆通之味。此丰歉叶华平之瑞，风雨护呵；而东西分荣瘁之奇，云霞蒸蔚。

迄今仙珠莫辨，故地难全。虫穿蚀干，鹿走芜田。最怜寸木俱无，莫问芝楣之旧。剩有残碑亦赝，谁寻兰若之烟。非同桃实有期，缘堪计百；本是椿灵不老，劫忽逢千。

宜乎芮华致咏，张谓敷陈。向子谭为之寄慨，吴承恩因以怡神。疑月中生，觅根株于天竺；非人间物，留剩迹于淮滨。言寻罗汉之华，用摹北海；欲译娑婆之咒，安得西人？

高紫峰点评：密若千丝之网，圆如百琲之珠。

题解：见《娑罗树碑赋》。

# 主要征引与参考书刊目录


B

包善安主编《淮水吟》，苏出准印，2019年。

鲍照著，丁福林、丛玲玲校注《鲍照集校注》，中华书局，2012年。

贝超著《芸香诗草》，中华诗词出版社，2008年。

卞业林著《亦乐斋诗词》，自印本，2009年。

卞业林著《亦乐斋诗词续集》，广陵书社，2013年。

别纯钢著《涟漪吟》及续集，苏出准印，2000年。

卜厚沛著《知足书屋诗草》，自印本，时间不详。

卜开初著《文学堂诗词选》，香港天马图书有限公司，2000年。

卜开初著《杏林风韵》，中华诗词出版社，2008年。

C

蔡厚泽著《瘦菊轩诗钞》（上、下），香港天马图书有限公司，2001年。

蔡涛著《三英斋诗词文选集、续集》，自印本，2012年、2014年。

曹镳纂、阮钟瑗增订道光《信今录》，淮安区图书馆藏本。

曹步银著《新芽》，中国文联出版社，2015年。

陈安祥著《诗路心语》，中国文联出版社，2020年。

陈超著《翰墨斋吟趣》，自印本，2012年。

陈福咸著《樗庵类稿》，自印本，民国33年（1944）印本。

陈纲著《陈纲诗钞选》，自印本，2012年。

陈光永主编《盱眙古诗》，国家图书出版社，2016年。

陈衡著《陈衡诗存》，自印本，2005年。

陈建东著《怀文斋新作》，苏出准印，2016年。

陈筠著《银砾词》，光绪二十九年（1903）刻本。

陈连科著《青山吟草》，自印本，2013年。

陈琳、王粲等著，吴云主编《建安七子集校注》，天津古籍出版社，2005年。

陈民牛主编《凤凰宝地金板闸》，吉林人民出版社，2016年。

陈民牛主编《壮丽东南第一州》,中国文史出版社,2004年。
陈同章著《休闲杂咏》,内部出版,2003年。
陈三立著《散原精舍诗》,朝华出版社,2019年。
陈喜山著《长虹集》,香港天马出版有限公司,2011年。
陈喜山著《矞云集》,香港天马出版有限公司,2014年。
陈新民著《夕照吟》,自印本,2008年。
陈阳主编《当代诗词选》,陕西旅游出版社,1997年。
陈振文著《书香驿站》,自印本,2015年。
陈振文著《芸窗吟草》,自印本,2008年。
陈祖宝著《湖畔印记》,自印本,2017年。
成贻俊著《篱篱诗文》,自印本,2011年。
成贻俊著《篱篱诗文续编》,自印本,2012年。
楚光农电公司楚光诗社编《楚光诗萃》,内部读物,半年刊,2013年创刊。
楚州区老年大学编《楚霞颂歌》,内部准印,2009年。
楚州区历史文化研究会编《爱我楚州·咏楚诗联篇》,黑龙江人民出版社,2006年。
楚州区诗词协会编《淮风楚韵》,内部准印,2007年。
崔耀著《园丁情缘》《园丁情缘续集》,内部准印,2017年。

D

戴甫青著《古楚一氓诗词选》,自印本,2013年。
戴甫青著《江淮行吟录》,自印本,2014年。
戴嘉才著《好望集》,自印本,2013年。
戴石明著《波痕浪影集》自印本,1996年。
戴天全著《履迹霜痕》,自印本,2016年。
戴伟著《绿野风》,自印本,2019年。
戴之尧选编《淮安民歌民谣》,中共党史出版社,2003年。
单飞著《伏枥吟》,自印本,1990年。
丁凤著《桐花集》,江苏人民出版社,2019年。
丁士美著《丁文恪公续集》,明刻本。
丁晏辑、周桂峰点校《山阳诗征》,陕西人民出版社,2009年。
丁晏著《颐志斋集》,光绪刻本。
丁志安编《山阳词征》,手抄稿本,淮安区图书馆存。
董振安著《董振安诗词集》,内部准印,2017年。
杜渐主编《金湖当代诗词选》,苏出准印,2014年。

杜渐著《公曼诗词》,自印本,2003年。
杜首昌著《绾秀园诗选》《绾秀园诗余选》,清汇钞本。
段朝端等纂《山阳艺文志》,宣统刻本,民国10年(1921)刊本。

F

范成林编《淮阴区乡土史地》,方志出版社,2006年。
范耕研著《灵砚斋诗文残稿》,台北文景出版社,1991年。
费国衡、孔化合著《印时拾韵》,自印本,2010年。
费国衡、孔化合著《印时拾韵》,自印本,2010年。
傅山《霜红龛集》,清宣统三年(1911)山阳丁氏刊本。
傅桐著《梧生诗钞》,光绪七年刻本、《清代诗文集汇编》本。

G

高成美修、胡从中纂康熙《淮安府志》,影印本。
高家骅著,王学杰、卜开初等整理《浔河诗草》。
高家骅著《浔河词草》,人民日报出版社,2012年。
高美鹤著,高从训编《高美鹤诗词拾遗》,中国文联出版社,2010年。
高鸣珂著《哑钟余响》(增订本),中国戏剧出版社,2014年。
高适著《高常侍集》,四库全书影印本。
高士魁著《虚静斋诗草》,民国戊午年(1918)刻本。
高延第著《北游纪程》,光绪《小方壶斋舆地丛钞本》。
高延第著《涌翠山房集》,光绪戊子年(1888)刻本。
高毓烈著《养心斋诗草》,光绪九年(1883)本,孤本,淮阴师院图书馆藏。
葛寄理著《圣诗》,社会科学文献出版社,2012年。
龚开著《龟城叟集》,《楚州丛书》本。
归庄著《归庄集》,中华书局,1962年。
顾殿功著《变异集》,香港东方天马图书有限公司,2004年。
顾克明著《杏林履痕》,自印本,2007年。
顾炎武著《顾亭林诗文集》,中华书局,1983年。
郭大纶修、陈文烛纂万历《淮安府志》,淮安区图书馆藏本。
郭起元修,秦懋坤、徐方高纂乾隆《盱眙县志》。

H

洪德聪著《洪德聪诗集》,自印本,2001年。

洪泽县春涛诗社编《春涛吟》季刊，1984年创刊。
洪泽县诗词协会编《洪泽诗苑》，季刊，2007年创刊。
胡云翼选注《宋词选》，上海古籍出版社，1978年。
花春景著《许兴庄人漫吟录》，手抄家藏本。
花清霞著《河岸吟》，自印本，2015年。
淮安区博里诗词协会编《博里诗词》，苏出准印，季刊，2005年创刊。
淮安区河下诗词协会编《河下诗林》，内部读物，半年刊，2015年创刊。
淮安区季桥镇诗词协会编《季桥诗词》，内部读物，年刊，2010年创刊。
淮安区老年大学龙光诗社编《龙光诗声》，内部读物，年刊，2014年创刊。
淮安区绿草荡诗社编《绿草荡诗社社刊》，内部读物，旬刊，2017年创刊。
淮安区钦工镇诗词协会编《钦工诗艺》，内部读物，年刊，2016年创刊。
淮安区诗词楹联协会、区法制宣传教育领导小组编《诗话法治》，内部准印，2013年。
淮安区诗词楹联协会编《丰碑颂》，中国诗词楹联出版社，2018年。
淮安区诗词楹联协会编《古今诗人咏河下》，内部准印，2015年。
淮安区诗词楹联协会编《淮安诗苑》，内部读物，季刊，1995年创刊。
淮安区诗词楹联协会编《黄河在咆哮》，内部准印，2015年。
淮安区诗词楹联协会编《机关诗痕》，内部准印，2012年。
淮安区诗词楹联协会编《田园诗韵》，内部准印，2012年。
淮安区诗词楹联协会编《校园诗萃》，内部准印，2012年。
淮安区文史办编《名城淮安丛书·名诗名文》，中国文史出版社，2012年。
淮安区朱桥镇诗词协会编《朱桥诗词》，内部读物，半年刊，2016年创刊。
淮安市教育局编《校园诗苑》，不定期，2005年创刊。
淮安市诗词协会编《长淮颂国魂》，苏出准印，2016年。
淮安市诗词协会编《淮安市环保诗词选》，苏出准印，2013年。
淮安市诗词协会编《淮海诗苑》，苏出准印，季刊，1986年创刊。
淮安市诗词协会编《淮阴采风诗词选》，苏出准印，2013年。
淮安市诗词协会编《巾帼逸韵》，苏出准印，2017年。
淮安市诗词协会编《灵鸟啭来淮甸春》，苏出准印，2018年。
淮安市诗词协会编《美酒结诗缘》，中华诗词出版社，2008年。
淮安市诗词协会编《郁郁新松向日青》，苏出准印，2016年。
淮安市一品梅诗社编《高树清声集》，苏出准印，2018年。
淮安市一品梅诗社编《一品梅诗声》，苏出准印，季刊，1988年创刊。
淮安市园林诗词编委会编《淮安市园林诗词选》，苏出准印，2015年。
《胡氏族谱》，光绪二十年（1894）刻本。

淮阴区刘老庄诗社编《红色诗苑》，苏出准印，2018年。
淮阴区六塘诗社编《六塘诗词》，不定期内刊，1986年创刊。
淮阴区诗词协会编《淮水吟》，季刊，1987年创刊。
淮阴区志编委会编《淮阴区志》（1978—2008），方志出版社，2018年。
淮阴市诗词协会编《当代诗人咏淮阴》，南京大学出版社，1992年。
《淮阴御书堂丁氏族谱》，1996年修订本。
黄景仁著《两当轩集》，上海古籍出版社，1983年。

J

嵇宗孟著《立命堂初集》《二集》，清刻本。
纪树滋、纪蓉瑞著《芝园镜轩吟草》，家印本，1983年。
纪树滋著《芝园吟草》，抄本，安徽省图书馆。
纪益昆著《征鸿印爪》，内部刊物，1991年。
季家修著《痕爪集》，自印本，2004年。
蒋阶著《甦余日记》，民国九年（1920）刻本、《中国近现代稀见史料丛刊（第二辑）》本。
蒋景升著《驸马巷诗文》，内部准印，2014年。
金秉柞修，丁一焘、周龙官纂乾隆《山阳县志》，淮安区图书馆藏本。
金湖县诗词协会编《金湖诗词》，内部刊物，1986年创刊。
金湖县志编委会编《金湖县志》（1986—2005），方志出版社，2018年。
金志庚、周智勇主编《诗香飘万家》，内部准印，2013年。
金子平著《淮上吟草》，自印本，1995年。

K

孔化、费国衡合著《切偲集》，金准印字97004，1997年。
孔庆煜著《半知斋吟草》，自印本，2001年。

L

李白著《李太白全集》，中华书局，1957年。
李步高著《尧天嘤鸣录》，苏出准印，2011年。
李鸿年续、汪继先补《山阳河下园亭记续补》，方志出版社，2006年。
李厚仁著《淮滨漫吟》，团结出版社，2017年。
李前高著《劲草诗文选》二，自印本，2018年。
李前高著《劲草诗文选》一，自印本，2018年。
李上元、丁汝彦修，戴任纂万历《帝里盱眙县志》，影印本。

李天畀修，陈惟渊纂正德《盱眙县志》，影印本。
李言恭著《贝叶斋稿》《青莲阁集》，万历八年(1580)刻本。
李元庚著，刘怀玉点校《山阳河下园亭记》，方志出版社，2006年。
李兆坤著《归田吟草》，自印本，2012年。
李振民著《李振民诗词》，自印本，2002年。
李枝芃著《西园诗集》，康熙间刻本，《清代诗文集汇编》本。
李嶟瑞著《后圃编年稿》《归来诗稿》，康熙间刻本，《四库存目丛书》本。
里凡著《小草集》，自印本，2004年。
涟水县诗词协会编《涟水诗苑》，苏出准印，不定期内刊，1986年创刊。
涟水县文化局编《古今咏涟诗词选》，苏出准印，2009年。
林文彬著《林间漫步》，自印本，2016年。
刘炳权著《菊梅轩诗词联谜稿》，内部准印，2013年。
刘海峰著《七十忆旧酬唱集》，中华诗词出版社，2008年。
刘海峰著《诗嵌中国历届奥运冠军名集》，中国文化出版社，2008年。
刘奇著《刘奇诗选》，苏淮出准，1998年。
刘兆仁著《瘦菊轩诗集》，自印本，1997年。
卢顺贞、季振洲编《龙光凤鸣诗词集》，内部准印，2013年。
鲁家用编《山阳四友酬唱集》，内部准印，2017年。
鲁家用著《朝华集》，内部印刷，2012年。
鲁兰仙著《瘦春仙馆诗剩》，民国八年(1919)刻印本。
鲁一同著《鲁通甫集》，三秦出版社，2011年。
鲁元寿著《琴坡杂咏》，稿本。
陆广浦著《湖畔吟草》，内部准印，2016年。
吕庆堂著《吕庆堂诗文选集》，自印本，2010年。
罗秉政著《三壶山吏诗钞》，嘉庆十年(1805)刻本。
罗希白著《覆盎集》，涟水县文教局编印，1985年。
骆春华著《学步集》，自印本，1997年。

M

马建华著《华南诗草》，自印本，2003年。
马建华著《华南中外游诗文选萃》，自印本，2017年。
马麟、杜琳、李如枚修纂，荀德麟等点校《续纂淮关统志》，方志出版社，2006年。
马文铎著《翠竹斋诗词摘粹》，中华诗词出版社，2008年。
马一非著《马一非诗集》，自印本，2012年。

马毅著《绛帐诗草》，苏出准印，2011年。

玛继宗著，玛世明编《玛继宗诗文集》，香港银河出版社，2002年。

毛峰著《毛峰诗集》，内蒙古人民出版社，2018年。

毛乃庸撰《剑客类稿》，线装本，淮安区图书馆存。

冒广生辑《楚州丛书》，民国楚州丛书刻本。

冒广生著，荀德麟、刘怀玉点校《淮关小志》，方志出版社，2006年。

冒广生纂辑，荀德麟等点校《钵池山志》，方志出版社，2006年。

闵永军著《道是寻常却艰辛》，自印本，2005年。

闵永军著《海纳百川》，香港天马图书有限公司，2013年。

闵永军著《蓦然回首》，香港天马图书有限公司，2008年。

闵永军著《骤骋诗选》，香港文化出版社，2016年。

缪登甲著《南窗吟草》，自印本，2012年。

莫之翰、张怿等纂修，张乃格等点校康熙《泗州志》，未刊本。

牟廷选修、吴怀忠纂崇祯《淮安府实录备草》，影印本。

穆厚高著《浅海拾贝》，自印本，2015年。

P

潘春光著《春光吟集》，内部准印，2018年。

潘德舆著，郭寿龄、朱德慈编《养一斋集外诗文辑佚》，中国文史出版社，2008年。

潘德舆著、朱德慈整理《潘德舆全集》，人民文学出版社，2016年。

潘介和著《益壮斋诗选》，自印本，2013年。

潘埙辑《淮郡文献志》，线装本，淮安区图书馆存。

潘埙撰《熙台先生诗集》，线装本，淮安区图书馆存。

潘占群著《鹤云诗集》，中国文联出版社，2015年。

彭定求编《全唐诗》，中华书局，1960年。

蒲忭著《南园吏隐诗存》，道光二年（1822）刻本。

Q

戚玾著《笑门诗集》，康熙四十五年（1706）刻本。

钱从顺著《轻舟霞雨》，四季出版社，2018年。

钱泳著《梅花溪诗草、续草》，清嘉庆廿四年刻本。

钱锺书《宋诗选注》，人民文学出版社，1979年。

乔弘德纂修康熙《安东县志》。

秦茂林著《敦艮斋诗存》，光绪十三年（1887）刻本。

清河区诗词协会编《大运河诗声》,苏出准印,季刊,2016年年创刊。
清河区诗词协会编《清河诗声》,苏出准印,季刊,2005年创刊。
《清河王氏族谱》,同治七年(1868)介福堂刻本。
清浦区诗词协会编《清江浦诗词》,苏出准印,季刊,2016年创刊。
邱象随《淮安诗城》,清康熙间写刻本。
邱以戈著《咏芳诗词》,自印本,2008年。
瞿蜕园撰《魏晋南北朝赋选》,上海古籍出版社,1979年。

R

任炳华著《七十述怀》,自印本,1957年。
阮葵生著,王泽强点校《阮葵生集》,陕西人民出版社,2009年。

S

上海市闸北区春申诗词学会编《花扬纪念集》,内部准印,1996年。
上彊村民编《宋词三百首》,中国书店影印本,1991年。
尚云著《楚云故歌》,作家天地编辑部,1995年。
邵伯安、邵振铎合著《联芳集》,金准印字95001,1995年。
邵伯安著《邵伯安诗文集》,自印本。
邵振铎著《梅溪吟稿》,自印本,2010年。
沈德潜选编《明诗别裁集》,上海古籍出版社,2008年。
沈德潜选编《清诗别裁集》,岳麓书社,1998年。
沈德潜选编《唐诗别裁集》,上海古籍出版社,1979年。
侍鹏先著《侍鹏先诗词》,苏出准印,2012年。
苏洵、苏轼、苏辙著,曾枣庄、舒大刚整理《三苏全书》,语文出版社,2001年。
舒议章著《陡湖吟草》,自印本,2010年。
宋祖舜修、方尚祖纂,荀德麟等点校天启《淮安府志》,方志出版社,2009年。
孙爱琴辑《咏淮古诗选》,中共党史出版社,2003年。
孙步坦著《萦绿斋稿》,自印本,1995年。
孙步坦著《萦绿斋集》,自印本,2008年。
孙凤翔著《老竹吟》,自印本,2000年。
孙琴安著《唐五律诗精评》,上海社会科学院出版社,1991年。
孙太初著《六随诗草》,家藏本。
孙太雍著《烬余诗草》,家藏本。
孙希科著《盈海诗草》,苏出准印,1994年。

孙晓燕、徐琳主编《荷乡古韵》，广陵书社，2009年。
孙燮华著《孙燮华诗词集》，江苏文艺出版社，1991年。
孙应考著《半岛斋诗存》，内部准印，2006年。
孙永宽编《汪孟棠遗诗轶事》，苏淮出准，1993年。
孙云锦修，吴昆田高延第纂，荀德麟等点校光绪《淮安府志》，方志出版社，2010年。

T

台北市淮阴县同乡会编《淮阴文献》第1—7辑。
邰凤琴著《荷畔集》，自印本，2013年。
谈化文著《梅窗吟草》，自印本，2008年。
唐圭璋主编《全宋词》（简体增订本），中华书局，2009年。
唐席主著《唐席主诗书文集》，自印本，时间不详。
唐秀芝著《唐秀芝诗词续集》，苏出准印，2014年。
陶溶林著《五柳诗词选》，自印本，2010年。
陶绍景著《瘦梅轩诗文选》（二），中华诗词出版社，2009年。
陶绍景著《瘦梅轩诗文选》（一），中华诗词出版社，2004年。
陶冶著《五柳吟草》，自印本，2008年。
《铁军颂歌——新四军和华中抗日根据地诗词集》，江苏人民出版社，2017年。

W

万寿祺著《隰西草堂集》，《清代诗文集汇编》本。
万镛著《十六钱砚斋诗文集》，（台北）文史哲出版社，2002年。
汪淦著《根情录》，中国文化出版社，2006年。
汪淦著《荷乡诗韵》，海南出版社，2008年。
汪淦著《青山夕照——心韵留痕》，中国文史出版社，2005年。
汪谷诒著《养竹斋诗钞》，乾隆刻本。
汪枚著《钵山存稿》，家刻本，淮安区图书馆藏。
汪云任著《茧园诗文稿》《汪孟棠太守诗钞》，抄本，国家图书馆藏。
王本强著《浪淘沙》，黑龙江人民出版社，2006年。
王步琴主编《江淮翠黛应时馨》，中国文化出版社，2019年。
王步琴主编《掬浪江淮海》，中国文化出版社，2019年。
王琛编《璸珠赋钞》，清同治五年（1866）刊刻本。
王道扬著《都梁百吟》，自印本，1994年。
王道扬著《归休吟》，自印本，2008年。

王德玉著《王德玉诗文选续集》，自印本，2014年。
王国公著《心声集》，作家出版社，2015年。
王海曙著《一民诗词》，自印本，2014年。
王浩明著《浩明诗联选》，自印本，2013年。
王洪明著《王洪明诗文选》，内部印刷，2006年。
王坚著《晚吟集》，自印本，2009年。
王觐宸撰、程业勤增补，荀德麟等点校宣统《淮安河下志》，方志出版社，2006年。
王甦著《树木堂诗剩》，光绪十四年（1888）刻《清河三世诗存》本。
王闿运著《湘绮楼诗集》，民国长沙刻本，1923年。
王乃贵著《雨霁斜阳》，内部准印，2014年。
王士举著《淮干吟草》，中国文联出版社，2015年。
王士义著《王士义诗抄》，钞本，1996年。
王纾难著《往事回味》一、二集，台湾印行。
王涛著《涛声漫吟》，自印本，2011年。
王问贤著《春山唱晚》苏出准印，1998年。
王问贤著《晚晴吟草》，苏出准印，1992年。
王锡祺辑、张强点校《山阳诗征续编》，陕西人民出版社，2011年。
王锡祺著《小方壶斋诗存》，光绪二十七年（1901）家刻本。
王锡元修，高延第纂《盱眙县志稿》，光绪十七年（1891）刻本；
王锡元著《梦影词》，光绪二十七年（1901）家刻本。
王遐松著《王遐松诗词》，自印本，1993年。
王效成著《伊蒿室集》，咸丰五年（1855）刻本、《清代诗文集汇编》本。
王学杰著《梦缘洪泽湖》，华夏翰林出版社，2016年。
王学杰著《雪洁情缘》，中华诗词出版社，2007年。
王荫槐著《蠙庐诗钞》，光绪七年（1881）刻本。
王玉笙著《玉笙诗选》，自印本，1993年。
王毓丙著《耕道堂诗剩》，光绪十四年（1888）刻《清河三世诗存》本。
王云著《悠悠淮水情》，中国科学文化出版社，2019年。
王兆祯著《旧梅花庵诗存》，光绪十四年（1888）刻本。
王震华著《山石回声录》，内部准印，2011年。
王志曾著《足迹记吟》，自印本，2016年。
韦兆宏著《三泥集》，内部准印，2018年。
卫哲治修，叶长扬、顾栋高纂，荀德麟等点校乾隆《淮安府志》，方志出版社，2008年。
魏继志、范炳文合著《珠兰吟》，自印本，1998年。

文彬修，吴昆田、鲁蕡纂光绪《清河县志》，影印本。

吴安谦著《听雨草堂诗存》，光绪二十年（1894）刻《小方壶斋丛书》本。

吴炳祥著《怡庐诗钞》，光绪二十六年（1900）刻本。

吴承恩著，蔡铁鹰整理《吴承恩集》，中国社会科学出版社，2014年。

吴克梅著《引玉集》，自印本，2012年。

吴昆田著《漱六山房集》，光绪三十年（1904）刻本。

吴其稑著《虚因庐偶成稿》，台湾自印本。

吴斯佐著《幸斋诗录》，光绪二十九年（1903）刻本。

吴涑著《抑抑堂集》，民国12年（1923）刻本。

吴棠修，鲁一同纂，咸丰《清河县志》，影印本。

吴棠著《望三益斋诗词集》，同治、光绪递刻本，《清代诗文集汇编》本。

吴兴炎著《燕石斋诗钞》，民国9年（1920）吴其辕刻本。

吴以諴著《古藤书屋诗存》，光绪二十年（1894）刻《小方壶斋丛书》本。

吴玉搢辑《山阳耆旧诗选》，清抄本。

吴玉搢纂辑乾隆《山阳志遗》，淮安区图书馆藏本。

吴宗吉修，纪士范、张四维纂嘉靖《清河县志》，影印本。

X

席书、朱家相等撰修，荀德麟、张英聘点校《漕船志》，方志出版社，2006年。

夏宝国、裴安年等主编《千秋诗文洪泽湖》，中国文史出版社，2011年。

夏克智著《夏克智诗书画集》，南京大学出版社，2009年。

谢启明著《湖畔吟稿》（上），中华诗词出版社，2008年。

谢启明著《湖畔吟稿》（下），华夏翰林出版社，2016年。

谢永柱著《杏坛放歌》，自印本，2008年。

邢耐寒著《邢耐寒先生诗文集》，（台北）文史哲出版社，2001年。

盱眙县诗词学会编《都梁诗讯》季刊，1989年创刊。

盱眙县诗词学会编《都梁颂》，内部印刷，1999年。

盱眙县诗词学会编《淮山诗友集》，内部印刷，1997年。

盱眙县诗词学会编《今人咏都梁》，内部印刷，1992年。

盱眙县政协文史资料委员会编《第一山题刻选》，内部印刷，1999年。

徐家骏著，徐仁静编《知不足轩类稿》，1996年家印本。

徐嘉著《味静斋集》，1932年淮安徐氏铅印本。

徐效辕著《绿茵集》，中华诗词出版社，2006年。

徐业龙选注《一饭千金》，南京大学出版社，2009年。

徐则先著《风月老人俚语》,自印本,2002年。
徐贞亚著《泥爪集》,香港天马图书有限公司,2015年。
徐振亚著《病中吟》,香港天马图书有限公司,2015年。
徐祝山著《晚晴吟草》,自印本,2012年。
许双林著《今世奇缘诗集》,中国文联出版社,2018年。
薛赟修、陈艮山纂,荀德麟等点校正德《淮安府志》,方志出版社,2009年。
荀德麟编《金湖采风》,中国文史出版社,2012年。
荀德麟选注《淮安运河诗文选注》,方志出版社,2008年。
荀德麟主编《大运河非物质遗产》,中国电子工业出版社,2016年。
荀德麟主编《洪泽湖志》,方志出版社,2004年。
荀德麟著《槿花集》,中州古籍出版社,1994年。

Y

严克宽著《严克宽诗歌集》,自印本,1996年。
严善之著《严善之诗词选》,苏出准印,1999年。
颜朝发著《回眸》,香港四季出版社,2016年。
颜怀臻著《颜怀臻诗文集》,中华诗词出版社,2007年。
杨翠兰著《翠兰吟稿》,华夏翰林出版社,2017年。
杨殿邦著《菜香小圃诗集》,道光间刻本。
杨巩著《果青室诗稿》,自印本,2002年。
杨巩著《晚晴词曲选》,自印本,2002年。
杨宏、谢纯撰,荀德麟等点校《漕运通志》,方志出版社,2006年。
杨建华著《悬湖散文集》《半家诗》,自印本,时间不详。
杨俊生著《引玉集》,内部准印,1990年。
杨少峰著《晚霞情》,自印本,1998年。
杨少峰著《晚霞情诗选》,自印本,2009年。
杨少峰著《晚霞情续编》,自印本,2008年。
杨顺深著《秋色吟草》,内部准印,2013年。
杨圻著《江山万里楼诗词钞》,上海古籍出版社,2003年。
杨玉荣著《时代畅想曲》,文化艺术出版社,2018年。
杨志温著《绿萼轩集》,咸丰六年刻本。
杨志宇著《红烛情缘》,内部准印,2006年。
杨钟贤、马国征主编《当代江苏千家诗》,天津古籍出版社,1999年。
姚挹之著《姚挹之先生诗稿》,苏出准印,1995年。

叶兰纂修乾隆《泗州志》，影印本。
叶立生主编《五味杂陈话刘鹗》，中国文史出版社，2009年。
叶志斌著《叶志斌诗词三百首》，东南大学出版社，2017年。
尹耕云著《心白日斋集》，光绪二十一年（1895）刻本。
尹声著《雪里红》，中国文史出版社，2005年。
于文年著《远方》，团结出版社，2018年。
予杞著《涓埃草诗集》，香港天马图书有限公司，2005年。
余光祖修，孙超宗等纂雍正《安东县志》。
袁恒著《蓬山吟草》，自印本，2000年。
袁虹著《湖畔吟》，自印本，1998年。
袁淮修，侯廷训纂嘉靖七年《泗志备遗》，影印本。
袁志伟著《蜂吟集》，香港天马图书有限公司，2011年。

Z

曾惟城纂修万历《帝乡纪略》，影印本。
张伴农著《随感吟诗集》，自印本，2011年。
张冰、邵天雷合著《冰雷合稿》，线装本，淮安区图书馆存。
张大祥著《张大祥诗集》，自印本，2018年。
张德勇著《南山诗文辑存》，苏淮出准印，1997年。
张恩铃主编《盱眙古诗词选》，内部印刷，1989年。
张洪飞著《自娱吟集》，自印本，1999年。
张祜著《张祜诗集》，江西人民出版社，1983年。
张景星、姚培谦、王永祺编选《宋诗别裁集》，上海古籍出版社，1978年。
张景星、姚培谦、王永祺编选《元诗别裁集》，上海古籍出版社，1979年。
张耒著《张耒集》，中华书局，2005年。
张耒著《张右史文集》，《四部丛刊》本。
张其礼著《金秋闲趣》，自印本，2019年。
张寿春著《百忍集》，自印本，2008年。
张望东著《醒梦轩诗草》，内部准印，2015年。
张学福著《回顾与守望·诗词篇》，内部准印，2011年。
张恂著《知鱼乐斋存稿》，道光间王相刻《友声集》本。
张逸痕著《棠棣集》，自印本，2006年。
张应昌选编《清诗铎》，山东人民出版社，1994年。
张幼兰著《如梦吟》，自印本，2008年。

张玉银著《松竹吟咏》,中华诗词出版社,2008年。
张震南撰,荀德麟点校《王家营志》,方志出版社,2006年。
张震南纂修《淮阴风土记》,方志出版社,2006年。
张震著《淡人诗词》,自印本,2006年。
张志友主编《古镇平桥话乡愁》,中国文化发展出版社,2018年。
张志友著《沧海桑田陆桥村》,南京大学出版社,2010年。
张志友著《清风吟草》,时代出版社,2016年。
张致中著《符山堂诗》,抄本,淮阴师范学院图书馆藏。
章梦白著《梦白诗钞》,自印本,1999年。
章壮骧著《六十年记忆·诗词篇》,内部准印,2016年。
章壮兴著《章壮兴诗联集》,自印本,1999年。
赵长江著《夕照江波》,自印本,2013年。
赵洪池著《归田闲叟诗词集》,手抄家藏本。
赵庆生著《兰圃一叶》,现代出版社,2016年。
郑继成著《生命絮语》,自印本,2005年。
郑继成著《郑继成书法诗词选》,自印本,2016年。
郑曙著《休闲集》,自印本,2009年。
郑云才著《郑云才诗稿》,自印本,2009年。
周本淳选编《唐人绝句类选》,浙江古籍出版社,1985年。
周本淳著《蹇斋诗录》,自印本,2000年。
周承龙著《不休集》,自印本,2007年。
周桂峰主编《大湖行》,苏出准印,2018年。
周实、阮式合著《周实阮式诗集》,手抄家藏本。
周思民著《湖城情》,江苏文艺出版社,1996年。
周新民著《绀珠撷粹》,自印本,2013年。
周振甫主编《唐诗宋词元曲全集》,黄山书社,1999年。
朱碧松著《松云居诗文集》,苏出准印,2017年。
朱碧松著《娱心集》,苏出准印,2012年。
朱壁著《晚晴吟草》,内部出版,2003年。
朱承瞳著《龙泉吟》,自印本,2009年。
朱广才著《群贤录诗草》,自印本,时间不详。
朱国盛修纂《南河志》,影印本。
朱海山著《琢璞斋吟草》,自印本,2015年。
朱弘祚修,周洙纂康熙《盱眙县志》。

朱洪滔著《寒枫诗选》,中国文联出版社,2018年。
朱金荣著《蹑云诗集》,中国文化出版社,2014年。
朱金荣著《野草集》,自印本,2013年。
朱维中著《一粟诗谚选》,自印本,时间不详。
朱彝尊、汪森编《词综》,上海古籍出版社,1978年。
朱元璋著《高皇帝御制文集》,明万历十年(1582)刊本。
朱震国著《抱朴斋诗钞》,中国文联出版社,2014年。
宗寿华著《湖城飞韵》,香港文艺出版社,2018年。
宗寿华著《湖城吟草》,香港文艺出版社,2018年。
邹兴相修,汪之藻纂康熙《清河县志》,影印本。

# 作者人名索引

D

G

L

## M

N



O



P

Q

Y

Z

# 《淮安诗征》编纂始末及相关问题的说明

《淮安诗征》作为淮安市贯通古今的诗词歌赋的大型选集，是淮安市重要的文化建设项目。这一项目，在市委市政府亲切关怀、市委宣传部的大力支持和具体指导下，经过全市诗词组织的持续努力，广大诗人和诗词爱好者的热情参与，历时近十年，终于画上了圆满的句号。

这一项目，最初缘起于中华诗词学会《当代中华诗词集成》的编纂部署。2011年初江苏省诗词协会统一发动后，淮安市诗词协会率先启动了《淮安卷》的资料搜集与审编工作。延至2013年第四季度，由于《当代中华诗词集成》出资人的突然去世，编纂工作被迫中止。

在这种情况下，淮安市诗词协会面临三种选择：一是与已经上马的外省外市的诗词组织一样，就此下马；二是筹集一些资金，就已经搜集并经过部分预审、初审的诗词作品，出版上、下两册的《淮安市当代中华诗词选集》；三是索性以此为基点，搞一部多卷本的贯通古今的淮安市历代诗词的大型选集——《淮安诗征》。经过反复商讨，我们初步确立了编纂《淮安诗征》的意向，向时任市委常委、宣传部长、市诗教工作领导小组组长戚寿余同志汇报，得到了他的大力支持和具体指示。

市诗词协会遂成立以荀德麟为组长的专家组，起草了淮安诗征凡例，制订工作规程，并召开了有县区诗协主要负责人、各分卷诗词选编负责人参加的专题会议，进行全面部署。

正当此时，习近平总书记为淮安亲笔题词："传承中华诗词，弘扬民族文化。"2014年2月28日，市委书记姚晓东同志在《淮安市诗词协会2013年工作汇报与2014年工作打算》上批示："诗词文化建设已成为淮安文化建设的一个亮点和特色，应予肯定和支持。《淮安诗征》很有意义，望收古揽今，做成精品。"这给淮安市诗词组织和广大诗词爱好者以极大的鼓舞，也给《淮安诗征》的编纂者注入了强大的动力。此后，《淮安诗征》的编纂工作，列为淮安市诗词协会每一年度的工作重点之一，逢会必谈，总结必书。然而，因为《淮安诗征》系贯通古今的，工作难度大增，而各县区还是由《当代中华诗词集成·淮安卷》的编辑承担，工作推进缓慢。

2019年1月，在市委常委、市委宣传部部长周毅，副市长王红红的共同关心、亲自安排下，《淮安诗征》纳入年度性文化建设项目，经费得以顺利落实。蔡丽新市长也就出版的有关问题明确表态支持，令全体编纂人员深受感动，编校力度全面加大。2019年年底，又按照招投标规范程序,确定了《淮安诗征》的合作出版单位——中州古籍出版社。

《淮安诗征》的编纂工作,先从罗列全市历代诗词家名单开始。仅这一步骤,就召开过不止一次的主编班子和专家咨询会议。

至2015年底,各个县区的汇总稿陆续上报。专家组遂进行初步分工:周桂峰、朱德慈二位教授分别负责4个县区上报稿件的初审与复审,戴家才负责市直单位的原稿补充与初审,荀德麟负责历代《过往作家咏淮安》诗词的汇总与审订、市直单位与开发区稿件的复审与终审。2017年,清河、清浦2区合并为清江浦区,洪泽县改为洪泽区。而清江浦区、洪泽区境域,在历史上主要分属清河县(淮阴县)和山阳县(淮安县),其古近代部分很难“拆分”,因此决定:清江浦区卷、洪泽区卷,只收录现当代本土诗人的诗作(市直卷一开始就确定时限为现当代),从而有效地规避了内容上的交叉、重复。

由于各县区资料搜集编纂者的专业水平差异较大,加之客观的困难,上报稿件大部分不够理想。2017年,决定将诗与词拆分,以词曲单独立卷。主编班子的几位专家学者努力克服身体、生活、本职工作冲突等方面的困难,对各卷初纂稿中所遗漏的作家、作品进行了程度不同的增补,对滥收的诗、词、曲进行删削。涟水、淮阴等卷增补的篇幅,甚至达到初稿的3~4倍;而开发区卷保留的篇幅,大约只有初稿的30%;每一卷都有对古近代、现当代作家的增补。仅卷1~9,主编班子就增补了500多位作者、2000多首作品。主编还对一些有争议的作品进行反复核查,并进行必要的考证、订正;对作家简介进行要素、篇幅上的统一规范和控制;对排列紊乱的作家、作品进行重新排序;对遴选标准不够统一,当代作品中情面性遴选的倾向给予必要的纠正。主编班子多次深入有关县区进行指导,充分利用网络之便进行多方搜寻,并走进图书馆亲自核查、增补。直到2020年三四月份,还查索、追寻到抗日战争时期的几首抗战诗词。

2018年下半年,主编班子考虑到汉赋杰出的代表作家枚乘的赋没有收入,著名的非物质文化遗产淮安运河歌谣、洪泽湖歌谣、金湖秧歌、南闸民歌没有收入,于是决定:在原先11卷的基础上,增加歌谣、赋征2卷,均由谙熟这方面资料的荀德麟同志承担。

2019年初,出版经费正式落实后,总纂工作进入最后冲刺阶段。遵照周毅同志关于“打造精品,做成传世之作”的指示精神,我们以决战必胜的姿态投入工作,加班加点,节假日几乎全都放弃。尤其是自防控冠状病毒疫情以来,依然坚持不懈、不屈不挠地向着既定目标奋力前行。截至2020年4月10日,完成了全部13卷送审书稿的发稿任务,使出版社得以全面进入编审环节。在出版社第三次审校修订后,初步完成索引编制之时,我们发现仍有一些重要作家、重要作品遗漏,又一一予以增补,尽量把遗憾降到最少。在样书印制前,又以“零差错,无暗伤”为目标,对全书诗、词、歌、赋的作者、标题、格式等进行了最后的校核,确保绝对无误与格式统一。

2018年以来,为了提高编纂质量,加快编纂进度,我们还从各有关县区的实际出发,指定了部分卷的责任编辑;在2020年三四月份的最后校对阶段,还直接遴选了几位年富力强、乐于担当的同志分任各相关分卷的校对，均收到了良好的效果。

各卷的编辑分别是：市直卷戴家才，淮阴区卷李前高、丁凤（增补），清江浦区卷陈安祥、叶志斌，淮安区卷张志友，涟水县卷袁志伟、鲁家用（增补），洪泽区卷张玉银，盱眙县卷陈光永、王兆浚，金湖县卷杜渐，开发区卷高崇训，过往作家咏淮诗、词曲卷、歌谣卷、赋征卷荀德麟。

除编纂班子外，参与相关工作的成员及后期参校人员有：蔡小军、章侠、张谷一、钱万平、李相斌、任云霞、刘小平、卢顺贞、邵乃富、陈幼实、张全成、侯明铎、宗寿华等。

另外，张惠修、陆广浦、赵学成、侍鹏先、陈建东、闵际雨、周新民（已故）等老同志，参加过《当代中华诗词集成·淮安卷》的初编或整理工作，谢启明、金志庚、嵇文等同志参加过早期的编纂组织工作。

《淮安诗征》的编纂工作，得到社会各界的关注，淮安市图书馆、淮安区图书馆、淮阴师院图书馆等单位及戴之尧、金矿、刘怀玉、张一民、杜涛等个人，提供了直接的支持和帮助，特别是中州古籍出版社领导和编辑人员、江苏农垦机关印刷厂有限公司领导和排版人员，为保证此书的质量做出了巨大努力，在此一并表示诚挚的谢意！

由于众手成书，收录作品又两度延长下限，难免有考订不精之篇、沧海遗漏之珠，请大雅方家与广大读者不吝赐教。现当代作者，凡照片不合出版要求者只能割爱，尚望相关者予以谅察。

编　者